KB268693

조선시대 동성혼 이야기

방한림전

개정판 | 원전으로 읽는 우리고전 1

조선시대 동성혼 이야기

방한림전

장시광 옮김

개정판 서문

<방한림전>의 초판이 나온 지 4년 만에 개정판을 낸다. 초판본에서 몇 가지 오류, 오자가 눈에 띄던 차에 출판사에서 디자인과 편집을 깔끔하게 하여 다시 내자는 요청이 와서 부득이하게 조금 일찍 내게 되었다.

한글 고어로 된 작품을 현대어로 옮기는 것을 '번역'이라 불러도 될지 모르겠다. 통상적으로 번역은 한 언어를 다른 언어로 옮기는 것을 의미하기 때문이다. 그러나 필자는 고어를 현대어로 옮기는 것도 번역이라 생각한다. 뜻이 통하지 않는 말을 뜻이 통하게 뒤치는 것이 '번역(飜譯)'이라는 말에 담긴 기본적인 뜻이라 보기 때문이다.

고어로 된 소설을 현대인들이 읽을 수 있도록 해야 한다. <춘향전>, <구운몽>과 같은 유명 소설뿐만 아니라 문학사적 가치가 충분한데 번역이 되지 않아 현대인에게 알려지지 않은 작품을 발굴하여 꾸준히 소개해야 한다. 그리고 그 소개의 주체는 고전소설을 독해할 수 있는 사람이어야 할 것이다.

<방한림전>은 여성 사이의 동성 결혼이라는 파격적인 소재를 담고 있는 여성영웅소설로서 그 소재만큼이나 그 주제 의식도 여성주의적 시각에서 볼 때 진지한 면이 있다. 필자는 그러한 점을 고려하여 비재(菲才)임을 무릅쓰고 4년 전에 <방한림전>을 번역해 간행한 바 있다.

<방한림전>은 통속소설적인 면모가 있는데, 아마 우리 현대 독자들은

그러한 가벼운 마음으로 번역된 <방한림전>을 집어 들 수도 있을 것
이다. 그러한 면에서 볼 때 제2부에 있는 소설의 주석 교감 작업은 독
자들에게는 상당한 부담이 될 수도 있으리라. 주석, 교감 부분은 필요
없다고 생각할 수도 있고, 그 부분이 들어감으로써 책값이 적잖게 상
승했을 수 있기 때문이다. 모두 맞는 말이다.

그런데 굳이 그 부분을 삽입한 것은 전공자에 대한 배려 때문이기도
하지만, 전공자 외의 일반 독자들도 원문과 번역문을 비교 검토하면서
읽는다면 더욱 충실한 독서를 할 수 있고, 아울러 교양도 상승할 수 있
을 것이라는 기대 때문이다. 소설을 그 내용만 숙지하는 것 자체도 참
으로 어렵고 대단한 일이기는 하다. 그러나 고전소설의 특성상 작품에
등장하는 수많은 한자어와 전고(典故)에 대한 이해가 없이는 소설을
제대로 이해했다고 말하기가 어렵다. 이에 대한 이해는 내용을 숙지하
기 위한 충분조건인 셈이다.

필자의 기획 의도가 독자 여러분께 잘 전달되기를 바란다. 아울러
이 사회에서 방한림과 같이 남성만을 동경하고, 영혜빙과 같이 남성을
배격하는 비극적인 여성이 더 이상 등장하지 않는 날이 오기를 기대하
면서 글을 마친다.

2010년 여름 진주에서
장시광 삼가 씀

<방한림전>은 조선시대에 창작된 여성영웅소설 가운데에서도 제재 면에서나 작가 의식 면에서 소설사상 특별한 위치를 점하고 있다. 여성끼리 혼인을 한다는 내용은 여성영웅소설사, 더 나아가 고전소설사상 유례가 없는 것이며, 이와 관련하여 작품에 독특한 여성주의적 시각이 엿보이는 점 또한 간과할 수 없다.

여주인공 간에 혼인을 한다는 설정은 현대 소설에서도 찾아보기 힘든 것으로서 참으로 참신하면서도 독특한 구성 방식이라 하겠다. 더구나 그렇게 혼인을 하는 까닭이 한 명은 어려서부터 남장을 하고 자란 것을 숨기기 위해, 다른 한 명은 여자가 남자에게 제어를 당하는 것을 싫어한 데서 연유된 것이라는 점을 감안한다면 그 문제의식 역시 상당히 진취적이라 평가할 수 있다.

그런데 상황이 그렇다 하여 일부 연구자가 주장하는 것처럼 <방한림전>을 여성해방적 시각이 드러난 작품이라 평한다거나 급진적 여성주의자가 등장하는 작품이라 논하는 것은 작품을 너무 확대 해석한 것이 아닌가 한다. <방한림전>에 아내가 남편의 제어를 받는 것을 꺼려 의도적으로 남장한 여성과 혼인하는 영혜빙과 같이 주목할 만한 인물이 등장하는 것은 분명히 의의가 있다. 그러나 또 다른 여주인공인 방관주의 지나친 남성적 취향, 두 여주인공에게 끊임없이 여자의 도리를 하라고 하는 유모의 등장, 방관주와 영혜빙이 동성으로 혼인할 수밖에 없는 상황이 설명되는 꿈 부분 등 작품 내적인 요소와, 이 작품이 기본적으로 다수의 사람들에게 읽히기 위해 창작된 여성영웅소설에 해당된다는 소설사적 위상, 그리고 이 작품을 향유했으리라 추정되는 독자층 등 전체적인 면을 고려한다면 이 작품을 섣불리 여성주의적 시각이 온축된 것으로 보는 것은 무리라는 판단이 든다.

사정이 이와 같지만, <방한림전>에는 분명 우리를 매료시키는 것이 있다. 역자는 특히 이 인물 가운데 영혜빙에게 깊은 애정을 지니고 있다. 영혜빙이야말로 남성에게 종속당하는 여성의 위치를 자각하고 그러한 질곡에서 벗어나려고 애쓴 인물이기 때문이다. 그 결과가 다소 엉뚱하게도 다른 여성과의 혼인으로 매듭지어진 것은 아쉽지만 그 역시 작품의 흥미를 고려한다면 전혀 엉뚱하다고 하기도 어렵다. 동성결혼 때문에 빚어지는 심리적 긴장감이나 행동 등이 독자에게 충분한 흥미를 제공하고 있기 때문이다. 작가는 영혜빙을 통해 가부장제가 지닌 남성 중심적 질서의 일단을 꼬집고 있다. 비록 통속소설이라는 제한 때문에 본격적인 여성소설로 나아가지는 못했지만, 조선 후기의 창작물로서 그 정도까지 나아간 것만 해도 소설사상 큰 성과라 할 수 있다.

역자는 일찍이 <방한림전>이 지닌 이러한 특성에 매료되어 2001년도 <국문학연구>라는 학술지에 논문을 한 편 발표한 바 있고, 2003년도 1학기에는 홍익대학교 국어국문학과에 개설된 <고전소설 강독> 강좌에서 1학년 학생들과 함께 이 작품을 읽은 적이 있다. 그 후에 이본을 대조해 교감하며 주석을 다는 작업을 하기로 마음먹고 틈날 때마다 작업을 해왔다. 현대어로 번역하는 일도 병행했다. 아직도 수많은 고전소설이 현대어역이 되어 있지 않은데 <방한림전> 역시 그러한 소설 가운데 하나라는 점을 염두에 둔 작업이었다. 고전소설의 현대화 작업은 시급한 과제 중의 하나인데 본 역서가 그러한 과업에 일조했으면 하는 바람이다.

이 책은 총 세 부분으로 나뉘어 있다. 제1부는 현대어역 부분으로 제2부에서 행한 원문 주석 및 교감 작업의 결과, 산출된 텍스트를 대상으로 번역한 것이다. 즉 특정한 이본이 아닌, 역자가 교감한 본을 대상으로 한 것이다. 제2부는 원문에 대한 주석 및 교감 부분이다. 저본으로 나손본 <방한림전>을 썼지만 원문 중 불완전한 부분은 다른 이본들을 참조해 교감하고 주석을 가하였다. 제3부는 <방한림전>을 해제하고 기존 연구 논저를 소개한 부분이다. 역자가 기존에 발표했던 논문을 수정하고 보완해 해제 원고로 삼았다.

교감, 주석, 번역 작업은 완벽할 수가 없는 일이다. 더군다나 천학비재(淺學菲才)인 사람이 작업을 했으니 오류가 없다고 단정하기 어렵다. 미상으로 남겨둔 것도 있고, 뜻풀이를 한 것 가운데 잘못된 것도 있을지 모른다. 제현(諸賢)의 질정(叱正)을 바랄 따름이다.

2003년 1학기에 역자와 함께 방관주, 영혜빙의 매력에 빠졌던 홍익대학교 국어국문학과 1학년 학생들의 얼굴이 떠오른다. 소설 원문을 읽기조차 버거워하는 학생들과의 작업이었지만 역자는 강의를 준비하며, 또 그들의 발표를 들으면서 여러 가지로 많은 것을 얻었다. 학생들에게 감사의 마음을 전한다. 이본 <낙성전>을 복사할 수 있도록 허락해주신 <낙성전> 소장자이신 정학성 선생님께 감사를 드린다. 끝으로 흔쾌히 출판을 해주신 한국학술정보(주)의 채종준 사장님과 편집을 담당해주신 김주영 님께 감사를 드리며 글을 마친다.

2006년 봄

장시광 삼가 씀

차 례

제1부 현대어역

1. 남복을 입고 자라다

중국 명나라 정덕 (正德) 연간,[1] 북경(北京)의 유하촌이라는 마을에 한 서생(書生)이 있었다. 이름은 방관주고 자(字)는 문백인데, 이 사람은 바로 건문(建文)[2]시대 때 임금을 위해 절개를 지킨 태학사 충렬공 방효유(方孝孺)[3]의 후손이다.

방관주의 부친은 이전 황제의 조정에 있을 때 충성스럽고 청렴했으며, 그 모친 보 씨는 착하고 어질며 어여뻤다. 부부가 서로 어울려 함께 산 지 수십 년이 지났으나 자식을 낳을 길이 아득하여 아들을 낳아 기르는 즐거움을 가지지 못하였다. 그러다가 늘그막에야 비로소 한 꿈을 꾸고 옥으로 새긴 듯한 꽃 같은 딸을 낳았는데, 그가 곧 방관주였다.

방관주는 비록 딸이었으나 산천(山川)의 정기를 모은 듯 광채가 찬란하였고 산실(産室)[4]에는 기이한 향내가 가득하였다. 몸이 눈부시게 빛났고 해와 달의 빼어난 기운을 받아 몸이 빼어났다. 풍채가

---

1) 정덕(正德) 연간: 정덕은 명(明)의 제10대 황제인 무종(武宗) 때의 연호(1506~1521).
2) 건문(建文): 명의 제2대 황제인 혜제(惠帝)의 연호(1398~1402).
3) 방효유(方孝孺): 1357~1402. 명(明) 건문(建文) 때의 학자.
4) 산실(産室): 아기를 낳는 방.

반질반질 윤이 났으며 눈빛은 가을 물과 같이 맑고 깨끗했고 갓 나면서부터 기이한 징조가 많았다. 부모는 비록 남자아이가 아닌 것을 애달파하였으나 이렇듯 기이했으므로 그 기쁨은 더할 나위가 없었다.

이후로 방공 부부는 자녀가 완전히 끊겼다. 딸이 서너 살이 되니 용모가 시원스럽게 생겼고 기상이 빼어나 규방(閨房)5) 여자의 행동이 없었다. 몸은 날로 늠름해지고 흰 연꽃 같은 얼굴색이며 가을 하늘과 같이 높은 기운에 진주와 같은 눈빛이 있었다. 바야흐로 말을 하게 되자, 부모가 글자를 가르치면 하나를 듣고서 열을 알았고 열을 듣고서 천을 깨쳤다. 이러했으므로 부모가 매우 사랑하여 아들이 없는 것을 한으로 여기지 않았다.

방공 부부가 소저에게 붉은 비단옷과 색깔 있는 옷을 입히려고 하였으나 소저는 천성이 소탈하고 검소하여 삼베로 얽은 옷을 입으려고 하였다. 그래서 방공 부부는 딸의 뜻에 맞추어 소원대로 남자 옷을 지어 입히고 아직은 어렸으므로 여공(女功)6)을 가르치지는 않았다. 오직 시 짓는 법과 글 쓰는 법을 가르치니, 방 소저가 나이는 비록 어렸으나 글을 읽고 쓰는 법이 날로 발전하여 「시경(詩經)」과 「서경(書經)」 등 온갖 책을 알지 못하는 것이 없어 이백(李白)7)과 두보(杜甫)8)를 무시할 정도였다. 얼굴과 풍채가 더욱 시원스러워 가을달이 빛을 잃고 봄꽃이 부끄러워할 만하였다. 가을 하늘 같은 기상과 반달 같은 이마에 희고 깨끗한 자태가 참으로 아름다워 해와 달의

---

5) 규방(閨房): 여성이 거처하는 방.
6) 여공(女功): 부녀자들이 해야 하는 길쌈질과 같은 일.
7) 이백(李白): 중국 성당기(盛唐期)의 시인으로 호는 청련거사(靑蓮居士)이고 자는 태백(太白)이며 본명은 이태백(李太白). 시선(詩仙)으로 불림.
8) 두보(杜甫): 중국 성당기(盛唐期)의 시인으로 호는 소릉(少陵)이고 자는 자미(子美). 시성(詩聖)으로 불림.

정기를 모은 듯했으니 이름이 주변 고을에 진동하였다. 그래서 모두들 방관주의 드높은 공적이 영원히 후세에 남을 줄로 여겼다.

부모가 방관주에게 길쌈과 바느질을 권하면 스스로 하지 않으니, 부모 또한 딸의 재주와 외모가 보통사람이 아니었으므로 싫어하는 것을 구태여 권하지 않았다. 여자 옷을 입히지 않고서 친척에게는 아들이라고 하였다.

문백 소저가 여덟 살이 되었을 때 불행히도 방공 부부가 한꺼번에 죽었다. 소저가 뜻밖에 부모가 죽는 고통을 만나니 그 슬퍼함이 예(禮)에 넘었고, 상례(喪禮)를 주관함이 법도에 어김이 없었다. 친척, 노복과 함께 부모의 상례를 지내고 스스로 집안일을 다스려 삼년상을 극진히 받들어 밤낮으로 피눈물을 흘리니 주변 사람들이 감동하였다.

부지런히 책을 읽고 여도(女道)9)에 대해서는 뜻이 더욱 없어져 한결같이 남자로 처신하고 비복(婢僕)을 위엄으로 다스리니 그의 정체를 친척도 알지 못하였다.

하루는 유모 주 유랑이 소저를 모시고 말하다가 이에 고하였다.

"이제 소저의 나이 아홉 살입니다. 규방(閨房)의 여자는 열 살이 되면 문밖을 나서지 않는다고 하였습니다. 원컨대 공자는 돌이켜 생각하시고 우스운 행동을 그만 그치십시오. 나중을 어지럽게 하지 마셔서 돌아가신 부모님 영혼을 평안하게 하소서."

공자가 발끈 성을 내고 정색하며 말하였다.

"내 이미 선친(先親)과 어머님의 명령을 받들어 남아(男兒)로 행세한 지 삼 년이 거의 다 되었고 한 번도 옷을 바꿔 입은 적이 없었네. 그러니 어찌 갑자기 내가 단단하게 먹은 마음을 고쳐 돌아가신

---

9) 여도(女道): 여자가 지켜야 할 도리.

부모님의 뜻을 저버리겠는가? 내 마땅히 입신양명하여 부모의 후사(後事)를 빛낼 것이니 어미는 괴로운 말을 다시는 말게. 나의 정체를 다른 사람에게 말하지 말기를 바라네."

유모가 말을 다 듣고서 나이가 아직 어려 힘이 없어 그러는가 하여 다시 말하지 않았다. 소저가 강렬하고 엄숙하니 비복(婢僕)들도 그 사실을 입 밖에 내지 않았다.

이후 소저는 책 읽는 데에 몰두하여 혹 병서(兵書)도 보고 무예도 익히며 이백(李白), 두보(杜甫)의 문장과 손무(孫武)와 오기(吳起)10)의 모략을 가슴속에 담았다. 세월이 갈수록 빨리 흘러 부모의 삼년상이 빨리 지나자 소저는 부모의 자취가 깊이 남아 있음을 더욱 슬퍼하였다.

봄이 되어 온갖 꽃이 활짝 피니 경치가 아름다움을 보고 마음이 울적해 스스로 심사를 위로하려고 집안일을 유모와 비복 등에게 맡기고 한 필 청려(靑驢)11)를 끌고 동자 몇 명을 따르게 해 원근의 산천과 사방의 큰 바다를 돌아다니며 두루 놀았다. 곳곳의 풍경이 매우 빼어나 꽃을 보면 가슴으로부터 문장이 일어나고 시흥(詩興)이 도도하였다. 바위 위에 시를 쓰며 이름을 새기고, 날이 저물면 암자에서 잠을 잤다. 이렇게 대여섯 달 동안을 두루 노닐었다.

이미 여름이 다 지나고 가을바람이 소슬하니 때는 늦가을 염간(念間)12)이었다. 단풍은 산골짜기를 붉게 물들였고 버들가지는 만 갈래로 겹쳐 낙엽이 어지러이 날리고 하늘은 높았다. 소저는 고향을 생각하였으나 아름다운 경치 때문에 곧 집안을 잊었다. 초겨울 염간이

---

10) 손무(孫武)와 오기(吳起): 모두 중국 춘추시대(春秋時代) 병법(兵法)의 대가(大家).
11) 청려(靑驢): 털빛이 검푸른 당나귀.
12) 염간(念間): 스무날께. 스무날 전후. 염(念)은 '스물'을 뜻함.

되니 흰 눈이 흩날려 눈서리가 쌓인 곳에 홍매화가 만발하여 그 향취가 은은하였고 겨울바람은 옷깃을 날렸다.

집을 떠난 지 일 년이 되었으므로 청려를 돌려 집안에 이르렀다. 새로이 서러움이 생겨 부모 영연(靈筵)13)에서 곡하며 절하니 그 각골지통(刻骨之痛)14)이 그치지 않았다.

시 짓기와 글쓰기로 세월을 보내니 광음이 훌쩍 지나 한 해가 지나 봄이 되었다. 이때 방 공자의 나이는 12살이었다. 넉넉한 기질과 꽃 같은 얼굴이 백옥을 새긴 듯하였고 흰 이에 붉은 입술과 두 눈이 깨끗하고 기이하여 인간 세상의 사람 같지가 않았다. 위엄이 있고 매서워 조금도 여자의 부드러운 모습이 없었다. 조용히 앉아 있으면 겨울 하늘의 찬 달이 푸른 하늘에 걸려 있는 듯하였고 담소를 하면 한가롭고 부드러워 삼동(三冬)의 눈이 녹는 듯하였다. 풍채는 버들 같고 봉황의 두 팔이 날 듯하니 진실로 하늘에서 귀양 온 신선 같았다. 이에 겸하여 문필(文筆)이 날로 발전해 도연명(陶淵明)15)의 문장과 종요(鍾繇)와 왕희지(王羲之)16)의 필법을 압도하고 재주가 있다는 명성이 자자하여 온 고을에 모르는 사람이 없었으니 사람들이 공경하고 감탄하며 그 복록을 칭찬하였다.

---

13) 영연(靈筵): 죽은 사람의 영궤(靈几)와 그에 딸린 모든 것을 차려놓는 곳.
14) 각골지통(刻骨之痛): 뼈에 새기는 슬픔.
15) 도연명(陶淵明): 중국 동진(東晉)의 문장가.
16) 종요(鍾繇)와 왕희지(王羲之): 종요(151~230)는 중국 삼국시대(三國時代) 위(魏)의 서예가로 자는 원상(元常)임. 왕희지(307~365)는 중국 동진(東晉)의 서예가로 자는 일소(逸少)임. 둘 다 서예의 대가로 알려져 있음.

2. 한림학사가 되다

차설. 정덕(正德) 천자가 과거를 베풀어 인재를 뽑으려 하니 궁벽한 시골 마을에 이르기까지 방방곡곡의 서생이 행장을 차려 경사로 향하였다. 방 공자는 이 소식을 듣고 속으로 생각하였다.

'내가 비록 여자지만 남자로 처신했으니 세상 여자의 남편 섬기는 도리를 어찌 하겠는가.'

드디어 노복에게 명령하여 행장을 준비하게 하고 유랑(乳娘)을 불러 집안의 크고 작은 일을 맡기고 사내종과 작은 아이를 데리고 길을 떠났다. 남쪽 교외에 이르러 잠시 머물러 있을 집을 정하고 과거장에서 쓸 여러 도구를 정돈하여 대궐 아래에 나아가 글제를 보았다.

시간이 촉박하여 이백(李白)과 같이 빨리 쓰는 사람이라도 붓 뚜껑을 덮을 지경이었고 글제가 어려워 두자미(杜子美),[17] 한퇴지(韓退之)[18]라도 능히 손을 놀리지 못할 정도였다. 그러나 방 공자는 조

---

17) 두자미(杜子美): 두보(杜甫). 자미(子美)는 두보의 자(字).
18) 한퇴지(韓退之): 한유(韓愈). 퇴지(退之)는 한유의 자(字). 중국 당(唐)의 문인으로 시호는
　　 문공(文公).

금도 개의치 않고 당건(唐巾)[19]에 흰 도포를 날리며 배회하여 시를 지을 생각을 하지 않았다.

답안을 낼 시간이 되자 천천히 깁을 펴고 옥 같은 손의 가느다란 손가락으로 산호 붓을 휘둘렀다. 붓 끝에 구름 그림자가 일어나 용과 봉황이 뛰어놀고 아홉 용이 서린 듯하였다. 먹빛이 빛나고 말뜻이 무릎을 칠 만큼 고상하였다. 잠깐 사이에 붓을 휘둘러 동행한 선비를 주어 바치라 하고 두루 걸으며 뭇 유생이 시 짓는 모습을 구경하였다.

선비 중에는 소년도 있고 혹 귀 밑에 백발을 드리운 사람도 있으며 중년의 유생도 있었다. 모습이 못나고 깨끗하지 못하며 기질이 못나게 보이는 사람도 있고 시원스러운 선비의 무리로 유건(儒巾)[20]을 끄덕이며 쓰는 사람도 있었다. 한 손을 짚고 읊조리는 자도 있고 혹 먼저 지었다며 의기양양해 하는 자도 있었다. 혹 놀란 기색으로 오직 붓 끝을 입에 물어 두 입술과 이에 검은빛이 덮인 자도 있었다. 공자가 한바탕 웃고 한편으로는 탄식하며 말하였다.

"우리나라에 참으로 인재가 적어 기이한 광경이 이와 같으니 안타깝구나."

이때 천자는 아홉 마리 용이 그려진 의자에 앉아 뭇 관리들과 함께 답안을 보았으나 하나도 마음에 드는 것이 없어 얼굴에 근심하는 빛을 띠었다. 마지막에 한 장의 답안지가 있었는데 글씨가 수려하고 오색 빛깔이 영롱해 상서로운 기운이 어려 있었다. 임금이 다시 보니 어찌 속세에 물든 재주리오? 붓질이 정밀하고 아홉 마리 용과 두

---

19) 당건(唐巾): 예전에 중국에서 쓰던 관(冠)의 하나.
20) 유건(儒巾): 유생들이 쓰던 검은 베로 만든 예관.

마리 봉황이 서려 있으며 구슬을 흩어 놓은 듯 말뜻이 깊고 넓으며 묵묵한 가운데 맑고 높았다. 소재는 구름과 내를 대상으로 하였고 말뜻이 강산에 머물러 있었다.

임금이 크게 기뻐하여 여러 신하들에게 보이고 말하였다.

"짐이 날이 기울도록 천여 장 답안을 보았으나 마침내 재주 있는 글을 보지 못했더니 이 글이 시원하고 향기로워 소동파(蘇東坡),[21] 이적선(李謫仙)[22]이라도 미치지 못할 것이다. 어찌 기특하지 않은가? 마땅히 이 글을 갑과(甲科) 제일(第一)[23]로 삼겠도다."

모든 신하가 일시에 인재 얻은 것을 하례하였다. 전두관(殿頭官)[24]이 금고(金鼓)[25]를 세 번 치고 장원의 이름을 불렀다.

"화주 사람 방관주니 나이는 12살이요, 그 아비는 유학(幼學)[26]이오."

이 말에 모두 놀라 얼굴빛이 변했다.

방 소저가 천천히 흰 도포를 휘날리며 가볍게 걸어 계단에 이르러 몸을 굽혀 존경의 뜻을 표했다. 조정을 가득 채운 신하들이 한번 보니 태양이 부상(扶桑)[27]에 돋은 듯 가까이 보니 눈썹 사이에 강산의 신령한 기운이 어려 있었다. 그 윤택한 모습은 가을 물에 핀 연꽃이요 옥계(玉階)에 핀 화왕(花王)[28]이었다. 그 화려한 모습은 새로 난 버들이 봄바람에 휘날리는 듯하였고 기상이 맑아 곧고 진중하여 이

---

21) 소동파(蘇東坡): 소식(蘇軾: 1036~1101). 동파는 소식의 호(號). 자(字)는 자첨(子瞻). 중국 북송(北宋) 때의 시인.
22) 이적선(李謫仙): 이백(李白)을 가리킴. 적선(謫仙)은 '귀양 온 신선'이라는 뜻으로 이백의 친구인 하지장(賀知章)이 붙여준 별명.
23) 갑과(甲科) 제일(第一): 장원을 이름.
24) 전두관(殿頭官): 궁궐에서 임금의 명령을 알리는 등 일을 맡은 내시관(內侍官).
25) 금고(金鼓): 북 모양의 종. 사람을 모을 때 침.
26) 유학(幼學): 벼슬하지 않은 유생(儒生).
27) 부상(扶桑): 동해(東海) 중에 있다는 신목(神木)으로 해가 뜨는 곳으로 알려져 있음.
28) 화왕(花王): 꽃 중의 왕. 모란을 가리킴.

루 바로 보지 못할 지경이었다.

임금이 크게 기뻐하고 사랑하여 가까이 불러 어화청삼(御花靑衫)[29]을 주고 술을 내렸다. 장원이 이미 반쯤 취하여 별 같은 눈이 몽롱하고 옥 같은 귀 밑에 술기운이 어려 붉은 기운이 백옥(白玉)을 침노하니 옥으로 만든 화분에 연꽃이 핀 듯하였다. 어화(御花)를 숙이고 궁전 계단에서 사배숙사(四拜肅謝)[30]하여 임금의 은혜에 사례하였다. 풍채가 훤칠하고 법도 있는 행동이 여유가 있어 태을진군(太乙眞君)[31]이 옥경(玉京)[32]에서 조회하는 듯하였다. 조정의 신하들이 눈을 옮겨 칭찬하지 않는 이가 없었다.

임금이 이에 천동쌍개(天童雙蓋)[33]와 금안백마(金鞍白馬)[34]를 주고 방관주를 한림학사에 임명하였다. 방 장원이 오사모(烏紗帽)[35]와 비단 도포에 화동쌍개(花童雙蓋)를 거느려 대궐문을 나섰다. 말 위의 아름다운 풍채가 찬란하니 구경하는 사람이 구름같이 모여 길을 가득 메웠다.

임금이 논밭과 노복을 내려 주고 전교(傳敎)[36]하여 장원각(壯元閣)을 지어 주었다. 팔도의 지부(知府), 자사(刺史)들이 물역(物役)[37]을 모았다. 전교로 장원각을 지으니 어찌 보통 때와 같이 하겠는가? 열흘도 안 되어 백여 칸 기와집을 다 지었다. 옥난간과 붉은빛 난간

---

29) 어화청삼(御花靑衫): 임금이 문무과에 급제한 사람에게 내려 주던 종이꽃[어사화(御賜花)]과 남색 도포.
30) 사배숙사(四拜肅謝): 네 번 절해 임금의 은혜에 감사를 드림.
31) 태을진군(太乙眞君): 도교에서 상정(想定)한 신선으로서 천신(天神) 중에서 가장 존귀한 신선.
32) 옥경(玉京): 백옥경(白玉京). 옥황상제(玉皇上帝)가 산다고 하는, 하늘 위 가상의 서울.
33) 천동쌍개(天童雙蓋): 임금이 하사한 동자와 두 개의 일산.
34) 금안백마(金鞍白馬): 금으로 장식한 안장과 흰 말.
35) 오사모(烏紗帽): 벼슬아치들이 관복을 입을 때에 쓰던 모자로 검은 실로 만들었음.
36) 전교(傳敎): 임금이 명령을 내림.
37) 물역(物役): 집을 짓는 데에 쓰는 벽돌, 기와, 모래, 흙 따위를 통틀어 이르는 말.

에 긴 담과 붉은 처마가 은은하여 반공(半空)38)에 솟았으니 장원이 외람됨을 이기지 못하였다.

방 한림이 이로부터 맡은 일을 다스리니 청렴 강직함이 한나라 때의 급암(汲黯)39)과 당나라 때의 위징(魏徵)40)보다도 더하였다.

방 한림이 등용되어 이와 같은 영화를 부모에게 보이지 못하는 것을 슬퍼하여 눈에 구슬 같은 눈물이 가득하였다. 이에 몇 달 말미를 얻어 고향에 내려가 소분(掃墳)41)하고 가묘(家廟)42)를 모셔 주 유랑만 데리고 오고 그 나머지는 고향을 지키게 하였다.

한림이 경사에 들어와 넓은 당에 봉안(奉安)43)하고 유모를 더욱 잘 대해 주었다. 유랑은 소저가 이와 같이 행동하는 것을 민망하게 여겼으나 감히 다시 고하지 못하고 큰 근심으로 삼았다. 그러나 이와 같은 영화(榮華)를 당해서는 기뻐해 마지않았다.

조정의 높은 관리들은 방 한림이 옥 같은 외모와 풍채로 어려서 과거에 급제함을 흠모하였다. 그래서 구혼하는 사람들이 구름 모이듯 하였으나 한림이 속으로 민망하고 우습게 여겨 허락하지 않았다.

---

38) 반공(半空): 땅으로부터 그리 높지 않은 허공.
39) 급암(汲黯): 한(漢) 무제(武帝) 때 직언(直言)으로 유명했던 신하. 자(字)는 장유(長孺).
40) 위징(魏徵): 580~643. 중국 당(唐) 초기의 정승으로서 자(字)는 현성(玄成), 시호(諡號)는 문정공(文貞公).
41) 소분(掃墳): 오랫동안 외지에서 벼슬하던 사람이 친부모의 산소에 가서 성묘하는 일.
42) 가묘(家廟): 집안의 사당.
43) 봉안(奉安): 신주나 화상(畵像)을 받들어 모심.

3. 영혜빙과 혼인하고 지기(知己)로 지내다

차설. 병부상서 겸 태학사 서평후 영의정의 자는 균지니, 사람이 공손하고 어질며 사리에 밝고 정대하였다. 충성이 대단하여 천자를 정도(正道)로 도왔다. 집안에 한 부인을 두었으니 또한 착한 여자여서 사납거나 투기하지 않았으며 분수에 어긋나는 짓을 하지 않았다.

부부가 화락(和樂)한 지 여러 해에 슬하(膝下)에 자녀가 많아 7자 5녀를 두었는데 모두가 사가옥수(謝家玉樹)[44]요 순가팔용(荀家八龍)[45]이었다. 남자 아이들은 용의 비늘을 끌어 잡고 봉황의 날개에 붙을 만한[46] 체격을 지녔고 여자 아이들은 요조숙녀(窈窕淑女)[47]로서 군자의 좋은 짝이 될 만했다. 부모가 애지중지하고 예쁘게 여겨 사위와 며느리 고르기를 심상치 않게 하여 위로 7자 4녀는 다 혼인

---

44) 사가옥수(謝家玉樹): 사씨(謝氏) 집안의 옥수(玉樹). 옥수(玉樹)는 아름다운 나무라는 뜻으로 재주가 뛰어난 사람을 가리키는 말임. 중국 동진(東晋) 때의 명가(名家)인 사씨 집안에 인물이 많았던 것을 가리키는 말.

45) 순가팔용(荀家八龍): 순씨팔용(荀氏八龍). 중국 후한(後漢) 순숙(荀淑)의 여덟 아들이 모두 덕업(德業)을 이루었다 하여 당시 사람들이 부른 명칭.

46) 용의~만한: 원문에는 "반용인부봉익"(攀龍鱗附鳳翼)으로 되어 있음. 영주(英主)를 섬기거나 성인을 스승으로 삼아 자신의 뜻을 이루는 것을 말함.

47) 요조숙녀(窈窕淑女): 행동이 얌전하고 정숙한 여자.

을 시켰다.

막내딸 혜빙 소저는 자가 묘주니, 꽃다운 나이가 13살이었다. 용모와 재질이 형제 중에 뛰어났다. 용모를 말한다면, 중추(仲秋)의 보름달이 하수(河水)에 비친 듯, 흰 연꽃 같은 귀밑과 희고 흰 두 뺨은 희미한 복숭아꽃 같았다. 아름다운 입술은 단사(丹砂)48)를 찍은 듯하였고, 낭성(狼星)49) 같은 눈길과 가벼운 두 팔은 날아가는 봉황이 구름 낀 산을 향하는 듯하였으며 가는 허리는 촉깁50)을 묶은 듯하였다. 기질은 가을 달과 같았고 성정(性情)은 동쪽에 떠 있는 찬달 같았다. 그 마음이 철석(鐵石)과 빙옥(氷玉) 같았고 마음이 가볍고 가뿐해 홍진(紅塵)의 티끌에는 별생각이 없어 얽매이지 않았다.

문득 세상 부부의 영욕(榮辱)을 초월(楚越)51)같이 배척하여 말끝마다 다음과 같이 말하였다.

"여자는 죄인이다. 온갖 일에 이미 마음대로 못 하여 남의 규제를 받으니 남아가 못 된다면 인륜을 끊는 것이 옳다."

그러면서 언니들의 구차함을 비웃었다. 형제들은 활발하다고 조롱하고 부모는 그 마음을 괴이하게 여겼다.

영 공이 방 한림을 크게 사랑하여 구혼을 정성껏 하였다. 한림이 매우 괴로웠으나 또한 이미 남자로 행세하여 몸을 마치려고 하면서 처자(妻子)를 두지 않으면 주변 사람들이 의심할 것이니 차라리 아름다운 숙녀를 얻어 평생의 지기(知己)로 삼는 것이 마땅하다고 생

---

48) 단사(丹砂): 진사(辰砂). 붉은색 안료(顔料).
49) 낭성(狼星): 큰개자리에서 가장 밝은 청백색의 별로 하늘에서 볼 수 있는 가장 밝은 별임.
50) 촉깁: 촉나라에서 나는 질 좋은 비단.
51) 초월(楚越): 중국 전국시대의 초나라와 월나라의 사이라는 뜻으로, 서로 원수처럼 여기는 사이를 비유적으로 이르는 말.

각하였다. 그러나 차마 사람을 속여 인륜을 끊게 하는 것이 어렵고 또한 어리석은 사람을 만나면 자기의 정체를 누설할까 하여 천 번, 만 번을 생각하나 계교가 없어 다만 사양하며 말하였다.

"제가 아직 나이가 어려 아내를 취하는 것이 바쁘지 않습니다. 평생소원은 무염(無鹽)52)과 같더라도 진중하고 부덕(婦德)이 있는 여자를 구하는 것입니다. 비록 서시(西施)53)의 아름다움이라도 마음 씀이 가벼운 자는 원하지 않습니다. 당돌하오나 대인의 규수가 착한지 나쁜지 알 수 없으니 감히 허락하지 못하겠나이다."

서평후가 이 말을 듣고 속으로 생각한 바가 있어 은은히 웃으며 말하였다.

"'착한 숙녀는 군자의 좋은 짝이요, 끼룩끼룩 우는 물수리는 하수(河水)의 모래톱에 있도다'54)라 했소. 노부가 자식을 칭찬하는 것이 우스운 일이지만 지금 그대가 군자의 풍모가 있고 내 딸이 숙녀의 풍모가 있으니 이런 까닭에 말을 한 것이오. 족하(足下)55)는 의심치 말고 다만 내일 우리 집에 와 노부와 함께 매화나무 아래에서 좋은 술을 맛보는 것이 어떠오?"

한림이 영 공의 뜻을 짐작하고 속으로 웃고 대답하였다.

"명대로 하겠나이다."

다음 날, 한림이 수레를 밀어 서평후의 집에 이르자 서평후가 크게 기뻐하며 맞이해 사례하였다.

---

52) 무염(無鹽): 전국시대 제(齊)의 추녀인 종리춘(鐘離春)을 가리킴. 무염(無鹽)은 종리춘이 살았던 무염읍(無鹽邑)에서 유래한 이름.
53) 서시(西施): 중국 춘추시대 월(越)의 미녀.
54) 착한~있도다: 「시경(詩經)」의 첫머리인 「주남(周南)」〈관저(關雎)〉의 구절.
55) 족하(足下): 상대를 높여 부르는 말.

“어제 당돌하게 족하를 청했더니 이렇게 자리를 빛내러 오시니 기쁘고 다행스럽소이다.”

한림이 공손히 사양하며 말하였다.

“어찌 기쁘게 받아들이지 않겠습니까?”

서평후가 좋은 술과 맛있는 안주를 들여 두어 순배(巡杯)56)가 지나자, 손으로 수염을 어루만지며 기쁘게 웃으며 말하였다.

“어제 형후(兄侯)57)를 강굴(降屈)58)하라 한 것은 다른 일이 아니오. 그대가 아녀자의 선악을 알지 못해 의심되는 상태에서 혼인을 허락하지 못하겠다고 하므로 특별히 한 번 보여 의심을 풀게 할 것이니 모름지기 의심하지 마오.”

말을 마치고 명령을 전해 소저를 나오라 하였다. 소저가 이윽고 나와 아버지의 명령에 응하니 어떤 젊은 선비가 자리에 있음을 보고 놀라서 밝은 눈을 숙이고 단정히 앉았다. 그 모습은 진실로 요조숙녀였다. 온갖 태도와 거동이 꾸민 것이 없으나 한림이 한 번 보고 환히 기쁜 마음이 일어 옥 같은 얼굴에 온화한 기운이 가득하였다. 속으로 경탄하고 사모하며 칭찬하여 저렇듯 예쁘고 재기 있는 여자는 온 세상을 통틀어도 다시 얻지 못할 것이라 하였다. 다만 숙녀가 자기에게 돌아와 인륜이 끊기고 일생이 매몰될 것을 생각하니 불쌍하고 가여웠다. 다시 말을 막을 수가 없어 무릎을 모으고 단정히 앉았다.

이에 공이 말하였다.

“그대가 우리 딸아이를 보았으니 어떻게 하려 하오?”

한림이 몸을 굽혀 대답하였다.

---

56) 순배(巡杯): 차례로 돌린 술잔
57) 형후(兄侯): 상대를 높여 이르는 말.
58) 강굴(降屈): 남이 자기 있는 곳으로 찾아옴을 높여 이르는 말.

"소저는 진실로 요조숙녀입니다. 소생이 복이 없어질까 두려워할지언정 어찌 감히 사양하겠나이까?"

영 공이 매우 기뻐하여 말마다 칭찬하고 사례하였다. 한림과 딸을 보니 그야말로 좋은 배필이었다. 한림은 연꽃 같고 딸은 붉은 연꽃 같으며, 한림은 맑은 물 같고 딸은 어여쁘니 해와 달 한 쌍이 함께 돋은 것 같았다. 영 공이 크게 기뻐하여 딸을 돌려보내고 한림을 데리고 종일토록 즐기다 서로 흩어졌다.

이에 방 한림이 집에 돌아가 영씨 집안과의 혼사를 주 유랑에게 이르니 유모가 낯빛이 변하며 말하였다.

"옳지 않습니다. 우리 낭군의 혼사는 옥 같은 군자에게 있으니 어찌 규수에게 있겠습니까? 이처럼 괴이한 행동을 하시고 나중에 어떻게 하려 하십니까?"

한림이 미소를 짓고 말하였다.

"이는 내 생각한 것이 있으니 어미는 모름지기 말을 입 밖에 내지 말고 혼례나 준비하라. 이목이 허다(許多)하니 유모의 말로 나의 철옥 같은 마음과 일생을 방해하지 말라."

영씨 집안에서 택일(擇日)하니 길일이 열흘 정도 남아 있었다. 이에 서평후가 기뻐하였다.

재설. 영 소저 혜빙이 아버지의 명으로 방 한림을 보자, 영혜빙의 총명함과 기이함은 본디 보통 사람과 달랐으므로 소리를 들어 선악을 분변할 줄 알았으니 어찌 그 얼굴을 대해 더 말할 것이 있으리오? 방 한림이 비록 준수하였으나 오히려 영씨의 한 쌍 거울에 훤히 비치지 않을 수 있으리오? 한림의 말소리가 낭랑하나 가늘고 조용하며 나직하니 속으로 괴이하게 여겨 한 번 눈길을 주고 분명히 깨달아 오랫동안 생각하고 일어나 내당(內堂)에 들어가 조용히 헤아려 보았다.

'예로부터 남자가 참으로 고운 사람도 있다고 하나 여자와는 차이가 많으니 어찌 이런 남자가 있겠는가? 부드럽고 시원스러워 이슬 맞은 꽃송이 같아 끝없이 무르녹았고, 온갖 태도는 아름답구나. 이는 반드시 어려서 부질없는 남복을 하여 부모가 일찍 죽으니 여자의 도리를 권해 가르칠 사람이 없어 끝을 맺기 어려워 이에 이른 것이니 진실로 가소로운 일이구나.

내가 보니 방 씨의 얼굴이 시원스럽고 행동거지가 단엄하여 일대의 기남자(奇男子)다. 이런 영웅 같은 여자를 만나 일생 지기(知己)[59]가 되어 부부의 의리와 형제의 정을 맺어 한평생을 마치는 것이 나의 소원이다.

내 본디 남자의 사랑하는 아내가 되어 그의 제어를 받으며 눈썹을 그려 아첨하는 것을 괴롭게 여기고 있었다. 금슬우지(琴瑟友之)[60]와 종고지락(鐘鼓之樂)[61]을 내가 원하지 않더니 우연히 이런 일이 있으니 어찌 우연하다 하리오? 반드시 하늘이 생각해 주신 것이다. 수건과 빗을 맡는 구구한 일보다 이것이 낫지 않으리오?'

평생 지녀온 철옥 같은 마음으로 이와 같이 생각을 정하니 세상일이 뜬구름과 같았다. 이처럼 생각을 단단히 먹으니 기이한 일이었다. 옛날 도원결의(桃園結義)와 유백아, 종자기의 지음(知音)[62]이 있었

---

59) 지기(知己): 자기를 잘 이해해주는 참다운 친구.
60) 금슬우지(琴瑟友之): 금(琴)과 슬(瑟)로 친히 함. 남편이 아내를 즐겁게 하기 위해 이러한 현악기를 연주함. 「시경(詩經)」에 있는 말.
61) 종고지락(鐘鼓之樂): 종과 북을 쳐 즐겁게 함. 남편이 아내를 즐겁게 하기 위해 이러한 타악기를 연주함. 「시경(詩經)」에 있는 말.
62) 유백아, 종자기의 지음(知音): 유백아(俞伯牙)는 춘추시대(春秋時代) 진(晉)의 대부(大夫)로서 거문고를 잘 탔는데, 한번은 조국 초(楚)에 가 거문고를 타니, 종자기(鍾子期)가 그 소리를 듣고 백아의 심정을 꿰뚫어 안 후 둘이 친구가 됨. '지음(知音)'은 '소리를 앎'의 뜻

으나 지금에는 이 두 사람뿐이었다.

세월이 흰 망아지가 틈을 지나는 것 같아 길일이 되었다. 양쪽 집안에서 혼례에 쓰일 물건을 성대하게 준비하여 채례(采禮)63)를 보내고 친영(親迎)64)을 하게 되었다. 방 한림이 옥 같은 외모와 빛나는 풍채로 길복(吉服)을 입고 행렬을 거느려 신부 집으로 향하니 향기로운 바람도 좋은 날을 축하해 주는 듯하였다. 금으로 만든 안장을 백마에 얹어 탄 후 호위를 받으며 나아가니 그 광경을 보는 자들이 감탄하며 하늘에서 내려온 신랑이라고 하였다.

영 씨 집안에 이르러 상 위에 기러기를 놓고 절한 후 신부가 가마에 오르기를 기다렸다. 서평후가 종이 등을 내어 최장시(催裝詩)65)를 지으라 재촉하니 생이 그윽이 실소(失笑)하였다. 산호 붓에 먹을 묻혀 종이를 펴고 구슬을 흩뜨려 다 써서 받들어 전하며 말하였다.

"소자가 재주가 둔해 악장(岳丈)66)의 높은 안목을 욕되게 하나이다."

서평후가 받아서 보니 시구(詩句)가 기이하여 바람이 되었다가 비가 되었다 하였다. 기쁜 웃음을 참지 못하니 손님들의 치하가 분분하였다. 이에 공이 왼손으로 술잔을 받고 오른손으로 술잔을 건네며 즐기고 기뻐하였다. 공의 일곱 아들과 네 딸이 다 아름다우나 방생에게 비하면 버려진 옥과 곤옥(崑玉)67) 같았다.

이윽고 신부가 옷을 아름답게 치장하고 채색을 한 가마에 오르니 칠보(七寶)로 된 발을 치고 한림이 순금으로 만든 자물쇠를 들어 가

---

63) 채례(采禮): 납폐(納幣). 혼인할 때에, 사주단자의 교환이 끝난 후 정혼이 이루어진 증거로 신랑 집에서 신부 집으로 보내는 예물.
64) 친영(親迎): 신랑이 신부 집에 가서 혼례를 치르고 신부를 맞아오는 예.
65) 최장시(催裝詩): 신부에게 옷 입기를 재촉하는 시.
66) 악장(岳丈): '장인(丈人)'을 높이어 이르는 말. 빙장(聘丈).
67) 곤옥(崑玉): 곤륜산에서 난다는 아름다운 옥.

마를 봉하였다. 행렬을 거느리고 집에 이르러 교배(交拜)68)를 마치고 화촉(華燭)69) 아래에 나아가 자하상(紫霞觴)70)을 나누었다. 칠보선(七寶扇)71)을 반쯤 내리고 신랑이 눈을 들어 신부를 보았다. 아리따운 광채가 사방의 벽에 빛나고 풍만한 기질이 새롭게 보였다.

석양에 신방에 나아가니 한림은 수려한 눈썹 사이에 근심이 묵묵히 어렸고 영 소저는 그가 여자인 것을 몰래 기뻐하였다. 신랑, 신부가 서로 대하여 오랫동안 잠자코 있다가 한림이 손을 들어 예의를 갖추고 말하였다.

"학생(學生)이 천박한 필부(匹夫)72)이거늘 악장(岳丈)이 잘 봐주셔서 소저를 대하게 되었으니 실로 다행하도다. 서로 지기(知己)가 되기를 바라노라."

영 소저가 용모를 바르게 하고 옷깃을 가다듬으며 말하였다.

"비루한 첩이 규방에 있으면서 보고 들은 것이 고루(孤陋)73)하여 쓸모없는 비루한 자질로 목숨을 지탱하여 외람되게 낭군과 부부의 도를 이루었습니다. 그러나 어찌 지기를 갈망하겠습니까? 다만 스스로 돌아보시어 여자의 식견을 너무 어둡게 생각지 마소서. 첩이 군자의 일을 누설하지 않을 것이니 너무 속이지 마소서."

한림이 의아해하며 스스로 부끄러워 홀연 단사(丹砂)74)에 백옥(白玉)75)이 어지러워 선선히 웃으며 말하였다.

"부인(夫人)의 말이 뜻이 있을 것이오. 주인과 객이 만난 지 얼마 되지 않아 속인다고 꾸짖으니 그 뜻이 어디에 있는고? 자세히 설명하오."

소저가 꽃 같은 얼굴을 숙여 정색하고서 대답을 하지 않았다. 한림이 영 씨가 자신을 알아본 줄을 알고 사람 알아볼 줄 아는 고명(高明)함에 경탄하였으나 너무 맑은 것을 좋아하지 않아 다시 입을 열지 않고 그날 밤을 지냈다.

다음 날 신부가 폐백을 갖추어 사당을 뵈니 한림과 어깨를 나란히 하여 술잔을 올렸다. 한림이 옛일을 생각하고 슬픔이 섞여 일어나 눈물이 연꽃 같은 두 뺨에 젖었다. 소저가 또한 감동하여 슬퍼하며 눈물을 흘렸다. 소저의 침소를 정전(正殿) 해월각에 정하니 그 집에서 가장 큰 곳이었다. 붉은 난간과 옥으로 꾸민 난간이며 깁을 바른 창과 하얗게 꾸민 벽이 인간 세상 같지 않았다.

이날 밤에 한림이 정침(正寢)에 이르렀다. 영 소저는 규방의 여자 가운데 세상 이치를 꿰뚫어 아는 여자였다. 이미 한림이 여자인 줄을 알고 이에 별 같은 눈을 숙이고 자리를 피해76) 말하였다.

"첩이 상공께 한번 고할 말씀이 있으니 용서하소서."

한림이 저가 자기 알아봄이 이 같음을 보고 탄식하며 말하였다.

"무슨 말을 나에게 하려고 하는고. 한번 듣고 싶소."

소저가 옷깃을 여미고 대답하였다.

"소첩이 만일 한림을 알지 못한다면 어찌 말이 당돌한 데에 미치겠습니까? 가만히 헤아려 보니 한림이 일월(日月)을 속이고 세상을 속여 음양(陰陽)을 바꿔 입었다는 것을 아니 한번 자세히 밝히시면

___
75) 백옥(白玉): 원래 흰 옥을 뜻하나 여기에서는 이[齒]를 가리킴.
76) 자리를 피해: 원문에는 '피석'(避席)으로 되어 있음. 피석은 공경의 뜻을 나타내기 위해 자리를 옮기는 것임.

첩이 죽을 때까지 저버리지 않겠나이다.”

한림이 이미 이와 같이 맑은 결단이 있는 것에 뜻을 굽혀 한편으로 부끄러워해 슬픈 빛을 띠었다. 시간이 지나 옥 같은 얼굴에 구슬 같은 눈물이 어지럽게 흘러 기운을 수습하지 못하였다. 이윽고 팔을 들어 사례하고 말하였다.

“나는 근본이 그대의 의심과 같도다. 하늘로부터 큰 벌을 얻어 여덟 살에 부모님을 여의고 고독한 몸이 되었소. 외딴 시골마을에 친척이 드물어 사방을 둘러봐도 의탁할 사람이 없어 어찌할 방법이 없었소. 할 수 없이 이런 모습으로 지내며 속절없이 세월을 보냈소. 이미 열 살이 되어 어리석은 기운이 더욱 그칠 줄을 몰라 이 지경에 이르렀더니 오늘 그대가 분명히 알아보았구려. 감히 다시 속이지 못할 것이오. 나는 이미 그릇된 길에 들어 사사로운 이익을 탐하여 부부의 즐거움을 긴요치 않게 여겼건만 존공(尊公)77)의 핍박을 면치 못해 소저의 인륜을 끊었으니 부끄러워 낯을 들 곳이 없구려. 다만 나의 정체를 누설하면 안 될 것이니 그대가 침묵해주기를 바라오.”

영 소저가 기쁜 낯빛으로 말하였다.

“첩이 이미 그대를 처음에 볼 때 확실히 알아보았으니 이제는 그대와 함께 일생을 지내도 족히 처자의 도리를 잃지 않을 것입니다. 다만 그대가 나이 많도록 수염이 나지 않는다면 어느 사람이 모르겠습니까? 그때가 되면 어찌 할 것입니까?”

한림이 슬픈 빛을 띠고 탄식하였다.

“일이 잘되어 가기를 바라니 염려할 것은 없으나 소저의 일생을 생각하면 위하는 마음이 끝이 없구려. 이미 나를 위하여 지기가 되

---

77) 존공(尊公): 윗사람을 높이어 일컫는 말. 여기서는 영 소저의 아버지 서평후를 가리킴.

어 평생을 함께 지내고자 한다면 형제의 의를 맺어 명칭을 어지럽히지 맙시다."

영 소저가 좋아하지 않으며 말하였다.

"안 됩니다. 그렇게 한다면 자연스레 누설이 될 것이니 부모님이 아시면 좋지 않을 것입니다. 다만 부부의 예를 차릴 따름이니 어찌 주저함이 있겠습니까?"

한림이 기뻐 허락하고 이에 소저에게 팔뚝 위의 주표(朱標)78)를 보이니 소저가 냉소하고 말하였다.

"이것을 주변 사람이 보면 어찌하려 합니까?"

"내가 스스로 깊이 감추었으니 알 자가 누가 있으리오?"

두 사람이 다 웃고 또한 다행히 지기(知己)를 얻어 서로 인생이 없어지지 않는 것을 기뻐하였다.

이후에 두 사람이 화락(和樂)하여 한림이 조정에 갔다 오면 내당에서 종일토록 보내고 외당(外堂)에 손님을 모으지 않았다. 사람들이 고요하고 단정함을 더욱 칭찬하였다.

---

78) 주표(朱標): 붉은 표시라는 뜻으로, 처녀임을 드러내는 징표. 앵혈로도 불림.

4. 벼슬이 오르고 형주 안찰사로 가다

방 한림 승품작위(陞品爵位)[79] 제2회

화설. 방 한림이 조정에 들어간 지 몇 년이 지났다. 옥당(玉堂)[80] 제일의 명사(名士)가 되어 관직에 있으면서 강직하고 엄하며 충성과 절개가 넓고 컸다. 천자를 돕는 모습이 당나라의 위징(魏徵),[81] 한나라의 급암(汲黯)[82]과 나란히 둘 만하였다. 나이가 비록 열세 살 어린아이였으나 조정에서 천자 다음으로 두려워하였고 스승과 같이 우러러보았다.

한림이 예를 해, 달과 같이 밝게 갖추었으니 벼슬이 날로 올랐고 충성과 절개가 실로 분명하게 드러났다. 이에 임금이 한림을 태자보다도 더 애지중지하였다. 벼슬을 올려 이부시랑 겸 태학사에 임명하니 한림이 사양하였으나 뜻을 이루지 못하였다. 갈수록 충성과 절개

---

79) 승품작위(陞品爵位): 벼슬이 오름.
80) 옥당(玉堂): 한림원(翰林院)의 별칭. 한림원은 주로 학문과 문필에 관한 일을 맡았던 곳.
81) 위징(魏徵): 580～643. 중국 당(唐) 초기의 정승으로서 자(字)는 현성(玄成), 시호(諡號)는 문정공(文貞公).
82) 급암(汲黯): 한(漢) 무제(武帝) 때 직언(直言)으로 유명했던 신하. 자(字)는 장유(長孺).

를 가다듬어 행실을 금옥(金玉)과 같은 군자처럼 하였다. 청렴 강직하니 조정 안팎에서 다 우러러보았다. 임금이 시랑을 보면 무릎을 치고 말씀을 가다듬고 공경하며 자신을 단속하였다. 별호를 강직현명렬(剛直賢明烈)이라 정해 주니 이로부터 물망(物望)[83]과 맑은 이름이 더욱 높아졌다.

임금이 영 소저에게 봉관화리(鳳冠花履)[84]와 명부(命婦)[85]의 옷을 주니 영광이 더욱 성했으며 한편으로 영 소저의 풍채를 도왔다. 시랑이 눈을 들어 소저를 보고는 차게 웃으며 말하였다.

"부인이 학생 같은 남편을 만나 열셋 청춘에 나의 아내가 되어 봉관화리(鳳冠花履)를 얻었으니 일찍 출세함을 축하하노라."

영 소저가 화관(花冠)[86]을 숙이고 붉은 입술에 흰 이를 드러내어 말하였다.

"이것이 다 현후(賢侯)[87]의 은덕이니 큰 덕이 산악과 같습니다. 여자가 남편의 은총을 입는 것이 사리에 옳으니 어찌 도리어 아끼십니까?"

시랑이 크게 웃고 또한 자신이 남자 아님을 슬퍼하였다.

서평후는 이런 훌륭한 사위를 얻은 데다 부부 두 사람이 사랑하여 잠시도 떨어져 있지 않으니 크게 기뻐하였다. 그러나 서평후가 집안의 내밀한 일을 어찌 알겠는가?

방 시랑의 풍채와 물망(物望)을 부러워하고 탄복하여 재취(再娶)를 청하는 사람이 끊이지 않았다. 시랑이 매우 괴로워하며 막아 말

---

83) 물망(物望): 여러 사람이 우러러보아 드러난 이름.
84) 봉관화리(鳳冠花履): 봉황 무늬가 있는 관(冠)과 꽃무늬가 그려진 신발.
85) 명부(命婦): 봉작(封爵)을 받은 부인을 통틀어 이르는 말.
86) 화관(花冠): 아름답게 장식한 관(冠).
87) 현후(賢侯): 상대방을 높여 부르는 말.

하였다.

"소생은 고독한 한 몸이 번화한 데 뜻이 없으니 한 처자를 두어 법을 지키고 몸을 마치려 합니다. 그러니 어찌 다른 생각이 있겠습니까?"

말을 끝마치고 기색이 서릿발 같으니 감히 다시 청하지 못하였다.

차설. 예로부터 소인이 자주 권력을 농단하였다. 간신(奸臣)이 아뢰었다.

"외방(外方) 인심이 괴이하여 형주 변방 고을이 어지러워 사람들이 난신적자(亂臣賊子)88)가 되었습니다. 마땅히 이부시랑 방관주를 안찰사로 삼아 인심을 진정시키소서."

임금이 그 말을 좇아 방 시랑을 형주 안찰사에 임명하니 기한이 일 년이었다. 시랑이 할 수 없이 길을 떠나게 되어 임금 앞에서 하직을 하니, 임금이 한림에게 술을 내려 주며 떠나는 것을 안타까워하였다.

집에 돌아와 부인과 이별을 하니 두 사람이 다 연연해하였다. 시랑이 부인의 손을 잡고 말하였다.

"그대를 만나 지기붕우(知己朋友) 된 지 몇 달이 지났을 뿐인데 이별을 하는 것은 삼춘(三春)89) 같네. 오늘 몇 년간 떨어질 것을 생각하니 매우 슬프구려. 원컨대 현후(賢侯)는 길이 몸을 보중하여 제사(祭祀)를 정성껏 받들기를 바라노라."

부인이 대답하였다.

"첩이 이미 그대의 처자가 되었으니 제사(祭祀)를 당부하시는 것을 기다리지 않습니다. 그러나 이별하는 것이 가장 괴로우니 관포(管鮑)의 지기(知己)90)가 데면데면하지 않음을 오늘에서야 알겠습니다."

---

88) 난신적자(亂臣賊子): 나라를 어지럽게 하는 신하와 어버이를 해치는 자식.
89) 삼춘(三春): 세 봄. 즉 세 해.
90) 관포(管鮑)의 지기(知己): 관포지교(管鮑之交). 중국 춘추시대(春秋時代) 관중(管仲)과 포

시랑이 일어나며 연연해하였다. 이윽고 흔쾌히 일어나며 웃고 말하였다.

"대장부가 나라에 몸을 허락하였으니 아녀자의 태도를 취해 처자와 이별하는 것을 안타까워하리오? 그대는 길이 몸조심하라."

말을 마치고 주 유랑을 불러 몸을 보중하라 당부하니 주 씨가 눈물을 비 오듯 흘리며 이별하였다. 이에 시랑이 말하였다.

"어미가 어찌 이리 행동하는고? 끝내는 내 먼저 죽을 것이니 그대 어찌 이러는가?"

유모가 크게 놀라 정신이 없이 말하였다.

"낭군이 언참(言讖)91)이 될 괴이한 말씀을 하시나이까?"

말을 마치고 매우 염려하였다. 시랑이 좋은 낯빛으로 위로하고 술을 내오게 해 네댓 잔을 기울이고서 떠나려 하였다. 부인을 재삼 돌아보고 잊지 못하니 집안사람들은 다만 사랑하여 그러는 줄로 여겼다.

한림이 길을 떠나 형주에 이르러 공무를 잘 다스렸다. 몇 달 만에 교화가 크게 일어나 풍속이 극히 순박해져 밤에 문을 닫지 않고 남녀가 길을 사양하니 한림의 위엄과 덕망이 크게 베풀어진 결과였다.

이처럼 잘 다스린 지 오십 달이 되자, 천자가 듣고 크게 기뻐하고 아름답게 여겨 불러서 쓰려고 하였다. 방 안찰사가 타향 객지에 머문 지 오래되었으므로 규방 홍안(紅顔)이 외롭게 지내는 것을 그리워하고, 임금의 얼굴이 어른거려 임금에 대한 그리움도 날로 더해갔다.

숙아(鮑叔牙)의 사귐이 매우 친밀하였다는 고사에서 유래함.
91) 언참(言讖): 의도하지 않았으나 미래의 사실을 꼭 맞혀 예언하는 말.

5. 낙성을 얻어 기르다

방 안대(按臺) 낙성 양휵(養慉) 제3회

이때 방 안찰사가 맡은 일을 잘 다스려 관아에 일이 없었다. 계절이 바야흐로 바뀌니 동원(東園)[92]에는 꽃이 떨어지고, 살구꽃이 빛나며, 오동나무에 가을빛이 서려 있어 경치가 볼 만하였다.

추종(騶從)[93]을 다 떨쳐버리고, 미복(微服)[94]을 입고 청포(靑袍)[95]를 벗었다. 가벼운 두건을 한 채 한 쌍 어린아이에게 남초(南草)[96]와 금현(琴弦)[97]을 들리고 근처의 좋은 경치를 구경하러 나갔다. 점점 걸어서 산골짜기 바위 위로 들어갔다.

이때는 바로 늦가을 초순이었다. 산속의 경치가 매우 빼어나 붉은 비단 휘장을 친 듯하였다. 향기로운 바람이 가득한데 봉우리들은 삐죽삐죽 겹쳐 있고 바위 절벽의 폭포수는 콸콸 쏟아졌다. 가을 물에

---

92) 동원(東園): 동헌(東軒)의 정원.
93) 추종(騶從): 윗사람을 따라다니는 종.
94) 미복(微服): 남루한 옷차림.
95) 청포(靑袍): 벼슬아치가 공복(公服)으로 입던 푸른색의 도포.
96) 남초(南草): 담배.
97) 금현(琴弦): 거문고의 줄. 여기에서는 거문고의 뜻.

비친 햇빛이 한가로우니 이에 바위 위에 올라가 거문고 줄을 어루만져 줄을 고르고 남초를 태우며 자주 노래하며 읊었다. 소리가 웅장하고 맑으며 낭랑하고 전아하였으니 참으로 옥이 부서지는 듯한 맑은 소리였다.

글 쓰는 도구를 내어 바위 위에 시 하나를 썼다.

가을바람이 쓸쓸함이여
내 마음과 같도다.
신기하게 지음(知音)을 둠이여
아름답고도 어여쁜 일이로다.

스스로 바늘과 실을 던짐이여
몸이 날아 임금에게 절하도다.
살아서 소원을 이룸이여
죽은 뒤에도 성명이 남으리로다.

안찰사가 다 쓰고 그 아래에, '한림학사 예부시랑 태학사 현명선생 방관주는 쓰노라.'라고 썼다.

다 쓰고 바로 돌아오려 하니 문득 급한 천둥소리가 진동하며 햇빛을 분간하지 못할 지경이 되었다. 동자가 놀라서 낯을 싸고 엎어졌으나 안찰사는 낯빛이 자약하여 햇빛이 나기를 기다렸다. 홀연 천둥소리가 한 번 나고 큰 별이 떨어지니, 밝은 기운이 찬란하게 일어나 상서로운 기운이 어렸다. 잠시 뒤에 햇빛이 밝게 비치었다. 안찰사가 다시 보니 별의 광채는 없고 옥 같은 아이가 놓여 있었다. 크게 놀라서 보니 그 아이가 난 지 몇 달은 되어 보였다. 눈썹과 눈이 비범하고 두 눈이 맑은 거울 같았다. 옥 같은 용모에는 해와 달의 정기가 어려 있었다. 안찰사가 크게 기뻐하며 말하였다.

"하늘이 나에게 주신 것이로다."

이에 자세히 보니 총명한 기운이 두드러져 있었고 가슴에 낙성(落星) 두 글자가 분명히 쓰여 있었다. 매우 괴이하게 여겨 데리고 집에 돌아와 유모를 구해 기르게 했다. 이 아이가 날로 성장하니 더욱 괴이하게 여기며 이름을 낙성이라 지었다.

낙성을 얻은 지 수십 일 만에 경사 소식을 들으니 대장군 양덕이 죽었다고 하였다. 안찰사가 깨닫고 이날 밤에 천문(天文)[98]을 보니 과연 양군의 주성(主星)[99]이 떨어져 있었다. 더욱 괴이하여 자기 주성인 문곡성(文曲星)[100]을 보니 광채가 찬란하여 맑은 빛이 하늘에 빛나 뭇별의 광채를 빼앗고 있었다. 이에 스스로 벼슬이 더 오를 줄 짐작하였다.

계절이 바뀌어 다음 해 봄이 되었다. 안찰사가 부인에 대한 그리움을 참지 못했으며 임금을 뵙고자 하는 마음이 간절하였다. 임금이 그 정직함을 아름답게 여겨 벼슬을 돋워 병부상서 추밀사로 불렀다. 안찰사가 향안(香案)[101]을 배설(排設)[102]하여 임금의 명령을 듣고 북쪽을 향해 네 번 절하고 길을 떠났다. 낙성을 데리고 서울에 도착해 조정에 들어가니 임금이 반기고 은근히 위로하였다.

---

98) 천문(天文): 천체의 운행.
99) 주성(主星): 그 사람에 해당하는 별.
100) 문곡성(文曲星): 구성(九星) 가운데 넷째 별.
101) 향안(香案): 향로나 향합 따위를 올려놓는 상. 향상(香床).
102) 배설(排設): 의식이나 연회 등에서, 필요한 여러 가지 제구를 차려놓음.

"경(卿)이 어린 사람으로서 짐을 도와 삼 년 동안에 충성이 한결같을 뿐만 아니라 형주의 어지러운 인심을 반석과 같이 평정하고 돌아오니 경의 공이 범상치 않도다. 어찌 국가의 고굉지신(股肱之臣)103)이 아니겠는가?"

드디어 술을 내리니 상서가 받아 은혜에 감사를 드리고 엎드려 아뢰었다.

"신이 주상 폐하의 큰 은혜를 과도하게 입어 간뇌(肝腦)를 버려 갚으려 했사옵니다. 행여 형주를 진압했사오나 이것은 다 폐하의 큰 복이요 신은 조그마한 공도 없거늘, 이렇듯 황공하온 어주(御酒)104)를 받을 줄 알았겠나이까? 신이 열다섯 어린 나이에 외람된 벼슬을 받으니 복이 덜릴 것 같습니다. 엎드려 바라건대, 밝으신 폐하께서는 너무 높은 벼슬을 다시 거두어 주시기를 바라나이다."

임금이 웃으며 말하였다.

"지금 조정에서 중히 여기는 사람은 경 한 사람뿐이로다. 짐이 이 벼슬을 그대에게 주지 않고 누구에게 주리오? 경은 고집을 부리지 말라."

상서가 할 수 없이 사은(謝恩)하고 말하였다.

"내려 주신 술이 온몸에 도니 퇴조(退朝)하나이다."

이에 임금이 윤허(允許)하였다. 상서가 집에 돌아가는 길에 서평후를 만나니, 서평후가 기쁘게 손을 잡고 함께 영 씨 집안에 갔다. 방 상서가 악모(岳母)와 모든 처남을 대해 이별의 회포를 풀고 조금 있다가 집으로 돌아왔다.

---

103) 고굉지신(股肱之臣): 다리와 팔같이 중요한 신하라는 뜻으로 임금이 가장 믿고 중히 여기는 신하.
104) 어주(御酒): 임금이 내린 술.

부인이 반겨 서로 회포를 얘기하였다. 상서가 기쁜 빛으로 이야기를 약간 하다가 낙성을 얻은 연유를 일렀다. 부인이 또한 기이하게 여기며 유모를 데려다 기르게 하였다.

낙성이 점점 자라 상서 부부를 부모라 부르고 모친을 극진히 따랐다. 두 사람이 사랑하여 자신들이 죽은 뒤에 의탁하려고 하였다.

낙성 공자가 네댓 살이 되니 기개가 비범하고 전아한 풍채와 옥 같은 용모가 반악(潘岳)[105]과 이백, 두보의 풍모가 있었다. 두 눈은 샛별과 같았고 이마는 강산의 맑은 정기를 거두었으며 붉은 입술과 흰 이는 곤륜산의 옥을 귀부(鬼斧)[106]로 다듬은 듯하였다. 풍채가 깨끗하여 늦봄의 가는 버들과 같았고 골격이 늠름하였으니 진실로 세상에 없는 인재요 기자봉추(麒子鳳雛)[107]였다.

상서가 애지중지하고 어여삐 여겨 손안의 보옥(寶玉)과 같이 여겨 잠시를 떠나지 않았다. 낙성 또한 천성이 효성스러웠다. 육적(陸績)이 귤을 품고[108] 자로(子路)가 쌀을 진 일[109]을 본받아 비록 나이 어린 아이였으나 날이 밝기 전에 세수하고 종일토록 부모를 모셔 응대(應對)하는 것이 노숙(老熟)한 현인군자(賢人君子) 같았다. 상서가 더욱 사랑하여 글자를 가르치니 하나를 들으면 백을 통하는 총명

---

105) 반악(潘岳): 중국 진(晉)나라 사람으로 자(字)는 안인(安仁). 풍채가 아름답기로 이름이 높았음.
106) 귀부(鬼斧): 귀신의 도끼라는 뜻으로 신기한 도구나 절묘한 세공을 말함.
107) 기자봉추(麒子鳳雛): 기린의 새끼와 봉황의 새끼. 훌륭한 젊은이를 이르는 말.
108) 육적(陸績)이~품고: 부모를 생각하는 자식의 효성을 이르는 말. 후한 때의 인물 육적이 6살 때 원술(袁術)을 방문했는데, 원술이 귤 세 개를 주자 노모에게 갖다 주기 위해 귤을 몰래 가슴에 품었다가 귤이 떨어짐. 이에 원술이 육적으로부터 귤을 가슴에 품은 사연을 듣고 그 효성을 칭찬한 바 있음.
109) 자로(子路)가~일: 지극한 효성을 이르는 말. 자로(子路)는 공자(孔子)의 제자로, 성은 중(仲)이며 이름은 유(由). 자로가 가난했을 적에 양친(兩親)을 봉양하기 위해 백 리의 먼 길까지 쌀을 지고 갔다고 함.

을 가져 글이 날로 발전하고 시법(詩法)이 기이하였다. 배 속에 만 권의 책을 지녔고 입에 일만 진주를 드리워 일취월장하였으니 이백 (李白)의 청평사(淸平詞)110)와 자건(子建)111)의 칠보시(七步詩)112) 를 깔볼 정도였다.

하늘이 특별히 방 상서의 가을서리와 같은 마음을 유의하여 후사 (後嗣)가 없어지지 않게 하신 것이었다. 상서와 부인이 자신들이 낳 은 아들과 같이 여겼으니, 참으로 고금(古今)에 드문 일이라고 할 만하다.

---

110) 청평사(淸平詞): 정식 명칭은 〈청평조사(淸平調詞)〉. 이백(李白)이 지은 악부(樂府)로 현
　　종(玄宗)이 양귀비(楊貴妃)를 데리고 모란을 구경하던 중 이백에게 시를 지을 것을 명해,
　　이백이 귀비의 아름다움을 칭송한 것임.
111) 자건(子建): 중국 삼국시대(三國時代) 위(魏) 조식(曹植: 192~232)의 자(字). 조식은 조
　　조(曹操)의 셋째 아들.
112) 칠보시(七步詩): 일곱 걸음을 걷는 사이에 지은 시. 조조의 셋째 아들 조식(曹植)이 그의
　　큰형 문제(文帝)의 시기를 받아 그로부터 일곱 걸음을 걷는 사이에 시를 짓지 못할 경우 대
　　법(大法: 사형)에 처해질 것이라는 말을 듣고 지은 시.

6. 낙성을 정혼시키다

이해 가을 8월은 상서의 생일이 든 달이었다. 이에 큰 잔치를 열고 조정의 높은 신하와 황실의 친척을 청하여 즐겼다. 천자가 어악(御樂)113)과 상방어찬(上方御饌)114)을 주니 이런 성대한 잔치는 천고에 드물었다. 방 상서 내외의 비단 친 창이 하늘의 흰 구름 사이에 어른거렸다. 사람들이 낙성을 보고 기특하게 여기지 않는 사람이 없어 상서가 자식 복이 있음을 축하하였다.

자리에 있던 추밀사 김희는 대대로 명신 집안의 후손이었다. 슬하에 3자 1녀를 두었는데 딸은 이제 막 아홉 살이 되었다. 얼굴이 탁월하여 요지(瑤池)115)의 하늘 꽃 같았고 옥계(玉界)116)의 난초 같았다. 나는 기러기가 내려앉게 할 정도의 아름다움과 달빛이 빛을 가리고 꽃이 부끄러워할 정도의 자태가 있었다. 길쌈과 옷 손질하는

---

113) 어악(御樂): 임금이 하사(下賜)한 음악.
114) 상방어찬(上方御饌): 상방(上方)의 어찬(御饌). 상방(上方)은 천자가 쓰는 물건을 만들어 저장해 두는 곳이고, 어찬(御饌)은 천자가 먹는 음식임.
115) 요지(瑤池): 중국 곤륜산에 있다는 전설상의 못으로서 서왕모(西王母)가 산다고 전해짐.
116) 옥계(玉界): 옥황상제가 사는 세계.

것이며 문장과 재주의 훌륭함이 겨룰 만한 사람이 없었다. 그래서 부모가 도에 넘치게 딸을 사랑하였다.

그러다 오늘 방 공자를 보니 딸아이와 동갑인 데다 진실로 당대의 영웅군자였다. 크게 흠모하여 이에 상서를 대해 말하였다.

"만생(晚生)117)이 선생께 청할 말씀이 있으니 들으시겠습니까?"

상서가 웃으며 말하였다.

"현형(賢兄)이 무슨 청을 저에게 하려고 하시나이까? 듣기를 기다리나이다."

추밀이 감사해 하며 말하였다.

"다른 말이 아닙니다. 오늘 영랑(令郞)118)의 준수하고 통달한 모습을 보니 외람되게 더러운 딸로 우러러 진진(秦晋)의 좋은 인연(好緣)119)을 맺고자 합니다. 허락해 주시겠습니까?"

상서는 김 소저를 그녀가 어렸을 때 보았으므로 흔쾌히 허락하며 말하였다.

"형이 귀한 딸을 두고 저의 어린 자식을 허락고자 하시니 어찌 사양하겠습니까? 다만 두 아이가 다 어리니 몇 년을 기다려 혼례를 이루었으면 합니다."

추밀이 크게 기뻐하여 재삼 감사해 하고 이로써 황하(黃河)와 같이 굳은 맹세와 태산(泰山)과 같이 굳은 약속을 하였다.

추밀이 공자의 손을 잡고 기뻐하며 말하였다.

---

117) 만생(晚生): 자기를 낮춰 부르는 말.
118) 영랑(令郞): 남의 자식을 높여 이르는 말.
119) 진진(秦晋)의 좋은 인연: '진(秦)과 진(晋)의 좋은 인연'이라는 뜻으로서 혼인 맺음을 가리키는 말. 중국 춘추시대(春秋時代)에 진(秦)과 진(晋)나라가 대대로 혼인을 성사시킨 데서 유래함.

"네가 이제는 나의 사랑하는 사위니, 우리는 옹서지간(翁壻之間)[120] 이로다."

이에 붓과 먹을 내어 글짓기를 청하였다. 공자가 자리를 옮겨 사례하고 옥 같은 손에 산호 붓을 잡아 순식간에 칠언율시(七言律詩)[121]를 지어 두 손으로 받들어 부친께 드렸다. 모두 그 빠름을 칭찬하다가 그 글을 보고서 자리에 있던 모든 사람이 다 한소리로 칭찬하며 탄복하였다. 추밀이 기쁨을 이기지 못하니 상서는 즐거운 빛으로 옥 같은 얼굴과 별 같은 눈에 웃음을 띠어 뭇 손님의 과찬(過讚)을 공손히 사양할 뿐이었다.

즐거움이 다하고 석양이 되니 파연곡(罷宴曲)[122]이 어지러이 울리므로 뭇 객이 흩어졌다.

상서가 내당(內堂)에 들어오니 부인이 맞아 말하였다. 상서가 김씨 집안과 혼인하기로 했다고 말하니 부인 또한 기뻐하였다. 문득 주 유랑이 나와 탄식하고 말하였다.

"매사에 부인과 낭군은 즐기시기만 합니다. 기둥에 불이 붙는데 제비와 참새가 오히려 즐긴다 하더니 이와 흡사합니다. 만물 초목(草木)과 금수(禽獸)가 다 이름이 음양(陰陽)에 드는 것이 떳떳하거늘 낭군과 부인은 인륜을 끊었습니다. 나이가 이십이 지났으니 두 소저의 청춘이 아깝고 위로 두 어른의 목주(木主)[123]를 근심하니 나중에 장차 어찌 되겠습니까? 더욱이 부인은 침묵하시고 갈수록 고집을 부리셔서 지금껏 실상을 부모님께 고하지 않으시고 매양 주표(朱標)를

감추어 스스로 자식이 아닌 것처럼 하시니 어찌 괴이한 일이 아닙니까? 원컨대 두 분 주인은 생각을 하시어 진짜 군자를 얻으셔서 황영(皇英)124)의 자매(姉妹) 같게 지내시는 것이 옳을까 합니다. 첩이 누설하려고 해도 낭군이 하도 매서우시니 발설하기 어려워 지금까지 함구하였으나 어찌 애달프지 않습니까? 소공자가 오래지 않아 부인을 얻겠지만 우리 상공과 부인은 어느 시절에 인륜을 갖추려 하십니까?"

말이 끝나지도 않았는데 부인은 수려한 눈에 묵묵히 즐기지 않아 눈썹을 찡그리며 정색하고 상서는 눈을 부릅뜨고 꾸짖어 말하였다.

"할미가 어찌 괴로운 말로 마음을 움직이게 하고 바깥 사람이 의심을 하게 만드는가? 만일 괴이한 소문이 돌면 비록 젖 먹여 품 속에서 길러준 은혜가 있으나 결단코 용서하지 않으리라."

말을 마치자, 눈썹을 치켜뜨고 화난 기색이 뚜렷하니 주 씨가 할 수 없이 물러났다.

부인이 천천히 냉소(冷笑)하며 말하였다.

"문백125) 형은 어찌 우연한 일에 유모를 질타하십니까? 유모는 불과 주인을 위한 충성된 마음을 가졌으니 또한 아름답지 않습니까?"

상서가 눈을 흘겨 영 씨를 오랫동안 바라보고 말하였다.

"부인이 여자의 도리를 알 것이니 어찌 가장(家長)의 자(字)를 부르는가? 내 오히려 그대의 자를 묘주126)로 알았으니 부인의 일이 옳으냐?"

영 부인이 낭랑하게 웃었다.

---

124) 황영(皇英): 아황(娥皇)과 여영(女英). 이들은 요(堯) 임금의 두 딸로서 모두 순(舜) 임금에게 시집가 화목하게 살았다고 전해짐
125) 문백: 방관주의 자(字).
126) 묘주: 영혜빙의 자(字).

상서의 나이가 스물넷에 이르도록 수염이 보이지 않으니 당시 사
람들이 다 아름답고 깨끗하다 하여 칭찬하고, 의심하는 자가 없었다.

7. 자원 출전하여 승리하다

현명 선생 자원출전(自願出戰) 제4회

  각설. 정덕(正德) 천자가 간관(諫官)[127]을 괴롭게 여기고 간신(奸臣)을 사랑하였으므로 환관이 국정을 농단(壟斷)하였다. 도읍이 위태롭고 사방이 요란하였으며 강직한 신하는 너도나도 고향에 돌아갔다. 방 상서가 탄식함을 마지않고 또한 자주 상소하여 간신을 물리치라 아뢰었다. 임금이 상서를 사랑하였으나 마침내 뜻을 돌리지 않으니 상서가 할 수 없이 부인과 함께 우울해 하며 즐기지 않았다. 아첨하는 신하 등이 국권을 농단하니 천하의 위태로움이 조석(朝夕)에 있었다.

  문득 북방의 오랑캐가 반란을 일으켜 강한 병사 수만을 거느리고 대국을 침범하니 그 세력은 가장 두려워할 만하였다. 천자가 근심하여 문무(文武) 신하를 모아 의논하였으나 한 명도 말하는 자가 없이 서로 바라보기만 하였다.

---

127) 간관(諫官): 임금에게 간(諫)하는 신하.

홀연 한 소년 명사가 자주색 도포를 끌고 나오니 옥패(玉佩)[128] 당당하여 풍채가 뛰어나고 기상이 가을 하늘에 떠오른 달과 같았다. 이에 여러 신하 가운데 혼자 임금 앞에 나아가 아뢰었다.

"적신(賊臣)[129]의 화(禍)가 국가에 미쳤으니 안으로는 간신이 있고 밖으로는 반역하는 도적이 있습니다. 신하 된 자가 마땅히 침식이 편치 않을 것이니 어찌 편하게 있겠습니까? 미약한 신하가 재주 없으나 원컨대 대병을 허락하시면 북방 오랑캐를 평정하고 사직(社稷)을 보호하여 폐하의 큰 은혜를 갚겠나이다."

임금이 보니 병부상서 방관주였다. 기쁜 빛이 얼굴에 나타나 무릎을 모으고 칭찬하였다.

"경은 당대의 급암(汲黯)이니 짐이 어찌 공경하지 않으리오? 경이 한번 수고를 아끼지 않아 오랑캐 땅을 평정하려고 하니 이는 국가의 큰 행운이요 만백성의 복이로다. 짐에게 근심할 것이 없도다."

상서가 은혜에 감사드리고 아뢰었다.

"변보(變報)[130]가 급하오니 내일이라도 길을 떠나고자 하나이다."

임금이 더욱 기뻐하며 병부상서 방관주를 대원수 정북장군에 임명하고 친히 금인(金印)[131]을 채우고 십만 대병과 명장 백 명을 주었다. 원수가 명령을 듣고 사은한 후 대궐 문을 나오니 삼공육경(三公六卿)[132]이 모두 치하하며 말하였다.

"선생이 출병하시니 무엇을 근심하리오?"

---

128) 옥패(玉佩): 조복(朝服)의 좌우에 늘이어 차는 옥.
129) 적신(賊臣): 반역하는 신하.
130) 변보(變報): 변이 일어난 것을 알리는 보고.
131) 금인(金印): 금으로 장식한 인수(印綬). 인수는 병권(兵權)을 가진 무관이 발병부(發兵符) 주머니를 매어 차던, 길고 넓적한 녹비 끈.
132) 삼공육경(三公六卿): 삼정승과 육부의 상서를 아울러 이르는 말.

원수가 옥대(玉帶)를 어루만지며 천천히 대답하였다.

"여러분이 믿고 하시는 말씀을 들으니, 학생이 나라의 은혜를 갚고자 자원해 출전하오나 본디 병사를 다루는 재주가 없어 국가를 욕되게 할까 두렵습니다."

모든 관리가 일시에 대답하며 재주와 덕망을 받들어 우러러보았다.

상서가 집에 돌아오니 영 부인이 쌍봉관(雙鳳冠)133)을 쓰고 월나삼(越羅衫)134)과 홍금상(紅錦裳)135)을 끌고 옥패(玉佩)를 울리며 황급히 상서를 맞았다. 금인(金印)이 허리에 채워져 있는 것을 보고 놀라 물었다.

"상공이 무슨 일로 대도독(大都督) 인(印)을 찼습니까?"

상서가 손으로 금인(金印)을 풀어놓고 비단 조복을 부인을 시켜 벗기게 하며 빙그레 웃으며 말하였다.

"대장부가 천하에 출세하여 요순(堯舜) 같은 임금을 도우니 어찌 대장이 되지 못하리오? 옛날, 소진(蘇秦)136)이 가난할 적에는 형수와 아내가 베를 짜고 있다가 움직이지도 않더니 훗날 여섯 나라의 재상이 되니 형수와 아내가 다 엎드렸소. 부인이 나를 문인의 소임은 할지언정 백만 장졸을 호령하는 대장의 재주가 없을 것으로 여겼다가 이에 장군 인(印)을 보고 괴이하게 여기는 것이 심하오. 내가 북방을 치러 갈 것이오. 오랑캐 땅은 험한 곳이니 죽고 사는 것이 이에 달려 있으니 부인을 떠나는 것이 괴롭구려."

---

133) 쌍봉관(雙鳳冠): 봉황 두 마리가 그려진 관(冠).
134) 월나삼(越羅衫): 월(越) 땅에서 난 나삼(羅衫). 나삼은 얇고 가벼운 비단으로 만든 적삼(윗
　　도리에 입는 홑옷).
135) 홍금상(紅錦裳): 붉은 비단 치마.
136) 소진(蘇秦): 중국 전국시대(戰國時代)의 유세가(遊說家). 자(字)는 계자(季子).

부인이 크게 놀라 말하였다.

"첩이 상공과 혼인한 지 7년에 오늘날 만리타국에 가시니 어찌 슬프지 않겠습니까? 알지 못하겠습니다만, 군사를 다루는 재주가 있습니까?"

상서가 대답하였다.

"그대 학생과는 지극한 지기(知己)로되 아직도 나를 모르도다. 내가 비록 한 자 칼을 쓰지 못하고 활시위를 다루지 않았으나 족히 염려하지 않으니 모름지기 그대는 안심하고 몸이나 보중하라."

은근한 대화를 오래도록 하고 술을 내어 와 십여 잔을 기울이고 죽침에 기대 옥이 부서지는 듯한 낭랑한 소리로 이별시(離別詩)를 읊었다. 부인이 화답(和答)하여 함께 쓰니, 그 시는 다음과 같다.

밖으로는 부부의 이름이 있고
가슴 가운데 지기를 보이도다.
오늘 아침 격년(隔年)의 이별을 하니
슬프고 연연한 마음이 머물도다.

명위부부유(名爲夫婦有)
흉중현지기(胸中見知己)
금조격년별(今朝隔年別)
애련연심수(哀憐戀心守)

영 부인의 시는 다음과 같다.

열세 살에 서로 좇음이 있으니

두 사람이 마음을 서로 비추었도다

어진 지기가 나라 위해 충성하니

이별하여 천 리를 가도다.

떼 기러기 북녘 하늘에 날고

쌍 제비는 아름다운 시절을 알리는구나

원컨대 그대는 공을 이룰 뿐이니

공을 이루고서 고국에 돌아오라.

십삼상종유(十三相從有)

양인상심조(兩人相心照)

현우위국충(賢友爲國忠)

이별천리거(離別千里去)

준안북천비(傳雁北天飛)

쌍연보가절(雙燕報佳節)

원군성공이(願君成功爾)

입공고국회(立功故國回)

　다 쓰고서 상서와 부인이 슬픔을 이기지 못하였다. 그럭저럭 밤을 지내고 다음 날 장졸이 북을 울리며 기를 세워 갈 시간이 되었음을 고하였다. 상서가 낙성의 손을 잡고 쓰다듬어 시 짓기과 글쓰기를 부지런히 할 것을 당부하였다. 공자가 울면서 절하고 명령을 받들었다. 이에 부인과 이별하게 되자 슬피 눈물을 흘리다가 슬퍼하며 하직하였다.

대궐 아래에 이르러 천자에게 하직하고 길 떠남을 고하니 임금이 말하였다.

"경은 국가의 종요로운[137) 신하더니 이제 만 리 밖의 흉포한 도적을 임하니 짐이 좌우 수족을 잃은 듯하도다. 경은 쉬 오랑캐를 평정하고 짐이 바라는 뜻을 잊지 말라."

상서가 엎드려 말하였다.

"신이 재주 적사오니 어찌 성은을 다 갚겠나이까? 바라건대 전하는 편안하고 건강하게 계시오소서."

하직을 하니 임금이 연연해하며 상방검(尙方劍)138)을 주며 말하였다.

"명령을 어기는 자는 먼저 벤 후에 보고하라."

원수가 검을 받고 절월(節鉞)139)을 북쪽으로 움직여 지휘하니 그 위엄은 엄숙하고 칼끝은 서리 같으며 말은 사나운 호랑이 같고 정기(旌旗)140)는 햇빛을 가렸다. 지나가는 길에 추호(秋毫)도 범하지 않으니 백성이 대그릇의 밥과 병의 간장으로 임금의 군대를 맞이하였다.

길을 행하여 오랑캐 땅에 이르러 진(陣)을 베풀었다. 먼저 오랑캐 왕에게 격서(檄書)141)를 전하니 이에 오랑캐 왕이 뭇 신하와 함께 격서를 보았다.

---

137) 종요로운: 없어서는 안 될 정도로 매우 긴요한.
138) 상방검(尙方劍): 상방참마검(尙方斬馬劍). 상방(尙方)에서 만든 것으로서 말을 베어 죽일 정도로 예리한 검. 상방은 천자가 쓰는 물건을 만들고 그것을 보관하는 것을 관장하는 관서(官署)의 이름.
139) 절월(節鉞): 절은 수기(手旗)와 같이 만들고 월은 도끼와 같이 만듦. 사신이 지방에 부임할 때나 장수가 전장에 나갈 때 임금이 내어 주던 물건으로서 군령(軍令)을 어긴 자에 대한 생살권(生殺權)을 상징하였음.
140) 정기(旌旗): 깃발.
141) 격서(檄書): 적군을 달래거나 꾸짖는 글.

"대명(大明) 대원수 병부상서 태학사 정북장군은 글로 먼저 오랑캐 왕에게 죄를 묻노라. 위로 하늘이 있고 가운데 임금이 계시며 아래로 땅이 있으니 천자는 곧 하늘이요, 제후는 백성이다. 하물며 임금은 신하의 부모이거늘 이제 너희 무리가 대국의 신하라 하면서 감히 천명(天命)을 거역하며 하늘을 항거(抗拒)하니 이는 스스로 패망을 취한 것이로다. 내 임금의 명령을 받아 특별히 무도(無道)한 오랑캐를 쓸어버리려 하니 만일 항복하면 멸족지화(滅族之禍)[142]를 면할 수 있겠으나 그렇지 않는다면 용서하지 않으리라."

오랑캐 왕이 크게 노하여 이에 병사를 몰아 싸우기를 청하였다. 오랑캐 장수가 비록 많으나 어찌 방 원수의 용병술을 당하리오? 호통하고 한 번 싸우자, 오랑캐 군이 대패하여 주검이 산 같고 피가 흘러 시내가 되었다. 원수가 승전하여 각 장수에게 상을 주고 다시 무찌를 계교를 생각하였다.

오랑캐 왕이 패하여 군사를 수습하니 겨우 천여 명이 남아 있었다. 분하고 울적함을 마지않더니 문득 한 신하가 크게 소리 내어 말하였다.

"신이 마땅히 방 원수를 잡아 천하를 얻어 대왕께 바치고 소장(小將) 등의 공을 밝히겠나이다."

오랑캐 왕이 놀라서 보니 승상 야율달이었다. 오랑캐 왕이 물었다.

"경은 어떤 계교를 쓰려 하는고?"

율달이 아뢰었다.

"신이 어렸을 적에 사귄 한 벗이 있습니다. 기이한 술법이 있어서 익히 배웠사오니 이는 몸을 감춰 바람과 구름이 되어 사람을 해치는 술법입니다. 신이 오늘밤에 당당히 명나라의 진(陣)에 나아가 방관주

---

142) 멸족지화(滅族之禍): 집안이 다 죽임을 당하는 재화(災禍).

를 죽이고 진(陣)을 무찔러 대왕의 근심을 덜겠나이다."

오랑캐 왕이 매우 기뻐하며 보검을 주었다. 율달이 변신하여 한 줄 검은 기운이 되어 명나라 진으로 향했다.

이때, 방 원수는 이날 밤 진 가운데에서 고요히 촛불을 돋우고 앉아 있다가 소매 안으로부터 한 점괘를 보니 불길하였다. 놀라서 문 밖에 나와 천문(天文)을 보니 자기 진 가운데 승전(勝戰)하는 상서로운 기운이 있고 오랑캐 진에는 살기가 등등하였다. 다만 자기 진 가운데 살기 한 줄기가 쏘여 있으니 크게 놀라 헤아렸다.

'반드시 자객이 오겠구나.'

바로 장막 안에 들어와 등불을 물리치고 보검을 잡고 몸을 숨겼다. 삼경(三更)143)이 되자, 창틈으로부터 한 줄 검은 기운이 살기를 띠고 들어왔다. 원수가 평생의 힘을 다해 칼을 들어 그 검은 기운의 한 꼭대기를 쳐 끊어버렸다. 갑자기 한 소리가 나며 거꾸러졌는데, 보니 한 명의 오랑캐였다. 몸이 두 조각이 나 있었다. 붉은 피가 방 가운데 가득하였으니 눈썹을 찡그리고 급히 장졸을 불러 주검을 치우라 하였다. 장수들이 원수의 신명하고 용맹함에 탄복하였다.

율달의 머리를 기에 달고 싸움을 돋우니 오랑캐 왕이 율달이 죽었음을 알고 크게 놀랐다. 낙담하며 넋을 잃으니, 묘한 꾀가 더 이상 없었다. 문득 궁전 아래에서 한 미인이 슬피 통곡하며 말하였다.

"신첩은 야율 승상의 총첩(寵妾)144)이오니 오늘 지아비의 원수를 갚고자 하나이다."

오랑캐 왕이 보니 달녀의 얼굴이 아름다운데 슬픈 빛을 띠고 있었

---

143) 삼경(三更): 한밤중. 밤 11시에서 1시 사이.
144) 총첩(寵妾): 총애를 받는 첩.

다. 왕이 측은히 여겨 말하였다.

"과인(寡人)이 친히 싸우려고 했더니 네가 마땅히 선봉이 되어 공을 이루면 원수도 갚는 것이리라."

달녀가 눈물을 머금고 갑옷을 갖추어 나는 듯이 말에 올랐다.

오랑캐 왕이 한 진을 베어내 마주 하고 싸움을 걸었다. 이에 방원수가 장수들을 지휘하여 깃발 아래 나섰다. 오랑캐 왕이 바라보니, 한 소년 대장이 머리에 봉시(鳳翅) 투구145)를 쓰고 몸에는 황금쇄자갑(黃金鎖子甲)146)에 홍금수전포(紅錦繡戰袍)147)를 껴입고 허리에는 양지백옥대(羊脂白玉帶)148)를 둘렀으며 섬섬옥수에는 긴 창을 들고 천리마를 타고 있었다. 옥 같은 얼굴을 지닌 영걸이요 세상을 뒤엎을 영웅이었다. 풍채가 가을 하늘에 떠오르는 달 같았고 위엄이 굳세어 웅장하며 시원스러웠다. 온화하고 진중하여 천신(天神)이 강림해도 나서지 못할 듯하였으니 참으로 분 바른 하랑(何郎)149)이요 소복(素服) 입은 반악(潘岳)이었다. 바라보고서 간담이 떨어지고 넋이 나가 모골이 송연하였으니 싸울 뜻이 사라져 말하였다.

"승부는 사람이 겨루는 데 달려 있으니 원컨대 진법(陣法)150)을 겨루어 못 이기면 머리를 돌려 항복하라."

원수가 웃으며 말하였다.

---

145) 봉시(鳳翅) 투구: 봉의 깃 모양으로 꾸민 투구. 봉시회(鳳翅盔).
146) 황금쇄자갑(黃金鎖子甲): 황금으로 만든 쇄자갑. 쇄자갑(鎖子甲)은 사방 두 치 정도 되는 돼지가죽으로 된 미늘을 작은 고리로 꿰어 만든 갑옷.
147) 홍금수전포(紅錦繡戰袍): 붉은 비단에 수를 놓은, 장수가 입는 웃옷.
148) 양지백옥대(羊脂白玉帶): 양지옥(羊脂玉)으로 만든 띠. 양지옥은 옥의 일종으로서 양의 기름과 같이 반투명한 색을 띠므로 그러한 이름이 붙여짐.
149) 하랑(何郎): 중국 삼국시대 위(魏)의 하안(何晏: 193~249)을 가리킴. 하안은 얼굴색이 하얘서 흰 분을 발라 놓은 듯 의심이 들 정도였다 함.
150) 진법(陣法): 진(陣)을 쳐 적을 공략하는 법.

"오랑캐와 함께 재주를 겨루는 것이 불가하나 네가 하고자 하니 시험하리라."

오랑캐 왕이 큰 소리를 지르고서 꽹과리와 징을 쳐 군사를 지휘해 한꺼번에 진을 치니 원수가 냉소하고 말하였다.

"이는 팔괘진(八卦陣)151)이니 치기 쉬우리라. 내가 진을 칠 것이니 보라."

한꺼번에 포를 쏘고 진을 치니 진법이 기이하여 어디로부터 들고 나는지 모를 정도였다. 원수가 말하였다.

"이 진(陣) 이름을 아느냐?"

오랑캐 왕이 한참을 보다가 말하였다.

"이는 천문주작진(天文朱雀陣)152)이니 어찌 모르겠는가?"

원수가 웃으며 말하였다.

"네가 이 진을 다 알겠느냐?"

말을 마치자, 오랑캐 왕의 뒤에서 한 여장(女將)이 내달리며 말하였다.

"오늘 방 원수를 죽여 원한을 갚으리라."

일시에 오랑캐 왕과 합세하니 두 진이 승부를 내지 못하였다. 원수가 한 화살로 달녀의 가슴을 맞히니 달녀가 한 소리를 지르고 떨어져 죽었다. 오랑캐 왕은 달녀가 죽는 것을 보고 급히 말을 돌려 달아나려 하였다. 모든 병졸이 큰 소리를 지르고 진을 둘러 오랑캐 왕을 가두니 마침내 벗어나지 못하고 사로잡혔다. 방 원수가 진을 무찌르고 장막에 돌아와 오랑캐 왕을 묶은 것을 풀어주고 말하였다.

---

151) 팔괘진(八卦陣): 팔괘(八卦)의 모양을 본떠 만든 진(陣). 팔괘는 중국 고대 전설상의 제왕인 복희씨(伏羲氏)가 지었다는 여덟 가지의 괘.
152) 천문주작진(天文朱雀陣): 하늘의 별 중 남방 7수(宿)의 별 모양을 본떠 만든 진

"승패는 병가(兵家)의 상사(常事)153)라. 왕이 아직도 마음으로 항복할 뜻이 없거든 다시 돌아가 승부를 겨루는 것이 어떤가?"

오랑캐 왕이 머리를 조아리고 사죄하며 말하였다.

"원수께서 한 목숨을 살려주시면 마땅히 항표(降表)154)를 갖추어 항복의 뜻을 이루겠나이다. 어찌 감히 뉘우치는 뜻이 없겠나이까?"

원수가 기쁜 빛으로 칭찬하며 말하였다.

"이와 같다면 어찌 아름답지 않으리오? 성인이 말하기를, '깨닫는 것이 지극히 귀하다'고 하였으니 왕이 잘못을 뉘우쳤으면 어진 자로다."

그러고서 내어 보내니 오랑캐 왕이 감격하여 돌아가 항표(降表)를 올렸다. 말이 공손하고 죄를 가득히 일컬었으므로 원수가 크게 기뻐하여 오랑캐 왕을 정성껏 대접하고 군대를 돌리려 하였다. 오랑캐 왕이 잔치하여 원수를 대접하고 백 리 밖에 나와 배송(陪送)155)하였다.

원수가 군사를 일으킨 지 여덟 달에 해가 바뀌어 버렸다. 도읍에 돌아갈 마음이 살 같아 하루에 천 리씩 나아갔다.

천자는 이때 방 원수가 승리하여 오랑캐 땅을 평정하고 군사를 돌려 온다는 첩서(捷書)156)를 보고 크게 기뻐하여 즉시 원수를 우승상 강릉후에 임명하고 겸하여 구석(九錫)157)을 하사하고 사신을 시켜 마중 보내었다.

이때 군대가 유하촌에 이르러 사신을 맞아 향안(香案)을 배설(排設)하고 조서(詔書)158)를 읽었다.

---

153) 승패는 병가(兵家)의 상사(常事): 이기고 지는 것은 군대에 종사하는 사람에게 흔히 있는 일
154) 항표(降表): 항복했음을 알리는 문서.
155) 배송(陪送): 높은 사람을 모시고 가 전송함.
156) 첩서(捷書): 싸움에서 승리한 것을 보고한 글.
157) 구석(九錫): 중국에서, 천자(天子)가 특히 공로가 큰 제후와 대신에게 하사하던 아홉 가지 물품. 특전

"경이 승전(勝戰)하여 오랑캐 땅을 평정하고 돌아오니 공로가 크도다. 특별히 작은 벼슬로 정을 표하니 모름지기 너무 사양하지 말고 빨리 와 짐을 반기라."

원수가 황공함을 이기지 못해 북쪽을 향해 은혜에 감사하는 절을 올리고 이에 노자를 내어 전날의 친구와 친척들에게 나눠 주었다.

길을 떠나 경사(京師)에 이르러 바로 천자에게 조회하였다. 임금이 승상의 손을 잡고 못내 반기고 전쟁터에서 힘쓴 공적을 재삼 칭찬하며 술을 내리니 승상이 외람되어 엎드려 아뢰었다.

"오랑캐의 난을 평정한 것은 폐하의 큰 복과 사직의 큰 덕이오니 여러 장수의 힘 덕분입니다. 그러니 신에게 무슨 공이 있겠습니까? 더욱이 벼슬자리는 외람되오니 신의 복이 덜릴까 황공하고 송구스럽습니다. 명령을 거두어 주시기를 원하나이다."

임금이 붙들어 몸을 편히 하라 하고 영 씨를 진국부인에 봉하고 강릉후 부모를 추존(追尊)하여 그 아비는 좌승상 평양후에 봉하고 그 어미 보 씨는 한국부인에 봉하였다. 승상이 감격의 눈물을 흘려 울면서 은혜에 감사드리고 감히 사양하지 못하였다. 또한 부모가 추존되니 기뻐하기도 하고 슬퍼하기도 하였다.

이윽고 조정에서 물러나 집에 돌아오니 위아래를 막론하고 기뻐하는 소리가 봄바람 같았고 낙성 공자는 마중 나와 두 번 절하였다. 승상이 바삐 손을 잡고 기뻐하며 내당에 들어가 부모 가묘(家廟)에 배현(拜見)159)하였다. 속절없는 영연(靈筵)160)이었지만 반갑고 슬프거늘 이러한 영화(榮華)를 고할 곳이 없었다. 부모를 일찍 사별하였

---

158) 조서(詔書): 임금이 신하에게 내린 글.
159) 배현(拜見): 절하여 봄.
160) 영연(靈筵): 죽은 사람의 신위를 모신 자리.

으므로 사람이 되어 친효(親孝)161)를 이르지 못하고 속이 빈 증직 (贈職)162)뿐이니 닿는 데마다 슬픔이 섞여 눈물이 소매를 적셨다.

부인을 보고 반기는 것이 끝이 없더니 문득 서평후가 이르러 전쟁에서 승리한 것을 치하하고 공적이 큼을 기쁜 빛으로 축하함이 비할 데가 없었다. 서평후가 딸과 사위를 보니 어른의 체격이었다. 딸은 몸에 붉은 비단옷을 입고 다섯 줄 명패(命牌)163)와 일곱 줄 면줄164)을 드리웠으니 왕후(王后)의 복색(服色)이었다. 승상은 구룡통천관 (九龍通天冠)165)과 아홉 줄 면줄로 풍채가 더욱 신이하였다. 서평후가 흔쾌함을 이기지 못하여 기쁜 빛으로 웃으며 말하였다.

"너희 부부가 만사가 뜻대로 되고 있으나 홀로 자녀가 많지 않으니 어찌 흠사(欠事)166) 아니리오?"

부인이 나직이 고하였다.

"오복(五福)167)을 다 갖추기 쉽지 않습니다. 또한 성을 이을 아이가 있으니 어찌 흠사가 되겠습니까?"

승상은 속으로 웃고 영후는 기뻐할 뿐이었다.

---

161) 친효(親孝): 친히 효도함.
162) 증직(贈職): 죽은 뒤에 추증된 품계와 벼슬.
163) 명패(命牌): 명부(命婦)임을 가리키는 패. 명부(命婦)는 봉작을 받은 부인.
164) 면줄: 면류관(冕旒冠)에 늘어뜨린 줄. 면류관(冕旒冠)은 왕이 쓰는 관(冠).
165) 구룡통천관(九龍通天冠): 아홉 마리의 용이 그려진 통천관. 통천관은 황제가 조칙(詔勅)을 내릴 때나 정사를 볼 때 쓰던 관.
166) 흠사(欠事): 흠이 되는 일.
167) 오복(五福): 인생에서 바람직하다고 여겨지는 다섯 가지 복. 즉 오래 살고[壽] 부유하며 [富], 신분이 귀하고[貴] 건강하며[康寧], 자손이 많은 것[子孫衆多].

8. 낙성이 혼인하고 과거에 급제하다

각설. 김추밀이 딸이 열두 살이 되자, 혼사를 이루려 하여 택일(擇
日)해 보내니 길일은 중추(仲秋) 스무날 이후였다. 이때 낙성의 나
이는 열두 살이었다. 신장이 늠름하고 풍채가 준수하여 물속의 나는
용이었다. 부모가 귀중히 여김이 비길 데가 없었고, 재주 있다는 명
성이 자자하였다.

승상과 부인이 며느리를 빨리 보려고 하여 길일을 고대하였다. 길
일이 되자 주변의 빈객이 구름같이 모이고 술과 안주가 낭자하였다.
방 공자가 길복(吉服)을 바르게 입고 금안장을 갖춘 백마를 타고 가
니 뒤따르는 행렬이 백 리나 되었다. 피리 소리와 북 소리가 하늘을
뒤흔들었다.

김 씨 집안에 이르러 전안(奠雁)[168]을 마치고 신부가 가마에 오르
기를 재촉하니 추밀이 기쁜 빛으로 손을 잡고 말하였다.

"너는 나의 사랑하는 사위다. 노부(老父)가 무슨 복으로 이런 영

---

168) 전안(奠雁): 신랑이 신부 집에 기러기를 가지고 가서 상 위에 놓고 절하는 예.

웅을 얻어 슬하의 재미를 삼게 되었는고? 최장시(催裝詩)는 떳떳한 시흥(詩興)이니 사위는 사양하지 말고 지으라.”

방생이 희미하게 웃고 붓을 들어 화전(花牋)169)에 붓을 휘두르니 빠르기가 비바람 같았다. 붓 끝에 철사를 드리운 듯 순식간에 지어 추밀에게 보였다. 김 공이 보니 이백, 두보의 재주와 자건(子建)의 신속함이 있었다. 좌중에 자랑하니 뭇 손님의 치하가 대단하였다.

김 소저가 덩170)에 드니 추밀이 경계하는 말을 하였다.

“군자를 공경스럽게 대하고 시부모를 지극한 효성으로 섬기며 일찍 일어나고 늦게 자 옛날 숙녀를 본받으라.”

모친은 띠를 해 주고 수건을 매어 경계하는 말을 하였다.

“우리 딸은 밤낮으로 부지런하고 온순하며 몸을 낮추어 남편을 예로 섬겨 부모의 경계를 잊지 말라.”

이처럼 당부하니 소저가 명령대로 하겠다 하고 교자에 올랐다. 방 공자가 순금으로 만든 자물쇠로 가마의 문을 잠그고 호송해 돌아오니 등불을 가지고 따라오는 사람들이 햇빛을 가렸다.

집에 돌아와 해월각 대청에 자리를 펴고 두 신인(新人)이 용문화석(龍紋花席)171)에 올라 맞절을 하였다. 시부모와 좌우 사람들이 보니 얼굴색은 연꽃 같고 옥같이 매끄러운 귀밑털과 발그레한 얼굴이 기기묘묘(奇奇妙妙)하여 그윽하고 착한 태도를 이루 다 쳐다보지 못할 정도였다. 낙성의 옥 같은 용모와 늠름하고 시원스러운 풍채와 비교하면 진실로 삼생(三生)172)의 좋은 인연이요 일대의 좋은 짝이었다.

---

169) 화전(花牋): 아름다운 종이.
170) 덩: 가마.
171) 용문화석(龍紋花席): 용을 수놓아 만든 화문석(花紋席).
172) 삼생(三生): 전생(前生), 현생(現生), 내생(來生)을 통틀어 이르는 말.

부부가 쌍으로 맞절을 마치고 소저는 시부모에게 폐백을 올렸다. 걸음에서 향기로운 구름이 일어나는 듯하였으니 시부모가 바란 바에 넘쳐 매우 기뻐하여 미우(眉宇)173)에 기쁜 빛이 가득하였다. 주변 사람들도 말끝마다 치하하였다.

신부의 숙소를 부용각에 정하였다. 신부가 단장(丹粧)174)을 벗고 그림 병풍에 기대고 있었는데 방생이 아버지의 명으로 신방에 나아왔다. 신부가 천천히 몸을 일으켜 앉아 수습하는 태도가 더욱 아리땁고 시원스러웠다. 생이 기쁨을 이기지 못해 원앙이 푸른 물을 만난 듯이 하였다.

김 소저가 이로부터 시부모를 지극한 효성으로 섬기고 남편을 예로 대접하였다. 이에 승상과 부인이 지극히 사랑하고 생이 정성껏 대우하였다.

이후에 승상이 조정에 일이 없으면 해월각에서 며느리를 앞에 앉히고 지극히 사랑하며 자기 아내와 함께 시사(詩詞)를 주고받으며 흑백을 다투어175) 미진한 심사가 없었다.

이해가 다하고 다음 해 봄에 천자가 과거를 베풀었다. 방생이 과장(科場)에 나아가 재주를 발휘해 장원이 되었다. 당일 창방(唱榜)176)하고 어화청삼(御花靑衫)177)으로 집에 돌아와 부모를 뵈니 모부인이 손을 잡고 기뻐하며 말하였다.

"네 부친이 열두 살에 장원을 하더니 너 또한 열셋 어린아이로 계

---

173) 미우(眉宇): 이마의 눈썹 근처.
174) 단장(丹粧): 화려한 옷.
175) 흑백을 다투어: 바둑 둠을 일컫는 표현.
176) 창방(唱榜): 방목(榜目)에 적힌 과거 급제자의 이름을 부르던 일.
177) 어화청삼(御花靑衫): 임금이 문무과에 급제한 사람에게 내려 주던 종이꽃[어사화(御賜花)]
    과 남색 도포.

화(桂花)를 꺾었구나. 이는 선조(先祖)가 쌓은 덕 때문인가 하구나.”

승상이 즐거움과 기쁨을 이기지 못하여 잔치를 성대하게 베풀어 경사를 축하하였다.

천자가 방 장원의 벼슬을 올려 도어사에 임명하고 김 소저에게 봉관화리(鳳冠花履)를 주니 한 집안의 영광이 매우 빛났다.

방 어사가 맡은 일을 할 적에 청렴 정직하여 그 아버지에 못지않으니 임금이 사랑하여 칭찬하였다.

“방낙성은 옥당(玉堂)의 제일 명사(名士)가 되어 충성, 절개와 재주 있다는 명성이 아비에게 떨어지지 않으니 방 승상의 자식 가르침이 더욱 기특하도다.”

매양 승상을 불러 술을 내렸다.

세월이 빨리 지나가 두어 해 지나 김 소저가 아들을 낳으니 일개 옥동자였다. 승상과 부인이 사랑하기를 손바닥 안의 보옥(寶玉)과 같이 하고 어사가 더욱 김 씨를 정성껏 대하고 어린 자식을 사랑하였다. 이름을 현이라 짓고 자(字)를 반백이라 하였다.

9. 방관주 부자의 명망이 날로 높아지다

하루는 승상이 조회를 마치고 고요히 임금을 모시고 있었는데, 임금이 말하였다.

"짐이 경의 문필(文筆)을 사랑하여 매양 글을 받아 병풍을 만들어 침전(寢殿)에 치려고 하였으나 번거로워 못 하고 있었도다. 오늘은 조용하니 글을 지어 금자(金字)[178]로 들이라."

이에 승상이 아뢰었다.

"마땅히 아름다운 글씨와 기특한 재주를 얻어 폐하의 침전에 두고 보셔야 합니다. 어찌 신과 같이 못난 재주를 가진 사람이 시를 짓겠습니까? 비록 그러하나 하교(下敎)[179]가 이와 같으시니 한번 더러운 재주를 펴 폐하의 웃음을 돕겠나이다."

임금이 크게 기뻐하여 좌우를 시켜 흰 비단 여덟 폭과 용미연(龍尾硯)[180]에 봉미필(鳳尾筆)[181]을 주었다. 승상이 깁을 펴고 순식간

---

178) 금자(金字): 이금(泥金)으로 쓰거나 금박(金箔), 금분(金粉) 따위로 나타낸 글자.
179) 하교(下敎): 임금이 내린 명령.
180) 용미연(龍尾硯): 중국 안휘성(安徽省) 무원현(婺源縣)의 용미산(龍尾山)에서 나는 돌로 만든 벼루. 석질이 단단하여 먹을 내는 데 좋다고 함.

에 내려 쓰니 임금이 그 재주를 신기하게 여겼다. 전혀 생각하는 빛이 없이 글제의 어려움을 염려하지 않고 신속하게 쓰는 것에 탄복하였다. 마지막에 금자로 써 받들어 임금에게 올렸다. 임금이 더욱 기특하게 여겨 받아서 보니 글씨의 획이 정묘하고 글씨가 시원스러워 광채가 났고, 쓰인 말은 지극한 정론이었다. 다 본 후 감탄하며 그 훌륭함을 칭찬하였다.

"경의 문장과 필법은 알았지만 이처럼 기이한 줄은 몰랐도다. 아름다운 문장을 얻어 금자로 쓰게 하려고 한 지가 오래되었으나 얻지 못했더니 오늘에서야 소원을 이루었도다. 무엇으로 공을 표하리오?"

승상이 정색하며 아뢰었다.

"신의 용렬(庸劣)한 재주를 폐하가 지나치게 칭찬하시니 부끄럽고 두려움을 이기지 못하겠나이다. 어찌 공이라 하시나이까? 신의 바라는 바가 아닙니다."

임금이 웃고 명령을 내려 어필로 쓴 책 두 권과 황금서진(黃金書鎭)[182] 한 쌍과 통천칠보관(通天七寶冠)[183]을 주니 승상이 머리를 조아리고 은혜에 감사한 후 물러났다.

임금이 즉시 장인을 시켜 금자병풍(金字屏風)[184]을 만들어 침전(寢殿)에 치고 그 재주를 때때로 칭찬하였다.

승상이 집에 돌아와 부인을 대해 조정에서의 대화를 이르고 서진(書鎭)과 책은 어사를 불러서 주고 말하였다.

---

181) 봉미필(鳳尾筆): 봉황 꼬리의 깃과 같이 많은 갈래로 나뉘어 있어 글씨를 쓰기에 좋은 붓.
182) 황금서진(黃金書鎭): 황금으로 만든 서진(書鎭). 서진은 책장이나 종이쪽이 바람에 날아가지 않도록 누르는 물건.
183) 통천칠보관(通天七寶冠): 일곱 가지 보석으로 장식된 황제가 업무를 보거나 조칙을 내릴 때 쓰는 관.
184) 금자병풍(金字屏風): 금박 글씨로 꾸민 병풍.

"내가 임금에게서 얻은 것을 네게 전하노라."

어사가 매우 기뻐하며 두 손으로 받아 공경을 표하며 물러났다.

통천관(通天冠)은 자기가 쓰니 부인이 낭랑히 웃으며 말하였다.

"군자가 상으로 받은 것을 아들과 그대는 가지되 첩에게는 미치지 않으니 어찌된 일입니까?"

승상이 웃으며 말하였다.

"이것은 다 부인에게 당치 않은 것이네. 그래서 부인을 주지 않았거니와 지금 부인 몸 위에 가진 위의가 다 내게서 비롯된 것이네. 흡족하게 여길 것이거늘 투정하니 욕심이 참으로 많도다."

부인이 빙그레 웃으며 말하였다.

"나에게 당치 않은 것이 그대에게 홀로 맞는 것이 있겠습니까? 끝까지 저리 시원한 척하십니다."

승상이 웃던 미우(眉宇)[185]를 찡그리고 흥미가 사라져 말하였다.

"부인은 들먹이지 말라. 사람들이 나를 환자(宦者)[186]라 할지언정 깊이 의심하지는 않더이다."

부인이 빙그레 웃었다.

이때 방 어사의 물망(物望)이 높아 병부상서로서 내외에 진동하니 임금의 총애가 날로 더해갔다. 그러니 누가 우러러보지 않으리오? 승상이 병부를 경계시키며 말하였다.

"네 불과 열일곱 어린아이로 벼슬이 일품에 올라 육경(六卿)[187]에 이르렀으니 조물주를 두려워해야 한다. 옛말에 이르기를 '그릇이 차면 넘치고 달이 뚜렷하면 줄어든다.'고 하였으니 이는 늘 그러한 것

---

185) 미우(眉宇): 눈썹의 언저리.
186) 환자(宦者): 환관. 내시.
187) 육경(六卿): 육부의 상서를 예스럽게 일컫는 말.

이다. 무릇 사람이 일을 당한 뒤에 뉘우쳐도 다시 할 수는 없는 것이다. 내 아이는 모름지기 마음을 닦고 공경하여 검소하고 질박한데 힘쓰고 충성을 가다듬어 우리 선조(先祖)가 이룩한 이름난 가풍을 욕되게 하지 말라."

병부가 명령대로 하겠다고 하였다. 명을 받은 후 더욱 조심하여 충성과 효도에 날로 더욱 힘썼다.

10. 자신의 정체를 임금에게 밝히고 죽다

승상이 하루는 외헌(外軒)에 조용히 앉아 있었다. 홀연 앞에서 한 사람이 갈건(葛巾)[188]에 학창의(鶴氅衣)[189]를 입고 죽장(竹杖)을 짚고 서 있었으니 기골이 선풍도골(仙風道骨)이었다. 승상이 놀라고 의아하여 어떻게 할 줄을 몰라 황급히 의관을 바르게 하고 맞이하며 말하였다.

"큰 손님이 누추한 곳에 오셨으나 제가 우두커니 앉아 예의를 갖추지 못해 오래 서 계시게 하였으니 민첩하지 못함이 부끄럽습니다. 당에 오르시기를 청하나이다."

그 사람이 몸을 굽혀 대답하였다.

"비루한 사람은 현산의 도사로 잠깐 보잘것없는 술법(術法)[190]이 있어 관상 보기를 해 왔습니다. 잠깐 이르렀으나 어찌 귀인이 맞이할 줄을 알았겠습니까?"

---

188) 갈건(葛巾): 갈포(葛布)로 만든 두건. 갈포는 칡 섬유로 짠 베.
189) 학창의(鶴氅衣): 소매가 넓고 뒤 솔기가 갈라진 흰옷의 가를 검은 천으로 넓게 댄 웃옷.
190) 술법(術法): 음양(陰陽)과 복술(卜術)에 관한 이치 및 그 실현 방법.

승상이 기쁜 빛으로 웃으며 말하였다.

"도인(道人)이 신기한 재주가 있는가 하니 나의 얼굴을 봐주소서."

도사가 잠자코 오래 생각하다가 대답하였다.

"그대의 이마는 달 같아서 넓고, 눈썹이 팔자로 높고 맑으니 비록 재주가 있으나 일찍 부모를 여읠 것이요, 코가 살지고 두 귀와 뺨이 희미한 복숭아꽃 같으니 출장입상(出將入相)191)하여 만인의 윗사람이 될 것입니다. 두 눈이 가늘고 길며 흐르는 듯한 빛이 흘러 물결 같으니 재주가 있고 지극히 귀할 것입니다. 입술이 단사(丹砂)192)를 찍은 듯하여 얇으니 구변(口辯)193)은 소진(蘇秦) 같으며 흰 이는 백옥 같으니 진실로 나라를 기울게 할 상입니다. 참으로 아름다워 도리어 금실(琴瑟)의 즐거움194)이 그칠 것이고 이마에 한 점 사마귀 있고 피부가 너무 맑아 자녀가 없을 상입니다. 골격이 우아하여 속세의 모습이 없으니 수명은 사십을 넘지 못할 것이니 반드시 오래지 않아 하늘 궁전에 조회할 것입니다. 이미 다 소견대로 고했으니 당돌함을 용서하소서."

말을 마치자, 한바탕 바람이 되어 간 곳 없고 다만 부채 하나가 떨어져 있었다. 집어서 보니 곧 도사의 글이었다.

"음양(陰陽)을 바꿔 임금과 온 천하를 속였으니 그 벌이 없지 않을 것이로다. 천궁(天宮)에서 여색을 좋아해 멋대로 하였으므로 이승에서 금실의 즐거움을 끊게 했으니 스스로 죄를 아는가? 그 못이

---

191) 출장입상(出將入相): 조정 밖에 나가면 장수가 되고 들어오면 재상이 된다는 뜻으로서 문무를 다 갖추어 장수와 재상을 두루 거친다는 말.
192) 단사(丹砂): 새빨간 빛이 나는 광물.
193) 구변(口辯): 말을 잘하는 재주나 솜씨. 언변(言辯).
194) 금실(琴瑟)의 즐거움: 현악기인 금(琴)과 슬(瑟)이 소리가 서로 잘 어울리는 것처럼, 부부가 잘 어울려 사는 즐거움.

차면 넘치고 영화가 극하면 슬픔이 오니 옥황상제께서 옛 신하를 보시고자 하시는도다. 원컨대 공은 내년 삼월 초사일에 상제를 만나도록 하라.”

승상이 보고 하늘을 우러러 탄식하였다.

“내 일개 아녀자로서 남자로 행세한 것이 이미 오래되었으니 어찌 천벌이 없으리오? 즐거움이 지나치면 슬픔이 오는 것이다. 한번 돌아가 상제께 조회하고 부모를 만나는 것이 소원이나 다만 부인이 나 때문에 인륜을 알지 못하고 공연히 청춘을 헛되이 마쳤으니 가련하구나. 저는 지극히 맑아 부부의 도를 괴롭게 여기는 사람이다. 서로 기대하여 유관장(劉關張)195)이 한날에 죽지 않은 것을 낮게 여겼더니 이제 내가 죽으면 그 누구를 의지하리오? 가련하고 안타깝구나.”

안석(案席)196)에 기대어 하늘 끝을 바라보고 생각하며 남아가 못 된 것을 슬퍼하였다.

초가을 팔월에 김 소저가 또 아들을 낳으니 옥같이 아름다워 현과 다름이 없었다. 승상과 부인이 매우 기뻐하였다.

슬프도다. 이해가 다하고 다음 해 봄이 되었다. 방 승상이 큰 잔치를 배설하고 삼 일 동안을 조정의 동료들과 친구, 친척을 모아 즐겼다. 승상이 다시 이와 같은 잔치를 보지 못하는 것을 슬피 여겨 옥배(玉杯)를 잡아 슬피 비가(悲歌)197)를 읊으니 옥 같은 소리가 맑고 빨랐으며 낭랑하여 시원스러웠다. 지나가는 구름을 멈추게 하고 봉황이 서로 춤추는 듯 보는 사람들이 자연스레 슬퍼하며 근심으로 심

---

195) 유관장(劉關張): 중국 삼국시대(三國時代)에 의형제를 맺었던 촉(蜀)의 유비(劉備)·관우(關羽)·장비(張飛)를 가리킴.
196) 안석(案席): 앉을 때 몸을 기대는 기구.
197) 비가(悲歌): 슬픈 노래.

란해 하였다.

승상이 안색을 고치고 눈물을 끝없이 흘리니 사람들이 놀라 말하였다.

"명공(明公)198)은 이제 막 청춘입니다. 어찌 불길한 시를 읊고 노래하십니까?"

승상이 슬픈 빛을 띠고 대답하였다.

"학생이 본디 기질이 약하고 질병이 있어 인간 세상에 오래 있지 못할 것입니다. 비록 청춘이나 생각건대 다시 이와 같이 즐기지 못할 것 같습니다. 그래서 자연히 슬퍼져서 가사(歌詞)를 지은 것인데, 이것이 여러분을 염려하게 한 것 같습니다."

그리고서 술과 안주를 물리치고 안석(案席)에 기대어 슬퍼하였다. 눈에서 눈물이 흘러 소매를 적시니 사람들이 가장 불길하게 여겨 다만 위로할 뿐이었다. 병부는 안색을 온화하게 하여 위로하기를 마지 않았다. 승상이 탄식하고 병부의 손을 잡고서 슬픈 회포를 이기지 못하였다. 이에 집을 가득 채운 손님들이 다 안타까워하며 흩어졌다.

이날 밤에 병부를 데리고 내당에 들어가 부인과 말을 할 적에 혹 탄식하며 즐기지 않았다. 아들과 며느리가 더욱 두려워하며 근심하고 영 부인은 그가 세상에 오래 있지 못할 줄을 알고 기리 탄식하였다.

"우리 두 사람이 사십 년을 영화롭게 지냈으니 즐거움이 다하면 슬픔이 오는 것이 떳떳한 것입니다. 오직 우리 두 사람은 죽고 사는 것을 서로 따를 것을 결단할 뿐입니다."

승상이 탄식하고 말하였다.

"비록 지기의 정이 두터우나 부인이 어찌 죽고 사는 것을 따르겠

---

198) 명공(明公): 듣는 이가 높은 벼슬아치일 때, 그 사람을 높여 이르는 말.

는가?"

병부가 나아가 고하였다.

"아버님과 어머님은 밖으로 삼강(三綱)199)의 이름이 있고 안으로 관포(管鮑)200)의 지음(知音)이 계시니 함께 백 년을 기약해야 하실 것입니다. 어찌 불길한 말씀을 하시나이까?"

두 사람은 자식이 근심하는 것을 보고 도리어 마음을 부드럽게 하여 위로하였다.

방관주가 이달부터 먹고 마시는 데 맛이 없고 용모가 수척해져서 장차 자리에서 일어나지 못하게 되니 영 부인과 자식, 며느리가 망극하여 천명만 기다렸다.

어느 날 밤, 방관주가 비몽사몽간에 선친(先親)을 만나니, 선친이 말하였다.

"네 일개 어린 여자로서 이와 같이 영화롭고 귀하게 되었으니 또한 천명(天命)이구나. 그런데 좋은 일이 오래가지 않을 것이니 너는 오래 살 몸이 아니다. 이 병 때문에 일어나지 못할 것이니 어찌할꼬?"

승상이 물으려고 하니 또 말하였다.

"오래지 않아 만날 것이니 내 바삐 가노라."

급히 나가니, 승상이 깨어났다. 꿈인 것이 분명하였다. 부모를 만나 한마디 말을 못 하였는데 선친이 또 황급히 떠났으니 탄식하고 부인에게 그 사실을 이르고 슬퍼하였다. 부인은 간담이 다 녹는 듯

---

199) 삼강(三綱): 유교의 도덕에서 기본이 되는 세 가지 강령으로서 부위부강(夫爲婦綱), 부위자강(父爲子綱), 군위신강(君爲臣綱)을 이름. 즉 남편은 아내의 벼리가 되고, 아비는 자식의 벼리가 되고, 임금은 신하의 벼리가 된다는 뜻. 여기에서는 부부로 존재함을 뜻함.
200) 관포(管鮑): 중국 춘추시대(春秋時代) 관중(管仲)과 포숙아(鮑叔牙). 두 사람은 사귐이 매우 친밀하였다고 전해짐.

하였으나 티를 내지 않고 위로하였다.

이후에 병세가 극히 위중해지니 병부 내외가 망극하여 천지께 빌어 살 방도를 바랐다. 천자가 어의(御醫)를 보내 간병(看病)하고 약탕(藥湯)을 친히 달여 보내고 근심하였으나 조금도 차도가 없었다.

임금이 안타까워하고 슬퍼하며 다시 보지 못할까 애연(哀然)[201]해하여 친히 승상부에 이르렀다. 승상이 병든 몸을 움직여 조복(朝服)을 몸 위에 덮고 임금의 행차를 맞이하였다. 임금이 승상의 용모를 보니 수척하고 곧 숨이 끊길 듯하여 며칠을 지탱하지 못할 것 같았다. 용안(龍顔)에 슬픈 빛을 띠고 놀라 눈물을 흘리고 손을 잡아 슬퍼하며 말을 하지 못하였다.

승상이 병부의 손에 붙들려 일어나 사은(謝恩)하였다. 또한 자기 정체를 죽은 뒤에 누설하면 임금을 속이는 것이니 이것은 예가 아니라는 생각을 정하고 병든 몸을 억지로 일으켜 아뢰었다.

"신이 오늘 용안(龍顔)을 마지막으로 뵈오니 품은 생각을 올릴 것입니다. 성상께서는 죽을죄를 용서하소서."

임금이 말하였다.

"경에게 무슨 소회(所懷)가 있는고?"

승상이 귀밑에 눈물이 가득한 채 오열하고 아뢰었다.

"신은 본디 여자입니다. 부모가 일찍 죽어 어린 소견에 부모 사후가 없어질까 슬퍼하였습니다. 열두 살에 전하께서 인재(人材)를 뽑으신다는 소식을 듣고 구경코자 나왔다가 폐하의 성은을 입어 오늘에까지 이른 것입니다. 그러나 정체를 차마 아뢰지 못하고 또 영 공의 핍박을 입어 부득이하게 혼인하였고, 영녀 또한 처음에 신을 알

---

201) 애연(哀然): 슬퍼함.

아보았으나 성품이 괴이하여 말을 내지 않고 한낱 지기(知己) 되어 바깥 사람의 눈을 속인 지 오래입니다. 오늘날 앙화(殃禍)202)를 입어 황천(黃泉)에 가오니 품은 뜻을 올리나이다. 낙성은 신이 낳은 자식이 아닙니다. 하늘이 정해주신 바요 신이 양육한 아들이니 죽기에 이르러 마침내 폐하를 속이지 못해 실상을 고하옵니다. 또한 신은 규방의 여자로서 몸을 명백하게 드러내 예법(禮法)을 어겼습니다. 감히 팔뚝의 주표(朱標)203)를 뵈어 임금 속인 죄를 청하나이다."

말을 마치고 소매를 올려 팔뚝의 주표를 내어 보기를 바랐다. 임금이 이날 천만뜻밖에 그 진정을 듣고 매우 놀라고 의심하였으나 크게 칭찬하며 말하였다.

"오늘 경의 일을 들으니 놀랍고 기특하도다. 어질고도 기특한 자로다. 규방 여자의 지혜가 이 같을 수 있으리오? 규방의 약한 몸이 지략과 용맹이 대단하여 적진을 대해 신출귀몰하여 싸우면 반드시 승리할 줄 알았으리오? 짐이 경의 몸이 미진한 데 없으되 오직 키가 여러 신하 중에서 작고 수염이 없는 것을 괴이하게 여겼으나 우두커니 깨닫지 못해 경의 인륜을 온전히 못 했도다. 이는 짐이 어두워 현명하지 못했기 때문이로다. 백 번 뉘우치고 천 번 애달프나 누구를 한하리오? 경은 안심하여 일어나기를 바라노라. 짐이 마땅히 저버리지 않으리라. 경의 절개 있는 행동은 주표(朱標)를 보지 않아도 어찌 모르리오?"

이렇게 말하고서 기이하고 기특하다는 말을 마지않고 재삼 위로하였다. 승상이 이십칠 년을 조정에 들어가 남장(男裝)으로 다니고 태

학사 문연각에 입번(入番)204)했을 적에 함께 있던 관리가 허다하였으나 그 주표(朱標)를 보이지 않았음을 희한하게 여겼다. 영 씨의 높은 절개와 맑은 덕, 그리고 사람을 알아보는 감식안을 열협(烈俠)205)이라 하며 치켜세웠다. 임금을 모시고 있던 신하 가운데 놀라고 안타까워하며 희한하게 여기지 않는 사람이 없었다.

승상이 머리를 두드려 죄를 청하며 말하였다.

"소신이 폐하를 속인 죄는 비록 죽어도 갚기가 어렵습니다. 다스리시기를 바라나이다."

임금이 위로하였다.

"경은 만고의 영웅이요 열녀절부(烈女節婦)206)로다. 세상에 짝이 없을 것이니 어찌 죄라 하리오?"

재삼 위로하니 승상이 대승상 광록후 인(印)207)을 받들어 올렸다. 이에 임금이 말하였다.

"옳지 않다. 경의 공덕(功德)이 크고 또 몸은 남자와 같지 않아 비록 여자나 처신은 매양 남자로 하였으니 어찌 벼슬을 거두리오? 경이 병에서 나은 후 처치할 것이다. 경이 조리하지 못할까 두려우니 침소에 들라."

재삼 당부하고 그 재주와 충절(忠節)을 차마 잊지 못해 감탄하고 눈물을 흘렸다. 승상이 길이 하직하고 말하였다.

"소신이 회춘(回春)하지 못할 것이니 폐하를 오늘 영결(永訣)208)

---

204) 입번(入番): 관아에 들어가 차례로 숙직함. 입직(入直).
205) 열협(烈俠): 높은 절개와 의기.
206) 열녀절부(烈女節婦): 절개가 굳은 여자.
207) 인(印): 인수(印綬). 관리임을 나타내는 길고 넓적한 녹비 끈. 인끈.
208) 영결(永訣): 영원히 이별함.

하옵니다. 용안(龍顏)을 다시 뵙지 못하고 지하로 가니 엎드려 바라건대 성상(聖上)께서는 길이 편안하소서. 돌아가는 신 때문에 슬퍼하지 마소서."

말을 마치자, 눈물이 비같이 흘러 비단 도포를 적셨다. 임금이 슬피 울며 재삼 위로하고 궁으로 돌아갔다.

승상이 붓과 먹을 달라 하여 명정(銘旌)209)을 친히 쓰고 향탕(香湯)210)을 재촉하여 목욕하며 새 의복을 단정하게 입었다. 영 부인과 자식 부부를 대하여 영결하니 영 씨가 흘리는 눈물이 하수(河水)를 보탤 정도였다.

승상이 길이 탄식하고 오언시(五言詩) 한 수를 지어 주며 말하였다.

"아 아름답도다. 오늘날 그대와 함께 마지막 시를 주고받으리라."

부인이 받아서 보고 화답하며 슬퍼하였다.

서평후는 이날에서야 사위의 정체를 알고 크게 놀라 넋을 잃었다. 딸의 팔을 올려서 보니 팔뚝 위에 앵두 한 가지가 뚜렷하고 성하게 있어 붉은빛이 없어지지 않은 상태였다. 이에 탄식하고 말하였다.

"승상을 몰라본 것은 다 늙은 아비가 꼼꼼하지 못해서다. 네 아비의 탓이나 네 행실도 인정 밖이구나. 지금까지 부모를 속였으니 옳은 일이라 하겠느냐?"

부인이 슬픈 빛을 띠고 고하였다.

"제가 한갓 승상을 위했을 뿐 아니라 부질없이 부모님을 놀라게 할까 봐 그랬던 것이었습니다. 아버님의 말씀을 들으니 죽으려 해도 묻힐 땅이 없습니다."

---

209) 명정(銘旌): 죽은 사람의 관직과 성씨 따위를 적은 기. 일정한 크기의 긴 천에 보통 다홍 바탕에 흰 글씨로 쓰며, 장사 지낼 때 상여 앞에서 들고 간 뒤에 널 위에 펴 묻음.
210) 향탕(香湯): 향을 넣어 달인 물. 주로 염습하기 전에 송장을 씻는 데에 씀.

서평후가 슬피 탄식하기를 그치지 않았다. 승상이 병부와 김 소저를 오라 하여 경계하고 영결하니 병부와 김 소저가 망극하여 마음을 진정하지 못하였다. 날이 기울도록 영 부인과 이별하는 말이 침착하면서도 간절하였다.

슬프도다. 이윽고 기운이 거슬려 목숨이 다하니 나이가 서른아홉 살이었다. 사람들의 곡성이 하늘에 퍼져 가득했고 영 부인이 자주 기절하였다. 영 공이 붙들어 구하였으나 기운이 다하고 호흡이 가빠지면서 명이 다하였다. 슬프도다. 또한 천명(天命)으로 돌아가 하늘에서 두 사람이 쾌히 즐기게 되었다.

서평후 부부가 간장(肝腸)이 다 스러지고 오장이 갈기갈기 찢기는 듯하였다. 영 공이 그 몸을 어루만져 소매에 눈물을 적시며 말하였다.

"너의 재주와 용모, 화려한 자태와 큰 덕이 아깝도다."

슬프다. 영 씨의 목숨이 또한 다하니 어찌 불쌍하지 않으리오?

천자가 상국이 별세했다는 소식을 듣고 애통해 하고 탄식하며 4일 동안 고기 국물을 물리쳤다. 관 등 상례에 쓰이는 기물을 다 국례(國禮)로 하게 하고 초종범구(初終凡具)[211]를 다 남장(男裝)으로 하라 하였다. 그 일월 같은 충성, 절개와 옥 같은 용모를 생각하니 보배를 잃은 듯, 손발을 베인 듯하였다. 자고 앉는 어느 때에도 잊을 때가 없었고 금자병풍을 보면 눈물이 어의(御衣)를 적셨다. 그 한결같은 풍모와 비할 데 없는 임금의 총애를 이로부터 알 수 있었다.

이때 병부와 김 씨는 방관주 부부가 비록 낳아준 부모는 아니었으나 은혜로 길러준 것이 깊어 두터운 정이 매우 많았다. 부모의 죽음

---

211) 초종범구(初終凡具): 초상이 난 뒤부터 졸곡(卒哭)까지 치러지는 온갖 일이나 예식에 쓰이는 도구들.

을 연이어 만나 머리를 풀어 헤치고 울며 슬픔이 뼈에 사무쳐 상례 다스리기를 예에 넘치게 하였다.

세월이 흘러 장사 지내는 날이 임박하니 신주를 만들었다. 행렬이 수백여 리에 걸쳐 있었고 붉은 명정(銘旌)과 흰 만사(輓詞)212)는 길 가운데에서 흔들렸다. 집안 모든 사람들의 곡성이 천지를 움직이니 구름도 슬픈 빛을 띠어 햇빛이 희미하였다. 농막을 짓고 속절없이 반혼(返魂)213)하여 돌아왔다. 영 부인과 사생을 함께한 지기(知己)로 같은 무덤에 안장되었으니 사라지지 않을 아름다운 이야기요 세상에 드문 기이한 일이었다.

병부 내외가 부모의 자취가 깊은 것을 슬퍼하여 아침저녁으로 피눈물을 흘렸다. 삼 년간 상례를 치르면서 한 번도 가벼이 우는 적이 없었고, 과도하게 슬퍼하여 기운이 쇠하였으니 당시 사람들이 그 효성을 탄복하지 않는 이가 없었다.

천자가 조문하고 소상(小祥)과 대상(大祥)214) 때 예관을 보내 치제(致祭)215)하였다. 이처럼 임금의 은총이 컸으니 저승으로 가는 혼이 돌아가도 은혜에 감동할 만했다.

상서가 부모의 삼년상을 마치고서 더욱 슬퍼하였다. 방 상서가 탈상(脫喪)216)한 후에 천자가 불러 위로하고 벼슬을 올려 참지정사 태중태부에 임명하였다. 상서가 마지못해 조정에 나아가 충성을 가다듬어 벼슬자리를 맡아 청렴 강직하게 일하는 것이 그 선친(先親)에

---

212) 만사(輓詞): 죽은 이를 슬퍼하여 지은 글. 또는 그 글을 비단이나 종이에 적어 기(旗)처럼 만든 것. 주검을 산소로 옮길 때에 상여 뒤에 들고 따라감. 만장(輓章).
213) 반혼(返魂): 장례 지낸 뒤에 신주(神主)를 집으로 모셔 오는 일.
214) 소상(小祥)과 대상(大祥): 소상은 1년 만에 지내는 제사이고, 대상은 2년 만에 지내는 제사.
215) 치제(致祭): 임금이 제물과 제문을 보내어 죽은 신하를 제사 지내던 일. 또는 그 제사.
216) 탈상(脫喪): 삼년상을 마침.

뒤지지 않았다. 이에 사람들이 칭찬하지 않는 이가 없었다.

김 부인과 화목하고 즐겁게 지내 자녀를 두루 두고 그 후에 재취
(再娶)하였다. 재취한 이 씨는 자색이 보통 사람보다 뛰어났으니 김
부인이 지극히 사랑하여 두 사람이 동기같이 지냈다. 두 사람은 아
황(蛾黃)과 여영(女英)[217]의 모습이 있었으며 서로 좇아 따르며 화
목하게 지냈다. 이에 주변에 칭찬하는 소리가 들렸다.

참정이 한결같이 정성껏 대하여 집안을 법도로 다스렸다. 그래도
오히려 김 부인을 더욱 극진히 생각하였으니 이는 어려서 혼인하여
부모의 상을 함께 지냈기 때문이었다. 그래서 자연히 정이 한층 더
하였으나 겉으로는 한가지로 대우했다.

참정이 자녀가 많아 김 부인에게서 7자 3녀를 두고, 이 씨에게서
1자 2녀를 두었다. 자녀가 모두 옥수경지(玉樹瓊枝)[218]요 여수경금
(麗水硬金)[219]이었다. 남자 아이는 멋스럽고 글을 잘 지었으며 여자
아이는 달 같은 얼굴에 꽃 같은 자태를 지녀 백희(伯姬)[220]의 높은
절개와 규목(樛木)[221]의 틀이 있었다. 사위는 다 특출해서 당대의
영걸이요 며느리는 곧 요조숙녀(窈窕淑女)였다.

참정이 벼슬이 점점 높아져 가정(嘉靖)[222] 조(朝)에 우승상(右丞
相) 진양후를 하였다. 후에 위국공이 되어 부귀가 혁혁(赫赫)하고

---

217) 아황(娥皇)과 여영(女英): 요(堯) 임금의 두 딸로서 모두 순(舜) 임금에게 시집감.
218) 옥수경지(玉樹瓊枝): 옥이 나는 보배 나무라는 뜻으로 '귀한 자식'을 비유적으로 이르는 말.
219) 여수경금(麗水硬金): 중국 여수(麗水)에서 나는 단단한 금.
220) 백희(伯姬): 중국 춘추시대(春秋時代) 노(魯) 선공(宣公)의 딸로서 송(宋) 공공(恭公)에게
     시집간 여인. 과부가 된 후 궁에 불이 났는데, 보모(保母)와 부모(傅母: 아녀자를 시중드
     는 여자)를 대동하지 않으면 밤에 당을 내려설 수 없다는 법도를 들어 부모(傅母)가 도착
     하지 않았으므로 당(堂)에서 내려가지 않아 불에 타 죽었음.
221) 규목(樛木): 부인의 은덕이 아랫사람들에게 미치고 질투하는 마음이 없음을 이르는 말.
222) 가정(嘉靖): 중국 명(明)의 12대 황제인 세종(世宗) 때의 연호(年號). 1522~1566년.

열 명의 아들이 다 벼슬이 높았고 장자 현은 또 정승 벼슬을 하였다.

진양후 부부 세 명이 다 칠십여 세에 세상을 뜨니 손자가 오십여 명이요, 손녀는 이십여 명이었다. 번성함이 비길 데가 없었고 열 아들이 다 승상의 위엄을 이어받아 벼슬이 일품 자리에 거하였다. 빛나고 성함이 명나라 조정에서 으뜸이었다.

위국공의 복록과 방 승상의 기이한 일과 영 부인의 열협의기(烈俠義氣)를 탄복하여 승상의 재종(再從) 민 한림 부인 방 씨가 그 집 일을 잘 알았기 때문에 괴이한 부분과 큰 이야기만 기록하여 방 승상 등의 일을 세상에 전하게 되었다. 비록 일가의 가까운 친척이라도 또한 현명공의 몸이 여자인 줄은 알지 못했더니 임종 때에 천자에게 고하는 말을 듣고 깨달았다. 전후 기이한 말이 많으나 규중 여자가 보고 들은 것이 고루하고 말이 모호하여 세세한 말은 빠지고 대강만 기록하였다. 위국공의 행적이 가장 신이하고 기이하여 후세에 전할 만하였으나 권수가 너무 방대할 것이고 어두운 정신에 다 거두지 못해 다시 짓지 못하니 안타깝고 탄식할 만한 일이다. 민 한림 부인의 정신이 흐릿하고 어리석은 것을 탄식함직하다.

처음에 현명공 소기(小朞)223) 때, 위국공 부부가 목 놓아 울고 있다가 기이한 꿈을 꾸었다. 승상과 부인이 오색구름을 타고 내려와 자식의 손을 잡고 말하였다.

"우리는 본디 문곡성(文曲星)과 상아성(姮娥星)이었는데 금실이 너무 좋아 잠시도 떨어져 있지 않았다. 그래서 맡은 일을 하지 않으니 상제께서 편안치 않게 여기셨다. 태을(太乙)224)이 속이려고 하여 상

제께 아뢰고 문곡성은 방가에 내치고 상아성은 영가에 내치게 된 것
이다. 문곡성은 본래 남자였으니 남자의 일을 한 것이다. 태을이 희
롱하여 여자가 되게 한 것은 허명(虛名)으로 부부 되어 하늘에서 너
무 멋대로 한 것을 벌하려 했기 때문이다. 지난 일을 생각하면 할수
록 우습고 한심하구나. 이에 모여 옛날과 같이 즐겁게 지내니 너희
는 서러워 말고 부디 집안의 명예를 빛내고 만수무강하라.”

그러고서 가뿐히 하늘로 올라갔다. 위국공이 기이하게 여겼으나
말을 하지 않았다가 후에 부인에게 이른 것이다. 낮말은 새가 듣고
밤말은 쥐가 들으니 이에 기록하노라.

이찬이 필사하다. 오자와 낙서가 많으니 보는 사람은 알아서
보소서.
경자년(1900) 윤 팔월 초육일에 쓰다.

제2부 원문 주석 및 교감

◇ 일러두기 ◇

A. 원 문

가. 저본은 나손본 〈방흔임전〉(단국대 천안캠퍼스 율곡도서관 소장)으로 하였다.

나. 면수를 구분하고 이를 표시하였다.

다. 한자어는 한자를 병기하는 것을 원칙으로 하였다.

라. 한자어 중 현대어에 없는 고어나 구개음화 이전의 표기 등으로 되어 있어 현대어 표기에 부합하지 않는 단어일 경우에도 편의상 별도의 표시 없이 한자를 병기하였다.

마. 현대 맞춤법 규정에 따라 띄어쓰기를 하였다.

바. 내용을 참작해 문단을 적절하게 구분하였다.

B. 주 석

다음과 같은 경우에 각주(脚注)를 통해 풀이를 해주었다.

가. 인명, 국명, 지명, 관명 등의 고유명사.

나. 전고가 있는 경우.

다. 뜻을 풀이할 필요가 있는 어휘.

C. 교 감

가. 현전하는 〈방한림전〉의 모든 이본을 대상으로 하였다. 이본은 세 종으로서 〈방흔임전〉, 〈쌍완기봉〉(한국학중앙연구원 소장), 〈낙성전〉(정학성 교수 소장)이다.

나. 세 이본의 같고 다른 점을 비교하여 문맥에 가장 적합하고 표현이 상세한 구절을 택해 이를 반영함으로써 가장 바람직한 텍스트를 만들고자 하였다.

다. 원문의 분명한 오류는 수정하고 이 사실을 주석을 통해 밝혔다.

라. 원문의 의미가 분명하지 않을 경우, 이본을 참고해 해당 부분을 대체하였다.

마. 저본과 이본의 내용이 다른 경우, 사소한 어휘의 차이가 있을 경우에는 밝히지 않았으나, 내용의 차이가 분명히 있거나 분명하지는 않아도 차이를 밝혀주어야 할 필요가 있을 때에는 그 사실을 주석을 통해 밝혔다.

주석 교감

1면

듸명(大明)[1] 뎡덕(正德) 년간(年間)[2] 북경(北京)[3] 유흑촌의
일위(一位) 셔싱(書生)이 잇슨이 승명(姓名)은 방관쥬요 즈(字)
난 문빅인이, 이곳 건문(建文) 됴(朝)[4] 명인(名人)[5] 위군입절
(爲君立節)[6] 틱학스(太學士)[7] 츙열공(忠烈公) 효유(孝孺) 방씨

---

1) 듸명(大明): 주원장(朱元璋. 생몰 1328~1398, 재위 1368~1398)이 세운 중국의 명(明)
   을 높여 부르는 말.
2) 뎡덕(正德) 년간(年間): 〈낙성전〉(1면)의 부분을 첨가함. 정덕은 중국 명(明) 무종(武宗) 때의
   연호(1506~1521).
3) 북경(北京): 명(明) 때의 수도.
4) 건문(建文) 됴(朝): 저본에는 "권문도"로 되어 있으나 오기(誤記)로 보이므로 〈낙성전〉(1면)을
   따름. 뜻은 '건문(建文)의 조정'. 건문은 명의 제2대 황제인 혜제(惠帝, 재위 1398~1402)의
   연호. 혜제는 본명이 윤문(允炆)으로 태조(太祖) 주원장(朱元璋)의 손자이고 의문태자(懿文太
   子)의 둘째 아들임. 모비(母妃)는 여 씨(呂氏). 의문태자가 병으로 죽은 뒤 태조로부터 바로
   황위를 물려받았음.
5) 명인(名人): 저명한 인물.
6) 위군입절(爲君立節): 임금을 위하여 절개를 세움. 방효유(方孝孺)가 자신이 섬기던 혜제(惠
   帝)의 황위를 연왕(燕王) 주체(朱棣)가 찬탈한 후, 연왕이 황제[成祖]가 되어 즉위의 조서(詔
   書)를 초(草)하도록 명령하자, 혜제와의 의리를 생각해 붓을 던지고 통곡하며 연왕을 꾸짖은
   것을 가리킴. 그 일로 방효유는 시장에서 몸이 찢기는 형벌로 죽고, 연좌되어 죽은 사람도 수
   백 명에 이르렀다 함.

(方氏)8) 후예(後裔)라.

　그 부친(父親)은 션됴(先朝)의 츙열도덕(忠烈道德)이 쳥졍(淸淨)ᄒ고 그 모친(母親) 보씨난 슉녀현완지풍(淑女賢婉之風)9)이라. 부々(夫婦) 상득(相得)10)ᄒ여 동쥬(同住)11) 여러 셰월의12) 싱산(生産)이 묘연(杳然)13)ᄒ야 농장(弄璋)의 경ᄉ(慶事)14) 읍던이 노년(老年)의 비로소 일몽(一夢)을 웃고 옥(玉)으로 싃이고 곳 갓튼 녀아15)(女兒)을 싱흔이 이곳 관쥬라. 비록 여아(女兒)나 산쳔(山川) 졍긔(精氣)를 모도아난16) 듯 광치(光彩) 찬17)난(燦爛)ᄒ야 산실(産室)18)의 이향(異香)19)이 만실(滿室)20)ᄒ고 신치(身彩) 찬21)난(燦爛)ᄒ야 일월(日月) 수기(秀氣)22)을 품수(稟受)23)ᄒ야 신치(身彩) 발월(發越)24)ᄒ여25) 풍용윤틱(風容潤

---

7) 틱학ᄉ(太學士): 여기에서는 시강학사(侍講學士)를 가리킴. 방효유가 건문제 때 한림원(翰林院) 시강학사를 한 바 있음. 시강학사는 천자의 앞에서 경서를 강의했던 관직명으로서 한(漢) 이래로 존속했음. 이 소설에서 시강학사를 태학사로 쓴 것은, 두 관직 모두 천자를 가까이에서 보좌하는 벼슬이라는 공통점이 있는 데서 비롯된 결과로 보임.

8) 효유(孝孺) 방씨(方氏): 방효유(方孝孺, 1357~1402). 명(明) 건문(建文) 때의 학자. 자(字)는 희직(希直), 희고(希古)이며 호(號)는 손지재(遜志齋), 시호는 문정(文正). 그가 거처한 여막의 이름을 따서 정학선생(正學先生)으로도 칭해졌음. 『명사(明史)』 권141·「열전(列傳)」 29에 생애가 자세하게 나와 있음.

9) 슉녀현완지풍(淑女賢婉之風): 착하고 어질며 어여쁜 모습.

10) 상득(相得): 서로 잘 지냄.

11) 동쥬(同住): 함께 거처함.

12) 상득(相得)ᄒ여~셰월(歲月)의: 저본에는 "참치 읍슨 직화로 상듀흔 여러 십 년의"로 되어 있으나 의미가 불분명하여 〈쌍완기봉〉(1면)을 따름. 참고로 〈낙성전〉에는 "북의 춤치 업슨 직하을 상득ᄒ연 지 녀러 집 년의"(1면)로 되어 있음.

13) 묘연(杳然): 알 길이 없어 감감함.

14) 농장(弄璋)의 경ᄉ(慶事): 아들을 낳은 즐거움. 예전에 중국에서 사내아이를 낳으면 구슬을 쥐어 준 데서 유래함. "남자아이 낳으면 침상에 눕히고 화려한 옷 입히며 구슬을 쥐어 주네. 乃生男子, 載寢之牀, 載衣之裳, 載弄之璋."(『시경(詩經)』·「소아(小雅)」·〈사간(斯干)〉)

15) 녀아: 저본에는 "녀이"로 되어 있으나 '녀아'의 오기임.

16) 모도아난: 모은. 기본형은 '모도다'.

17) 찬: 저본에는 "찰"로 되어 있으나 오기로 보이므로 이와 같이 고침.

18) 산실(産室): 아이를 낳는 방. 산방(産房).

19) 이향(異香): 기이한 향기.

20) 만실(滿室): 온 방에 가득함.

21) 찬: 저본에는 "찰"로 되어 있으나 오기로 보이므로 이와 같이 고침.

22) 수기(秀氣): 빼어난 기운.

澤)26)ᄒ며 안광(眼光)이 츄슈(秋水) 갓고 갓 나희며27) 그이(奇異)ᄒ 증죠(徵兆) 만터라. 부모(父母) 비록 남자(男子) 안이믈 가연(可憐)28)ᄒ나 이럿틋 그이(奇異)ᄒ믈 희츌망외(喜出望外)29)러라.

츠후(此後) 방공(方公) 늬외(內外) 농장(弄璋)의 즈여(子女) 다시 졀원(絕遠)30)ᄒ니 여아(女兒) 슈삼(數三) 세(歲)의 풍용지식(風容才色)31)이 쇄락(灑落)32)ᄒ고

2면

긔상(氣像)이 쥰슈(俊秀)33)ᄒ야 규리(閨裏)34) 옥녀(玉女)의 거동(擧動)이 업고35) 신장36)(身長)이 날노 늠々(凜凜)ᄒ야 빅년(白蓮)37) 갓튼 안식(顔色)과 츄천(秋天) 갓튼 긔운(氣運)이며 진쥬(珍珠) 갓튼 안광(眼光)이며 빈아흐로38) 말을 일으미39) 글즈를 가라친이 ᄒ나흘 드러 열을 통ᄒ고 열을 드르면 쳔(千)

---

23) 품슈(稟受): 선천적으로 타고남.
24) 발월(發越): 기상이 빼어남.
25) 수기(秀氣)을~발월(發越)ᄒ여: 저본에는 "정긔(精氣)를 품슈발월(稟受發越)ᄒ야"로 되어 있으나 문맥이 매끄럽지 않아 〈낙성전〉(1면)을 따름.
26) 풍용윤틱(風容潤澤): 풍채가 윤기 남.
27) 나희며: 나며.
28) 가연(可憐): 아깝게 여김.
29) 희츌망외(喜出望外): 뜻밖의 일에 기쁨을 표출함.
30) 졀원(絕遠): 끊겨 멀어짐
31) 풍용지식(風容才色): 풍채와 재주, 자색
32) 쇄락(灑落): 상쾌하고 깨끗함.
33) 쥰슈(俊秀): 재주나 풍채가 빼어남.
34) 규리(閨裏): 규방(閨房). 규방은 여성이 거처하는 방으로서 집에서 가장 깊숙한 곳에 위치함.
35) 규리(閨裏) 옥녀(玉女)의 거동(擧動)이 업고: 저본에는 "규리 독녀의 거동과"로 되어 있으나, 의미가 불분명하여 〈낙성전〉(2면)을 따름.
36) 신장: 저본에는 "신양"으로 되어 있으나, 의미가 불분명하여 〈낙성전〉(2면)을 따름.
37) 빅년(白蓮): 흰 연꽃.
38) 빈아흐로: 바야흐로, 막.
39) 일으미: 함에.

을 씨친이40) 부모(父母) 이즁(愛重)41)ᄒᆞ야 아달42) 읍스믈 ᄒᆞᆫ
(恨)치 아니ᄒᆞ고 홍금치의(紅錦彩衣)43)로 입피되 문빅 쇼졔(小
姐ㅣ) 천셩(天性)이 쇼탈(疏脫)44)ᄒᆞ고 금소(儉素)45)ᄒᆞ야 취삼
(翠衫)46)으로 체긴47) 옷슬 입고ᄌᆞ ᄒᆞ난지라 방공(方公) ᄂᆡ외
(內外) 여아(女兒)의 ᄯᅳᆺ슬 맛쵸아 쇼원(所願)ᄃᆡ로 남복(男服)을
지여 입피고 아직 어린 고로 여공(女功)48)을 가라치지 안코
오직 시셔(詩書)49)를 가라친이, 방(方) 쇼졔(小姐ㅣ) 나히 어리
나 셔공(書工)50)이 날노 장진(長進)51)ᄒᆞ야 시셔빅가어(詩書百
家語)52)를 무불통지(無不通知)53)ᄒᆞ야 니두(李杜)54)를 모시(侮
視)55)ᄒᆞ니 용안풍치(容顔風彩)56) 더옥 쇄락(灑落)ᄒᆞ야 츄월(秋
月)이 무광(無光)57)ᄒᆞ고 츈화(春花) 붓그럴지라. 츄쳔(秋天) 갓
튼 긔상(氣像)과 만월(滿月)58) 갓튼 이마의 교々(皎皎)59)ᄒᆞᆫ ᄌᆞ

---

40) 씨친니: 깨우치니.
41) 이즁 (愛重): 사랑하고 소중히 여김.
42) 아달: 아들.
43) 홍금치의(紅錦彩衣): 붉은 비단으로 만든 옷과 울긋불긋한 빛깔의 채색 옷.
44) 쇼탈(疏脫): 치레하지 않고 수수함.
45) 금소(儉素): 검소. 사치하지 않고 꾸밈없이 수수함.
46) 취삼(翠衫): 삼실로 짠 피륙인 삼베. 마포(麻布).
47) 체긴: 얽은.
48) 여공(女功): 지난날, 여자들이 맡아 하는 길쌈질 등을 이르던 말.
49) 시셔(詩書): 시 짓는 법과 글 쓰는 법. 또는 「시경(詩經)」과 「서경(書經)」.
50) 셔공(書工): 글을 읽고 쓰는 방법.
51) 장진(長進): 크게 발전함.
52) 시셔빅가어(詩書百家語): 「시경(詩經)」과 「서경(書經)」 등 온갖 종류의 서적과 여러 학자
    의 말.
53) 무불통지(無不通知): 무엇이든지 환히 통하여 모르는 것이 없음.
54) 니두(李杜): 중국 당나라 때의 시인인 이백(李白, 701~762)과 두보(杜甫, 712~770)를
    함께 이르는 말. 이백은 중국 성당기(盛唐期)의 시인으로 호는 청련거사(靑蓮居士)이고 자
    는 태백(太白)이며 본명은 이태백(李太白)임. 시선(詩仙)으로 불림. 두보는 중국 성당기(盛唐
    期)의 시인으로 호는 소릉(少陵)이고 자는 자미(子美). 시성(詩聖)으로 불림.
55) 모시(侮視): 깔봄.
56) 용안풍치(容顔風彩): 얼굴과 풍채.
57) 무광(無光): 빛을 잃음.
58) 만월(滿月): 보름달.
59) 교교(皎皎): 희고 깨끗함.

틱(姿態) 진션진미(盡善盡美)[60]호야 일월(日月) 정긔(精氣)를
모도야슨이[61] 일홈[62]이 원근(遠近)의 진동(震動)호고 공열(功
烈)[63]이 쳔츄(千秋)[64]의 유방(遺芳)[65]할 쥬를 알너라.
　방젹슈션(紡績修繕)[66]을 권흔즉 스스로 폐(廢)

3면

호니 부모(父母) 쏘흔 여ᄋ(女兒)의 지모(才貌)[67] 범인(凡人)[68]
이 안이라 쏘흔 슬히[69] 역이믈[70] 굿틔여 권(勸)치 안코 여복
(女服)을 나오지 안이호고 친쳑(親戚)으로 호야금 아달이라 호
던이, 불힝(不幸)호야 문빅 쇼제(小姐ㅣ) 팔 세 되믹 방공(方
公) 부々(夫婦) 일시(一時)의 쌍망(雙亡)[71]호니 불의(不意)예
호쳔지통(呼天之痛)[72]을 만나 익훼(哀毁)[73]호미 예(禮)의 넘고
집상(執喪)[74]호미 규구(規矩)[75]의 어긔미 읍셔 친쳑(親戚)과
노복(奴僕)으로 더부러 부모(父母) 양예(兩禮)를 지닉고 스스
로 가스(家事)를 다스려 삼상(三喪)을 극진이 밧드러 조셕읍혈
지통(朝夕泣血之痛)[76]을 방인(傍人)[77]이 감동(感動)호더라.

---

60) 진션진미(盡善盡美): 더할 수 없이 착하고 아름다움.
61) 모도야슨이: 모았으니.
62) 일홈: 이름.
63) 공열(功烈): 드높고 큰 공적.
64) 쳔츄(千秋): 천년. 오래고 긴 세월.
65) 유방(遺芳): 후세에 남기는 아름다운 영예.
66) 방젹슈션(紡績修繕): 길쌈과 바느질.
67) 지모(才貌): 재주와 용모.
68) 범인(凡人): 보통 사람.
69) 슬히: 싫게.
70) 역이믈: 여기는 것을.
71) 쌍망(雙亡): 함께 죽음.
72) 호쳔지통(呼天之痛): 하늘을 우러러 부르짖을 만큼 큰 고통. 부모가 죽은 것을 의미함.
73) 익훼(哀毁): 슬퍼 몸을 상하게 함.
74) 집상(執喪): 상례를 주관함.
75) 규구(規矩): 법도.

독셔(讀書)를 부즈런이 ᄒ고 더옥 의ᄉ(意思ㅣ) 여도(女道)의 다ᄉ라난 닝낙(冷落)78)ᄒ야 일양(一樣) 남ᄌ(男子)로 쳐ᄉ(處事)ᄒ고 비복(婢僕)을 위영(威令)79)ᄒ야 ᄌ가80) 본젹(本迹)을 친쳑(親戚)도 아지 못ᄒ던이,81) 일々(一日)은 유모(乳母) 쥬 유랑(乳娘)이 쇼져(小姐)를 모셔 말삼ᄒ던이 유모(乳母) 고왈(告曰),

"이졔 쇼져(小姐)의 방년(芳年)이 구 셰라. 규리(閨裏)의 녀ᄌ(女子) 십 셰의 불츌문외(不出門外)82)라 ᄒ온이 원컨되 공ᄌ(公子)난 도라83) 싱각ᄒ시고 우은84) 거죠(擧措)85)을 그만 긋치ᄉ 나종86)을 어ᄌ랍게 말으ᄉ 션노야(先老爺) 부인(夫人)87) 영혼(靈魂)을 평안(平安)이 ᄒ쇼셔."

공ᄌ(公子) 발연변

---

76) 조셕읍혈지통(朝夕泣血之痛): 아침저녁으로 영전(靈前)에 제사를 지낼 적에 피눈물을 내며 우는 고통.
77) 방인(傍人): 주변 사람.
78) 닝낙(冷落): 쌀쌀함.
79) 위영(威令): 위엄으로 거느림.
80) ᄌ가: 자기.
81) 독셔(讀書)를~아지 못ᄒ던이: 이 부분이 〈낙성전〉에는 거의 같게 되어 있으나, 〈쌍완기봉〉에는 좀 더 구체적임. 즉 "독셔(讀書)ᄒ기를 부즈런이 ᄒ니 문댱(文章)이 댱강되히(長江大海)를 펴침 ᄀᆺᄒ니 모음을 굿게 정ᄒ되 셰속(世俗) 부녀(婦女)의 녹々히 녀도(女道) 힝ᄒ물 가소(可笑)로이 넉여 믭셰코 일싱(一生) 남ᄌ(男子)로 힝셰ᄒ여 남ᄋ(男兒)의 디ᄂ 수업(事業)을 일우고져 정심(定心)이 구든디라."(3면)
82) 불츌문외(不出門外): 문밖을 나가지 않음. 『예기(禮記)』·「내칙(內則)」에 있는 말. "여자는 난 지 십 년간은 집밖을 나가면 안 되며 여스승의 가르침을 어여쁘고 정숙하게 듣고 따라야 한다. 女子十年不出, 姆敎婉娩聽從."
83) 도라: 돌이켜.
84) 우은: 우스운.
85) 거죠(擧措): 거동. 행동거지.
86) 나종: 나중.
87) 션노야(先老爺) 부인(夫人): 돌아가신 어른과 부인.

식(勃然變色)88) 왈(曰),

"닌 님의89) 션친(先親)과 모명(母命)을 밧ᄌ와 남아(男兒)로 힝흔 지 삼 년이 거의요 흔 번도 기복(改服)90)흔 비 읍난이 웃지 졸연(卒然)이91) 닉의 집심(執心)92)을 곳치여 션부모(先父母)의 ᄯᆺ슬 져바리이요? 닉 맛당이 입신양명(立身揚名)93)ᄒ야 부모의 후ᄉ(後事)를 빗닉린이 어미난 괴로온 언94)논(言論)95)을 다시 말나. 닉의 본ᄉ(本事)을 타인(他人)게 말을 말물 바라노라.96)"

청파(聽罷)97)의 유모(乳母) 그 나히 어린 고(故)로 힘이 읍셔 져린가 ᄒ야 다시 이르지 안코 ᄯᅩ 강열엄위(强烈嚴威)98)ᄒ야 비복(婢僕) 등도 부츌구외(不出口外)99)라.

ᄎ후(此後) 쇼져(小姐) 독셔(讀書)를 줌심(潛心)100)ᄒ고 혹(或) 병셔(兵書)도 보며 무예(武藝)도 익케 니두(李杜)101)의 문장(文

---

88) 발연변색(勃然變色): 발끈 성을 내며 얼굴빛이 달라짐.
89) 님의: 이미.
90) 기복(改服): 옷을 바꿔 입음.
91) **졸연(卒然)이**: 갑자기.
92) 집심(執心): 단단하게 먹은 마음.
93) 입신양명(立身揚名): 출세하여 이름을 날림. 『효경(孝經)』에 있는 구절. "몸을 세우고 도를 행하며 후세에 이름을 드날려 부모를 드러내는 것이 효의 마침이다. 立身行道, 揚名於後世, 以顯父母, 孝之終也."(『효경(孝經)』·「개종명의(開宗明義)」)
94) 언: 저본에는 "얄"로 되어 있으나, 오기로 보이므로 이와 같이 고침.
95) 얼논(言論): 말.
96) 닉 맛당이~바라노라: 이 부분이 〈쌍완기봉〉에는 더 구체적으로 나옴. "뭇당이 입신양명(立身揚名)ᄒ여 현양부모(顯揚父母)ᄒ고 놉히 계디(桂枝)를 ᄶᅥ거 농각(龍角: 대궐)을 붓들고 출댱닙상(出將入相)ᄒ여 남졍북벌(南征北伐)의 동졍셔벌(東征西伐)ᄒ여 님군을 요슌(堯舜)으로 돕ᄉ와 이음양슌ᄉ시(利陰陽順四時)ᄒᄂ 정승(政丞)이 되리니"(3면)
97) **쳥파(聽罷)**: 말을 다 들음.
98) 강열엄위(强烈嚴威): 강하고 굳세며, 엄숙하고 위엄이 있음.
99) 부츌구외(不出口外): 입 밖에 내지 않음.
100) 줌심(潛心): 마음을 집중함.
101) 니두(李杜): 이백(李白)과 두보(杜甫).

章)과 손오(孫吳)102)의 모략(謀略)이 흉즁103)(胸中)의 감초니
유광(流光)104)이 가지록105) 신속(迅速)ᄒ야 부모(父母)의 삼상
(三喪)을 얼풋 지나믹 쇼져 더옥 부모(父母)의 잣쵀106) 깁흐물
슬어ᄒ더라.107)

　삼츈(三春)108)을 당(當)ᄒ니 만화난만(萬花爛漫)109)ᄒ고 경치
(景致) 아음다음110)을 보고 심ᄉ(心思) 울々(鬱鬱)111)ᄒ야 스스
로 심ᄉ(心思)를 위로(慰勞)코ᄌ ᄒ야 가ᄉ(家事)를 유모(乳母)
와 비복(婢僕) 등의게 맛기고 일(一) 필(匹) 청여(靑驢)112)를
쓸고 동ᄌ(童子) 슈인(數人)으로 원근ᄉ쳔(遠近山川)과 지방딕
히(地方大海)113)를 두루 노라 곳々치 풍경(風景)이 졀승(絶
勝)114)ᄒ야 곳칠 보면 흉즁(胸中)의 문즁(文章)이 이러

5면

난이 시흥(詩興)115)이 도々(滔滔)116)ᄒ야 암상(巖上)117)의 쓰고

---

102) 손오(孫吳): 손무(孫武, BC 6세기경)와 오기(吳起, BC 440~BC 381). 모두 중국 춘추
　　　시대(春秋時代) 병법(兵法)의 대가(大家). 손무는 제(齊)나라 사람으로 오(吳)의 왕 합려(闔
　　　閭)를 섬겼고, 오기는 위(衛)나라 사람으로 증자(曾子)에게 배우고 노군(魯君)을 섬김. 각기
　　　「손자(孫子)」와 「오자(吳子)」라는 병서를 남겼음.
103) 흉즁: 저본에는 "훙즁"이라 되어 있으나, 오기로 보이므로 〈낙성전〉(7면)을 따름.
104) 유광(流光): 유수광음(流水光陰)의 준말. 흐르는 물처럼 빨리 가는 세월.
105) 가지록: 갈수록.
106) 잣쵀: 자취가.
107) 슬어ᄒ더라: 슬퍼하였다.
108) 삼츈(三春): 봄의 석 달.
109) 만화난만(萬花爛漫): 온갖 꽃이 피어 화려함.
110) 아음다음: 아름다움.
111) 울々(鬱鬱): 울적함.
112) 청여(靑驢): 털빛이 검푸른 당나귀.
113) 지방딕히(地方大海): 사방의 큰 바다. 지방(地方)은 사방(四方)을 의미함.
114) 졀승(絶勝): 매우 빼어남.
115) 시흥(詩興): 시심(詩心)을 일어나게 하는 흥취.
116) 도도(滔滔): 넓은 물줄기의 흐름이 막힘이 없이 기운참.
117) 암상(巖上): 바위 위.

제명(題名)[118]ㅎ며 날이[119] 져문즉 암ᄌ(庵子)[120]의 유슉(留宿)[121]ㅎ고 이럿틋 주류(周遊)[122]ㅎ기를 오륙(五六) 삭(朔)이라.

님의 삼하(三夏)[123] 다 진(盡)ㅎ고 금풍(金風)[124]이 쇼슬(蕭瑟)[125] 계츄(季秋)[126] 염간(念間)[127]이라. 단풍(丹楓)은 슈곡(岫谷)의 불 것고[128] 유지(柳枝)[129] 만쳡(萬疊)ㅎ야 낙엽(落葉)은 분ᄼ(紛紛)[130]ㅎ며 ᄒ날 긔운이 쟁영(崢嶸)[131]ᄒ지라. 쇼져(小姐) 고향(故鄕)을 싱각ㅎ나 경긔(景槪)[132]를 인연(因緣)ㅎ야 부즁(府中)[133]을 이젓던이, 초동(初冬) 염간(念間)이라 빅셜(白雪)이 편ᄼ(片片)[134]ㅎ 미 상노(霜露)[135] 만쳡(萬疊)ㅎ 곳의 홍미화(紅梅花) 만발(滿發)ㅎ야 향취(香臭) 은ᄼ(殷殷)ㅎ고 삭풍(朔風)[136]이 나의(羅衣)[137]을 음작인이[138] 집 써난 지 일 연이라. 청여(靑驢)를 두루여[139]

---

118) 제명(題名): 자기의 이름을 씀.
119) 날이: 저본에는 '일셰'로 되어 있으나 의미를 분명히 하기 위해 〈낙성전〉(8면)을 따름.
120) 암ᄌ(庵子): 큰 절에 딸린 작은 절.
121) 유슉(留宿): 남의 집에서 묵음.
122) 주류(周遊): 주유. 두루 돌아다니며 노닒. 저본에는 "두류"로 되어 있으나 의미가 통하지 않아 이와 같이 고침. 참고로 〈낙성전〉에는 이 부분이 "유산(遊山)ㅎ기을"(8면)이라 되어 있고, 〈쌍완기봉〉에는 "한가이 출유(出遊)ㅎ여"(5면)라 되어 있음.
123) 삼하(三夏): 여름 석 달. 저본에는 "삼츈이"로 되어 있으나, 문맥에 맞지 않으므로 〈쌍완기봉〉(5면)을 따름.
124) 금풍(金風): 가을바람.
125) 쇼슬(蕭瑟): 으스스하고 쓸쓸함.
126) 계츄(季秋): 늦가을. 음력 구월을 가리킴.
127) 염간(念間): 스무날께. 스무날 전후. 염(念)은 '스물 념'.
128) 불것고: 붉었고.
129) 유지(柳枝): 버들가지.
130) 분ᄼ(紛紛): 어지러이 흩날림.
131) 쟁영(崢嶸): 높음.
132) 경긔(景槪): 경치(景致).
133) 부즁(府中): 집. 집안.
134) 편편(片片): 조각으로 날림.
135) 상노(霜露): 서리와 이슬.
136) 삭풍(朔風): 겨울에 북에서 불어오는 찬바람.
137) 나의(羅衣): 얇은 비단으로 지은 옷.
138) 음작인이: 움직이니.
139) 두루여: 돌려.

부즁(府中)의 일은이 식로이 셜어140) 부모(父母) 영연(靈筵)141)
의 곡비(哭拜)142)할식 각골지통(刻骨之痛)143)을 마지 안터라.144)
　시셰(詩書ㅣ)로 셰월(歲月)을 보닉던이 광음(光陰)이 임염(荏
苒)145)ᄒ야 명연(明年) 츈(春)을 당(當)ᄒ니 방(方) 공ᄌ(公子)
의 나희 십이(十二) 셰(歲)라. 풍용(豐容)146)ᄒ 긔질(氣質)과 꼿
다온 용안(容顔)이 빅옥(白玉)을 싁인 듯 단슌호치(丹脣皓齒)147)
와 양목(兩目)이 긔졔그이(愷悌奇異)148)ᄒ야 인간(人間) 연업
(緣業)149) 즁 ᄉ람 갓지 안터라. 그 엄위강열(嚴威强烈)ᄒ야 죠
금도 여ᄌ(女子)의 연々ᄌ약(娟娟自若)150)ᄒ 틱도(態度) 읍셔
묵々단좌(默默端坐)151)ᄒ즉 동쳔ᄒ월(冬天寒月)152)이

6면

벽쳔(碧天)153)의 걸여난 듯 담쇼(談笑)를 일은즉154) 유ᄒ(有閑)155)

---

140) 셜어: 서러워.
141) 영연(靈筵): 죽은 사람의 영궤(靈几)와 그에 딸린 모든 것을 차려놓은 곳.
142) 곡비(哭拜): 통곡하며 절함.
143) 각골지통(刻骨之痛): 뼈에 새기는 슬픔.
144) 님의 삼하(三夏)~마지 안터라: 이 부분이 〈낙성전〉에는 비슷하게 되어 있으나 〈쌍완기봉〉
　　에는 대폭 축약되어 있음. "삼하(三夏) 진ᄒ고 얼푸시 츄풍(秋風)이 다드라니 이가(離家)
　　ᄒ연 디 일 년이라. 힝마(行馬)를 두로혀 집의 도ᄅ오니 물싁(物色)이 여구(如舊)ᄒ되 부
　　모형제 반기미 업고 단독 일신니 시비로 더부러 상회(傷懷)ᄒ믈 마지 아니ᄒ더라."(5면)
145) 임염(荏苒): 세월이 흐름.
146) 풍용(豐容): 넉넉함.
147) 단슌호치(丹脣皓齒): 붉은 입술과 흰 이. 여자의 아름다운 얼굴을 이르는 말.
148) 긔졔그이(愷悌奇異): 단아하고 화락하여 특출하게 생긴 모습.
149) 연업(緣業): 세속. 업연(業緣)이라고도 함. 불교어로서 선업(善業)을 쌓으면 좋은 인연을
　　불러오고 악업(惡業)을 쌓으면 나쁜 인연을 불러오는데 일체의 중생은 모두 연업을 거쳐서
　　난다고 함. 후에는 남녀 사이의 인연을 가리키는 말로 쓰였으나 여기에서는 세속을 가리킴.
150) 연々ᄌ약(娟娟自若): 아리따우며 침착함.
151) 묵々단좌(默默端坐): 잠자코 단정히 앉음.
152) 동쳔ᄒ월(冬天寒月): 겨울하늘의 찬 달.
153) 벽쳔(碧天): 푸른 하늘.
154) 일은즉: 이루면.
155) 유ᄒ(有閑): 여유가 있음.

ᄒ고 유슌(柔順)156)ᄒ미 삼동(三冬) 눈이 녹난 듯ᄒ고 풍치(風采) 양유(楊柳) 갓고 치봉양익(彩鳳兩翼)157)이 표々(飄飄)158)ᄒ니 진실노 젹강션인(謫降仙人)159)인 쥴 알너라. 겸(兼)ᄒ야 문필(文筆)이 날노 쟝진(長進)160)ᄒ야 핑틱(彭澤) 오십 슈161)와 종왕(鍾王)162)의 필학(筆學)을 압두(壓頭)163)ᄒ고 직164)명(才名)165)이 ᄌ々(藉藉)ᄒ야 일향(一鄕)166)의 모로이 읍셔 시인(時人)167)이 흠탄층복(欽歎稱福)168)ᄒ더라.169)

---

156) 유슌(柔順): 부드러움.
157) 치봉양익(彩鳳兩翼): 아름다운 봉황의 양 날개. 양 팔. 겨드랑이부터 손목까지를 가리킴.
158) 표々(飄飄): 날 듯함.
159) **젹**강션인(謫降仙人): 하늘에서 인간 세상에 귀양 온 신선.
160) 쟝진(長進): 멀리 나아감.
161) 핑틱(彭澤) 오십 슈: 저본에는 "픠틱 오십 슈"로 되어 있으나 의미가 분명하지 않아 이와 같이 고침. 팽택(彭澤)은 자세하지 않으나 도잠(陶潛, 365~427)을 가리키는 것이 아닌가 함. 도잠이 팽택 지방의 수령을 한 적이 있고, 시로 4언체(四言體) 9편과 5언체(五言體) 47편 도합56편이 전해지고 있다는 점에서 그러한 추측이 가능함. 도잠은 중국 동진(東晋)의 시인으로 자(字)는 연명(淵明) 또는 원량(元亮)임. 문 앞에 버드나무 다섯 그루를 심어 놓고 스스로 오류(五柳) 선생이라 칭하기도 하였음. 시호는 정절선생(靖節先生). 산문 〈桃花源記〉의 작가로 더 잘 알려져 있으나, 시인으로서도 높은 평가를 받아 양(梁)의 종영(鍾嶸)은 「시품(詩品)」에서 그를 "고금(古今) 은일시인(隱逸詩人) 가운데 으뜸"이라 평하기도 하였음. 「진서(晉書)」, 권94 · 「열전(列傳)」, 64 · "도잠(陶潛) 조"에 그의 생애가 자세하게 나옴.
162) 종왕(鍾王): 종요(鍾繇, 151~230)와 왕희지(王羲之, 307~365). 종요는 중국 삼국시대(三國時代) 위(魏)의 서예가로 자는 원상(元常)임. 왕희지는 중국 동진(東晋)의 서예가로 자는 일소(逸少)임. 우군장군(右軍將軍)의 벼슬을 하였으므로 왕우군(王右軍)으로 불리기도 함. 둘 다 서예의 대가로 알려져 있음. 종요는 「삼국지(三國志)」 · 「위지(魏志)」, 권13 · "종요(鍾繇) 조"에, 왕희지는 「진서(晉書)」, 권80 · 「열전(列傳)」, 50 · "왕희지(王羲之) 조"에 생애가 자세히 나옴.
163) 압두(壓頭): 상대를 제압하여 첫째 자리를 차지함.
164) 직: 저본에는 "ᄌ"로 되어 있으나 문맥이 어색하므로 〈쌍완기봉〉(5면)과 〈낙성전〉(11면)을 따름.
165) 직명(才名): 재주가 있다는 명망.
166) 일향(一鄕): 온 마을사람.
167) 시인(時人): 당시 사람들.
168) 흠탄층복(欽歎稱福): 흠탄칭복. 공경하고 감탄하며 복록을 칭찬함.
169) 풍용(豐容)ᄒ~ 흠탄층복(欽歎稱福)ᄒ더라: 이 부분이 〈쌍완기봉〉에는 축약되어 있음. "신**댱**(身長) 긔도(氣度ㅣ) 언건표일(彦健飄逸)ᄒ고 의용(儀容)이 쇄락(灑落)ᄒ여 빅년(白蓮) 직미 ᄀᆞᆺ고 옥(玉)을 싹ᄭᆞᆫ 듯 천졍(天庭)은 조요(照耀)ᄒ며 ᄒᆞᆫ 쌍(雙) 셩안(星眼)은 효경 츄슈(秋水)를 향ᄒ며 가월쌍미(佳月雙眉)ᄂᆞᆫ 강산(江山) 슈긔(秀氣) 어릿엿고 단슌(丹脣)이 흠홍(含紅)ᄒ고 호치(皓齒) 교결(皎潔)ᄒ여 빅틱(百態) 절뉸(絶倫)ᄒ고 문댱직화(文章才華) 고금(古今)을 압두(壓頭)ᄒ니 직명(才名)이 자々(藉藉)ᄒ여 일셰(一世)를 기우리더

추셜(且說).170) 졍171)덕(正德) 쳔즈(天子) 셜과(設科)172)ㅎ스 인지(人材)를 쌔을싀173) 궁향츈즁(窮鄕村中)174)과 방々곡々(坊坊曲曲)의 셔싱(書生)이 힝장(行裝)175)을 츠려 경스(京師)로 향할싀 방(方) 공즈(公子) 이 쇼식(消息)을 듯고 심즁(心中)의 상양(商量)176)호딕,

'닉 비록 녀즈(女子)나 그 쳐신(處身)을 남즈(男子)로 ㅎ여슨이 시쇽(時俗)177) 여즈(女子)의 가부(家夫) 셤기난 도(道)를 뉘 ㅎ리요?'178)

ㅎ고 드듸여 가인(家人)을 명(命)ㅎ야 힝장(行裝)을 쥰비(準備)ㅎ고 유랑(乳娘)을 불너 가즁딕쇼스(家中大小事)179)를 믹기고180) 창두(蒼頭)181)와 쇼동(小童)을 다리고 발힝(發行)182)ㅎ야 남뎐(南甸)183)의 일으어 쥬인(主人)ㅎ고184) 장즁제구(場中諸具)185)를 증든(整頓)ㅎ야 궐ㅎ(闕下)의 나아가 글제186)을 볼싀

라."(5면)

170) 추셜(且說): 고전소설에서 화제를 돌리려 할 때 그 첫머리에 쓰는 말.
171) 졍: 저본에는 "뎍"으로 되어 있으나 문맥이 맞지 않아 〈쌍완기봉〉(5면)을 따름. 참고로 〈낙성전〉(11면)에는 "뎡"으로 되어 있음.
172) 셜과(設科): 과거를 베풂.
173) 쌔을싀: 뽑으니.
174) 궁향츈즁(窮鄕村中): 외딴 고장과 마을.
175) 힝장(行裝): 여행할 때 쓰는 물건과 차림.
176) 상양(商量): 헤아려 생각함.
177) 시쇽(時俗): 세상.
178) 닉 비록~뉘 ㅎ리요?: 이 부분이 〈쌍완기봉〉에는 더욱 자세함. "비록 몸이 일기(一介) 여직(女子ㅣ)나 쳐신(處身)을 임의 남즈(男子)로 ㅎ연 지 십(十) 년(年)의 친쳑(親戚)이 내 여진(女子ㄴ) 줄 모로니 닉 다시 츠마 엇디 녀즈(女子)로 힝셰(行世)ㅎ리오? 당々(堂堂)이 경스(京師)의 나아가 횡힝득의(橫行得意)흔즉 조션(祖先)을 빗내고 닉 몸이 현달(顯達)ㅎ여 영귀(榮貴)홀진딕 초애(草野)의 늘거에 낫디 아니랴? 엇디 즈셔(趑趄)ㅎ여 셰쇽(世俗) 녀즈(女子ㅣ)의 가부(家夫) 셤기는 소임(所任)을 츠마 힝(行)ㅎ리오?"(5~6면)
179) 가즁딕쇼스(家中大小事): 집안의 크고 작은 일
180) 믹기고: 맡기고.
181) 창두(蒼頭): 사내종.
182) 발힝(發行): 길을 떠남.
183) 남뎐(南甸): 남쪽 교외.
184) 쥬인(主人)ㅎ고: 주인 잡고. 잠시 머물러 잘 수 있는 집을 정하고
185) 장즁제구(場中諸具): 과거장에서 쓰는 여러 도구.

시각(時刻)의 급(急)ᄒ미 이ᄇᆡᆨ(李白)[187]의[188] 신쇽(神速)ᄒ더라
도 붓두겁을 덥흘 ᄲᅵ오[189] 글제 어려오미[190] 두ᄌᆞ미(杜子美),[191]
ᄒ퇴지(韓退之)[192]라도 능히[193] 숀을 놀이지 못할 거시로ᄃᆡ 방
(方) 공ᄌᆞ(公子)

7면

조금도 의려(意慮)치 안 ᄒ야 당건(唐巾)[194] ᄇᆡᆨ포(白袍)[195]을
붓치고[196] ᄇᆡ회(徘徊)[197]ᄒ야 시(詩) 지을 의ᄉᆞ(意思) 읍던이
시각(時刻)이 당(當)ᄒ니 날흐여[198] 깁[199]을 펴고 옥슈셤지(玉
手纖指)[200]로 산호필(珊瑚筆)[201]을 두루니[202] 필ᄒᆞ(筆下)[203]의
운영(雲影)[204]이 일고 용봉(龍鳳)[205]이 넘놀고 구용(九龍)이 셜

---

186) 글제: 글의 제목.
187) 이ᄇᆡᆨ(李白): 중국 셩당(盛唐) 때의 시인.
188) 의: ~보다.
189) 붓두겁을 덥흘 ᄲᅵ오: 붓뚜껑을 덮을 것이요. 저본의 문맥이 통하지 않아 〈낙성전〉(12면)의
     부분을 첨가함.
190) 글제 어려오미: 글 제목의 어려움. 〈낙성전〉(12면)을 따라 보충함. 또 〈낙성전〉에는 '글
     세'로 되어 있으나 의미가 통하지 않아 '글제'로 수정함.
191) 두ᄌᆞ미(杜子美): 두보(杜甫). 자미(子美)는 두보의 자(字). 중국 당(盛)의 시인으로 호는 소
     릉(少陵).
192) ᄒ퇴지(韓退之): 한유(韓愈). 퇴지(退之)는 한유의 자(字). 중국 당(唐)의 문인으로 시호는
     문공(文公). 산문(散文)을 잘 지어 당송팔대가(唐宋八大家)에 포함됨.
193) 능히: 능히.
194) 당건(唐巾): 예전에 중국에서 쓰던 관(冠)의 하나.
195) ᄇᆡᆨ포(白袍): 흰 도포.
196) 붓치고: 나부끼고.
197) ᄇᆡ회(徘徊): 목적 없이 천천히 거닒.
198) 날흐여: 천천히.
199) 깁: 명주실로 바탕을 좀 거칠게 짠, 무늬 없는 비단.
200) 옥슈셤지(玉手纖指): 옥 같은 손과 가는 손가락.
201) 산호필(珊瑚筆): 산호로 장식한 붓.
202) 두루니: 휘두르니.
203) 필ᄒᆞ(筆下): 붓 아래.
204) 운영(雲影): 구름 그림자.
205) 용봉(龍鳳): 용과 봉황.

여슷니206) 묵광(墨光)207)이 영고비무(榮高飛舞)208)ᄒ야 ᄉ의(詞意)209) 격절고상(擊節高尙)210)ᄒ니 회두(回頭) ᄉ이211)의 휘필(揮筆)212)ᄒ여 동힝(同行)ᄒ 션비213)를 듀어 밧치라 ᄒ고 두루 걸어 제유(諸儒)214)의 작시(作詩)을 구경할식, 모든 션비 쇼년(少年)도 잇고 혹 귀 밋틔 빅발(白髮)을 드리우난 이도 잇고 듕년(中年)215) 유싱(儒生)도 잇슬식, 츄용둔탁(醜容鈍濁)216)ᄒ고 긔질(氣質)이 완츄(頑醜)217)ᄒ고, 긔제(愷悌)218)ᄒ 청ᄉ(淸士)219)의 무리로 유건(儒巾)220)을 쯔덕이며 쓰난 이도 잇고, ᄒ 숀을 집고221) 읍쥬어리난222) ᄌ도 잇고, 혹 먼져 지어노라 양々승々(揚揚勝勝)223)ᄒ난 ᄌ도 잇스며 혹 긔싴(氣色)이 창황(悄怳)224)ᄒ야 오작225) 붓긋찰 입의 물고 양슌치ᄒ(兩脣齒下)226)의 흑싴(黑色)이 덥펴슨이, 공ᄌ(公子) 일댱(一場)227)을 실쇼(失笑)ᄒ고 일변(一邊)228) 탄왈(嘆曰),

---

206) 셜여슷니: 서려 있으니.
207) 묵광(墨光): 글씨에 나타난 먹의 빛깔.
208) 영고비무(榮高飛舞): 빛나고 높으며 날 듯함.
209) 사의(詞意): 글의 뜻.
210) 격절고상(擊節高尙): 손으로 무릎을 칠 정도로 매우 높음.
211) 회두(回頭) ᄉ이: 머리 돌릴 사이. 아주 짧은 시간.
212) 휘필: 붓을 휘두름.
213) 션비: 선비.
214) 제유(諸儒): 여러 유생.
215) 듕년: 중년(中年).
216) 츄용둔탁(醜容鈍濁): 얼굴이 못나고 재주가 둔함.
217) 완츄(頑醜): 둔하고 못남.
218) 긔제(愷悌): 모습이 시원스럽고 온화함.
219) 쳥ᄉ(淸士): 사념(邪念)이 없는 선비.
220) 유건(儒巾): 유생들이 쓰던, 검은 베로 만든 예관.
221) ᄒ 숀을 집고: 〈낙성전〉에는 "손등을 쳐"(13면)로 되어 있음.
222) 읍쥬어리난: 읊조리는.
223) 양々승々(揚揚勝勝): 뽐내며 꺼드럭거림.
224) 창황(悄怳): 놀라거나 다급하여 어찌할 바를 모름.
225) 오작: 오직.
226) 양슌치ᄒ(兩脣齒下): 두 입술과 이 아래.
227) 일댱(一場): 한 바탕.
228) 일변(一邊): 한편으로.

　　"아국(我國)의 가히 인직(人才) 희쇼(稀少)ᄒ야 긔광(奇光)[229]을 엿ᄎ(如此)[230]ᄒ니 ᄎ셕(嗟惜)[231]ᄒ도다."

　　잇ᄯᅵ, 만셰황야(萬歲皇爺)[232] 구용어탑(九龍御榻)[233]의 　좌(坐)ᄒ시고 빅관(百官)[234]으로 더

8면

부러 모든 글을 보실ᄉᆡ 여러 장(張)을 보시나 ᄒ나도 쳔심(天心)[235]의 영합(迎合)지 안이ᄉ 쳔안(天顔)[236]의 근심ᄒ시던이 최후(最後) ᄒ 장 시젼(試箋)[237]이 잇스니 몬져 묵화비무(墨花飛舞)[238]ᄒ고 　오치영농(五彩玲瓏)[239]하야 　셔긔(瑞氣)[240] 어리거날, 다시 보신이 엇지 진쇽(塵俗)[241]의 무든[242] 시직(詩才)[243]리요? 필획[244](筆劃)이 정공(精工)[245]ᄒ고 구룡쌍봉(九龍雙鳳)[246]이 셔렷시며 쥬옥(珠玉)을 헛친 듯[247] ᄉ의(詞意) 심원긩[248]달

---

229) 긔광(奇光): 기이한 광경.
230) 엿ᄎ(如此): 이와 같음.
231) ᄎ셕(嗟惜): 애달프고 안타까움.
232) 만셰황야(萬歲皇爺): 황제를 높여 부르는 말로, '영원하신 황제님'의 뜻.
233) 구용어탑(九龍御榻): 아홉 마리의 용이 그려진 임금의 의자.
234) 빅관(百官): 모든 벼슬아치.
235) 쳔심(天心): 임금의 마음.
236) 쳔안(天顔): 임금의 얼굴.
237) 시젼(試箋): 답안지.
238) 묵화비무(墨花飛舞): 글씨가 수려해, 마치 먹이 꽃잎처럼 날리는 듯함.
239) 오치영농(五彩玲瓏): 오색 빛깔이 영롱함.
240) 셔긔(瑞氣): 상서로운 기운.
241) 진쇽(塵俗): 세속(世俗).
242) 무든: 물든.
243) 시직(詩才): 시의 재주.
244) 필획: 저본에는 "필혹"으로 되어 있으나 의미가 통하지 않아 '필획'으로 고침. 〈낙성전〉에는 "필법"(14면)으로 되어 있음.
245) 정공(精工): 정밀하고 공교로움.
246) 구룡쌍봉(九龍雙鳳): 아홉 마리의 용과 두 마리의 봉황.
247) 헛친 듯: 흩어 놓은 듯.
248) 긩: 저본에는 "공"으로 되어 있으나 의미가 통하지 않아 〈낙성전〉(14면)을 따름.

(深遠宏達)249)ᄒ고 묵々쳥고(默默淸高)250)ᄒ야 시ᄌᆡ(詩材)251)난 운쳔(雲川)의 잇고 ᄉ의(詞意) 강산(江山)의 머무러신이 용안(龍顏)252)이 ᄃᆡ열(大悅)253)ᄒᄉ 졔신(諸臣)254)을 보이시고 갈아ᄉᄃᆡ,

"짐이 날이 기우도록 쳔여(千餘) 츅(軸)255) 시젼(試箋)을 보ᄃᆡ 맛참ᄂᆡ 지죠를 보지 못ᄒ던이 이 글이 쇄락향염(灑落香艶)256)ᄒ야 쇼동파(蘇東坡),257) 니젹션(李謫仙)258)이라도 밋치지 못ᄒ린이 읏지 긔특지 안이리요? 맛당이 이 글을 갑과(甲科) 졔일(第一)259)을 삼으리라."

졔신(諸臣)이 일시(一時)의 득인(得人)260)ᄒ시믈 ᄒ례(賀禮)ᄒ더라. 젼두관(殿頭官)261)이 금고(金鼓)262)을263) 세 번 치고 장원(壯元)을 호명(呼名) 왈(曰),

"화쥬인 방관쥬 년(年)이 십이(十二) 세(歲)요, 기부(其父)264)난 유학(幼學)265)이라."

---

249) 심원굉달(深遠宏達): 깊고 웅장함.
250) 묵々쳥고(黙黙淸高): 묵묵한 가운데 맑고 높음.
251) 시ᄌᆡ(詩材): 시의 소재.
252) 용안(龍顏): 임금의 얼굴.
253) ᄃᆡ열(大悅): 매우 기뻐함.
254) 졔신(諸臣): 모든 신하.
255) 츅(軸): 예전에 과거를 볼 때, 답안을 묶어 세던 단위. 한 축은 답안지 열 장.
256) 쇄락향염(灑落香艶): 상쾌하고 향기로움.
257) 쇼동파(蘇東坡): 소식(蘇軾, 1036~1101). 동파는 소식의 호(號). 자(字)는 자첨(子瞻). 중국 북송(北宋) 때의 시인으로 〈적벽부(赤壁賦)〉로 유명함.
258) 니젹션(李謫仙): 이백(李白)을 가리킴. 적선(謫仙)은 '귀양 온 신선'이라는 뜻으로 이백의 친구인 하지장(賀知章)이 붙여 준 별명.
259) 갑과(甲科) 졔일(第一): 장원을 이름.
260) 득인(得人): 쓸모 있는 사람을 얻음.
261) 젼두관(殿頭官): 궁궐에서 임금의 명령을 알리는 등의 일을 맡은 내시관(內侍官).
262) 금고(金鼓): 북 모양의 종. 사람을 모을 때 침.
263) 금고(金鼓)을: 저본에는 "그 문을"로 되어 있으나 문맥이 통하지 않아 〈낙성전〉(15면)의 부분으로 대체함.
264) 기부(其父): 그 아버지.
265) 유학(幼學): 벼슬하지 않은 유생(儒生).

ᄒ니 모다266) 실ᄉ식(失色)267)ᄒ더라. 방(方) 쇼져(小姐) 날호
여268) 빅포(白袍)269)을 붓치

9면

고 편々(翩翩)270)이 거러 옥계(玉階)271)의 다々러 국272)궁(鞠
躬)273)할ᄉ, 만죠졔신(滿朝諸臣)274)이 ᄒ번 보믹 팅양(太陽)이
부상(扶桑)275)의 도닷난 듯 갓가이 보니 미목(眉目)이 강산(江
山)의 영긔(靈氣)276) 얼의엿고277) 그 윤틱(潤澤)ᄒ문278) 츄슈
(秋水)의 부용(芙蓉)279)이요 옥계(玉階)의 화왕(花王)280)이라. 윤

---

266) 모다: 모두.

267) 실ᄉ식(失色): 놀라서 얼굴빛이 변함.

268) 날호여: 천천히.

269) 빅포(白袍): 흰 도포.

270) 편々(翩翩): 가볍고 날쌤.

271) 옥계(玉階): 옥섬돌. 궁궐의 섬돌을 높여 이르는 말.

272) 국: 저본에는 "궁"으로 되어 있으나 의미가 통하지 않아 '국'으로 고침.

273) 국궁(鞠躬): 윗사람 앞에서 존경의 뜻으로 몸을 굽힘.

274) 만죠졔신(滿朝諸臣): 조정을 꽉 메운 모든 신하.

275) 부상(扶桑): 동해(東海) 중에 있다는 신목(神木)으로 해가 뜨는 곳으로 알려져 있음. 『회
    남자(淮南子)』·「천문훈(天文訓)」에 "해는 양곡(暘谷)에서 떠서 함지(咸池)에서 목욕하
    고 부상(扶桑)에서 오르니 이것을 신명(晨明)이라고 이른다. 日出于暘谷, 浴于咸池, 拂
    于扶桑, 是謂晨明."고 하였음. 「후한서(後漢書)」의 〈장형전(張衡傳)〉의 주(注)에 "부상
    은 해가 뜨는 곳으로 양곡(暘谷) 가운데에 있는데 그 뽕나무는 서로 의지해 자란다. 扶桑
    日所出, 在暘谷中, 其桑相扶而生."고 하였음. '부상(扶桑)'이라는 단어의 어원에 대해
    「해내십주기(海內十洲記)」에서, 나무 두 그루의 뿌리가 같아 뿌리가 나면서 서로 의지해
    지탱한다고 해 '부(扶)' 자(字)가 들어가고 잎이 뽕나무 잎 같다고 해 '상(桑)' 자(字)가
    들어간다고 하였음.

276) 영긔(靈氣): 신령스러운 기운.

277) 얼의엿고: 어렸고.

278) 문: 저본에는 "은"으로 되어 있으나 문맥을 고려해 〈낙성전〉(15면)을 따름.

279) 부용(芙蓉): 연꽃.

280) 화왕(花王): 꽃 중의 왕. 모란을 가리킴. 중국 남송(南宋)의 정초(鄭樵, 1104~1162)가
    1161년에 간행한 「통지(通志)」에 이미 "그 꽃이 매우 화려하고 종류 또한 많다. 뭇 꽃은
    다 그 이름을 붙이나 오직 모란만은 꽃이라 말한다. 그래서 모란을 화왕이라 이르는 것이
    다. 其花甚麗, 而種類亦多. 諸花皆用其名, 惟牡丹獨言花, 故謂之花王"(「통지(通志)」
    권75·「곤충초목략(昆蟲草木略)」第1·"초류(艸類)")라는 구절이 나오고, 중국 명(明)나
    라의 이시진(李時珍, 1518~1593)이 1596년에 엮은 약학서(藥學書)「본초강목(本草綱

퇴화려(潤澤華麗)ᄒ 믄281) 신유(新柳)282) 츈풍(春風)의 휘듯난283) 듯 긔상(氣像)이 담연(淡然)284)ᄒ여 정직(正直)ᄒ고 슈려침즁(秀麗沈重)285)한이 일우286) 응정(凝睛)287)지 못할너라. 상(上)288)이 되희이즁(大喜愛重)289)ᄒ사 갓가이 불으스 어화쳥삼(御花青衫)290)을 쥬시고 ᄉ쥬(賜酒)291)ᄒ신이 댱원(壯元)이 임의 반취(半醉)하미 셩안(星眼)292)이 몽농(朦朧)ᄒ고 옥 갓튼 귀 밋틱 쥬긔(酒氣)293) 얼의어294) 불근 긔운(氣運)이 빅옥(白玉)을 침노(侵擄)295)ᄒ니 옥분연화(玉盆蓮花)296) 퓌여난 듯 어화(御花)을 수기고 젼계(殿階)297)의 사빈슉사(四拜肅謝)298)ᄒ야 쳔은(天

目)」의 모란 조에서 "모란은 색깔이 붉은 것을 최상으로 꼽고, 열매는 맺으나 뿌리 위에서 싹이 나므로 목단(牧丹)이라 부른다. 당나라 사람들은 모란을 목작약(木芍藥)이라 불렀는데, 모란의 꽃이 작약과 비슷하고 줄기가 나무와 비슷하다고 해서 붙인 것이다. 꽃의 여러 품종 가운데 모란을 첫째로 치고 작약을 둘째로 친다. 그래서 세상에서 모란을 화왕(花王: 꽃의 왕)이라 하고 작약을 화상(花相: 꽃의 재상)이라 이르는 것이다. 牡丹以色丹者為上, 雖結子而根上生苗, 故謂之牡丹. 唐人謂之木芍藥, 以其花似芍藥而宿幹似木也. 羣花品中以牡丹第一, 芍藥第二, 故世謂牡丹為花王, 芍藥為花相."(「본초강목(本草綱目)」권14·「초(草)」3·"방초류(芳草類)"·'목단(牡丹)' 조)라 하였음.

281) 믄: 저본에는 "은"으로 되어 있으나 문맥을 고려해 〈낙성전〉(15면)을 따름.

282) 신유(新柳): 갓 나온 버들.

283) 휘듯난: 휘날리는.

284) 담연(淡然): 맑은 모양.

285) 슈려침즁(秀麗沈重): 빼어나고 무게가 있음.

286) 일우: 이루.

287) 응졍(凝睛): 응시(凝視). 자세히 봄.

288) 상(上): 임금.

289) 되희이즁(大喜愛重): 크게 기뻐하고 매우 사랑함.

290) 어화쳥삼(御花青衫): 임금이 문무과에 급제한 사람에게 내려 주던 종이꽃[어사화(御賜花)]과 남색 도포.

291) ᄉ쥬(賜酒): 임금이 신하에게 술을 내려 줌.

292) 셩안(星眼): 별 같은 눈.

293) 쥬긔(酒氣): 술기운.

294) 얼의어: 어려.

295) 침노(侵擄): 성가시게 달라붙어 손해를 끼치거나 해침. 여기에서는 붉은 술기운이 흰 얼굴에 어린 것을 이처럼 표현한 것임.

296) 옥분연화(玉盆蓮花): 옥으로 만든 화분에 담긴 연꽃.

297) 젼계(殿階): 대궐의 섬돌.

298) 사빈슉사(四拜肅謝): 네 번 절해 임금의 은혜에 감사를 드림. 슉사(肅謝)는 슉배(肅拜)와 사은(謝恩)의 줄임말. 슉배(肅拜)는 백성이 임금에게 하는 절이고, 사은(謝恩)은 은혜에 감사한다는 뜻

恩)299)을 사례(謝禮)할시 풍치(風采) 헌츌(軒出)300)ᄒ고 법도(法
度) 유여(有餘)301)ᄒ여 틱을진군(太乙眞君)302)이 옥경(玉京)303)
의 죠회(朝會)함 갓튼이 만조(滿朝) 눈을 옴기고304) 칭찬(稱讚)
안이ᄒ리305) 읍더라. 쳔동쌍기(天童雙蓋)306)와 금안빅마(金鞍
白馬)307)를 쥬시고 할임학ᄉ(翰林學士)을 ᄒ이신이308) 방(方)
장원(壯元)이 오ᄉ금포(烏紗錦袍)309)의 화동쌍기(花童雙蓋)310)
를 거나려 궐문311)(闕門)의 나온이 마상(馬上)의

10면

아롬다온 풍치(風采) 조요찰난(照耀燦爛)312)ᄒ니 관광직(觀光
者ㅣ)313) 구름갓치 모야 젼도(塡道)314)ᄒ더라. 상(上)이 젼답노
복(田畓奴僕)315)을 ᄉ급(賜給)316)ᄒ시고 젼교(傳敎)317)ᄒᄉ 장원

---

299) 쳔은(天恩): 임금의 은혜.
300) 헌츌(軒出): 키나 몸집 따위가 보기 좋게 어울리도록 큼. 현대 표준어는 헌칠.
301) 유여(有餘): 여유가 있음.
302) 틱을진군(太乙眞君): 도교에서 상정(想定)한 신선으로서 천신(天神) 중에서 가장 존귀한
　　　신선. 태을진인(太乙眞人), 태을선관(太乙仙官)이라고도 부름.
303) 옥경(玉京): 백옥경(白玉京). 옥황상제(玉皇上帝)가 산다고 하는, 하늘 위 가상의 서울.
304) 옴기고: 옮기고.
305) 안이ᄒ리: 안 하는 사람이.
306) 쳔동쌍기(天童雙蓋): 임금이 하사한 동자와 두 개의 일산. 쌍개(雙蓋)는 원래 왕이나 왕비,
　　　왕세자가 쓰던 두 개의 일산(日傘)으로 각기 청색과 홍색으로 치장되어 있음.
307) 금안빅마(金鞍白馬): 금으로 장식한 안장과 흰 말.
308) ᄒ이신이: 시키시니.
309) 오ᄉ금포(烏紗錦袍): 오사모(烏紗帽)와 비단 도포. 오사모(烏紗帽)는 벼슬아치들이 관복
　　　을 입을 때에 쓰던 모자로 검은 실로 만들었음. 사모(紗帽)로 줄여 말하기도 함.
310) 화동쌍기(花童雙蓋): 꽃을 든 동자와 두 일산.
311) 문: 저본에는 "무"로 되어 있으나 오기임이 분명하므로 〈낙성전〉(17면)을 따름.
312) 조요찰난(照耀燦爛): 빛남.
313) 관광직(觀光者ㅣ): 구경하는 사람이.
314) 젼도(塡道): 길을 메움.
315) 젼답노복(田畓奴僕): 논밭과 노비.
316) ᄉ급(賜給): 임금이 신하에게 물건을 내려 줌.
317) 젼교(傳敎): 임금이 명령을 내림.

각(壯元閣)을 지여 쥬실식 팔도(八道) 지부(知府)318) 주사(刺史)319) 들이 물역(物役)320)을 모아 젼교(傳敎)로 장원각(壯元閣)을 지은이 웃지 범연(凡然)321)ᄒ리요? 일슌(一旬)322)이 못ᄒ야 빅여(百餘) 간(間) 와가(瓦家)323)를 필역(畢役)324)ᄒ니 옥난쥬함(玉欄朱檻)325)과 긴 담과 불근 쳠하(檐下) 은々(隱隱)ᄒ야 반공(半空)326)의 쇼ᄉ슨이 장원(壯元)이 외람(猥濫)327)함을 이긔지 못ᄒ더라. 인(因)ᄒ야 직ᄉ(職司)328)를 다ᄉ이미 청염강직(淸廉剛直)ᄒ고 흔시(漢時)329) 급암(汲黯)330)과 당시(唐時)331) 위증(魏徵)332)버덤333) 더ᄒ더라.

방(方) 할임(翰林)이 등용(登用)하미 이 갓튼 영화(榮華)를

---

318) 지부(知府): 주(州)와 현(縣)의 사무를 주재(主宰)하던 지방장관.
319) 주사(刺史): 원래 한(漢) 때 임금의 조서(詔書)를 받들어 군(郡)과 국(國)을 감찰하기 위해 둔 관직으로 태수(太守)로도 불림. 송(宋) 때에는 직임(職任)이 없어졌고, 원(元) 이후에는 그 명칭마저 없어졌음. 〈방한림전〉의 배경은 명(明)이므로 원래 자사(刺史)라는 말이 등장하면 안 되나, 태수(太守)의 대용어로 쓰인 것으로 보임.
320) 물역(物役): 집을 짓는 데에 쓰는 벽돌, 기와, 모래, 흙 따위를 통틀어 이르는 말.
321) 범연(凡然): 보통과 같음.
322) 일슌(一旬): 열흘.
323) 와가(瓦家): 기와집.
324) 필역(畢役): 일을 끝냄.
325) 옥난쥬함(玉欄朱檻): 옥으로 만든 난간과 붉은색으로 칠한 난간. 저본에는 "쥬탑"으로 되어 있음. '주탑(朱塔)'은 '붉은색으로 칠한 탑'의 뜻을 갖고 있으나 여기에서는 집에 부속된 것이어야 하고 '난(欄)'에 대응되기에 적당한 것이어야 하므로 '함'의 오기로 보아 〈낙성전〉(17면)을 따라 이와 같이 고침.
326) 반공(半空): 땅으로부터 그리 높지 않은 허공.
327) 외람(猥濫): 분수에 지나침.
328) 직ᄉ(職司): 직무에 따라 책임지고 맡아서 하는 사무.
329) 흔시(漢時): 중국 한(漢) 때.
330) 급암(汲黯): 한(漢) 무제(武帝) 때 직언(直言)으로 유명했던 신하. 자(字)는 장유(長孺). 승상(丞相) 장탕(張湯)과 어사대부(御史大夫) 공손 홍(公孫弘) 등을 전자에게 아첨하는 무리라 비난하고, 도교적 무위(無爲) 정치를 하기를 주장하였으나 받아들여지지 않자 회양태수(淮陽太守)를 마지막으로 관직에서 물러남. 「사기(史記)」 권120 · 「급정열전(汲鄭列傳)」 제60과 「전한서(前漢書)」 권50 · 「열전(列傳)」 제20에 자세한 사항이 기술되어 있음.
331) 당시(唐時): 중국 당(唐) 때.
332) 위증(魏徵): 위징. 580~643. 중국 당(唐) 초기의 정승으로서 자(字)는 현성(玄成), 시호(諡號)는 문정공(文貞公). 직간(直諫)을 잘한 것으로 유명함. 「구당서(舊唐書)」 권71 · 「열전(列傳)」 제21 · "위징(魏徵)"에 자세한 사항이 기술되어 있음.
333) 버덤: ~보다.

부모(父母)게 보이지 못ᄒ믈 슬어ᄒ야334) 봉안(鳳眼)335)의 쥬
루(珠淚)336) 쌍々(雙雙)ᄒ더라. 이에 슈삭(數朔)337) 말유338)을 어
더 고향(故鄉)의 나려와 쇼분(掃墳)339)ᄒ고 가묘(家廟)340)을 모
셔 쥬 유랑(乳娘)만 다리고 기여(其餘)341)난 고향(故鄉)을 직키
라 ᄒ고 할임(翰林)이 닙경(入京)ᄒ야 너른 당(堂)의 봉안(奉
安)342)ᄒ고 유모(乳母)을 더옥 후ᄃᆡ(厚待)343)ᄒ니, 유랑(乳娘)
이 쇼져(小姐) 이럿틋 ᄒ믈 민망(憫惘)344)ᄒ나 감히 다시 고
(告)치 못ᄒ니 큰 근심을 삼아시나 이 갓튼 영화(榮華)을 당
(當)하야 두굿기믈345) 마지 안터라.

　　만조공경(滿朝公卿)346)

11면

이 방(方) 할임(翰林)의 옥모풍광(玉貌風光)347)으로 쇼년등과
(少年登科)348)ᄒ믈 흠모(欽慕)ᄒ야 구혼(求婚)ᄒ리 구름 모듯349)
ᄒ되 할임(翰林)의 마음의 민망(憫惘)코 우이350) 역여 허락(許

---

334) 슬어ᄒ야: 슬퍼하여.
335) 봉안(鳳眼): 봉황의 눈. 눈을 미화한 표현.
336) 쥬루(珠淚): 구슬 같은 눈물.
337) 슈삭(數朔): 몇 달.
338) 말유: 말미.
339) 쇼분(掃墳): 오랫동안 외지에서 벼슬하던 사람이 친부모의 산소에 가서 성묘하는 일.
340) 가묘(家廟): 집안의 사당.
341) 기여(其餘): 그 나머지.
342) 봉안(奉安): 신주나 화상(畫像)을 받들어 모심.
343) 후ᄃᆡ(厚待): 매우 잘 대해 줌.
344) 민망(憫惘): 답답하고 딱하여 안타까움.
345) 두굿기믈: 기뻐하기를.
346) 만조공경(滿朝公卿): 조정에 가득한 높은 벼슬아치들.
347) 옥모풍광(玉貌風光): 옥과 같이 아름다운 외모와 빛나는 풍채.
348) 쇼년등과(少年登科): 어린 나이에 과거에 급제함.
349) 모듯: 모이듯.
350) 우이: 우습게.

諾) 안이ᄒ던이.

ᄎ셜(且說). 병부상셔(兵部尚書) 겸(兼) 티학ᄉ(太學士) 셔평후(西平侯) 영의정의 ᄌ(字)난 균지니 ᄉ람이 공근351)인후(恭謹仁厚)352)ᄒ고 통명증딕(通明正大)353)ᄒ야 츙셩(忠誠)이 관딕(寬大)354)ᄒ야 쳔ᄌ(天子) 도음이 증도(正道)로 ᄒ고 ᄉ즁(舍中)355)의 일위(一位) 부인(婦人)을 두어스니 ᄯᅩ한 슉녀쳘부(淑女哲婦)356)라. 지화(災禍)357) 영투(獰妬)358)와 참치(僭侈)359)ᄒ미 읍슨이 화락(和樂)ᄒ 지 여러 희의 슬ᄒ(膝下)의 ᄌ녀(子女) 션ᄉ(詵詵)360)ᄒ야 칠ᄌ오녀(七子五女)를 두어슷니 긔ᄉ(個個) ᄉ가옥슈(謝家玉樹)361)요 숀가팔용(荀家八龍)362)니라. 남안(男兒ㄴ)즉 반363)용인부봉익(攀龍鱗附鳳翼)364)할 쳬격(體格)이요

---

351) 근: 저본에는 "금"으로 되어 있으나 '근'의 오기로 보이므로 이와 같이 고침.

352) 공근인후(恭謹仁厚): 공손하고 행동을 삼가며 마음이 어질고 무던함.

353) 통명증딕(通明正大): 통명정대. 이치에 널리 밝고 성품이 바름.

354) 관딕(寬大): 두루 넓음.

355) ᄉ즁(舍中): 집안.

356) 슉녀쳘부(淑女哲婦): 착하고 현명한 아내.

357) 재화(災禍): 재앙과 화란.

358) 영투(獰妬): 성질이 모질고 시기를 함.

359) 참치(僭侈): 분수에 어긋나고 사치스러움.

360) 션ᄉ(詵詵): 많음.

361) ᄉ가옥슈(謝家玉樹): 사씨(謝氏) 집안의 옥수(玉樹). 옥수(玉樹)는 아름다운 나무라는 뜻으로 재주가 뛰어난 사람을 가리키는 말임. 중국 동진(東晉) 때의 명가(名家)인 사씨 집안에 인물이 많았던 것을 가리키는 말로서 원래 사안(謝安)의 질문에 대해 그의 조카 사현(謝玄)이 대답한 데서 유래한 말임. 즉 사안이 자신의 조카들에게 "사람들이 모두 희망하는바, 자신이 인재라고 생각하는 사람은 누구냐?"라고 물으니 조카들이 응답하지 못했는데, 조카 사현(謝玄)이 대답하기를, "비유하건대 지란(芝蘭)과 옥수(玉樹) 같아서 그가 왕의 뜰에서 생활하게 하고자 하는 것을 말하는 것입니다."라고 하였음(「진서(晉書)」·「열전(列傳)」 권49·"사안(謝安)").

362) 숀가팔용(荀家八龍): 순씨팔용(荀氏八龍). 중국 후한(後漢) 순숙(荀淑)의 여덟 아들이 모두 덕업(德業)을 이루었다 하여 당시 사람들이 부른 명칭. 여덟 아들의 이름은 검(儉), 곤(緄), 정(靖), 도(燾), 왕(汪), 상(爽), 숙(肅), 부(專). 「후한서(後漢書)」 권92·「열전(列傳)」 제52·"순숙(荀淑)" 조에 자세히 나옴.

363) 반: 저본에는 "발"로 되어 있으나 '반'이 맞으므로 이와 같이 고침.

364) 반용인부봉익(攀龍鱗附鳳翼): 용의 비늘을 끌어 잡고 봉황의 날개에 붙는다는 뜻으로, 영주(英主)를 섬기거나 성인을 스승으로 삼아 자신의 뜻을 이룸을 말함. 진(晉)의 이궤(李軌)가 지은 「양자법언(揚子法言)」(권7)에 첨주(添註)한 송(宋)의 오비(吳祕)는 저본의 "반용

여아(女兒) 즉 요죠슉녀(窈窕淑女)[365]며 군즈호구(君子好逑)[366]
라. 부모(父母) 익지즁지(愛之重之)ㅎ고 연지셕지(憐之惜之)[367]
ㅎ야 퇵셔(擇壻)[368] 퇵부(擇婦)[369] 심상(尋常)[370]치 안턴이 우
ㅎ로 칠즈亽녀(七子四女)난 셩혼(成婚)ㅎ고 필녀(畢女)[371] 헤
빙 쇼져(小姐) 즈(字)난 묘쥬니[372] 방년(芳年)이 십삼(十三) 셰
(歲)라. 용화직질(容華才質)[373]이 제형(弟兄) 즁(中) 츌세초츌
(出世超出)[374]ㅎ야 용모(容貌)를 의논(議論)ㅎ즉 즁츄망월(仲秋
望月)[375]이 ㅎ슈(河水)의 빗겨난[376] 듯 빅년(白蓮)[377] 갓튼 귀
밋과 교々(皎皎)[378]ㅎ 양협(兩頰)[379]은 흐미ㅎ[380] 도화(桃花)[381]

린부봉익(攀龍鱗附鳳翼)에 대한 주(註)에서 "안연과 민자건은 성인을 얻어 그를 스승으로
삼았다. 비유하건대 용의 비늘을 부여잡고 봉황의 날개에 붙어 바람을 타고 드날려 가볍고
빠르게 오르는 것과 같다. 淵騫得聖人而師之, 譬如攀龍鱗附鳳翼, 奐風以揚之, 勃勃然
而興."고 함.

365) 요죠슉녀(窈窕淑女): 행동이 얌전하고 정숙한 여자.
366) 군즈호구(君子好逑): 군자의 좋은 배필 '요조숙녀(窈窕淑女), 군자호구(君子好逑)'는 「시
경(詩經)」·「주남(周南)」·〈관저(關雎)〉에 나오는 구절.
367) 연지셕지(憐之惜之): 어여삐 여기고 아낌.
368) 퇵셔(擇壻): 사윗감을 고름.
369) 퇵부(擇婦): 며느리를 고름. 저본에는 없는 단어이나 문맥을 고려해 〈쌍완기봉〉(11면)을 따
라 이 단어를 첨가함.
370) 심상(尋常): 예사로움.
371) 필녀(畢女): 막내딸.
372) 즈난 묘쥬니: 저본에는 "즈라흔이"로 되어 있으나 문맥이 통하지 않아 〈낙성전〉(19면)을
따름.
373) 용화직질(容華才質): 외모의 화려함과 재주, 기질.
374) 츌세초츌(出世超出): 당대에 매우 뛰어남.
375) 즁츄망월(仲秋望月): 음력 8월의 보름달.
376) 빗겨난: 비추는.
377) 빅년(白蓮): 흰 연꽃.
378) 교々(皎皎): 희고 흼.
379) 양협(兩頰): 두 뺨.
380) 흐미ㅎ: 희미한.
381) 도화(桃花): 복숭아꽃.

12면

갓고 묘々(妙妙)382)흔 잉슌(櫻脣)383)은 단亽(丹砂)384)를 찍은 듯 낭셩(狼星)385) 갓튼 눈지386)와 표々(飄飄)387)흔 양익(兩翼)388)이 비봉(飛鳳)389)이 운산(雲山)390)을 향흐난 듯 셤々셰료(纖纖細腰)391)난 쵹깁392)을 묵슨 듯 긔질(氣質)이 츄월(秋月) 갓고 셩졍(性情)이 동방흔월(東方寒月)393) 갓터여 기심(其心)이 쳘셕빙옥(鐵石氷玉)394) 갓터여 표々양々(飄飄揚揚)395)흐야 홍진(紅塵)396) 쓰슬397)의 염여(念慮) 낙々(落落)398)흐야 문득 세상(世上) 부々(夫婦)의 영욕(榮辱)399)을 쵸월(楚越)400)갓치 비쳑(排斥)401)흐야 언々(言言)의 왈,

"녀즈(女子)난 죄402)인(罪人)이라. 빅亽(百事)403)의 임의 님의(任意)404)치 못흐야 그 사람의 졀제(節制)405)을 밧나이 남아

---

382) 묘々(妙妙): 묘함. 아름다움.
383) 잉슌(櫻脣): 앵두같이 붉은 입술.
384) 단亽(丹砂): 진사(辰砂). 붉은색 안료(顔料).
385) 낭셩(狼星): 큰개자리에서 가장 밝은 청백색의 별로 하늘에서 볼 수 있는 가장 밝은 별임.
386) 눈지: 눈찌. 눈길.
387) 표々(飄飄): 가볍고 날쌤.
388) 양익(兩翼): 양쪽 어깨.
389) 비봉(飛鳳): 나는 봉황.
390) 운산(雲山): 구름이 자욱하게 낀 산.
391) 셤々셰료(纖纖細腰): 연약하고 갸냘픈 가는 허리.
392) 쵹깁: 촉나라에서 나는 질 좋은 비단.
393) 동방흔월(東方寒月): 동쪽에 떠 있는 찬 달.
394) 쳘셕빙옥(鐵石氷玉): 쇠와 돌과 얼음과 옥. 모두 단단하고 차가운 물건임.
395) 표々양々(飄飄揚揚): 가볍고 가뿐함.
396) 홍진: 붉은 먼지. 속세(俗世).
397) 쓰슬: 티끌.
398) 낙々(落落): 작은 일에 얽매이지 않고 대범함.
399) 영욕(榮辱): 영예와 치욕.
400) 쵸월(楚越): 중국 전국시대의 초나라와 월나라 사이라는 뜻으로, 서로 원수처럼 여기는 사이를 비유적으로 이르는 말.
401) 비쳑(排斥): 따돌리거나 거부하여 밀어 내침.
402) 죄: 저본에는 '죠'로 되어 있으나 문맥을 고려하여 〈쌍완기봉〉(12면)을 따름.
403) 빅亽(百事): 온갖 일.

(男兒) 못될지되 인윤(人倫)406)을 긋치미 올흐이라.”

ᄒ며 모든 제형(弟兄)들의 구차(苟且)407)ᄒ물 우ᄉ이 제형(諸兄)덜이 활발(活潑)타 죠롱(操弄)ᄒ니 부모(父母) 다 그 심졍(心情)을 고히 역이던이, 방(方) 할임(翰林)을 영 공이 크계 사랑ᄒ야 구혼(求婚)ᄒ물 지극(至極)히 ᄒ니 할임(翰林)이 괴로오미 극(極)ᄒ나 쏘흔 혜ᄒ리믹, 임의 남자(男子)로 힝셰(行世)ᄒ야 죵신(終身)408)코즈 ᄒ믹 쳐즈(妻子)을 두지 아니면 방인(傍人)409)이 의혹(疑惑)ᄒ리니 차라리 아름다온 슉여(淑女)을 으더 평싱지긔(平生知己)410) 잇스미 맛당ᄒ나 츠마 ᄉ람을 쇽여 인윤(人倫)을 희지으미411) 어렵고 쏘흔

13면

불쵸우인(不肖愚人)412)을 만나면 즈가(自家) 본ᄉ(本事)413)을 누셜(漏泄)할가 쳔ᄉ만상(千思萬想)414)ᄒ나 계교(計巧) 업셔 다만 숀사(遜辭)415) 왈(曰),

“학싱(學生)이 아직 나히 어린 고(故)로 취쳐(娶妻)416)ᄒ미 밧부지 안슙고 평싱(平生) 쇼원(所願)이 무렴((無鹽)417)이라도

---

404) 님의(任意): 마음대로 함.
405) 졀졔(節制): 행동의 규제.
406) 인윤(人倫): 군신, 부자, 형제, 부부 등 상하(上下), 존비(尊卑)의 인간관계나 질서.
407) 구차(苟且): 말이나 행동이 떳떳하거나 버젓하지 못함.
408) 죵신(終身): 몸을 마침.
409) 방인(傍人): 주변사람들.
410) 평싱지긔(平生知己): 일생 동안 자신의 재능과 인품을 잘 알아주는 사람.
411) 희지으미: 문맥상 '그르침이'의 의미. 원래 기본형은 '희짓다'로 '남의 일에 방해가 되다'의 의미임.
412) 불쵸우인(不肖愚人): 현명하지 못한 어리석은 사람.
413) 본ᄉ(本事): 정체.
414) 쳔ᄉ만상(千思萬想): 천 번 생각하고 만 번 생각함.
415) 숀사(遜辭): 겸손히 사양함.
416) 취쳐(娶妻): 아내를 맞이함.

진즁(鎭重)⁴¹⁸⁾ᄒ고 부덕(婦德)의 여ᄌ(女子)을 구ᄒ고 비록 셔ᄌ(西子)⁴¹⁹⁾의 ᄉᆡ(色)이라도 심지(心地)⁴²⁰⁾ 경여(輕慮)⁴²¹⁾ᄒᆫ ᄌ(者)난 원치 안삽난이 당돌(唐突)ᄒ오나 ᄃᆡ인(大人)의 규슈(閨秀) 션악(善惡)이 엇더ᄒ온지 모로온이 감이 허(許)치 못ᄒ리로소이다."

셔평후 ᄎᆞ언(此言)을 듯고 심즁(心中)의 쥬의(主義)⁴²²⁾ 잇셔 은연(隱然) 쇼왈(笑曰),

"요조슉녀(窈窕淑女)난 군ᄌ호구(君子好逑)요, 관ᄉᆞ져구(關關雎鳩)난 ᄌᆡᄒ지쥬(在河之洲)⁴²³⁾라 ᄒ니 노부(老父) 자식(子息) 기리미 가쇠(可笑ㅣ)어니와⁴²⁴⁾ 당금(當今)의 그ᄃᆡ 군ᄌ지풍(君子之風)이 잇고 늬의 여아(女兒) 슉녀지풍(淑女之風)이 잇스니 이러⁴²⁵⁾무로 발셜(發說)ᄒ야난이 족ᄒ(足下)⁴²⁶⁾ᄂᆞ 의심(疑心)치 말고 다만 명일(明日) 누사(陋舍)⁴²⁷⁾의 임(臨)ᄒ여 노부(老父)로 더브러 ᄆᆡ림(梅林) ᄒ(下)의 향은(香醞)⁴²⁸⁾ 맛보미⁴²⁹⁾

---

417) 무염(無鹽): 전국시대 제(齊)의 추녀인 종리춘(鐘離春)을 가리킴. 무염은 종리춘이 살았던 무염읍(無鹽邑)에서 유래한 이름. 종리춘은 40세가 되어도 시집을 가지 못하자, 스스로 제(齊)의 선왕(宣王)을 알현하고 네 가지 뜻을 진술하고는 제 선왕의 후비가 되었음. 제 선왕은 후비의 내조로 선정을 베풀어 이에 제나라가 크게 안정되었다 함. 유향(劉向)의 『열녀전(列女傳)』 권6・「변통전(辯通傳)」・〈제종리춘(齊鍾離春)〉에 자세히 나옴.

418) 진즁(鎭重): 무게가 있고 점잖음.

419) 셔ᄌ(西子): 서시(西施). 중국 춘추시대 월(越)의 미녀.

420) 심지(心地): 마음의 본바탕.

421) 경여(輕慮): 단려(短慮). 생각이 짧음.

422) 쥬의(主義): 굳게 지키는 방침이나 뜻.

423) 요조슉녀(窈窕淑女)난~ᄌᆡᄒ지쥬(在河之洲): 모두 「시경(詩經)」의 첫머리인 「주남(周南)」・〈관저(關雎)〉에 있는 구절. 원래 순서는 "관관저구(關關雎鳩), 재하지쥬(在河之洲)"가 "요조슉녀(窈窕淑女), 군자호구(君子好逑)"보다 앞에 있음. 번역하면 "끼룩끼룩 우는 물수리가 하수의 모래톱에 있네. 얌전하고 착한 여자가 군자의 좋은 짝이로구나."이다.

424) 가쇠(可笑ㅣ)어니와: 우스운 일이지만. 저본에는 "가스연이와"로 되어 있으나 의미가 통하지 않아 〈쌍완기봉〉(13면)을 따름.

425) 이러: 저본에는 이 부분이 먹칠이 되어 있어 잘 보이지 않아 〈낙성전〉(22면)을 따라 보충함.

426) 족ᄒ(足下): 상대편을 높여 이르는 말.

427) 누사(陋舍): 누추한 집. 자신의 집을 낮추어 부르는 말.

428) 향은(香醞): 향온. 향기 나는 좋은 술.

429) 맛보미: 저본에는 "맛드미"로 되어 있으나 의미가 통하지 않아 이와 같이 고침.

엇더흐요?”

한님(翰林)이 영공의 듯을 짐작흐고 심듕(心中)의 함소(含笑)[430]흐고,

“명(命)되로 흐리이다.”

흐더라.[431]

명일(明日) 할임(翰林)이 슈릐을 밀어 셔평후 부듕(府中)[432]의 일은이 후(侯) 되희(大喜)흐야 마즈 칭스(稱謝)[433] 왈(曰),

“작일(昨日) 당돌(唐突)이 족흐(足下)을 쳥흐야던이 빗나 님(臨)흐신이 희

14면

힝(喜幸)[434]이로쇼이다.”

할임(翰林)이 숀스(遜辭) 왈(曰),

“웃지 희스(喜謝)[435]치 안이릿가?”

셔평후 호쥬미챤(好酒美饌)[436]을 드러 두어 슌비(巡杯)[437] 지나믹 손으로[438] 슈염을 어로만져 흔々(欣欣)이[439] 우셔 왈(曰),

“작일(昨日)의 형후(兄侯)[440]을 강굴(降屈)[441]흐라 흐문 타싴

---

430) 함소(含笑): 웃음을 머금음.
431) 족흐(足下)눈~흐더라: 이 부분은 저본에 의미가 분명하지 않게 되어 있어 〈낙성전〉(22~23면)을 따름. 저본은 다음과 같음. “의심(疑心)치 말나. 할임(翰林)이 영공의 쯧슬 짐작(斟酌)흐고 부답(不答)흐니 명일(明日) 쳥흐난지라 되답(對答)흐고 도라간 후”
432) 부듕(府中): 집안.
433) 칭스(稱謝): 고마움을 표현함.
434) 희힝(喜幸): 기쁘고 다행스러움.
435) 희스(喜謝): 기쁘게 사례함.
436) 호쥬미챤(好酒美饌): 좋은 술과 맛있는 안주. 저본에는 “호슈미챤”으로 되어 있으나 의미가 불명확하여 〈쌍완기봉〉(13면)을 따름. 참고로 〈낙성전〉에는 ‘호쥬미만’(23면)으로 되어 있음.
437) 슌비(巡杯): 차례로 돌린 술잔
438) 손으로: 저본에는 “광슈”로 되어 있으나 의미가 분명하지 않아 〈낙성전〉(23면)을 따름.
439) 흔々(欣欣)이: 기쁘게.

(他事ㅣ) 안이라 그딕 안여의 선악(善惡)을 아지 못ᄒᆞ믹 의심
(疑心)ᄒᆞ야 허(許)치 못ᄒᆞ노라 ᄒᆞ즉 특별(特別)이 ᄒᆞᆫ번 보여
의심(疑心)을 풀442)인이443) 모르미 의심(疑心)치 말나.”

  셜파(說罷)444)의 젼어(傳語)445)ᄒᆞ야 쇼져(小姐)를 명(命)ᄒᆞ니
쇼져(小姐) 이윽고 나와 부명(父命)446)을 응(應)할식 엇던 쇼년
(少年) 명ᄉᆞ(名士) 좌(座)의 잇스믈 보미 경황(驚惶)447)ᄒᆞ야 명
모(明眸)448)를 슉이고 단좌(端坐)449)ᄒᆞ미 진슬노450) 요조슉녀
(窈窕淑女)라.451) 일만틱도(一萬態度)와 힝지쳐신(行止處身)452)
이 단장(丹粧)453)이 읍스나 할임(翰林)이 ᄒᆞᆫ번 보미 황연(晃然)454)
이 깃분 의ᄉᆞ(意思ㅣ) 낫타나 옥면(玉面) 화긔(和氣) 우희염작

─────────────

440) 형후(兄侯): 상대를 높여 이르는 말.
441) 강굴(降屈): 남이 자기 있는 곳으로 찾아옴을 높여 이르는 말.
442) 풀: 저본에는 “들”로 되어 있으나 의미가 명확하지 않아 〈낙성전〉(23면)을 따름.
443) 풀인이: 풀 것이니.
444) 셜파(說罷): 말을 마침.
445) 젼어(傳語): 말을 전함.
446) 부명(父命): 아버지의 명령.
447) 경황(驚惶): 놀라고 당황함.
448) 명모(明眸): 맑고 아름다운 눈동자.
449) 단좌(端坐): 단정히 앉음.
450) 진슬노: 진실로.
451) 쇼져 이윽고 나와~요조슉녀(窈窕淑女)라: 이 부분은 다른 이본과 큰 차이를 보임. 다른
    본에서는 방한림이 소저 보기를 사양하는 대목 등이 나오는데 특히 〈쌍완기봉〉에 자세함.
    “한님(翰林)이 뎡금피셕(整襟避席)ᄒᆞ여 ᄉᆞ양(辭讓) 왈(曰), ‘노선ᄉᆞᆼ(老先生)은 디극존즁
    (至極尊重)ᄒᆞ시거늘 엇지 이런 어린 아히로 조롱ᄒᆞᄂᆞ니잇가? 혼인(婚姻)은 일눈딕단(人
    倫大段)이요 ᄂᆞᆷ녀유별(男女有別)ᄒᆞᄂᆞ니 엇지 감히 존소져(尊小姐)ᄭᅴ 현알(見謁)ᄒᆞ며 귀
    소져(貴小姐)와 규방(閨房)의 딕(對)ᄒᆞ리잇가? 이ᄂᆞᆫ 예법(禮法)을 헛도이 잇고 만々불가
    (萬萬不可)ᄒᆞᆫ가 ᄒᆞᄂᆞ이다.’ 영공이 소왈(笑曰), ‘닉 ᄯᅩᄒᆞᆫ 짐쥭ᄒᆞ엿시니 굿ᄒᆞ여 ᄉᆞ양(辭讓)
    티 말고 소녀를 보라.’ ᄒᆞ고 언미쥬(言未中)의 향풍(香風)이 유가 소릭를 전ᄒᆞ더니 두어
    시녀(侍女) 일위(一位) 션ᄋᆞ(仙娥)를 붓드러 나오니 한님이 급히 이러 피ᄎᆞ(彼此) 네(禮)
    를 필(畢)ᄒᆞ고 좌정(坐定)ᄒᆞ니 한님은 각모(角帽)를 슉이고 공경(恭敬)ᄒᆞ여 힝혀 눈이 소
    져의 가지 아니々 영휘 우으며 굴오딕, ‘그딕 고딥도다. 임의 상딕(相對)ᄒᆞ여 보딕 아니문
    엇지뇨?’ 한님이 편々광슈(翩翩廣袖)를 드러 흠신칭ᄉᆞ(欠身稱謝) 왈(曰), ‘존딕인(尊大
    人)이 소ᄉᆡᆼ(小生)을 이럿텃 사랑ᄒᆞ시니 ᄀᆞᆨ골감ᄉᆞ(刻骨感謝)ᄒᆞ오믈 이긔지 못ᄒᆞ로소이
    다.’”(14~15면)
452) 힝지쳐신(行止處身): 행동거지와 몸가짐.
453) 단장(丹粧): 화장.
454) 황연(晃然): 환하게 밝은 모양.

흔지라.455) 심흐(心下)456)의 경탄익457)모(驚歎愛慕)458)ᄒ며 칭찬(稱讚)ᄒ야 져럿틋흔 싴모직여(色貌才女)459) 만고(萬古)460)를 지우려도461) 다시 웃지 못할 거시로듸 슉녀(淑女) 즈가(自家)462)의게 도라와 신륜(身倫)463)이 싯쳐지고464) 일싱(一生)이 믹몰(埋沒)465)함을 상양(商量)466)컨듸 잔잉코467) 가셕(可惜)ᄒ나 다시 말 막을 셰(勢) 읍셔 염실단좌(斂膝端坐)468)ᄒ니 공(公)이 가라듸

"그듸

15면

녀아(女兒)를 보니 웃지 결단(決斷)코즈 ᄒ난요?"

할임(翰林)이 흠신(欠身)469) 듸왈(對曰),

"쇼져(小姐)난 진실노 요죠슉녀(窈窕淑女)라. 쇼싱(小生)이 복(福)이 숀상(損傷)할가 두려할지언정 웃지 감히 ᄉ양(辭讓)ᄒ릿가?"

영 공이 듸희(大喜)ᄒ야 만구칭ᄉ(萬口稱謝)470)ᄒ고 할임(翰

---

455) 우희염작흔지라: 자세하지 않으나 맥락을 고려하면 '가득하다'의 의미로 보임. 참고로 고어 '우희다'는 '움키다'의 뜻인데, 이를 바탕으로 본 단어를 '움킬 만하다'로 보는 것은 무리인 듯함.

456) 심흐(心下): 마음속.

457) 익: 저본에는 "믹"로 되어 있으나 의미가 분명하지 않아 〈낙성전〉(24면)을 따름.

458) 경탄익모(驚歎愛慕): 감탄하며 사랑스러워함.

459) 싴모직여(色貌才女): 예쁜 외모에 재주 있는 여자.

460) 만고(萬古): 아주 오랜 세월.

461) 지우려도: 기울여도, '찾아봐도'의 의미.

462) 즈가(自家): 자기.

463) 신륜(身倫): 인륜.

464) 싯쳐지고: 끊어지고.

465) 믹몰(埋沒): 파묻힘.

466) 상양(商量): 생각함.

467) 잔잉코: 불쌍하고.

468) 염실단좌(斂膝端坐): 염슬단좌. 무릎을 모아 단정히 앉음.

469) 흠신(欠身): 공경의 뜻으로 몸을 굽힘.

林)과 여아(女兒)를 보미 즘짓 비필(配匹)이라. 할임(翰林)은 부용(芙蓉)471) 갓고 여아(女兒)난 홍연(紅蓮)472) 갓고 할임(翰林)은 청슈(淸水) 갓고 여아(女兒)난 풍완(豐婉)473)ᄒ야 일월(日月) 흔 ᄶ이 한 가지 발가심474) 갓튼이 영 공이 딕열(大悅)475)ᄒ야 여아(女兒)를 드러보닉고 할임(翰林)을 다리고 종일(終日) 즐476)기고 흣터지다.

어시(於是)의477) 방(方) 할임(翰林)이 부즁(府中)의 도라가 영가 혼ᄉ(婚事)를 쥬 유랑(乳娘)을 보고 일은이 유모(乳母) 실싀(失色)478) 왈(曰),

"가(可)치 안타. 우리 낭군(娘君)의 혼ᄉ(婚事)난 옥(玉) 갓튼 군ᄌ(君子)의 잇스니 웃지 규슈(閨秀)의 잇스리요? 이럿틋 고히흔 거조(擧措)479)를 ᄒ시고 나죵을 엇지려 ᄒ신잇가?"

할임(翰林)이 미쇼(微笑) 왈(曰),

"이난 늬 혜아리미 잇난이 모로미 어미난 말 만히480) 츌구(出口)치 말고 길예(吉禮)나 준비(準備)ᄒ라. 이목(耳目)이 허다(許多)ᄒ니 유모(乳母)의 구셜(口舌)노써 나의 쳘옥(鐵玉) 갓튼 마음과 일싱(一生)을 희짓치481) 말나."

ᄒ더라. 영가의셔 틱일(擇日)ᄒ니 양신(良辰)482) 길일(吉日)이483)

---

470) 만구칭ᄉ(萬口稱謝): 수없이 감사의 말을 함.
471) 부용(芙蓉): 연꽃.
472) 홍연(紅蓮): 붉은 연꽃.
473) 풍완(豐婉): 풍만하고 어여쁨.
474) 발가심: 밝음.
475) 딕열(大悅): 매우 기뻐함.
476) 즐: 저본에는 "갈"로 되어 있으나 의미가 분명하지 않아 〈낙성전〉(25면)을 따름.
477) 어시(於是)의: 이에.
478) 실싀(失色): 놀라서 낯빛이 변함.
479) 거조(擧措): 말이나 행동 따위를 하는 태도.
480) 만히: 저본에는 "안"으로 되어 있으나 문맥이 통하지 않아 〈낙성전〉(25면) 부분으로 대체함.
481) 희짓치: 방해하지.
482) 양신(良辰): 좋은 때.

협슌(挾旬)484)이485) 갈엿난지라486) 셔평후 더욱 깃거ᄒ더라.

지셜(再說).487) 영쇼졔 혀빙이 부명(父命)으로 방(方) 할임(翰林)을 보니 춍명신긔(聰明神奇)488)난 본ᄃᆡ 범인(凡人)이 안이라 본ᄃᆡ 쇼리을 드러 션악(善惡)을 분변(分辨)흔이 엇지 그 얼굴을 ᄃᆡ(對)ᄒ야 이르리요? 방(方) 할임(翰林)이 비록 쥰슈(俊秀)ᄒ나 오히려 영씨 일쌍(一雙) 거울의난 능히 용납(容納)ᄒ며 빗최지 못ᄒ리요? 제 말소ᄅᆡ 낭々(朗朗)ᄒ나 ᄀ날고 죠용 나작흔이 심ᄒ(心下)의 고히ᄒ야 한번 츄파(秋波)489)을 빗기고490) 콰히491) ᄭᅵ다라 상양(商量)ᄒ기을 오ᄅᆡ ᄒ더니 일어ᄂᆡ당(內堂)의 드려가 고요이 헤아려 가라ᄃᆡ,

‘자고(自古)로 남자(男子) 호탕(豪宕) 고흔 ᄉᆡᆨ(色)도 잇다 흔아 여자(女子)의계 ᄂᆡ도(乃倒)흔이492) 엇지 이런 남ᄌᆞ(男子) 잇스리요? 이난 연々(娟娟)493)ᄒ고 쇄락(灑落)494)ᄒ야 이슬 마즌 ᄭᅩᆺ숑이 갓타여 무궁(無窮)이 후억ᄒ고495) 빅ᄐᆡ(百態) 가작(佳作)496)ᄒ니 반다시 어려셔497) 부잘읍슨498) 남복(男服)을 ᄒ야

---

483) 이: 저본에는 “々(일)”로 되어 있으나 문맥이 통하지 않아 〈낙성전〉(25면)을 따라 ‘이’로 고침
484) 협슌(挾旬): 열흘 동안. 십간(十干)을 날짜에 배당하여 갑(甲)에서부터 마지막 계(癸)에 이르는 날수를 뜻함.
485) 이: 저본에는 ‘이’ 앞에 ‘々(슌)’이 있으나 문맥상 없어도 되므로 삭제하였음.
486) 갈엿난지라: 남아 있었으므로.
487) 지셜(再說): 고전소설에서 다른 이야기를 하다가 다시 처음 이야기를 잇대어 할 때에 그 첫머리에 쓰는 말.
488) 춍명신긔(聰明神奇): 총명하고 신이함.
489) 츄파(秋波): 맑고 아름다운 미인의 눈길.
490) 빗기고: 잠깐 보고.
491) 콰히: 쾌히.
492) ᄂᆡ도(乃倒)흔이: 판이(判異)하니.
493) 연연(娟娟): 어여쁨.
494) 쇄락(灑落): 상쾌하고 시원함.
495) 후억ᄒ고: 무르녹고.
496) 가작(佳作): 아름다움이 생겨남.

부모(父母) 죠세(早世)499)호니 권(勸)호야 여도(女道)을 가라치
리 읍셔 이에 잇치 누리기500) 어려워 일으럿슨이 진실

17면

노 가쇼(可笑)501)연이와 뇌 보건뒤 방씨(方氏) 용안(容顔)502)이
쇄락(灑落)호고 거지(擧止)503) 단엄(端嚴)504)호야 일셰(一世)505)
긔남즈(奇男子)506)라. 이런 영웅(英雄)의 여즈(女子)을 만나 일
싱(一生) 지긔(知己)507) 되여 부々(夫婦)의 의(義)와 형제(兄弟)
의 졍(情)을 미즈 일싱(一生)을 맛츠미 뇌의 원(願)이라. 뇌 본
뒤 남즈(男子)의 춍실(寵室)508)이 되여 그 절제(節制)509)을 밧
으며 눈섭을 그려 아당(阿黨)510)호물 괴로이 역여 금실우지(琴
瑟友之)511)와 죵고지낙(鐘鼓之樂)512)을 뇌 원치 안턴이 우연이

---

497) 어려셔: 저본에는 "월여서"라 되어 있으나 의미가 분명하지 않아 〈낙성전〉(27면)을 따름.
498) 부잘읍슨: 부질없는.
499) 죠세(早世): 요절(夭折). 젊은 나이에 죽음.
500) 잇치 누리기: 끝을 누르기.
501) 가쇼(可笑): 우스움.
502) 용안(容顔): 얼굴.
503) 거지(擧止): 행동거지.
504) 단엄(端嚴): 단정하고 엄숙함.
505) 일셰(一世): 한 시대. 당대.
506) 긔남즈(奇男子): 재주나 슬기가 아주 뛰어난 남자.
507) 지긔(知己): 자기를 잘 이해해주는 참다운 친구.
508) 춍실(寵室): 총애받는 여자.
509) 절제(節制): 제어.
510) 아당(阿黨): 아첨.
511) 금실우지(琴瑟友之): 금(琴)과 슬(瑟)로 벗함. 남편이 아내를 즐겁게 하기 위해 이러한 현
    악기를 연주함. 「시경(詩經)」에 있는 말. "들쭉날쭉한 마름 풀을 좌우로 취하도다. 암전하
    고 착한 여자를 금(琴)과 슬(瑟)로 벗하도다. 參差荇菜, 左右采之. 窈窕淑女, 琴瑟友
    之."(「시경(詩經)」·「주남(周南)」·〈관저(關雎)〉)
512) 죵고지낙(鐘鼓之樂): 종과 북을 쳐 즐겁게 함. 남편이 아내를 즐겁게 하기 위해 이러한 타
    악기를 연주함. 「시경(詩經)」에 있는 말. "들쭉날쭉한 마름 풀을 좌우로 삶아 올리도다. 암
    전하고 착한 여자를 종과 북으로 즐겁게 하도다. 參差荇菜, 左右芼之. 窈窕淑女, 鐘鼓樂
    之."(「시경(詩經)」·「주남(周南)」·〈관저(關雎)〉)

이런 일이 잇슨이 웃지 우연타 ᄒ리요? 반다시 쳔도(天道) 유의(留意)513)ᄒ시미라. 슈건(手巾)과 빗슬 가음아난514) 구々ᄒ515) 되 이예셔 낫지 안이리요?'

　일싱(一生) 쳘옥(鐵玉)516) 갓튼 빙심(氷心)517)이 이럿틋 쥬의(主義)을 졍ᄒ며 셰ᄉ(世事)518) 더옥 부운(浮雲)519) 갓고 십분(十分)520) 쥬의(主義)도 잇스니 긔괴미ᄉ(奇怪微事)521)로다. 셕(昔)522)의 안산결의(案山結義)523)와 유죵(俞鍾)의 지으미(知音ㅣ)524) 일어시나 당금츠시(當今此時)525)의난 두 ᄉ람이로다.

　일월(日月)526)이 빅구(白駒)의 틈 지남527) 갓타여 길일(吉日)528)

---

513) 유의(留意): 마음에 둠.
514) 가음아난: 관장하는. 다스리는.
515) 구々ᄒ: 잘고 구차한.
516) 일싱(一生) 쳘옥(鐵玉): 한평생 철과 옥. 저본에는 "싱쳘 옥결"로 되어 있으나 문맥을 고려하여 〈낙성전〉(28면)을 따름.
517) 빙심(氷心): 얼음같이 깨끗한 마음.
518) 셰ᄉ(世事): 세상일.
519) 부운(浮雲): 뜬구름.
520) 십분(十分): 충분히.
521) 긔괴미ᄉ(奇怪微事): 기이하고 괴이하여 보기 드문 일.
522) 셕(昔): 옛날.
523) 안산결의(案山結義): 도원결의(桃園結義)를 가리키는 듯함. 후한(後漢) 말에 황건적(黃巾賊)의 난이 일어나자 유비와 관우, 장비가 장비의 집 뒤에 있는 복숭아나무가 울창한 동산에서 의형제를 맺은 일.
524) 유죵(俞鍾)의 지으미(知音ㅣ): 유백아(俞伯牙)와 종자기(鍾子期)의 지음(知音)이. 유백아(俞伯牙)는 춘추시대(春秋時代) 진(晉)의 대부(大夫)로서 거문고를 잘 탔는데, 한번은 조국 초(楚)에 가 거문고를 타니, 종자기(鍾子期)가 그 소리를 듣고 백아의 심정을 꿰뚫어 안 후 둘이 친구가 되었다는 고사. '지음(知音)'은 종자기가 유백아가 탄 거문고 소리[음(音)]를 알았다[지(知)]는 데서 나온 말로, 마음이 서로 통하는 친한 벗이라는 뜻. 한(漢) 한영(韓嬰)이 찬(撰)한 「한시외전(韓詩外傳)」 등에 보임. "백아가 거문고를 타니 종자기가 그 소리를 들었다. 바야흐로 거문고를 탈 적에 뜻이 산에 있으면 종자기가 말하였다. '훌륭하도다. 거문고를 탐이여! 높고 높으니 태산과 같도다.' 뜻이 흐르는 물에 있으면 종자기가 말하였다. '훌륭하도다. 거문고를 탐이여! 넓고 넓으니 장강, 하수와 같도다.' 종자기가 죽자, 백아는 거문고를 물리치고 줄을 끊어버리고는 죽을 때까지 다시 거문고를 타지 않았다. 이는 세상에 족히 함께 거문고를 탈 만한 사람이 없다고 생각했기 때문이었다. 伯牙鼓琴, 鍾子期聽之. 方鼓琴, 志在山, 鍾子期曰: '善哉鼓琴! 巍巍乎如太山.' 志在流水, 鍾子期曰: '善哉鼓琴! 洋洋乎若江河.' 鍾子期死, 伯牙擗琴絕絃, 終身不復鼓琴, 以爲世無足與鼓琴也."(「한시외전(韓詩外傳)」 권9)
525) 당금츠시(當今此時): 바로 지금 이때.

이 임(臨)ᄒ니 양가(兩家)의셔 혼구(婚具)529)를 셩비(盛備)530)
ᄒ야 치예(采禮)531)를 보ᄂᆡ고 친영(親迎)532)할ᄉᆡ 방(方) 할임
(翰林)이 옥모영풍(玉貌英風)533)으로 길복(吉服)534)을 닙고 위
의(威儀)535)을 거나려 혼가(婚家)로 ᄒᆡᆼ(行)할ᄉᆡ 향긔(香氣)로온
바람은 길신(吉辰)536)을

18면

ᄒ례(賀禮)ᄒ거날 금안빅마(金鞍白馬)537)의 옹위(擁衛)538)ᄒ야
나아간이 관지직(觀之者ㅣ)539) 탄상(歎賞)540)ᄒ야 쳔상낭(天上
郎)541)이라 ᄒ더라. 영부의 일으러 옥상(玉床)의 기러기를 젼
(奠)ᄒ고542) 신부(新婦) 상교(上轎)543)ᄒ기를 기다일ᄉᆡ 셔평후
문방(文房)544)을 ᄂᆡ여 최장시(催裝詩)545) 짓기을 직쵹ᄒ니 싱

---

526) 일월(日月): 시간.
527) 빅구의 틈 지남: 백구과극(白駒過隙). 흰 망아지가 빨리 달리는 것을 문틈으로 언뜻 본다
　　　는 뜻으로, 세월이 덧없이 빨리 지나가는 것을 이르는 말.
528) 길일(吉日): 좋은 날. 혼인하는 날.
529) 혼구(婚具): 혼인 때 쓰는 제구(諸具).
530) 셩비(盛備): 풍성하게 갖춤.
531) 치예(采禮): 납폐(納幣). 혼인할 때에, 사주단자의 교환이 끝난 후 정혼이 이루어진 증거로
　　　신랑 집에서 신부 집으로 보내는 예물. 보통 밤에 푸른 비단과 붉은 비단을 혼서와 함께 함
　　　에 넣어 신부 집으로 보냄.
532) 친영(親迎): 신랑이 신부 집에 가서 혼례를 치르고 신부를 맞아오는 예.
533) 옥모영풍(玉貌英風): 옥과 같이 아름다운 얼굴 모습과 뛰어난 풍채.
534) 길복(吉服): 혼인 때, 신랑 신부가 입는 옷.
535) 위의(威儀): 위엄이 있는 몸가짐이나 차림새. 여기에서는 신랑의 행렬을 가리킴.
536) 길신(吉辰): 길일(吉日).
537) 금안빅마(金鞍白馬): 금 안장을 놓은 하얀 말.
538) 옹위(擁衛): 부축하여 좌우로 호위함.
539) 관지직(觀之者ㅣ): 그 광경을 보는 사람들이.
540) 탄상(歎賞): 탄복하여 칭찬함.
541) 쳔상낭(天上郎): 하늘에서 내려온 신랑.
542) 옥상(玉床)의 기러기를 젼(奠)ᄒ고: 기러기를 상 위에 놓고 절하고. 저본에는 "쳔지(天地)
　　　게 빅알(拜謁)ᄒ고"로 되어 있으나 의미가 불분명하므로 〈쌍완기봉〉(18면)을 따름.
543) 상교(上轎): 가마에 오름.

니 그윽이546) 실쇼(失笑)ᄒ고 산호필(珊瑚筆)의 먹을 뭇쳐 ᄎ
젼(彩箋)547)을 펴고 쥬옥(珠玉)548)을 헷쳐 쓰기를 맛츠미 밧드
러 젼ᄒ야 왈(曰),

"쇼ᄌ549)(小子ㅣ) ᄌ죠(才操) 둔ᄒ와 악장(岳丈)550)의 고안
(高眼)551)을 욕되게 ᄒ나이다."

셔평후 바다 보니 시ᄉ(詩辭)552)의 그이(奇異)ᄒ미 화풍화우
(化風化雨)553)ᄒ난지라 깃분 우슘을 참지 못ᄒ니 듕빈(衆賓)554)
의 치하(致賀) 분々(紛紛)555)ᄒ니 공(公)이 좌슈우응(左酬右應)556)
ᄒ야 흔々낙々(欣欣樂樂)557)ᄒ더라. 공(公)의 칠ᄌ(七子)와 ᄉ
셰(四壻ㅣ) 다 아름다오나 방싱(方生)으로 비(比)컨뒤 기아(棄
珸)558)와 곤559)옥(崑玉)560) 갓더라.

이윽고 신부 화홍장(花紅裝)561)을 다ᄉ리고 ᄎ교(彩轎)562)의
올은이 칠부(七寶) 발563)을 지우미 할임(翰林)이 슌금쇄약(純金

---

544) 문방(文房): 문방구(文房具). 종이, 붓, 벼루, 먹 등을 이름.
545) 최장시(催裝詩): 신부에게 옷을 입기를 재촉하는 시.
546) 싱니 그윽이: 저본에는 "이윽"으로 되어 있으나 문맥을 자연스럽게 하기 위해 〈낙성전〉(29
   면)을 따름.
547) ᄎ젼(彩箋): 무늬가 있는 종이.
548) 쥬옥(珠玉): 구슬과 옥. 여기에서는 '좋은 글'을 의미함.
549) ᄌ: 저본에는 "저"로 되어 있으나 문맥에 맞지 않으므로 〈낙성전〉(29면)을 따라 이와 같이
   고침.
550) 악장(岳丈): '장인(丈人)'을 높이어 이르는 말. 빙장(聘丈).
551) 고안(高眼): 높은 안목.
552) 시ᄉ(詩辭): 시구(詩句).
553) 화풍화우(化風化雨): 바람이 되고 비가 됨. 시를 잘 지었다는 의미.
554) 듕빈(衆賓): 많은 손님.
555) 분분(紛紛): 떠들썩함.
556) 좌슈우응(左酬右應): 술잔 따위를 이쪽저쪽으로 부산하게 주고받음.
557) 흔々낙々(欣欣樂樂): 매우 기뻐하고 흡족해함.
558) 기아(棄珸): '버려진 옥'의 뜻 같으나 자세하지 않음.
559) 곤: 저본에는 "공"으로 되어 있으나 의미를 분명히 하기 위해 〈낙성전〉(30면)을 따라 이와
   같이 고침.
560) 곤옥(崑玉): 곤륜산에서 난다는 아름다운 옥.
561) 화홍장(花紅裝): 아름답게 치장한 옷.
562) ᄎ교(彩轎): 채색을 한 가마.
563) 칠부(七寶) 발: 칠보로 장식한 발. 발은 '줄 따위를 여러 개 나란히 늘어뜨려 만든 물건'.

鎖鑰)564)을 드러 봉교(封轎)565)ᄒ거날 위의(威儀)을 휘동(麾動)566)ᄒ야 부즁(府中)의 일으러 교비(交拜)567)을 맛고 화쵹(華燭)568) ᄒ(下)의 나아가 즈ᄒ상(紫霞觴)569)을 난으고 칠부션(七寶扇)570)을 반기(半開)ᄒ미 신낭(新郎)이 눈을 드러 신부(新婦)을 보니 념々(艶艶)571)ᄒ 광치(光彩) 스벽(四壁)의 죠요(照耀)572)ᄒ고

19면

풍완(豐婉)573)ᄒ 긔질(氣質)이 식로온지라. 셕양(夕陽)의 동방(洞房)574)의 나아가 할임은 슈려(秀麗)ᄒ 미우(眉宇)의575) 묵々(默默)ᄒ 근심이 즘겻고 영 쇼져난 그 녀즈(女子)물 암희(暗喜)576)ᄒ야 ᄒ더라.

양(兩) 신인(新人)이 이윽히 샹디(相對)ᄒ야 묵々양구(默默良久)577)의 할임(翰林)이 거슈칭스(擧手稱謝)578) 왈(曰),

"학싱(學生)이 쳔579)박(淺薄)580)ᄒ 필부(匹夫)581)여날 악댱(岳

---

564) 슌금쇄약(純金鎖鑰): 순금으로 만든 자물쇠.
565) 봉교(封轎): 가마를 봉함.
566) 휘동(麾動): 거느려 움직임.
567) 교비(交拜): 신랑 신부가 서로 절을 하는 일.
568) 화쵹(華燭): 혼례에 쓰이는, 빛깔을 들인 밀초.
569) 즈ᄒ샹(紫霞觴): 신선들이 사용한다는 술잔. 술잔의 미칭.
570) 칠부션(七寶扇): 칠보로 꾸민 부채.
571) 념々(艶艶): 어여쁨.
572) 죠요(照耀): 밝게 비치어 빛남.
573) 풍완(豐婉): 풍만하고 어여쁨.
574) 동방(洞房): 신방(新房).
575) 슈려(秀麗)ᄒ 미우(眉宇)의: 저본에는 "슈려ᄒ 미우희"라 되어 있으나 문맥이 통하지 않으므로 〈쌍완기봉〉(20면)과 〈낙성전〉(30면)을 따름. 미우는 '이마의 눈썹 근처'.
576) 암희(暗喜): 속으로 기뻐함.
577) 묵々양구(默默良久): 잠자코 오랫동안 있음.
578) 거슈칭스(擧手稱謝): 두 손을 들어 감사함을 표함.
579) 쳔: 저본에는 "졍"으로 되어 있으나 문맥에 맞지 않아 〈쌍완기봉〉(20면)과 〈낙성전〉(31면)

丈)의 지우(知遇)582)ᄒ시믈 닙ᄉ와 쇼져(小姐)게 모쳠(冒瞻)583)
ᄒ니 그윽히 다힝(多幸)ᄒ은 셔로 지긔(知己) 될가 바라나이다.”

영 쇼져(小姐) 슈용졍금(修容整襟)584) 왈(曰),

“누쳡(陋妾)585)이 규방(閨房) 문586)견(聞見)의 고루(孤陋)587)
ᄒ야 불용누질(不用陋質)588)노 셩명(性命)589)을 의지(依支)ᄒ와
외람(猥濫)이 부々(夫婦)의 도(道)를 일워시나 웃지 지긔(知己)
을 갈망(渴望)ᄒ릿고만은 스스로 도라보ᄉ 여ᄌ(女子)의 식견
(識見)을 어둡게 말으쇼셔. 쳡(妾)이 군ᄌ(君子)의 심ᄉ(心事)
을 누셜(漏泄)치 안이린이 너무 속이지 말으쇼셔.”

할임(翰林)이 의아ᄌ괴(疑訝自愧)590)ᄒ야 홀연(忽然) 단ᄉ(丹
砂)591)의 빅옥(白玉)592)이 현난(眩亂)ᄒ야 흔々(欣欣) 쇼왈(笑曰),

“부인(夫人)의 말삼이 뜻시 잇난이 쥬긱(主客)이 맛난 지 시
긱(時刻)이 못ᄒ야 속인다 칙(責)ᄒ니 그 쓰593)시 어듸 밋쳐난
요? ᄌᄉ이 히셕(解析)594)ᄒ라.”

쇼져(小姐) 화안(花顔)을 낫쵸아 졍ᄉᆨ부답(正色不答)595)이여
날 할임(翰林)이 그윽히 영씨 ᄌ가(自家) 알아보믈 슷치고 지

을 따름.

580) 쳔박(淺薄): 학문이나 생각이 얕거나, 행동이나 말이 상스러움.
581) 필부(匹夫): 특출하지 않은 보통 남자.
582) 지우(知遇): 알아줌.
583) 모쳠(冒瞻): 바라봄을 입음.
584) 슈용졍금(修容整襟): 용모를 바르게 하고 옷깃을 가다듬음.
585) 누쳡(陋妾): 비루한 첩. 아내가 남편에게 자신을 낮추어 이르는 말.
586) 문: 저본에는 “풍”으로 되어 있으나 의미가 통하지 않아 〈쌍완기봉〉(20면)을 따름.
587) 고루(孤陋): 보고 들은 것이 없어 마음가짐이나 하는 짓이 융통성이 없고 견문이 좁음.
588) 불용누질(不用陋質): 쓸모없는 고루한 자질.
589) 셩명(性命): 목숨.
590) 의아ᄌ괴(疑訝自愧): 의아해 하며 스스로 부끄러워함.
591) 단ᄉ(丹砂): 원래 붉은색을 띠는, 수은으로 이루어진 황화 광물을 뜻하나 여기에서는 입술
을 가리킴.
592) 빅옥(白玉): 원래 흰 옥을 뜻하나 여기에서는 이[齒]를 가리킴.
593) 쓰: 저본에는 “ᄊᆞᆺ”으로 되어 있으나 의미를 분명히 하기 위해 〈낙성전〉(31면)을 따름.
594) 히셕(解析): 사물을 자세히 풀어서 논리적으로 밝힘.
595) 졍ᄉᆨ부답(正色不答): 얼굴빛을 바로 하고 대답하지 않음.

인(知人)[596]의

20면

고명(高明)[597]함을 경탄(驚歎)ᄒ나 너무 말그물 불열(不悅)[598]
ᄒ야 다시 기구(開口)[599]치 안코 ᄎ야(此夜)을 지니다.

명일(明日) 신부(新婦) 페빅(幣帛)을 맛초아 현ᄉ당(見祠堂)[600]
할시 할임(翰林)과 엇기를 갈와 작(酌)[601]을 헌(獻)할시 할임
(翰林)이 셕ᄉ(昔事)[602]을 싱각ᄒ고 슬푸미 교집(交集)[603]ᄒ야
누슈(淚水)[604] 연화양협(蓮花兩頰)[605]의 져즌이 쇼져(小姐) 쏘
흔 감동(感動)ᄒ야 ᄎᆷ연(慘然)[606] 함누(含淚)[607]러라. 쇼져(小
姐)의 침쇼(寢所)를 정젼(正殿) 히월각의 증ᄒ니[608] 웃듬 큰
젼(殿)이라. 쥬함옥난(朱檻玉欄)[609]과 ᄉ창분벽(紗窓粉壁)[610]이
인셰(人世) 갓지 안터라.

ᄎ야(此夜)의 할임(翰林)이 정침(正寢)의 일은이 영 쇼져(小
姐)난 규각(閨閣)[611] 가온디 흔갓 통쾌명달(通快明達)[612]흔 여

---

596) 지인(知人): 사람을 알아봄.
597) 고명(高明): 식견이 높고 사물에 밝음.
598) 불열(不悅): 기뻐하지 않음.
599) 기구(開口): 입을 엶.
600) 현ᄉ당(見祠堂): 사당(祠堂)에 뵘.
601) 작(酌): 술잔.
602) 셕ᄉ(昔事): 옛일.
603) 교집(交集): 이런저런 생가이 뒤얽히어 서림.
604) 누슈(淚水): 눈물.
605) 연화양협(蓮花兩頰): 연꽃 같은 양 뺨.
606) ᄎᆷ연(慘然): 슬퍼하는 모양.
607) 함누(含淚): 눈물을 머금음.
608) 증ᄒ니: 정하니.
609) 쥬함옥난(朱檻玉欄): 붉은 색칠을 한 난간과 옥으로 만든 난간. 원래 저본에는 "쥬탑"으로
　　되어 있으나 의미를 분명히 하기 위해 〈낙성전〉(32면)을 따름.
610) ᄉ창분벽(紗窓粉壁): 깁을 바른 창과 하얗게 꾸민 벽.
611) 규각(閨閣): 규방(閨房). 규방은 '여성이 거처하는 방'이나 여기에서는 '여성'을 가리킴.

ᄌ(女子)라 님의 져 여ᄌᆞᆫ(女子ㄴ) 쥴 알고 이의 셩안(星眼)613)을 낫초고 피셕(避席)614)ᄒᆞ야 왈(曰),

"쳡(妾)이 샹공(上公)게 ᄒᆞᆫ번 고(告)할 말삼이 잇슨이 용ᄉᆞ(容赦)615)ᄒᆞ쇼셔."

할임(翰林)이 졔 ᄌᆞ가(自家) 알아보물 이 갓트물 보고 탄왈(歎曰),

"무삼 말노쎠 복(僕)의게 보ᄂᆡ고ᄌᆞ ᄒᆞ난요? ᄒᆞᆫ번 듯고ᄌᆞ ᄒᆞ나이다."

쇼져(小姐) 염님(斂衽)616) 답왈(答曰),

"쇼쳡(小妾)이 만일 할임(翰林)을 아지 못ᄒᆞᆫ즉 엇지 말이 당돌(唐突)ᄒᆞ기의 밋츠릿고? 이윽히 혜아리믹, 할임(翰林)이 일월(日月)을 속이며 셰샹(世上)을 긔망(欺罔)617)ᄒᆞ야 음양(陰陽)을 변착(變着)618)ᄒᆞ시물 아난이

21면

한번 히셕(解析)ᄒᆞ신즉 쳡(妾)이 종신(終身)619)토록 져바리지 아이리이다."

할임(翰林)이 임의 이갓치 말근620) 결단(決斷)이 잇스물 항복(降伏)621)ᄒᆞ야 일변(一邊)622) 참연(慙然)623)ᄒᆞ고 쳑연(慽然)624)

---

612) 통쾌명달(通快明達): 성격이 시원스럽고 세상일에 밝음.
613) 셩안(星眼): 별 같은 눈.
614) 피셕(避席): 공경의 뜻을 나타내기 위해 자리를 옮김.
615) 용ᄉᆞ(容赦): 용서.
616) 염님(斂衽): 옷깃을 여밈.
617) 긔망(欺罔): 남을 속임.
618) 변착(變着): 바꿔 입음.
619) 종신(終身): 한평생을 마침. 살아 있는 동안.
620) 말근: 맑은. 일의 처리 따위가 흐리멍덩하지 않고 분명한.
621) 항복(降伏): 상대편에게 굽힘.
622) 일변(一邊): 한편.

양구(良久)625)의 옥안(玉顔)626)의 쥬루종횡(珠淚縱橫)627)ㅎ야
능히 긔운(氣運)을 슈습(收拾)지 못ㅎ야 양구(良久) 후(後) 팔
을 드러 스례(謝禮) 왈(曰),

　"복(僕)은 근본(根本) 즈(子)628)의 의심(疑心)과 갓튼지라. 상
쳔(上天)의 지즁(至重)흔 죄벌(罪罰)을 으더 팔(八) 셰(歲)의 양
친(兩親)을 쌍망(雙亡)629)ㅎ고 혈々(孑孒)630)흔 일신(一身)이 벽
향궁쵼(僻鄕窮村)631)의 일기(一家ㅣ)632) 희쇼(稀少)633)흔이 스고
무탁(四顧無託)634)흔지라 계교(計巧) 궁진(窮盡)635)ㅎ야 스스로
이런 거죠(擧措)636)을 늬여 쇽졀읍시637) 셰월(歲月)을 쳔연(遷
延)638)ㅎ야 임의 십(十) 셰(歲) 되믹 어린639) 긔운(氣運)이 더
옥 굿칠 쥬를 몰나 이 지경(地境)의 일으러던이 금일(今日) 즈
(子)의 쾌(快)히 알물 당ㅎ야 감히 다시 쇽이지 못ㅎ난이 나난
임의 길을 그릇 드럿고 곡경지심(曲徑之心)640)이 잇셔 금실지
낙(琴瑟之樂)641)을 불관(不關)이642) 역이건이와 죤공(尊公)643)

---

623) 참연(慙然): 부끄러워함.
624) **쳑연(慽然): 슬퍼함.**
625) 양구(良久): 오랫동안.
626) 옥안(玉顔): 옥 같은 얼굴.
627) 쥬루죵횡(珠淚縱橫): 구슬 같은 눈물이 줄줄 흐름.
628) 즈(子): 그대.
629) 쌍망(雙亡): 둘 다 죽음.
630) 혈々(孑孒): 외로움.
631) 벽향궁쵼(僻鄕窮村): 외따로 떨어져 있는 시골 마을.
632) 일기(一家ㅣ): 일가(一家)가. 한집안이.
633) 희쇼(稀少): 드물고 적음.
634) 스고무탁(四顧無託): 사방을 돌아봐도 이탁할 만한 곳이 없음.
635) 궁진(窮盡): 다하여 없어짐.
636) 거죠(擧措): 말이나 행동의 태도, 행동거지.
637) 쇽졀읍시: 속절없이. 단념할 수밖에 딴 도리가 없이.
638) 쳔연(遷延): 지체하거나 미룸.
639) 어린: 어리석은.
640) 곡경지심(曲徑之心): "곡경(曲徑)"은 '개인의 이익을 위하여 취하는 바르지 못한 방법'이
　　　란 뜻. '곡경지심'은 곧 '그러한 것을 지닌 마음'.
641) 금실지낙(琴瑟之樂): 부부 사이의 다정하고 화목한 즐거움.
642) 불관(不關)이: 대수롭지 않게.

의 핍박(逼迫)ㅎ시물 면(免)치 못ㅎ야 소져의 인윤(人倫)을 작희(作戲)[644]ㅎ온이 참괴(慙愧)[645]ㅎ미 낫들 곳시 읍스나 다만 닉의 본적(本迹)[646]을 누셜(漏泄)치 못ㅎ린이 즈(子)의 침목(沈默)ㅎ물 바라노라.”

영 소져(小姐) 흔연(欣然)[647]

22면

왈(曰),

“쳡(妾)이 임이 그듸를 쳐음의 볼 듸 콰[648]히[649] 아라보아난이 이제난 그듸와 한가지로 일싱(一生)을 지닉여도 죡(足)히 쳐즈(妻子)의 도(道)를 일치 안이ㅎ련이와 다만 군(君)이 나히 만토록 슈염(鬚髥)이 나지 안인즉 어닉 스람이 모로리요? 그 시졀(時節)을 당ㅎ야 시러곰[650] 웃지ㅎ릿가?”

할임(翰林)이 츄연(愀然)[651] 희허(欷歔)[652] 왈(曰),

“만식(萬事ㅣ) 되[653]여가물 바라난이 죡(足)히 염여(念慮)치 안이ㅎ나 쇼져(小姐)의 일싱(一生)을 염(念)ㅎ미 위ㅎ야 가이 업건이와 임이 나를 위ㅎ야 지긔(知己) 되[654]여 일싱(一生)을 흔가지로 맛고즈 흔즉 형제(兄弟)의 의(義)를 믹져 칭명(稱

---

643) 죤공(尊公): 윗사람을 높이어 일컫는 말. 여기서는 영 소저의 아버지를 가리킴.
644) 작희(作戲): 남의 일에 훼방을 놓음.
645) 참괴(慙愧): 부끄럽게 여김.
646) 본적(本迹): 정체.
647) 흔연(欣然): 기쁘거나 반가워 기분이 좋음.
648) 콰: 저본에는 “과”로 되어 있으나 자연스럽지 않아 〈낙성전〉(35면)을 따름.
649) 콰히: 쾌히. 분명히.
650) 시러곰: 능히.
651) 츄연(愀然): 슬퍼하는 모양.
652) 희허(欷歔): 탄식하며 말하는 것을 나타내는 감탄사.
653) 되: 저본에는 “도”로 되어 있으나 의미를 분명히 하기 위해 〈낙성전〉(35면)을 따름.
654) 되: 저본에는 “도”로 되어 있으나 의미를 분명히 하기 위해 〈낙성전〉(36면)을 따름.

名)655)이 어지럽게 마스이다.”

영 쇼져(小姐) 불열(不悅) 왈(曰),

“불연(不然)656)ᄒ여이다. 여ᄎ(如此)ᄒ즉 ᄌ연(自然)이 누셜(漏泄)ᄒ여 부모(父母) 아르신즉 죠치 안이린이 다만 부々(夫婦)의 예(禮)를 출힐657) 다음이라658) 읏지 ᄌ져(趑趄)659)ᄒ미 잇시리요?”

할임(翰林)이 깃거 허락(許諾)ᄒ고 이예 비상쥬표(臂上朱標)660)를 쇼져(小姐)를 뵈니 쇼져(小姐) 냉소(冷笑) 왈(曰),

“일노쎠 방인(傍人)이 본즉 읏

23면

지려 ᄒ난요?”

할임(翰林) 왈(曰),

“복(僕)이 스스로 집피661) 감쵸아슨이 뉘 능히 알 지(者ㅣ) 잇스리요?”

이인(二人)이 다 웃고 쏘흔 다힝(多幸)ᄒ문 지긔(知己)을 으더 셔로 믹몰(埋沒)662)치 안이물 깃거ᄒ더라.

ᄎ후(此後) 양인(兩人)이 화락(和樂)ᄒ야 할임(翰林)이 됴당

---

655) 칭명(稱名): 명칭.
656) 불연(不然): 그렇지 않음.
657) 출힐: 저본에는 “ᄎ를”로 되어 있으나 문맥이 자연스럽지 않아 〈낙성전〉(36면)을 따름.
658) 다음이라: 따름이니.
659) ᄌ져(趑趄): 머뭇거리며 망설임. 주저.
660) 비상쥬표(臂上朱標): 팔 위의 붉은 표시라는 뜻으로, 처녀임을 드러내는 징표. 앵혈(鶯血)로도 불림. 진(晉) 장화(張華)의 『박물지(博物志)』에 따르면 도마뱀을 주사(朱砂)를 먹여 기르면 몸이 온통 붉은색이 되는데 계속 먹여 일곱 근이 되었을 때 도마뱀을 여러 번 절구질하여 여자의 지체(肢體)에 바르면 죽을 때까지 빛깔이 없어지지 않다가 성관계를 가져야 비로소 없어진다고 함. 앵혈은 도마뱀을 찧어 여자의 팔뚝에 바른 것을 가리킴.
661) 집피: 깊이.
662) 믹몰(埋沒): 없어짐.

(朝堂)663)의 갓다 오면 닉당(內堂)664)의셔 동일(終日)665)ᄒ고
외당(外堂)의 숀666)을 모흐지 아니々 인々(人人)이 고요ᄒ고
단정(端正)ᄒ믈667) 더욱 칭찬(稱讚)ᄒ더라.

　　방(方) 할님(翰林) 승품작위(陞品爵位)668) 제이회(第二回)669)

　　화셜(話說).670) 방(方) 할임(翰林)이 입죠(入朝)671) 슈연(數年)
이라 옥당(玉堂)672) 제일(第一) 명ᄉ(名士) 되673)여 거관(居
官)674)의 숙직강엄(肅直强嚴)675)ᄒ고 충졀(忠節)676)이 관딕(寬
大)677)ᄒ야 쳔ᄌ(天子) 돕ᄉ오미 당시(唐時) 위증(魏徵)678)과
한시(漢時) 급암(汲黯)679)으로 병구(並驅)680)ᄒ니 나히 비록 십
삼(十三) 쇼아(小兒)나 만됴(滿朝) 긔681)탄(忌憚)682)ᄒ미 쳔ᄌ

---

663) 됴당(朝堂): 조정(朝廷).
664) 닉당(內堂): 부녀자의 거처, 안방.
665) **동**일(終日): 하루를 보냄.
666) 숀: 손님.
667) 아니々~ 단정(端正)ᄒ믈: 저본에는 "안이닛 고요ᄒ을"로 되어 있으나 문맥이 자연스럽지
　　 않아 〈낙성전〉(37면)을 따름.
668) 승품작위(陞品爵位): 벼슬이 오름.
669) 방(方) 할님(翰林) 승품작위(陞品爵位) 제이회(第二回): 제2회의 소제목. 1회 부분에는 소
　　 제목이 없음. 〈낙성전〉도 이와 같고, 〈쌍완기봉〉에는 모든 소제목이 없음.
670) 화셜(話說): 고전소설에서 이야기를 시작할 때 쓰는 말.
671) 입죠(入朝): 벼슬하여 조정에 들어감.
672) 옥당(玉堂): 한림원(翰林院)의 별칭. 한림원은 주로 학문과 문필에 관한 일을 맡았던 곳.
673) 되: 저본에는 "도"로 되어 있으나 의미를 분명히 하기 위해 〈낙성전〉(37면)을 따름.
674) 거관(居官): 벼슬자리에 위치함.
675) 숙직강엄(肅直强嚴): 엄숙하고 곧고 강하고 엄함.
676) 충졀(忠節): 충성과 절개.
677) 관딕(寬大): 넓고 큼.
678) 위증(魏徵): 위징. 580~643. 중국 당(唐) 초기의 정승으로서 자(字)는 현성(玄成), 시호
　　 (諡號)는 문정공(文貞公). 직간(直諫)을 잘한 것으로 유명함. 「구당서(舊唐書)」 권71·「열
　　 전(列傳)」 제21·"위징(魏徵)"에 자세한 사항이 기술되어 있음.
679) 급암(汲黯): 한(漢) 무제(武帝) 때 직언(直言)으로 유명했던 신하. 자(字)는 장유(長孺). 승
　　 상(丞相) 장탕(張湯)과 어사대부(御史大夫) 공손 홍(公孫弘) 등을 천자에게 아첨하는 무
　　 리라 비난하고, 도교적 무위(無爲) 정치를 하기를 주장하였으나 받아들여지지 않자 회양태
　　 수(淮陽太守)를 마지막으로 관직에서 물러남. 「사기(史記)」 권120·「급정열전(汲鄭列傳)」
　　 제60과 「전한서(前漢書)」 권50·「열전(列傳)」 제20에 자세한 사항이 기술되어 있음.
680) 병구(並驅): 나란히 달림. 곧, 나란히 함.

(天子) 버금이요 츄앙(推仰)683)ㅎ미 스승갓치 ㅎ니 할임(翰林)
이 집예(執禮)684)ㅎ미 일월광명(日月光明)685)이요 벼슬686)니
날노 더ㅎ고 츙졀(忠節)은 실노 발근지라 상(上)이 이지즁지
(愛之重之)ㅎ사 틱즈(太子) 위히요 버살을 도々스687) 이부시랑
겸틱학스(吏部侍郞兼太學士)688)을 ㅎ이신니 할임(翰林)이 스양
(辭讓)ㅎ나

24면

득(得)지 못ㅎ고689) 가지록690) 츙졀(忠節)을 가다듬어 힝실(行
實)을 금옥군즈(金玉君子)691)로 ㅎ야 청염강직(淸廉剛直)692)ㅎ
니 됴애(朝野ㅣ) 두려ㅎ고693) 상(上)이 시랑(侍郞)을 보신즉 무
릅을 쓰리치시고694) 말삼을 가다듬어 공경슈렴695)(恭敬收斂)696)
ㅎ시며 별호(別號)697)를 강직현명열(剛直賢明烈)이라 ㅎ신이 일
로좃차698) 물망(物望)699)과 청명(淸名)700)이 더옥 즁(重)ㅎ더라.

---

681) 긔: 저본에는 "그"로 되어 있으나 의미를 분명히 하기 위해 〈낙성전〉(37면)을 따름.
682) 긔탄(忌憚): 어려워함.
683) 츄앙(推仰): 높이어 우러러봄.
684) 집예(執禮): 예를 지키는 일.
685) 일월광명(日月光明): 햇빛과 달빛같이 밝음.
686) 벼슬: 저본에는 "버살"로 되어 있으나 의미를 분명히 하기 위해 〈낙성전〉(37면)을 따름.
687) 도々스: 돋우시어. 높이어.
688) 이부시랑겸틱학스(吏部侍郞兼太學士): 이부시랑 겸 태학사. 이부(吏部)는 문관의 임면과
     훈계 사무를 맡은 부서이고, 시랑(侍郞)은 차관(次官)임.
689) 득(得)지 못ㅎ고: 허락을 얻어내지 못하고.
690) 가지록: 갈수록.
691) 금옥군즈(金玉君子): 쇠와 옥같이 절개가 굳은 군자.
692) **청염강직**(淸廉剛直): 마음이 깨끗하고 욕심이 없으며 기질이 굳세고 곧음.
693) 됴애(朝野ㅣ) 두려ㅎ고: 저본에는 "죠야 부앙"이라 되어 있으나 의미를 명확히 하기 위해
     〈낙성전〉(38면)을 따름.
694) 쓰리치시고: 쓸고.
695) 렴: 저본에는 "려"로 되어 있으나 문맥이 통하지 않아 〈낙성전〉(38면)을 따름.
696) 공경슈렴(恭敬收斂): 공경하고 자신을 단속함.
697) 별호(別號): 달리 부르는 호(號).

상(上)이 영 쇼져(小姐)긔[701] 봉관화리(鳳冠花履)[702]로 명부(命婦)[703]의 복식[704](服色)[705]을 쥬신이 영광(榮光)이 더옥 호셩(浩盛)[706]ㅎ고 영 쇼져(小姐) 풍치(風彩)를 도으[707]니 시랑(侍郞)이 눈을 드러 쇼져(小姐)를 보고 닝쇼(冷笑) 왈(曰),

"부인(夫人)이 학싱(學生) 갓튼 가부(家夫)[708]를 만나실식 십삼(十三) 청츈(靑春)의 닉의 원비(元妃)[709] 되야 봉관화리(鳳冠花履)로 도으니 죠달(早達)[710]ㅎ시물 ㅎ려(賀禮)[711]ㅎ나이다."

영 쇼져(小姐) 화관(花冠)[712]을 기우리고 단슌호치(丹脣皓齒)[713] 현츌(顯出)[714]ㅎ야 왈(曰),

"이 다 현후(賢侯)[715]의 은덕(恩德)이라. 셩[716]덕(盛德)[717]이 산악(山嶽) 갓건이와 여㣾(女子) 가부(家夫)의 은춍(恩寵) 이부미 살이(事理)의 올흘지라 웃지 도로혀[718] 앗기시난요?"

시랑이 되쇼(大笑)ㅎ고 쏘흔 남아(男兒) 안이물 슬어

---

698) 일로좃차: 이로부터.

699) 물망(物望): 여러 사람이 우러러보아 드러난 이름.

700) 청명(淸名): 청렴하다는 명망.

701) 영 소져긔: 영 소져에게. 저본에는 "영 소져을긔"로 되어 있으나 문맥이 통하지 않아 "을"을 삭제함. 참고로 〈낙성전〉(38면)에는 "영 소져의"라 되어 있고, 〈쌍완기봉〉(27면)에는 "영씨로"라 되어 있음.

702) 봉관화리(鳳冠花履): 봉황 무늬가 있는 관(冠)과 꽃무늬가 그려진 신발.

703) 명부(命婦): 봉작(封爵)을 받은 부인을 통틀어 이르는 말.

704) 식: 저본에는 "싱"으로 되어 있으나 문맥이 통하지 않아 〈낙성전〉(38면)을 따름.

705) 복식(服色): 예전에, 신분이나 직업에 따라서 다르게 맞추어서 차려 입던 옷의 꾸밈새와 빛깔.

706) 호셩(浩盛): 크고 성함.

707) 도으: 저본에는 "드은"으로 되어 있으나 의미를 분명히 하기 위해 〈낙성전〉(38면)을 따름.

708) 가부(家夫): 남편.

709) 원비(元妃): 첫째 아내.

710) 죠달(早達): 젊어서 높은 지위에 오름.

711) ㅎ려(賀禮): 하례. 축하.

712) 화관(花冠): 아름답게 장식한 관(冠).

713) 단슌호치(丹脣皓齒): 붉은 입술과 흰 이. 아름다운 여자를 형용하는 말.

714) 현츌(顯出): 뚜렷이 드러남.

715) 현후(賢侯): 상대방을 높여 부르는 말.

716) 셩: 저본에는 "승"으로 되어 있으나 의미를 분명히 하기 위해 〈낙성전〉(39면)을 따름.

717) 셩덕(盛德): 풍성한 은덕.

718) 도로혀: 도리어.

ㅎ더라.

셔평후난 이런 쾌셔(快壻)[719]를 엇고 부々(夫婦) 양인(兩人)의 이즁(愛重)[720]ㅎ미 슈유불이(須臾不離)[721]ㅎ니 크게 깃거[722]ㅎ고 가간亽(家間事)[723] 일을 웃지 알이요?

방(方) 시랑(侍郎)의 풍치(風采)와 물망(物望)[724]을 흠복(欽服)[725]ㅎ야 지취(再娶)[726] 구(求)ㅎ난 이 닉역부절(來繹不絶)[727]ㅎ니 시랑이 십분(十分)[728] 괴로와 밀막어[729] 왈(曰),

"쇼싱(小生)이 고독일신(孤獨一身)[730]이 번[731]화(繁華)의 쯧시 읍신이 한 쳐즈(妻子)로 법을 직키고 죵신(終身)ㅎ랴 ㅎ난이 웃지 타염(他念)[732]이 잇시릿고?"

셜파(說罷)[733]의 긔싁(氣色)이 상셜(霜雪)[734] 갓튼이 감히 지청(再請)[735]치 못ㅎ더라.

츠셜(且說). 즈고(自古)로 쇼인(小人)[736]이 농권(弄權)[737]ㅎ난

---

719) 쾌셔(快壻): 훌륭한 사위.
720) 이즁(愛重): 애중. 사랑하여 소중히 함.
721) 슈유불이(須臾不離): 잠시도 떨어지지 않음.
722) 깃거: 저본에는 이 부분이 없으나, 문맥에 맞지 않아 〈낙성전〉(39면)의 부분을 첨가함.
723) 가간亽(家間事): 집안의 일.
724) 물망(物望): 여러 사람이 인정하거나 우러러보는 명망(名望).
725) 흠복(欽服): 진심으로 존경하고 따름.
726) 지취(再娶): 둘째 아내를 들임.
727) 닉역부절(來繹不絶): 계속 와서 끊이지 않음.
728) 십분(十分): 매우.
729) 밀막어: 핑계하고 거절하여.
730) 고독일신(孤獨一身): 외로운 한 몸.
731) 번: 저본에는 "변"으로 되어 있으나 문맥이 통하지 않아 〈낙성전〉(40면)을 따름.
732) 타염(他念): 다른 생각.
733) 셜파(設罷): 말을 마침.
734) 상셜(霜雪): 서리와 눈. 매우 차갑다는 뜻.
735) 지청(再請): 다시 청함.
736) 쇼인(小人): 도량이 좁고 간사한 사람.
737) 농권(弄權): 권력을 마음대로 휘두름.

지라738) 간신(奸臣)이 쥬왈(奏曰),

"외방(外方)739) 인심(人心) 고이ᄒ와 형쥬 변향(邊鄕)740) 인심(人心)이 쇼요(騷擾)741)ᄒ야 난신젹ᄌ(亂臣賊子)742) 도여ᄉ은이743) 맛당이 이부시랑(吏部侍郞) 방관쥬로 안ᄃᆡ(按臺)744)를 삼아 인심(人心)을 진졍(鎭定)745)ᄒ여이다."

상(上)이 죳ᄎᄉ 방(方) 시랑(侍郞)을 형쥬 안찰ᄉ(按察使)를 ᄇᆡ(拜)ᄒ신이 긔흔(期限)이 일(一) 연(年)이라. 시랑(侍郞)이 할 일읍셔 발힝(發行)746)할ᄉᆡ 어젼(御前)747)의 ᄒ직(下直)ᄒ니 상(上)이 ᄉ쥬(賜酒)748)ᄒ시고 쩌나물 앗기시더라.

도라와

26면

부인(婦人)으로 이별(離別)할ᄉᆡ 양인(兩人)이 다 의ㅅ749)연ㅅ(依依戀戀)750)ᄒ야 시랑(侍郞)이 부인(婦人)의 옥슈(玉手)751)을

---

738) 쇼인(小人)이 농권(弄權)ᄒ난지라: 이 부분이 〈낙성전〉과 〈쌍완기봉〉에는 자세하게 나와 있음. "뉴(類 l) 뉴(類)을 상득(相得)ᄒ믄 덧ㅅᄒ디라 정직청념(正直淸廉)ᄒ ᄌ(者)난 방(方) 시랑(侍郞)을 츄복(追服)ᄒᄃᆡ 간ᄉ교만(奸邪驕慢)ᄒ니ᄂᆞ 문득 강직(剛直)ᄒ믈 슬희여 업시코져 ᄒ야"〈낙성전〉 40면); "유(類) 뉴(類)를 조차믄 덧ㅅᄒ니라 청념청딕ᄌ(淸廉淸直者)ᄂᆞ 시랑(侍郞)을 츄복(追服)ᄒ고 간ᄉ쳠녕ᄌ(奸邪諂佞者)ᄂᆞ 무릇 강직(剛直)ᄒ믈 슬히 넉여 먼니 나려보ᄂᆟ기를 쇠ᄒᆞ여"〈쌍완기봉〉 28면)
739) 외방(外方): 지난날. '서울 이외의 지방'을 이르던 말.
740) 변향(邊鄕): 변방 고을.
741) 쇼요(騷擾): 많은 사람이 들고 일어나서 소란을 피워 사회 질서를 어지럽힘.
742) 난신젹ᄌ(亂臣賊子): 나라를 어지럽게 하는 신하와 어버이를 해치는 자식.
743) 도여ᄉ은이: 되었사오니.
744) 안ᄃᆡ(按臺): 안찰사(按察使). 지방 군현을 다스리며 풍속과 교육을 감독하고 범법을 단속하던 벼슬.
745) 진졍(鎭定): 반대하는 세력이나 기세를 억눌러 안정되게 함.
746) 발힝(發行): 길을 떠남.
747) 어젼(御前): 임금의 앞.
748) ᄉ쥬(賜酒): 술을 내려 줌.
749) ㅅ: 저본에는 "희"로 되어 있으나, '의희'의 한자어로는 문맥이 통하지 않아 〈쌍완기봉〉(28면)을 따름.

잡고 일오되,

"그되를 만난 지 슈삭(數朔)752)의 지긔붕우(知己朋友) 되여 이별(離別)인즉 삼츈(三春)753) 갓튼이 금일(今日) 젹연이회754)(積年離懷)755)를 싱각ᄒ니 심히 의연(哀然)756)ᄒ지라. 원컨되 현후(賢侯)757)난 길이 보즁(保重)758)ᄒ야 졔ᄉ(祭祀)를 졍셩(情誠)으로 밧들물 바라노라."

부인(婦人)이 답왈(答曰),

"쳡(妾)이 임이 그되 쳐ᄌ(妻子) 되야 졔ᄉ(祭祀)을 당부(當付)ᄒ시물 기다리지 안이ᄒ나이다. 연(然)이나759) 이별(離別)이 가장 괴로온이 관포(管鮑)의 지긔(知己)760) 범연(泛然)761)치 안이물 금일(今日)이야 알이로다."

시랑(侍郞)이 이러나며 연々의의762)(戀戀依依)ᄒ야 이윽고 가연이763) 이러나며 웃고 가라되,

"々장부(大丈夫) 나라의 몸을 허(許)ᄒ미 안여ᄌ(兒女子)의 틱(態)을 ᄒ야 쳐ᄌ(妻子)로 이별(離別)을 읽기리요? 길이 무양(無恙)764)ᄒ라."

---

750) 의々연々(依依戀戀): 차마 떨어지기 어려워하는 모양과 사모하여 잊지 못하는 모양.
751) 옥슈(玉手): 옥 같은 손. '여성의 아름다운 손'을 이르는 말.
752) 슈삭(數朔): 몇 달.
753) 삼츈(三春): 세 봄. 즉 세 해.
754) 회: 저본에는 "희"로 되어 있으나 문맥이 통하지 않아 〈낙성전〉(41면)을 따름.
755) **젹연이회(積年離懷)**: 몇 년간 이별하는 데서 오는 회포.
756) 의연(哀然): 슬픈 기분을 자아내는 느낌.
757) 현후(賢侯): 어진 그대. 상대방을 높여 부르는 말.
758) 보즁(保重): 건강이나 안전을 위해 몸을 아낌.
759) 연이나: 그러나.
760) 관포(管鮑)의 지긔(知己): 관포지교(管鮑之交). 중국 춘추시대(春秋時代) 관중(管仲)과 포숙아(鮑叔牙)의 사귐이 매우 친밀하였다는 고사에서 유래함. 매우 친한 친구 사이의 사귐을 이르는 말. 「사기(史記)」 권62 · 「관안열전(管晏列傳)」에 자세히 나옴.
761) 범연(泛然): 데면데면한 모양.
762) 의: 저본에는 "희"로 되어 있으나, 앞의 경우와 같이 '의'로 고침.
763) 가연이: 선뜻. 흔쾌히.
764) 무양(無恙): 몸에 탈이 없음.

설파(說罷)의 쥬 유랑(乳娘)을 불너 보즁(保重)ᄒ라 당부(當付)ᄒ니, 쥬씨 눈물이 비오듯 이별(離別)ᄒ니 시랑이 가로딕,

"어미 웃지료765) ᄒ난요? 필경(畢竟)766)은 닉 먼져 쥭으릭이 그딕난 웃지ᄒ리요?"

유모(乳母) 딕경낙혼(大驚落魂)767) 왈(曰),

"낭군(郎君)

27면

니 언참(言讖)768)의 고이(怪異)한 말을 ᄒ신잇고?"

설파(說罷)의 가장 염여(念慮)ᄒ딕769) 시랑이 흔연(欣然)이 위로(慰勞)ᄒ고 슐을 나와 ᄉ오(四五) 빅(杯)를 기우리고 써날 ᄉ 부인(婦人)을 직삼(再三) 도라보고 잇지 못ᄒ난지라. 가인(家人)이 다만 익즁(愛重)770)ᄒ야 그런가 ᄒ더라.

힝(行)ᄒ야 형쥐771)의 일으러 공ᄉ(公事)을 션치(善治)772)ᄒ고 슈월지닉(數月之內)773)의 교화(敎化) 딕치(大熾)774)ᄒ야 풍속(風俗)이 극(極)히 슌후(淳厚)775)ᄒ고 밤의 문을 닷지 안코 남녀776)(男女) 길을 ᄉ양(辭讓)ᄒ니 극(極)히 위덕(威德)777)이 일

---

765) 웃지료: 어찌하려.
766) 필경(畢竟): 마침내. 결국에는.
767) 딕경낙혼(大驚落魂): 크게 놀라 정신이 없음.
768) 언참(言讖): 의도하지 않았으나 미래의 사실을 꼭 맞혀 예언하는 말.
769) 흔딕: 저본에는 "ᄒ야"로 되어 있으나 의미가 분명하지 않아 〈낙성전〉(43면)을 따름.
770) 익즁(愛重): 사랑이 깊음.
771) 형쥐: 형주. 저본에는 "쳥쥐"라 되어 있으나 앞에서 '형주'로 나온 것을 감안하여 〈쌍완기봉〉(29면)과 〈낙성전〉(43면)을 따름.
772) 션치(善治): 잘 다스림.
773) 슈월지닉(數月之內): 몇 달 내.
774) 딕치(大熾): 크게 일어남.
775) 슌후(淳厚): 순박하고 인정이 많음.
776) 녀: 저본에는 "연"으로 되어 있으나 문맥이 통하지 않으므로 〈낙성전〉(43면)을 따름.
777) 위덕(威德): 위엄과 덕망.

으더라.778)

이럿툿 션티(善治)ᄒ얀 지 오십(五十) 삭(朔)의 쳔ᄌ(天子) 드르시고 크게 깃그ᄉ 아름다이 역이ᄉ 불너 쓰랴 ᄒ시던이, 방(方) 안ᄃᆡ(按臺) 타향(他鄕) 긱지(客地)의 머무른 지 오란지라 규리(閨裏) 홍안(紅顔)의 외로오믈 삼상(參商)779)ᄒ고780) 용안(龍顔)781)이 암ㆍ(暗暗)782)ᄒ야 군신지회(君臣之懷)783) 날노 더ᄒ더라.

방(方) 안ᄃᆡ(按臺) 낙셩 양휵(養畜) 제삼회(第三回)
어시(於時)784)의 방(方) 안ᄃᆡ(按臺) 임ᄉ(任事)785)를 션치(善治)ᄒ고 아즁(衙中)786)의 일이 읍고 졀셰(節序ㅣ)787) 빅아으로788) 밧고인니789) 동원(東園)790)의 곳치 쇠(衰)ᄒ고 상운791)의 힝화(杏花)792) 빗나며 오동(梧桐)의 가을 빗치 도라오믹 안경793) 셔리794) 듯거온지라

---

778) 일으더라: 이루어졌다.

779) 삼상(參商): 그리워함. 저본에서는 '참'으로 써야 할 것을 '삼'으로 썼으나 예전에는 통용하였음. 참성(參星)은 서쪽에 있는 별이고, 상성(商星)은 동쪽에 있는 별로, 동서에서 서로 등지고 운행하여 서로 볼 수가 없는 별임. 이로부터 참상(參商)은 친한 사람이 서로 멀리 떨어져 만날 수 없음을 비유하기도 하고, 만나지 못해 그리워함을 비유하는 말로 쓰임.

780) 고: 저본에는 "니"로 되어 있는데, 뒤의 구절과 의미가 통하지 않아 〈낙성전〉(43면)을 따름.

781) 용안(龍顔): 임금의 얼굴.

782) 암ㆍ(暗暗): 기억에 남은 것이 눈앞에 아른거림.

783) 군신지회(君臣之懷): 임금과 신하 사이의 회포.

784) 어시(於時): 이때에.

785) 임ᄉ(任事): 맡은 일.

786) 아즁(衙中): 관아.

787) 졀셰(節序ㅣ): 절기(節氣)의 차례가.

788) 빅아으로: 바야흐로.

789) 밧고인니: 바뀌니.

790) 동원(東園): 동헌(東軒)의 정원.

791) 상운: 상운(祥雲), 곧 '상서로운 구름'의 뜻 같으나 자세하지 않음. 참고로 〈낙성전〉(44면)에는 '상은'으로 되어 있음.

792) 힝화(杏花): 살구꽃.

793) 안경: 미상.

794) 도라오믹~셔리: 저본에는 "인셩 경치"로 되어 있으나 뜻이 분명하지 않아 〈낙성전〉(44면)을 따름.

츄죵(騶從)795)을 다 쓸치고796) 미복(微服)797)으로 청포(青袍)798)을 쓸치고 스건(紗巾)799)으로 한 쌍(雙) 쇼동(小童)으로 남쵸(南草)800)와 금현(琴弦)801)을 들이고802) 근쳐(近處) 승경(勝景)을 볼시 졈〃 거러 산협(山峽)803) 암상(巖上)의 드러간이 졍(正)히804) 계츄(季秋)805) 쵸슌(初旬)이라. 산즁경긔(山中景槪) 졀승(絶勝)ᄒᆞ야 국화(菊花) 승기(盛開)806)ᄒᆞ고 단풍(丹楓)이 홍금장(紅錦帳)807)을 친 듯한디 향풍(香風)808)은 울〃(鬱鬱)ᄒᆞ고 봉만(峰巒)809)이 즁〃(重重)810)ᄒᆞ야 옥암졀벽(玉巖絶壁)의 폭포(瀑布) 잔왕(潺汪)811)ᄒᆞ야 츄슈(秋水)의 향양(向陽)812)이 한가(閑暇)ᄒᆞ니 이에 암상(巖上)의 나가 현금(弦琴)을 어루만져 줄을 고루며 남쵸(南草)813)를 붓치며 즈로814) 노릭ᄒᆞ야 음영(吟詠)815)

---

795) 츄죵(騶從): 윗사람을 따라다니는 종.
796) 쓸치고: 떨치고.
797) 미복(微服): 남루한 옷차림.
798) **청포(青袍)**: 벼슬아치가 공복(公服)으로 입던 푸른색의 도포.
799) 스건(紗巾): 얇고 가벼운 새(紗)로 만든 두건.
800) 남쵸(南草): 담배.
801) 금현(琴弦): 거문고의 줄. 여기에서는 거문고의 뜻.
802) 들이고: 들게 하고.
803) 산협(山峽): 산골짜기.
804) 졍(正)히: 바로.
805) 계츄(季秋): 늦가을. 음력 9월.
806) 승기(盛開): 성개. 활짝 핌.
807) 홍금장(紅錦帳): 붉은 비단 휘장(揮帳).
808) 향풍(香風): 향기로운 바람.
809) 봉만(峰巒): 꼭대기가 뾰족뾰족하게 솟은 봉우리.
810) **즁〃(重重)**: 겹쳐 있음.
811) 잔왕(潺汪): 미상. 폭포수가 떨어져 그 물이 넘치는 모양인 듯하나 자세하지 않음.
812) 향양(向陽): 미상. 햇빛이 쏘여 햇빛이 물결에 반짝거리는 것으로 유추할 수 있으나 자세하지 않음.
813) 남쵸(南草): 담배.
814) 즈로: 자주.
815) 음영(吟詠): 읊음.

ㅎ니 쇼리 웅건쳥월(雄建淸越)[816]ㅎ야 낭々쳥아(朗朗淸雅)[817]
ㅎ니 이 진실노 쇄옥낭셩(碎玉朗聲)[818]이라.

　필묵[819](筆墨)을 닉여 암상(巖上)의 시(詩) ㅎ나를 쓰니 기시
(其詩) 왈(曰),

　츄풍(秋風)이 쇼々혜(蕭蕭兮)[820]여,
　츠아여심(此我予心)[821]이라.

　가을 바람이 쇼실(蕭瑟)[822]ㅎ미여,
　이 닉의 마암과 갓도다.

　긔유지음혜(奇有知音兮)[823]여,
　미우가련(美又可憐)[824]이라.

　긔특이 디음(知音)이 니시미여,
　아름듭고 가히 어엿부도다.

　ᄌᆞ투침ᄉᆞ혜(自投針絲兮)[825]여,
　신비졀픽(身飛竊拜)[826]로다.

---

816) 웅건쳥월(雄建淸越): 웅장하고 맑으며 빼어남.

817) 낭々쳥아(朗朗淸雅): 낭랑하고 맑으며 전아함.

818) 쇄옥낭셩(碎玉朗聲): 옥을 부수는 듯한 맑은 소리.

819) 필묵: 지본에는 '필먹'으로 되어 있으나 의미를 분명히 하기 위해 〈낙성전〉(45면)을 따름.
　　　필묵(筆墨)은 붓과 먹으로, 글씨를 쓰기 위한 도구.

820) 쇼々혜(蕭蕭兮): 소소(蕭蕭)는 쓸쓸한 모양. 혜(兮)는 어조사.

821) 츠아여심(此我予心): '이는 내 마음과 같도다.'

822) 쇼실(蕭瑟): 소슬. 쓸쓸한 모양.

823) 긔유지음혜(奇有知音兮): '기이하게 지음이 있음이여.' 지음(知音)은 자신을 알아주는 친구.

824) 미우가련(美又可憐): '아름답고 또 가련하도다.'

825) ᄌᆞ투침ᄉᆞ혜(自投針絲兮): '스스로 바늘과 실을 던짐이여.' 여자가 마땅히 해야 할 일을 저
　　　버렸다는 의미.

826) 신비졀픽(身飛竊拜): '몸이 날아서 그윽이 절하도다.' 남자처럼 출세했다는 의미.

스스로 바날과 실을 더지미여,
몸이 느라 님군의게 절ᄒ도다.827)

싱유원임혜(生有願臨兮)828)여,
ᄉ후셩명유(死後姓名留)829)라.

29면

ᄉ라 잇스민 원(願)을 이르미여,
쥭은 후(後)의 셩명(姓名)이 머물이로다.

  안듸(按臺) 쓰기을 다ᄒ민 그 아릭 졔명(題名)830)ᄒ되, '한831)
림학ᄉ(翰林學士) 녜부시랑(禮部侍郎) 틱학ᄉ(太學士) 현832)명
션싱 방관쥬난 쓰노라.' ᄒ야더라.
  쓰기를 못고 졍히 도라오려 ᄒ더니833) 문득 급(急)한 벽녁
(霹靂)834)이 진동(震動)ᄒ고 일식(日色)835)을 불분(不分)836)하난
지라. 동ᄌ(童子) 놀나 낫츨 빳고837) 업더진듸838) 신싴(神色)839)

---

827) 긔유지음혜(奇有知音兮)여~절ᄒ도다: 이 부분은 저본에는 없으나 〈낙성전〉을 따라 보충
    함. 참고로 〈쌍완기봉〉에는 앞의 두 구만 있음. "츄풍소슬혜여 ᄎᄋ여심이로다 가을 ᄇ람이
    소슬ᄒ미여 이 닉 ᄆ음과 ᄀ도다"(30면)
828) 싱유원임혜(生有願臨兮): '살아서 소원을 이룸이여.'
829) ᄉ후셩명유(死後姓名留): '죽은 후에 성명이 남아 있도다.'
830) 졔명(題名): 이름을 기록함.
831) 한: 저본에는 "ᄒ"로 되어 있으나 오기이므로 〈낙성전〉(46면)을 따름.
832) 현: 저본에는 "형"으로 되어 있으나 앞에 이미 '현'으로 나온 바 있고 〈낙성전〉(46면)에도
    이와 같이 되어 있으므로 '현'으로 고침.
833) 쓰기를~ᄒ더니: 저본에는 "졀필혼 덥고자 ᄒ던이"로 되어 있으나 뜻이 분명하지 않아
    〈쌍완기봉〉(30면)을 따름.
834) 벽력(霹靂): 벼락.
835) 일식(日色): 햇빛.
836) 불분(不分): 구분하지 못함.
837) 빳고: 감싸고.
838) 업더진듸: 엎어졌으나.

이 주약(自若)840)ᄒ여 날빗841)치 나기을 기다리던이 호련842) 벽녁(霹靂) 일셩(一聲)의 큰 별이 써러진이 발근 긔운이 죠요(照耀)843)ᄒ야 스긔(瑞氣)844) 열의엿던이845) 슈유(須臾)846)의 날빗치 명낭(明朗)847)ᄒ거날 안딕(按臺) 곳쳐 본이 별의 광치(光彩) 업고 옥(玉) 갓튼 아희 노엿난지라. 딕경(大驚)848)ᄒ여 본이 그 아희 난 지 슈삭(數朔)849)은 ᄒ여 뵈되 미목850)(眉目)851)이 비범(非凡)ᄒ고 냥852)목(兩目)853)이 명경(明鏡)854) 갓타여 옥(玉) 갓튼 용무(容貌)855) 일월졍치(日月精彩)856) 얼여난지라.857) 안딕(按臺) 딕희(大喜) 왈(曰),

"ᄒ날이 ᄂ를 쥬시미라."

이에 주셰 본이 영긔(英氣)858) 발월(發越)859)ᄒ고 가삼860)의 낙셩(落星) 두 ᄯ 분명(分明)한이 크게 고히861) 역여 다리고 부즁(府中)의 도라와 유모(乳母)

---

839) 신식(神色): 정신과 낯빛.
840) 주약(自若): 태연함.
841) 날빗: 햇빛.
842) 호련: 홀연. 갑자기.
843) 죠요(照耀): 밝게 비치어 빛남.
844) 스긔(瑞氣): 서기. 상서로운 기운.
845) 열의엿던이: 어리었더니. 어떤 기운이나 현상이 나타나더니.
846) 슈유(須臾): 잠시.
847) 명낭(明朗): 맑고 밝음.
848) 딕경(大驚): 매우 놀람.
849) 슈삭(數朔): 몇 달.
850) 목: 저본에는 "옥"으로 되어 있으나 문맥에 맞지 않아 〈낙성전〉(47면)을 따름.
851) 미목(眉目): 눈썹과 눈.
852) 냥: 저본에는 "약"으로 되어 있으나 문맥에 맞지 않아 〈낙성전〉(47면)을 따름.
853) 냥목(兩目): 두 눈.
854) 명경(明鏡): 맑은 거울.
855) 용무(容貌): 용모. 사람의 얼굴 모양.
856) 일월졍치(日月精彩): 해와 달같이 빛나고 아름다운 빛깔.
857) 얼여난지라: 어려 있었다.
858) 영긔(英氣): 뛰어난 기상.
859) 발월(發越): 빼어남.
860) 가삼: 가슴.
861) 고히: 괴이하게.

을 구(求)ᄒ야 기른이 이 아희 일々(日日)862) 무셩(茂盛)863)ᄒ
매 더욱 고히 여기며 일홈864)을 낙셩(落星)이라 하다.

　낙셩(落星) 어든 지 슈십(數十) 일(日)의 경ᄉ(京師) 쇼식(消
息)을 드른이 딕장군(大將軍) 양덕이 쥭다 ᄒ난지라 안딕(按
臺) 씨다고865) ᄎ야866)(此夜)867)의 쳔문(天文)868)을 본이 과연
양군의 쥬셩(主星)869)이 써러져난지라. 더욱 고히ᄒ야 자긔 쥬
셩(主星) 문곡셩(文曲星)870)을 본이 광치(光彩) 찰난(燦爛)ᄒ여
말근 빗치 쳔즁(天中)의 죠요(照耀)ᄒ여 열셩(列星)871)의 광치
(光彩)을 아셧난지라872) 스스로 벼살이 더을 쥴 아더라.

　졀셰(節序ㅣ)873) 밧군인이874) 명년(明年)875) 츈(春)을 당(當)
ᄒ이 안딕(按臺) 부인(婦人)을 삼상(參商)876)ᄒ야 능히 참지 못
ᄒ고　군상탑877)ᄒ(君上榻下)878)의　죠현(朝見)879)코ᄌ　심회(心
懷) 간졀(懇切)ᄒ던니 상(上)이 그 졍직(正直)ᄒ물 아름880)다

---

862) 일々(日日): 날로, 날마다.
863) 무셩(茂盛): 원래는 '나무가 잘 자람'의 뜻이나, 여기에서는 '사람이 잘 자람'의 뜻으로 쓰임.
864) 일홈: 이름.
865) 씨다고: 깨닫고.
866) 야: 저본에는 '아'로 되어 있으나 의미가 통하지 않아 〈낙성전〉(48면)을 따름.
867) ᄎ야(此夜): 이날 밤.
868) 쳔문(天文): 천체의 운행.
869) 쥬셩(主星): 그 사람에 해당하는 별.
870) 문곡셩(文曲星): 구셩(九星) 가운데 넷째 별.
871) 열셩(列星): 하늘에 널린 뭇별.
872) 아셧난지라: 빼앗았으므로,
873) 졀셰(節序ㅣ): 계절이.
874) 밧군인이: 바뀌니.
875) 명년(明年): 다음 해.
876) 삼상(參商): 그리워함.
877) 탑: 저본에는 "탐"으로 되어 있으나 문맥에 맞지 않아 〈낙성전〉(48면)을 따름.
878) 군상탑ᄒ(君上榻下): 임금의 의자 아래. 곧 임금의 앞.
879) 죠현(朝見): 신하가 입궐하여 임금을 뵘.
880) 름: 저본에는 "암"으로 되어 있으나 의미가 분명하지 않아 〈낙성전〉(48면)을 따름.

이881) 여기ᄉ 작위(爵位)을 도두ᄉ882) 병부샹셔(兵部尙書) 츄밀ᄉ(樞密使)로 부르신이 안듸(按臺) 향안(香案)883)을 비셜(排設)884)ᄒ야 ᄉ명885)(詞命)886)을 듯잡고887) 북향ᄉ비(北向四拜)888) 길을 ᄶ날ᄉᆡ889) 낙셩을 다리고 경도(京都)의 당ᄒ여 입890)죠(入朝)한이 샹(上)이 반기ᄉ 은근(慇懃)891) 위문(慰問) 왈(曰), "경(卿)이 쇼년(少年)으

31면

로 짐(朕)을 도아892) 삼연지ᄂᆡ(三年之內)893)의 츙셩(忠誠)이 관일(貫一)894)할 쑨 안이라 형쥬(荊州) 쇼요(騷擾)895)ᄒ 인심(人心)을 평졍(平定)896)ᄒ기를 반셕(盤石)897)갓치 ᄒ고 도라온이

---

881) 아롬다이: 아름답게.

882) 도두ᄉ: 높이셔셔. 승진시키셔서.

883) 향안(香案): 향로나 향합 따위를 올려놓는 상. 향상(香床).

884) 비셜(排設): 여러 가지 제구를 차려놓음.

885) 명: 저본에는 "병"으로 되어 있으나 오기로 보이므로 〈낙성전〉(49면)을 따름.

886) ᄉ명(詞命): 임금의 말이나 명령.

887) 듯잡고: 듣고.

888) 북향ᄉ비(北向四拜): 북쪽을 향해 네 번 절함. 임금은 북쪽에서 남쪽을 향해 앉아 있으므로[남면(南面)] 이와 같이 행동함.

889) ᄶ날ᄉᆡ: 〈쌍완기봉〉에는 이 뒤에 다음과 같은 구절이 더 있음. "부로(扶路) 향민(鄕民)이 안듸(按臺)의 슈릐박휘룰 붓들고 체읍(涕泣)ᄒ지 아니리 업ᄉ니 안듸(按臺) 힝노(行路)룰 머무르고 각ᄉ(各各) 호언(好言)으로 위로(慰勞)ᄒ고"(31면)

890) 입: 저본에는 "압"으로 되어 있으나, 문맥이 통하지 않아 이와 같이 고침.

891) 은근(慇懃): 미음속으로 생각하는 정이 깊음.

892) 쇼년(少年)으로 짐(朕)을 도아: 이 부분이 이본들에는 더욱 자세히 나와 있음. "연유약관(年幼弱冠)의 일기(一介) 셔싱(書生)으로 황구소ᄋᆡ(黃口小兒ㅣ)여늘 짐(朕)의 시신(侍臣) 되얀 지"(〈쌍완기봉〉 32면); "황구소ᄋᆡ(黃口小兒ㅣ)로듸 짐(朕)의 일신(一臣)이 되년 지"(〈낙성전〉 49면)

893) 삼연지ᄂᆡ(三年之內): 3년 내.

894) 관일(貫一): 처음부터 끝까지 한결같음.

895) 쇼요(騷擾): 어지러움.

896) 평졍(平定): 평온하게 진정시킴.

897) 반셕(盤石): 넓고 편평한 바위. 아주 믿음직스럽고 든든함을 비유하여 이르는 말.

경(卿)의 공(功)이 범상(凡常)치 안이혼지라 엇지 국가(國家)의 고굉지신(股肱之臣)898)이 안이리요?"

드듸여899) 스쥬(賜酒)혼 신이 상셔(尚書) 밧즈와 스은(謝恩)900) 혹고 부복(俯伏)901) 쥬왈(奏曰),

"신(臣)이 쥬상(主上) 폐하(陛下) 홍은(鴻恩)902)을 과(過)히 입스와 간뇌(肝腦)를 부리와 갑스오려 훅노니 향혀903) 형쥬를 진압(鎮壓)하오나 이 다 폐하(陛下) 홍복(洪福)904)이오 신(臣)의 쳑촌(尺寸)905) 공(功)이 업거늘 이러틋 황감(惶感)906)훈 어쥬(御酒)907)를 밧즈올 줄 알니잇고? 신(臣)이 삼오(三五) 최소(最少) 년(年)으로 외람(猥濫)훈 작위(爵位)를 밧자오미 손복(損福)908)훅올지라. 복원(伏願)909) 셩명(聖明)910)은 듕작911)(重爵)912)을 환슈(還收)913)훅시믈 부라누이다.914)"

상(上)이 쇼왈(笑曰),

---

898) 고굉지신(股肱之臣): 다리와 팔같이 중요한 신하라는 뜻으로 임금이 가장 믿고 중히 여기는 신하.

899) 드듸여: 저본에는 "듸ㅅ여"로 되어 있으나 뜻을 분명히 하기 위해 〈낙성전〉(49면)을 따름.

900) 스은(謝恩): 입은 은혜에 대하여 감사함.

901) 부복(俯伏): 엎드림.

902) 홍은(鴻恩): 큰 은혜.

903) 향혀: 행여.

904) 홍복(洪福): 큰 복.

905) 쳑촌(尺寸): 자와 치. 매우 적은 것의 비유.

906) 황감(惶感): 황송하고 감격스러움.

907) 어쥬(御酒): 임금이 내린 술. 저본에는 "어슈"로 되어 있으나 의미가 분명하지 않아 이와 같이 고침.

908) 손복(損福): 복을 잃음.

909) 복원(伏願): 엎드려 원하건대.

910) 셩명(聖明): 임금의 밝은 지혜. 여기에서는 '임금'을 뜻함.

911) 작: 저본에는 먹이 묻어 보이지 않으나 문맥상 이와 같이 유추하여 보충함.

912) 듕작(重爵): 높은 벼슬.

913) 환슈(還收): 다시 거둬들임.

914) 신(臣)이~바라나이다: 저본의 문맥이 부자연스러워 〈쌍완기봉〉의 부분(32면)으로 대체함. 참고로 저본의 내용은 다음과 같음. "신(臣)이 폐흐(陛下)의 승은(聖恩)을 입스와 쳑촌지공(尺寸之功) 읍십던이 향혀 형쥬을 진심흐와 촌공(寸功)이라 흐시나 더욱이 작위(爵位)난 신(臣)의게 나히 유츙(幼沖)흐압고 너무 외람(猥濫)흐온지라 거두심을 바라나이다."

"금죠(今朝)의 즁(重)이 역이난바 경(卿) 일인(一人)이라. 짐(朕)이 이 즉녹(爵祿)을 더 〈(賜)ᄒ지915) 안코 누을 쥬리요? 경(卿)은 고집지 말나."

상셔(尙書) ᄒ릴읍셔 〈은(謝恩) 왈(曰),

"〈쥬(賜酒)ᄒ신 향온916)(香醞)917)이 만신(滿身)918)을 구으온이919) 퇴죠(退朝)920)ᄒ나이다."

윤허(允許)921)ᄒ신이 본부(本府)922)의 도라올ᄉ 길희셔 셔평후을 만나 흔연(欣然)923)이 손을 잡고 영부의 나아가 방(方)상셔(尙書) 악모(岳母)924)와 모든 졔남(弟男)925)을 딕ᄒ야 별회926)(別懷)927)를 펴고 이윽키 도라온이

32면

부인(婦人)이 반겨 셔로 이회(離懷)928)를 셜화(說話)929)할ᄉ 상셔(尙書) 흔연(欣然)이 다쇼(多少) 셜화(說話)ᄒ며 낙셩(落星)의 연유(緣由)930)를 이른이 부인이 쏘흔 긔특(奇特)이 역이며 유

---

915) 〈(賜)ᄒ지: 내리지.
916) 온: 저본에는 "은"으로 되어 있으나 자연스럽지 않아 〈쌍완기봉〉(32면)을 따름.
917) 향온(香醞): 향기로운 술.
918) 만신(滿身): 온몸.
919) 구으온이: 미상. 문맥상 (술기운이) '도니'로 볼 수 있으나 자세하지 않음. 참고로 〈쌍완기봉〉에는 "잠거오니"(32면)로 되어 있고, 〈낙성전〉에는 "구오니"(50면)로 되어 있음.
920) 퇴죠(退朝): 조정에서 물러나옴.
921) 윤허(允許): 임금이 허가를 함.
922) 본부(本府): 자기의 집.
923) 흔연(欣然): 기뻐하는 모양.
924) 악모(岳母): 장모(丈母). 아내의 친정어머니.
925) 졔남(弟男): 남자동생. 여기서는 영혜빙의 동생 즉 방한림의 손아래 처남을 뜻한다.
926) 회: 저본에는 "희"로 되어 있으나 문맥에 맞지 않아 이와 같이 고침.
927) 별회(別懷): 이별의 회포.
928) 이회(離懷): 이별의 회포.
929) 셜화(說話): 이야기함.
930) 연유(緣由): 일의 까닭.

모(乳母)을 다려 길은이, 낙셩이 졈々 즈라 상셔(尙書) 부부(夫婦)를 능히 야々(爺爺)931)라 부르고 모친(母親)을 지극(至極)히 짜른이 양인(兩人)이 亽랑흐야 후亽(後事)932)를 의탁(依託)933) 고즈 흐더라.

낙셩 공즈(公子) 亽오(四五) 세(歲) 된이 기위(氣宇ㅣ)934) 비범(非凡)흐고 헌아(軒雅)935)흔936) 풍용(風容)937)과 관옥(冠玉)938) 갓튼 용모(容貌) 반악(潘岳)939) 이두지풍(李杜之風)940)이 잇고 양목(兩目)941)은 효셩(曉星)942) 갓고 이마943)난 강산(江山)의 말근 졍긔(精氣)을 거두어스며 단슌호치(丹脣皓齒)944)난 곤945)산지옥(崑山之玉)946)을 귀부(鬼斧)947)로 다듬의며 풍치(風采) 헌々(軒軒)948)흐야 모츈셰유(暮春細柳)949)요 골격(骨格)이 늠々쵸々(凜凜楚楚)950)흐니 짐짓 만고인직(萬古人材)951)요 긔즈봉츄(麒

子鳳雛)952)라. 상셔(尙書) 익지즁지(愛之重之)953)ᄒ고 연지셕지
(憐之惜之)954)ᄒ기 장즁보옥(掌中寶玉)955)이요 잠시를 써나지
안코 낙셩이 쏘흔 효셩(孝誠)이 쳔셩956)(天性)으로 죳처슨이957)
육젹(陸績)의 회귤(懷橘)958)과 ᄌ로(子路)의 부미(負米)959)를 효
칙(效則)960)ᄒ야 비록 연유쇼아(年幼小兒)961)나 미명(未明)962)
의 쇼셰(梳洗)963)ᄒ고 죵일(終日)토록 부모(父母)를 모셔

33면

응ᄃᆡ(應對)964) 노슉(老熟)965)흔 현인군ᄌ(賢人君子)966) 갓타여
더옥 ᄉ랑ᄒ야 글쓰을 가라친이 한아흘 드르면 빅(百)을 통
(通)ᄒ난 총명(聰明)을 가졋난지라. 글이 날노 장진(長進)967)ᄒ

---

952) 긔ᄌ봉츄(麒子鳳雛): 기린의 새끼와 봉황의 새끼. 훌륭한 젊은이를 이르는 말.
953) 익지즁ᄌ(愛之重之): 사랑하고 소중히 여김.
954) 연지셕ᄌ(憐之惜之): 어여삐 여기고 아낌.
955) 장즁보옥(掌中寶玉): 손안에 든 보배로운 옥. '가장 사랑스럽고 소중한 것'을 이르는 말.
956) 셩: 저본에는 "션"으로 되어 있으나 오기로 보이므로 〈낙성전〉(52면)을 따름.
957) 죳처슨이: 좇았으니.
958) 육젹(陸績)의 회귤(懷橘): 육적이 귤을 품음. 부모를 생각하는 자식의 효성을 이르는 말.
　　　육적(陸績)은 후한(後漢) 때 사람으로서 후에 삼국(三國) 중 오(吳) 손권(孫權)의 모사(謀
　　　士)가 된 인물. 6살 때 원술(袁術)을 방문했는데, 원술이 귤 세 개를 주자 노모에게 갖다
　　　주기 위해 귤을 몰래 가슴에 품었다가 귤이 떨어짐. 이에 원술이 육적으로부터 귤을 가슴에
　　　품은 사연을 듣고 그 효성을 칭찬한 바 있음. 「삼국지(三國志)」·「오지(吳志)」 권12·
　　　"육적(陸績)"에 자세한 사항이 나옴.
959) ᄌ로(子路)의 부미(負米): 자로가 쌀을 짐. 지극한 효성을 이르는 말. 자로(子路)는 공자(孔
　　　子)의 제자로, 성은 중(仲)이며 이름은 유(由). 자로가 가난했을 적에 양친(兩親)을 봉양하기
　　　위해 백 리의 먼 길까지 쌀을 지고 갔다고 함. 「공자가어(孔子家語)」·「치사(致思)」에 나옴.
960) 효칙(效則): 본받음.
961) 연유쇼아(年幼小兒): 나이 어린 아이.
962) 미명(未明): 새벽.
963) 쇼셰(梳洗): 머리를 빗고 낯을 씻음.
964) 응ᄃᆡ(應對): 응하여 대함.
965) 노슉(老熟): 오랜 경험으로 익숙함.
966) 현인군ᄌ(賢人君子): 현인과 군자. 어질고 덕과 학식이 높은 사람.
967) 장진(長進): 매우 빠르게 나아감.

고 시법(詩法)이 그이(奇異)호야 복즁(腹中)968)의 만권셔(萬卷書)969)를 장(藏)970)호고 입의 일만(一萬) 진쥬(珍珠)를 드리워 일취월쟝(日就月將)호니 니빅(李白)971)의 쳥평亽(淸平詞)972)와 주근(子建)973)의 칠보시(七步詩)974)를 묘시(侮視)975)호니 호날이 유의(留意)호야 특별(特別)이 방(方) 상셔(尙書) 츄상열심(秋霜烈心)976)을 맛참닉 후亽(後嗣) 미몰찬케 호시미라. 상셔(尙書)와 부인(婦人)이 어루만져 긔츌(己出)노 어듬 갓더라. 가히 고왕금닉(古往今來)977)의 드문 일이러라.

이 히 츄팔월(秋八月)은 상셔(尙書)의 탄일(誕日)978)이라. 이예 딕연(大宴)979)을 비셜(排設)호고 만죠공경(滿朝公卿)980)과 황친국쳑(皇親國戚)981)을 쳥(請)호여 질길신 쳔주(天子) 어악(御樂)982)을 쥬시고 상방어찬(上方御饌)983)을 쥬신이 가히 이

---

968) 복즁(腹中): 배 속.
969) 만권셔(萬卷書): 만 권의 책. 매우 많은 책을 이름.
970) 장(藏): 지님.
971) 니빅(李白): 중국 당(唐)의 시인.
972) **쳥평亽(淸平詞)**: 정식 명칭은 〈쳥평조亽(淸平調詞)〉. 이백(李白)이 지은 악부(樂府)로 3편으로 구성되어 있음. 현종(玄宗)이 양귀비(楊貴妃)를 데리고 모란을 구경하던 중 이백에게 시를 지을 것을 명해. 이백이 귀비의 아름다움을 칭송한 시를 지은 것임. 그런데 시구 가운데 양귀비를 한(漢)의 조비연(趙飛燕)에 비유한 대목이 있어 귀비의 참언(讒言)으로 이백이 궁중에서 추방되었다 함. 「구당서(舊唐書)」 권 190하·「열전(列傳)」 140하·"이백(李白)"에 자세한 사항이 나옴.
973) 주근(子建): 자건. 중국 삼국시대(三國時代) 위(魏) 조식(曹植: 192~232)의 자(字). 조식은 조조(曹操)의 셋째 아들.
974) 칠보시(七步詩): 일곱 걸음을 걷는 사이에 지은 시. 조조의 셋째 아들 조식(曹植)이 그의 큰형 문제(文帝)의 시기를 받아 그로부터 일곱 걸음을 걷는 사이에 시를 짓지 못할 경우 대법(大法: 사형)에 처해질 것이라는 말을 듣고 지은 시. 콩과 콩대를 각각 자기와 형에 비유하여 육친(肉親)의 불화(不和)를 상징적으로 노래함. 「삼국지(三國志)」·「위지(魏志)」 권 19·"진사왕식(陳思王植)"에 조식에 대한 자세한 사항이 나옴.
975) 묘시(侮視): 모시. 깔봄.
976) 츄상열심(秋霜烈心): 가을의 서릿발같이 굳센 뜻.
977) 고왕금닉(古往今來): 예로부터 지금까지.
978) 탄일(誕日): 생일.
979) 딕연(大宴): 큰 잔치.
980) 만죠공경(滿朝公卿): 온 조정의 높은 벼슬아치들.
981) 황친국쳑(皇親國戚): 황제의 친척과 인척.

런 승연(盛宴)984)이 쳔고(千古)의 드무더라. 방(方) 상셔(尙書)
니외(內外)의 금슈ᄉ창(錦繡紗窓)985)이 반쳔빅운(斑天白雲)986)
ᄒ고 낙셩을 보고 안이 긔특(奇特)이 역이리 업셔 상셔(尙書)
의 친ᄌ유복(親子有福)987)ᄒ물 ᄒ례(賀禮)ᄒ더라.

좌(座)의 츄밀ᄉ(樞密使) 김히난 딕ᄉ명신(代代名臣)이라. 실
ᄒ(膝下)의 삼ᄌ일여(三子一女)을 두어슨

34면

이 여아(女兒) 빈야흐로 구(九) 셰(歲)라. 용안(容顏)이 탁월(卓
越)ᄒ야 요지(瑤池)988) 쳔화(天花)989) 갓고 옥계(玉界)990)의 난
쵸(蘭草) 갓타여 낙안지식(落雁之色)991)과 폐월슈화지틱(蔽月
羞花之態)992)라. 방젹슈션(紡績修繕)993)이며 문장직화(文章才
華)994) 무쌍(無雙)이라.

부모(父母) 과익(過愛)995)ᄒ던이 금일(今日) 방(方) 공ᄌ(公
子)를 본이 여아(女兒)와 동연(同年)이요 진실노 당딕(當代) 영

---

982) 어악(御樂): 임금 앞에서 아뢰던 궁중 아악. 여기에서는 그러한 음악을 연주하는 악단.
983) 상방어찬(上方御饌): 상방(上方)의 어찬(御饌). 상방(上方)은 천자가 쓰는 물건을 만들어
     저장해두는 곳이고, 어찬(御饌)은 천자가 먹는 음식임.
984) 승연(盛宴): 성연. 성대한 잔치.
985) 금슈ᄉ창(錦繡紗窓): 비단을 덧붙여 만든 창.
986) 반쳔빅운(斑天白雲): 손님을 대접하기 위해 만들어놓은 사창이 많아 하늘의 흰 구름 사이
     에 아롱져 보인다는 뜻 같으나 자세하지 않음.
987) 친ᄌ유복(親子有福): 자식 복이 있음.
988) 요지(瑤池): 중국 곤륜산에 있다는 전설상의 못으로서 서왕모(西王母)가 산다고 전해짐.
989) 쳔화(天花): 반도(蟠桃)의 꽃으로 보임. 반도는 요지에 있는 복숭아로서 삼천 년에 한 번씩
     열린다고 함.
990) 옥계(玉界): 옥황상제가 사는 세계.
991) 낙안지식(落雁之色): 나는 기러기가 내려앉게 만들 정도로 아름다운 얼굴.
992) 폐월슈화지틱(蔽月羞花之態): 달빛이 빛을 가리고 꽃을 부끄럽게 할 정도로 아름다운 자태.
993) 방젹슈션(紡績修繕): 길쌈과 옷 깁기. 모두 전통시대 여성이 해야 할 일.
994) 문장직화(文章才華): 문장과 재주의 훌륭함.
995) 과익(過愛): 지나치게 사랑함.

응군즈(英雄君子)라. 크게 흠모(欽慕)996)ᄒ야 이에 상셔(尙書)를 딕(對)ᄒ야 왈(曰),

"만싱(晩生)997)이 션싱(先生)게 쳥(請)할 말삼이 잇슨이 가히 드르시리잇가?"

상셔(尙書) 쇼왈(笑曰),

"현형(賢兄)이 무삼 쳥(請)을 복(僕)의게 보닉고즈 ᄒ시난잇가? 듯기를 기다리나이다."

츄밀(樞密)이 칭스(稱謝)998) 왈(曰),

"다른 말이 안이라 금일(今日) 영낭(令郞)999)의 쥰슈(俊秀)1000) 통달(通達)1001)ᄒ물 보온이 외람(猥濫)이 드러온1002) 쌀노쎠 우러々 진々(秦晋)의 호연(好緣)1003)을 밋고즈 ᄒ난이 가히 허(許)ᄒ시릿가?"

상셔(尙書) 금(金) 쇼져(小姐)를 어려셔 보왓난지라 쾌(快)히 허(許)ᄒ야 왈(曰),

"형(兄)의 옥여(玉女)로쎠 소제(小弟)의 유즈(幼子)로 허(許)코즈 ᄒ신이 엇지 스양(辭讓)ᄒ릿고? 다만 양아(兩兒) 다 어린이 슈연(數年)을 지류(遲留)1004)ᄒ여 혼예(婚禮)를 일으스이다."

츄밀(樞密)이 딕희(大喜)ᄒ야 직삼(再三) 칭스(稱謝)ᄒ고 인(因)ᄒ야 황하

---

996) 흠모(欽慕): 공경하며 사모함.
997) 만싱(晩生): 자기를 낮춰 부르는 말.
998) 칭스(稱謝): 고마움을 표현함.
999) 영낭(令郞): 남의 자식을 높여 이르는 말.
1000) 쥰슈(俊秀): 빼어남.
1001) 통달(通達): 사물의 이치에 밝음. 여기에서는 그러한 모양을 가리킴.
1002) 드러온: 더러운.
1003) 진々(秦晋)의 호연(好緣): '진(秦)과 진(晋)의 좋은 인연'이라는 뜻으로서 혼인 맺음을 가리키는 말. 중국 춘추시대(春秋時代)에 진(秦)과 진(晋)이 대대로 혼인을 성사시킨 데서 유래함.
1004) 지류(遲留): 늦춤.

35면

지밍(黃河之盟)1005)과 틱산지약(泰山之約)1006)을 두다.

공즈(公子)의 숀을 잡고 흔々(欣欣)이 쇼왈(笑曰),

"네 이졔난 닉의 이셔(愛婿)1007)라. 옹셔(翁壻)1008) 칭(稱)ᄒ라."

ᄒ고 필묵1009)(筆墨)을 나와 글 지으믈 청(請)ᄒ니, 공즈(公子) 피1010)셕스례(避席謝禮)1011)ᄒ고 옥슈(玉手)의 산호필(珊瑚筆)을 잡아 경각(頃刻)1012)의 칠언1013)율시(七言律詩)1014)을 지여 쌍슈(雙手)로 밧드러 부친(父親)게 드린이 모다 그 신쇽(迅速)ᄒ믈 칭찬(稱讚)ᄒ던이 그 글을 보미 만좌(滿座)1015) 졔셩갈치(諸聲喝采)1016)ᄒ야 탄복(歎服)ᄒ고 츄밀(樞密)은 흔희(欣喜)1017)ᄒ믈 익이지1018) 못ᄒ니 상셔(尙書) 흔연(欣然)1019)이 옥안셩모(玉顏星眸)1020)의 우음을 쓰여1021) 졔긱(諸客)의 과찬(過讚)1022)을 숀스(遜辭)1023)할 쑨일너라.

1005) 황하지밍(黃河之盟): 황하와 같은 맹세. 굳은 맹세.
1006) 틱산지약(泰山之約): 태산과 같은 약속. 굳은 약속.
1007) 이셔(愛婿): 사랑스러운 사위.
1008) 옹셔(翁壻): 장인과 사위.
1009) 필묵: 붓과 먹. 저본에는 "필먹"으로 되어 있으나 '팔'은 한자이고 '먹'은 우리말이므로 병차구조에 맞지 않아 〈낙성전〉(55면)을 따름.
1010) 피: 저본에는 "펴"로 되어 있으나 오기로 보이므로 〈낙성전〉(55면)을 따름.
1011) 피셕스례(避席謝禮): 웃어른에 대한 공경의 뜻으로 앉았던 자리에서 일어나 비켜서서 고마움의 뜻을 전함.
1012) 경각(頃刻): 매우 짧은 시간.
1013) 언: 저본에는 "완"으로 되어 있으나 오기로 보이므로 〈낙성전〉(55면)을 따름.
1014) 칠언율시(七言律詩): 한 구가 일곱 자씩, 여덟 구로 된 한시.
1015) 만좌(滿座): 자리의 모든 사람.
1016) 졔셩갈치(諸聲喝采): 소리를 모아 칭찬함.
1017) 흔희(欣喜): 기뻐함.
1018) 익이지: 이기지.
1019) 흔연(欣然): 기쁘거나 반가워 기분이 좋은 모양.
1020) 옥안셩모(玉顏星眸): 옥 같은 얼굴과 별 같은 눈동자.
1021) 쓰여: 띠어.
1022) 과챤(過讚): 과도한 칭찬.
1023) 숀스(遜辭): 겸손히 사양함.

낙극딘[1024]환(樂極盡歡)[1025]ᄒ고 셕[1026]양(夕陽)의 일으믹 파
연곡(罷宴曲)[1027]이 어ᄌ러이 울인이 듕긱(衆客)이 훗터지다.

상셔(尙書) 닉당(內堂)[1028]의 드러온이 부인(婦人)이 마ᄌ 말
삼할식 김가(金家) 혼ᄉ(婚事)을 말삼ᄒ니 부인(婦人) 쏘흔 깃겨
ᄒ던이 문득 듀 유랑(乳娘)이 나와 일영[1029]삼탄(一詠三歎)[1030]
ᄒ고 일오딕,

"ᄉᄉ(事事)[1031]의 부인(夫人)과 낭군(郎君)은 질기신이 졍
(正)히[1032] 기동[1033]의 불이 붓난딕 연작(燕雀)[1034]이 오히려
질긴다 ᄒ던이 흡ᄉ(恰似)ᄒ도다. 만물(萬物) 초목금슈(草木禽
獸) 다 일흠이 다 음양(陰陽)의 드난 게[1035] 씻ᄉ

36면

ᄒ거날 낭군(郎君)과 부인(夫人)은 인윤(人倫)을 ᄉ절(謝絶)[1036]
ᄒ시고 연[1037]광(年光)[1038]이 이십(二十)이 지나 계시거날 두

1024) 딘: 저본에는 "지"로 되어 있으나 오기로 보이므로 〈낙성전〉(56면)을 따름.

1025) 낙극딘환(樂極盡歡): 즐거움이 지극하고 기쁨이 다함.

1026) 셕: 저본에는 "셩"으로 되어 있으나 오기로 보이므로 〈낙성전〉(56면)을 따름.

1027) 파연곡(罷宴曲): 잔치를 끝낼 때 부르는 노래.

1028) 내당(內堂): 부녀자가 거처하는 방.

1029) 영: 저본에는 "염"으로 되어 있으나 문맥에 맞지 않아 〈쌍완기봉〉(35면)과 〈낙성전〉(56
면)을 따름.

1030) 일영삼탄(一詠三歎): 원래는 '한 번 시를 읊을 때마다 세 번 감탄함'의 뜻이나 여기에서
는 '탄식함'의 뜻으로 쓰임.

1031) ᄉᄉ(事事): 매사.

1032) 졍(正)히: 바로.

1033) 기동: 기둥.

1034) 연작(燕雀): 제비나 참새 또는 그런 작은 새.

1035) 만물(萬物)~드난 게: 이 부분이 〈쌍완기봉〉에는 "만물지니(萬物之理)의 음양지도(陰陽
之道)늰"(35면)으로 간결하게 나와 있음.

1036) ᄉ절(謝絶): 사양하여 물리침.

1037) 연: 저본에는 "여"로 되어 있으나 문맥에 맞지 않아 〈낙성전〉(57면)을 따름.

1038) 연광(年光): 나이.

쇼져 홍옥초춘1039)(紅玉初春)1040)이 앗갑고 우흐로 양위(兩位)
노야(老爺)1041) 목쥬(木主)1042)을 근심ᄒ나이 장츳(將次) 나죵
이 엇지 되잇고? 더옥 부인(夫人)은 침묵(沈默)ᄒ시고 가지
록1043) 고집1044)ᄒᄉ 지금갓 실상(實狀)을 존당(尊堂)1045)의 고
(告)치 안이ᄉ 일양(一樣)1046) 주표(朱標)1047)을 감초아 스스로
무ᄌ(無子)한 체ᄒ신이 웃지 고이(怪異)치 안이릿고? 원컨딕
양위(兩位) 쥬인(主人)은 계교(計巧)을 싱각ᄒᄉ 진짓 군ᄌ(君
子)을 으드ᄉ 황영(皇英)1048)의 ᄌ믹(姉妹) 갓타시미 올흘가 ᄒ
난이 쳡(妾)이 누셜(漏泄)코ᄌ ᄒ나 낭군(郎君)이 ᄒ1049) 강열
(强烈)ᄒ신이 발셜(發說)이 어려워 지금 함구1050)(緘口)1051)ᄒ
나 웃지 익달지 안이릿고? 쇼공ᄌ(小公子) 오라지 안야 부인
(婦人)을 으드련이와 우리 상공(相公)과 부인(夫人)은 어늬 시
졀의 인윤(人倫)을 추릴고?"

　언미필(言未畢)1052)이 부인(婦人)이 슈려(秀麗)한 셩모(星眸)
의 묵ᄉ(默默)히 질계1053) 안이ᄒ야 봉미(鳳眉)1054)를 찡긔고
졍식(正色)이요 상셔(尙書)난 진목(嗔目)1055) 질(叱)1056) 왈(曰),

1039) 춘: 저본에는 "순"으로 되어 있으나 의미를 분명히 하기 위해 〈낙성전〉(57면)을 따름.
1040) 홍옥초춘(紅玉初春): 붉은 옥과 초봄. 홍옥은 미인의 피부색이 좋음을 가리키고 초봄은
　　　젊음을 상징함.
1041) 노야(老爺): 노옹(老翁). 여기서는 방관주의 부모를 칭함.
1042) 목주(木主): 나무로 만든 위패나 신주.
1043) 가지록: 갈수록.
1044) 집: 저본에는 이 글자가 없으나 문맥을 고려하여 〈낙성전〉(57면)을 따라 이 글자를 보충함.
1045) 존당(尊堂): 부모를 높여 부르는 말.
1046) 일양(一樣): 한결같이.
1047) 주표(朱標): 붉은 표식. 앵혈(鶯血).
1048) 황영(皇英): 아황(娥皇)과 여영(女英). 이들은 요(堯) 임금의 두 딸로서 모두 순(舜) 임금
　　　에게 시집가 화목하게 살았다고 전해짐.
1049) ᄒ: 매우.
1050) 함구: 저본에는 "항앙"으로 되어 있으나 문맥에 맞지 않아 〈쌍완기봉〉(36면)을 따름.
1051) 함구(緘口): 입을 다묾.
1052) 언미필(言未畢): 말이 채 끝나기도 전.
1053) 질계: 즐겨.
1054) 봉미(鳳眉): 봉황의 눈썹. 눈썹을 아름답게 이르는 말.

"노고(老姑)[1057] 엇지 괴론[1058] 셜화(說話)로 심흥(心興)을 감동(感動)[1059]ᄒ게 ᄒ고 외인(外人)의 의심(疑心)을 더으게 ᄒ난요? 만일 고이(怪異)ᄒᆫ 소문(所聞)이 잇슬진

37면

듸 비록 졋 먹여 품 쇽의 은양(恩養)[1060]ᄒᆫ 은혜(恩惠) 잇스나 결연(絶然)이[1061] 용셔(容恕)치 안이리라.[1062]"

셜파(說罷)[1063]의 유미(柳眉)[1064]를 거사리고[1065] 노긔(怒氣)[1066] 발연(勃然)[1067]ᄒ니 듀씨 할 셰 읍셔 물너나다.

부인(婦人)이 날ᄒ여[1068] 닝쇼(冷笑)[1069] 왈(曰),

"문빅[1070] 형(兄)은 엇지 우연한 일의 유모(乳母)를 질타(叱

1055) 진목(嗔目): 성내어 눈을 부릅뜸.
1056) 질(叱): 꾸짖음.
1057) 노고(老姑): 할미.
1058) 괴론: 괴로운.
1059) 감동(感動): 느껴 움직임.
1060) 은양(恩養): 은혜로 기름.
1061) 결연(絶然)이: 결단코.
1062) 용셔(容恕)치 안이리라: 〈쌍완기봉〉에는 이 부분이 자세하게 되어 있음. "용ᄉ(容赦)치 아니ᄒ고 그듸 알픠셔 ᄌ결(自決)ᄒ여 염여(念慮)을 긋게 ᄒ리라. 부모(父母) 계실 젹도 말ᄂ긔지 아냐 계시거늘 이졔 당ᄉᄒᆫ 듸장부(大丈夫)로 ᄒᆡᆼ셰(行世)ᄒ여 작위(爵位) 육경(六卿)의 이르고 ᄒᆡᆼ공출직(行公察職)ᄒᄆᆡ 우츙(愚忠)을 갈녁(竭力)ᄒ여 종신(終身)토록 쳔은(天恩)을 갑고 남ᄌ(男子)로 ᄒᆡᆼ셰(行世)ᄒ여 입의(立義)를 정ᄒᄆᆡ 엇던 지 감히 ᄂᆡ 졍심(貞心)을 풀며 ᄂᆡ 엇지 다시 녹ᄉ(碌碌)ᄒᆫ 녀ᄌ(女子) 소임(所任)을 ᄒ여 슈건과 밥상을 드러 국을 멋보ᄂᆫ 쇼임(所任)을 당ᄒ여 방관이 다시 판득(辦得)ᄒ리요. 죽을지언정 일단 정심(貞心)이 금셕(金石) ᄀᆺ거늘 엇지 고이(怪異)ᄒᆫ 말노 나의 심댱(心腸)을 놀납게 ᄒᄂ뇨?"(36∼37면)
1063) 셜파(說罷): 말을 마침.
1064) 유미(柳眉): 버들 같은 눈썹.
1065) 거사리고: 치켜뜨고.
1066) 노긔(怒氣): 노여운 기색.
1067) 발연(勃然): 발끈 성을 내는 태도가 세차고 갑작스러움.
1068) 날ᄒ여: 천천히.
1069) 닝쇼(冷笑): 차갑게 웃음.
1070) 문빅: 방관주의 자(字).

咤)1071)ᄒ 신난요? 유모 불과 위쥬츙심(爲主忠心)1072)이라. 坐ᄒ
알음답지 아니냐1073)?”

상셔(尙書) 봉안(鳳眼)1074)을 흘여 영 씨를 슉시(熟視)1075) 왈(曰),
“부인(夫人)이 여도(女道)1076)을 알 찌라 웃지 가장(家長)의
ᄌ(字)를 부르난요? 늬 오히려 묘쥬1077)라 알아난이 부인(夫
人)의 일이 가히 올흔야?1078)”

영 부인(婦人)이 낭々(朗朗)이1079) 웃더라.

상셔(尙書) 연긔(年紀)1080) 이십ᄉ(二十四)의 일으도록 슈염
(鬚髥)이 뵈지 안이한이 시인(時人)1081)이 다 알음답고 긔졀(介
節)1082)ᄒ물 칭찬(稱讚)ᄒ고 능1083)히 의심할 ᄌ(者)난 읍더라.

현명 션싱(先生) ᄌ원츌젼(自願出戰) 졔사1084)회(第四回)
각셜(却說). 정덕(正德) 쳔ᄌ(天子) 간관(諫官)1085)을 괴로이
역이시고 간신(奸臣)을 ᄉ랑ᄒᄉ 환관(宦官)의 농낙(籠絡)1086)

ᄒ니 국도(國道)[1087] 위퇴(危殆)ᄒ고 ᄉ방(四方)이 요란(搖亂)[1088]
ᄒ야 직신(直臣)[1089]은 분ᄼ(奔奔)이[1090] 젼이(田里)[1091]의 도라
간이, 방(方) 상셔(尙書) 탄식(歎息)ᄒ물 마지 안코 ᄯ혼 ᄌ
로[1092] 상쇼(上疏)

38면

ᄒ야 물이치시물 쥬(奏)ᄒ되 상(上)이 상셔(尙書)를 ᄉ랑ᄒ시
나 맛참ᄂᆡ ᄯᆺ슬 두루지[1093] 못ᄒ신이 상셔(尙書) ᄒ일읍셔 ᄒᆫ갓
부인으로 더부러 울ᄼ불낙(鬱鬱不樂)[1094]ᄒ고 뉴신(諛臣)[1095]
등이 농권(弄權)[1096]ᄒ니 쳔ᄒ(天下) 위퇴(危殆)ᄒ미 조셕(朝
夕) 갓던이,[1097] 문득 북방(北方) 오랑키 반(叛)ᄒ야 강병(强兵)
슈만(數萬)을 거나려 ᄃᆡ국(大國)을 침범(侵犯)ᄒ니 그 세(勢) 가
장 두려운지라. 쳔ᄌ(天子) 근심ᄒᄉ 문무즁신(文武重臣)[1098]을
모으ᄉ 의논(議論)ᄒ실ᄉᆡ ᄒ나도 말ᄒ난 지 읍시 셔로 관광
(觀光)ᄒ난지라.

호련[1099] ᄒᆫ 명ᄉ(名士)[1100] 쇼연(少年)이 ᄌ[1101]포(紫袍)[1102]

1087) 국도(國道): 나라를 다스리는 도리.
1088) 요란(搖亂): 시끄럽고 떠들썩함.
1089) 직신(直臣): 강직한 신하.
1090) 분ᄼ(奔奔)이: 바삐.
1091) 젼이(田里): 고향.
1092) ᄌ로: 자주.
1093) 두루지: 바꾸지.
1094) 울ᄼ불낙(鬱鬱不樂): 우울해 하며 즐기지 않음.
1095) 뉴신(諛臣): 아첨하는 신하.
1096) 농권(弄權): 권력을 마음대로 휘두름.
1097) 조셕(朝夕) 갓던이: 아침저녁 같더니. 아침과 저녁같이 쉽게 빨리 오는 것을 뜻함.
1098) 문무즁신(文武重臣): 문관(文官)과 무관(武官) 중 높은 벼슬아치.
1099) 호련: 홀연. '홀연'을 '호련'으로 표기하는 연철 현상이 〈방한림전〉이 지닌 특징이므로 고
    치지 않고 그대로 둠. 참고로 〈낙성전〉(60면)에는 '홀연'으로 되어 있음.
1100) 명ᄉ(名士): 이름난 선비.
1101) ᄌ: 저본에는 "ᄉ"로 되어 있으나 의미가 분명하지 않아 〈쌍완기봉〉(38면)을 따름.

을 쓸고 옥픠(玉佩)1103) 당々(堂堂)ᄒ야 풍치(風采) 앙々(昂昂)1104)
ᄒ고 긔상(氣像)1105)이 츄쳔상월(秋天上月)1106) 갓더라. 이에
츌반쥬(出班奏)1107) 왈(曰),

"젹신(賊臣)1108)의 화(禍) 국가(國家)의 밋쳐슨이 안흐로 간
신(姦臣)이 잇고 박그로 반젹(叛賊)1109)이 잇슨이 신즈(臣者)1110)
맛당이 침식(寢食)1111)이 편치 안일지라 엇지 안연(晏然)1112)ᄒ
릿고? 미신(微臣)1113)이 직죠1114) 읍스나 원(願)컨딕 딕병(大
兵)을 허(許)ᄒ시면 북호(北胡)1115)을 평정(平定)ᄒ고 亽직(社
稷)을 보호(保護)ᄒ야 폐ᄒ(陛下)의 승은(聖恩)1116)을 갑亽오린
이다."

상(上)이 보신이 병부

39면

상셔(兵部尚書) 방관쥬라. 희1117)동안색(喜動顏色)1118)ᄒᄉ 염

슬칭ぐ(斂膝稱辭)[1119] 왈(曰),

"경(卿)은 당세[1120](當世)[1121] 급암(汲黯)[1122]이라. 짐(朕)이 웃지 공경(恭敬)치 안이ᄒ리요? 경(卿)이 만일 한 번 슈고을 앗기지 안이ᄒ여 호지(胡地)[1123]을 삭평(削平)[1124]코즈 ᄒ니[1125] 이난 국가(國家)의 만힝(萬幸)이요 만민(萬民)의 복(福)인이 짐(朕)의 근심이 읍시리로다."

상셔(尙書) ぐ은(謝恩) 쥬왈(奏曰),

"변보(變報)[1126] 급ᄒ온지라 명일(明日)이라도 발힝(發行)[1127]코자 ᄒ나이다."

상(上)이 더욱 깃그ぐ 병부상셔(兵部尙書) 방관쥬로 딩원슈(大元帥)[1128] 정북장군(征北將軍)[1129]을 ᄒ이ぐ 친히 금인(金印)[1130]을 치이시고[1131] 십만딩병(十萬大兵)과 명장(名將) 빅(百) 원(員)[1132]을 쥬신이 원슈(元帥) 청영(聽令)[1133] ぐ은(謝恩)ᄒ고 궐문(闕門)의 나오니[1134] 삼공육경(三公六卿)[1135]이 모다

1119) 염슬칭ぐ(斂膝稱辭): 무릎을 모아 단정히 하고서 칭찬해 줌.
1120) 세: 저본에는 "시"로 되어 있으나 의미를 분명히 하기 위해 〈낙성전〉(61면)을 따름.
1121) 당세(當世): 지금. 저본에는 "당시"로 되어 있음. 원래 급암은 한나라 사람이므로 이를 '한시'의 오기로 볼 수도 있으나 다른 이본의 내용을 종합해볼 때, '지금'의 의미로 보는 것이 타당함. 〈낙성전〉에는 "당세"(61면)로 되어 있고, 〈쌍완기봉〉에는 "당금"(39면)이라 되어 있음.
1122) 급암(汲黯): 한(漢) 무제(武帝) 때 직언(直言)으로 유명했던 신하.
1123) 호지(胡地): 오랑캐 땅.
1124) 삭평(削平): 반란이나 소요를 누르고 평온하게 진정함. 평정(平定).
1125) 니: 저본에는 "즈"로 되어 있으나 문맥에 맞지 않아 〈낙성전〉(61면)을 따름.
1126) 변보(變報): 변이 일어난 것을 알리는 보고.
1127) 발힝(發行): 길을 떠남.
1128) 딩원슈(大元帥): 전군(全軍)을 통솔하는 대장. 군의 최고 통솔자.
1129) 정북장군(征北將軍): '북방을 정벌하는 장군'이라는 뜻.
1130) 금인(金印): 금으로 장식한 인수(印綬). 인수는 병권(兵權)을 가진 무관이 발병부(發兵符) 주머니를 매어 차던, 길고 넓적한 녹비 끈.
1131) 치이시고: 채워 주시고.
1132) 원(員): 사람.
1133) **청영(聽令)**: 명령을 들음.
1134) 나오니: 저본에는 "나은이"로 되어 있으나 의미를 명확히 하기 위해 〈낙성전〉(62면)을 따름.
1135) 삼공육경(三公六卿): 삼정승과 육부의 상서를 아울러 이르는 말.

치하(致賀)허고 왈(曰),

"션싱(先生)이 츌스(出師)1136)호신이 무엇슬 근심호리요?"

원슈(元帥) 옥듸(玉帶)1137)를 어로만지며 날호여1138) 답왈(答曰),

"제공(諸公)1139)의 밋어호시난 말을 드른이 학싱(學生)이 국은(國恩)을 갑고즈 즈원츌젼(自願出戰)1140)호오나 본듸 용병지직(用兵之才)1141) 읍스온이 국병(國柄)1142)을 욕될가 두려호나이다."

만죠(滿朝) 일시(一時)의 응셩(應聲)1143)호여 지덕(才德)1144)을 츄앙(推仰)1145)호더라.

부즁(府中)의 도라

40면

온이 영 부인(婦人)이 쌍봉관(雙鳳冠)1146)을 빗기고 월나삼(越羅衫)1147)과 홍금상(紅錦裳)1148)을 쓸고 옥픠(玉佩)를 울여 젼도(顛倒)이1149) 상셔(尙書)를 마즈민 금인(金印)이 허리의 빗겨시물 보고 경문(驚問)1150) 왈(曰),

---

1136) 츌스(出師): 군사를 싸움터로 내보냄. 출병(出兵).
1137) 옥듸(玉帶): 비단으로 싸고 옥으로 된 장식을 붙여 꾸민 띠. 임금이나 높은 벼슬아치가 공복(公服)에 띠었음. 옥띠.
1138) 날흐여: 천천히.
1139) 제공(諸公): 여러 공.
1140) 즈원츌젼(自願出戰): 스스로 원해 전쟁터에 나아감.
1141) 용병지직(用兵之才): 군대를 다루는 재주.
1142) 국병(國柄): 국가의 권력.
1143) 응셩(應聲): 소리에 응해 반응을 보임.
1144) 직덕(才德): 재주와 덕.
1145) 츄앙(推仰): 높이 받들어 우러러봄.
1146) 쌍봉관(雙鳳冠): 봉황 두 마리가 그려진 관(冠).
1147) 월나삼(越羅衫): 월(越) 땅에서 난 나삼(羅衫). 나삼은 얇고 가벼운 비단으로 만든 적삼(윗도리에 입는 홑옷). 월 땅에서 좋은 비단이 많이 났으므로 이와 같이 부름.
1148) 홍금상(紅錦裳): 붉은 비단 치마.
1149) 젼도(顛倒)이: 엎어질 듯이. 매우 급한 모양.

"상공(上公)이 무삼 일노 딕도독(大都督) 인(印)을 찻난요?"

상셔(尙書) 옥슈(玉手)로 금인(金印)을 씰너 노코 홍금조복
(紅錦朝服)1151)을 부1152)인(婦人)으로 벗기며 완연(莞然)1153) 쇼
왈(笑曰),

"딕장부(大丈夫) 입신천ㅎ(立身天下)1154)々야 요슌(堯舜)1155)
갓튼 임군을 도으미 웃지 딕장(大將)이 되지 못ㅎ리요? 셕(昔)
이 쇼진(蘇秦)1156)이 빈흔(貧寒)1157)ㅎ미 아즈미1158)와 안희 뵈
틀의 나려 요동(搖動)치 안턴이1159) 후일(後日)의 육국(六國)1160)
의 장상(將相)ㅎ야난 아즈미와 안희 다 부복(俯伏)1161)ㅎ야난
이 부인(夫人)이 날노 ㅎ야 문인(文人) 쇼임(所任)을 할지연정
빅만(百萬) 장졸(將卒)을 호령(號令)ㅎ야 딕장지직(大將之才)1162)
읍슬가 역여싸가 이예 장군(將軍) 인(印)1163)을 보고 고(怪異)

히 역이시미 심흐도다. 늬 북방(北方)을 치랴 향흐난이 호지
(胡地)난 흠지(險地)[1164]라 스싱(死生)이 이에 달여난이 부인
(夫人)을[1165] 쩌나미 괴로울가 흐노라.”

부인(婦人)이 딕경(大驚)[1166] 왈(曰),

“첩(妾)이 상공(上公)으로 결발(結髮)[1167]흐얀

41면

지 칠(七) 연(年)의 오날々 말이타국(萬里他國)[1168]의 가시미
웃지 슬푸지 안이릿고? 아지 못계라 능히 용병지직(用兵之
才)[1169] 계신야?“

상셔(尙書) 답왈(答曰),

“그딕 학싱(學生)으로 극(極)흔 지긔(知己)로딕 오히려 나를
모르난쏘다. 늬 비록 흔 즈 칼을 쓰지 못흐고 활시위을 다
릭[1170]지[1171] 안야시나 족히 염여(念慮)치 안이린이 모로미 그
딕난 안심보호(安心保護)흐라.”

은화(慇話)[1172]를 이윽키 흐고 슐을 나와 십여(十餘) 빅(杯)
를 기우리고 죽침(竹枕)[1173]의 비겨 쇄옥낭음(碎玉朗音)[1174]으
로 이별시(離別詩)를 일은이[1175] 부인(婦人)이 화답(和答)흐야

　　　라 이와 같이 첨가함.
1164) 흠지(險地): 험지. 험한 땅.
1165) 을: 저본에는 “은”으로 되어 있으나 문맥에 맞지 않아 〈낙성전〉(64면)을 따름.
1166) 딕경(大驚): 매우 놀림.
1167) 결발(結髮): 관례(冠禮) 때 여성이 쪽을 찌는 것. 여기에서는 혼인(婚姻)을 가리킴.
1168) 말이타국(萬里他國): 만 리나 떨어진 다른 나라.
1169) 용병지직(用兵之才): 군대를 다루는 재주.
1170) 릭: 저본에는 “라”로 되어 있으나 의미를 분명히 하기 위해 〈낙성전〉(64면)을 따름.
1171) 다릭지: 당기지.
1172) 은화(慇話): 정답게 하는 이야기.
1173) 죽침(竹枕): 대나무로 만든 베개.
1174) 쇄옥낭음(碎玉朗音): 옥을 부수는 듯 낭랑한 소리.
1175) 일은이: 이루니.

혼가지로 쓴이 기시(其詩)의 니르디,

명위부々유(名爲夫婦有)[1176]요,
흉즁현지긔(胸中見知己)[1177]라.

밧그로 부々(夫婦)의 일홈이 잇고,
가삼 가온디 지긔(知己) 뵈이도다.

금조격[1178]연별(今朝隔年別)[1179]이요
이련연심쉬[1180](哀憐戀心守)[1181]라

오날 아참 격연(隔年)흔 이별(離別)이
슬푸고 염々(念念)ᄒ야 흔 죠각 마음은 머무도다

영 부인(婦人) 시(詩)의 왈(曰),

십삼상종유(十三相從有)[1182],
양인상심죄(兩人相心照ㅣ)[1183]라.

열세흔 제 셔로 조차미 이시니,
두 사름이 뜻을 셔로 비최도다.[1184]

1176) 명위부々유(名爲夫婦有): 겉으로는 부부라 칭함이 있고.
1177) 흉즁현지긔(胸中見知己): 가슴속에는 지기로 아네.
1178) 격: 저본에는 "셕"으로 되어 있으나 문맥을 고려하여 〈쌍완기봉〉(41면)을 따름.
1179) 금조격연별(今朝隔年別): 오늘 아침 이별은 격년의 이별.
1180) 이련간심쉬: 저본에는 "의현난신귀"라 되어 있으나 자체 해석과 맞지 않아 〈쌍완기봉〉(41면)을 따름.
1181) 이련연심쉬(哀憐戀心守): 슬퍼하여 사랑하는 마음을 두도다.
1182) 십삼상종유(十三相從有): 열세 살에 서로 좇음이 있으니.
1183) 양인상심죄(兩人相心照ㅣ): 두 사람이 서로 마음을 비추도다.

현우1185)위국튱(賢友爲國忠)1186)ᄒᆞ니,
이별쳘니거(離別千里去)1187)로다.

어진 지긔(知己) 나라를 위ᄒᆞ야 튱발(忠發)1188)ᄒᆞ니,
이별(離別)을 일위여 쳘이(千里)의 가도다.1189)

준1190)안북쳔비(傳雁北天飛)1191)요
쌍연보가졀1192)(雙燕報佳節)1193)이라

쎄기
숭졔

42면

력이 북역 ᄒᆞ날의 날고,
비난 아름다온 시졀을 보난도다.

원군셩공이(願君成功爾)오,1194)

1184) 십삼상종유(十三相從有)~비최도다: 이 부분은 저본에 없으나 다른 이본들에는 있으므로 〈쌍완기봉〉(41면)에 있는 부분을 첨가함.
1185) 우: 저본에는 "후"로 되어 있으나 문맥에 맞지 않아 〈쌍완기봉〉(41면)을 따름.
1186) 현우위국튱(賢友爲國忠): 어진 벗이 나라 위해 충성하니.
1187) 이별쳘니거(離別千里去): 이별하여 천 리 밖에 가도다.
1188) 튱발(忠發): 충성을 보임.
1189) 현우위국튱(賢友爲國忠)ᄒᆞ니~가도다: 이 부분은 원래 다음 면(42면)에 있으면서 "준안북쳔비(傳雁北天飛)요~보난도다."의 뒷부분에 있었으나 다른 이본을 참고하여 서로 순서를 바꾸었음. 즉 〈쌍완기봉〉(41면)과 〈낙성전〉(65~66면)에는 이 구절들이 저본과는 달리 바뀌어 있음.
1190) 준: 저본에는 "잔"이라 되어 있으나 문맥에 맞지 않아 〈쌍완기봉〉(41면)을 따름.
1191) 준안북쳔비(傳雁北天飛): 떼 기러기는 북쪽 하늘로 날고,
1192) 졀: 저본에는 "졍"으로 되어 있으나 문맥에 맞지 않아 〈쌍완기봉〉(41면)을 따름.
1193) 쌍연보가졀(雙燕報佳節): 쌍을 이룬 제비는 아름다운 시절을 알리네.

입공고국회(立功故國回)라.[1195]

그ᄃᆡ를 위ᄒ여 공을 일음을 원하ᄂ니,
공을 일워 고국의 도라오믈 ᄇ라노라.[1196]

쓰기를 맛고[1197] 상셔(尙書)와 부인(婦人)이 감샹(感傷)[1198]함을
익이지 못ᄒ던이 일어구러 밤을 지니고 명일(明日) 장졸(將卒)이 북
을 울니며 긔(旗)을 세워 시각(時刻)을 고(告)ᄒ니 상셔(尙書) 낙셩
의 숀을 잡고 쓰다듬어 시셔(詩書)의 부즈런이 함을 당부(當付)ᄒ니
공ᄌ(公子) 체읍빈ᄉ(涕泣拜謝)[1199]ᄒ고 슈명(受命)[1200]ᄒ더라. 이
예 부인(婦人)과 이별(離別)할ᄉᆡ 츄연함누(惆然含淚)[1201]ᄒ다가 긔
연[1202](慨然)이[1203] ᄒ직(下直)ᄒ고 궐ᄒ(闕下)의 일으러 쳔ᄌ(天
子)게 ᄒ직(下直)ᄒ고 발힝(發行)ᄒ물 고(告)ᄒ니 샹(上)이 가라ᄉᄃᆡ,
"경(卿)이 국가(國家)의 죵요로온[1204] 신하(臣下)런이 이제 말니
(萬里)의 흉젹(凶賊)을 임(臨)ᄒ니 짐(朕)이 좌우(左右) 슈죡(手足)
을 일흔 듯ᄒ건이와 경(卿)은 슈이 오랑키을 평졍(平定)ᄒ고 짐(朕)
의 바라난 ᄯ슬 잇지 말

1194) 원군셩공이(願君成功爾)오: 이하 시 부분은 저본에는 없고 이본들에만 있는 내용임. 따
　　　라서 이본들의 내용을 적절히 교합해 시구를 구성하였음. 이 부분은 원래 〈낙성전〉(66면)
　　　에 "월군셩공이오"라 되어 있으나 "월"은 '원'의 오기로 보이므로 이와 같이 고침.
1195) 입공고국회(立功故國回)라: 이 부분은 〈쌍완기봉〉(41면)에 있는 부분임.
1196) 그ᄃᆡ를~ᄇ라노라: 이 부분은 〈낙성전〉(66면)에 있음.
1197) 맛고: 마치고.
1198) 감샹(感傷): 쓸쓸하고 슬픔.
1199) 체읍빈ᄉ(涕泣拜謝): 눈물을 흘리고 절해 사례함.
1200) 슈명(受命): 명령을 들음.
1201) 츄연함누(惆然含淚): 슬퍼하며 눈물을 머금음.
1202) 긔연: 저본에는 "이여"로 되어 있으나 의미가 통하지 않아 〈쌍완기봉〉(41면)을 따름.
1203) 긔연(慨然)이: 슬픈 빛으로.
1204) 죵요로온: 없어서는 안 될 정도로 매우 긴요한.

나.”

상셔(尚書) 부복(俯伏)ᄒ고 왈(曰),

“신(臣)이 ᄌᆡ됴[1205) 박(薄)ᄒ오나[1206) 읏지 승은(聖恩)을 다 갑ᄉ오릿가? 바라건딕 젼ᄒ(殿下)난 안강(安康)[1207)ᄒ시믈 바라나이다.”

ᄒ직(下直)ᄒ미 상(上)이 연々(戀戀)ᄒᄉ 상방금(尚方劍)[1208)을 쥬시며 가라사딕,

“위령ᄌ(違令者)[1209)난 션참후계(先斬後啓)[1210)ᄒ라.”

ᄒ신이 원슈(元帥) 밧ᄌ와 졀월(節鉞)[1211)을 북(北)으로 휘동(麾動)[1212)ᄒᆞᆯᄉᆡ 긔위(氣宇ㅣ)[1213) 엄슉(嚴肅)ᄒ고 금극(劍戟)[1214)이 셔리[1215) 갓고 말은 밍호(猛虎) 갓고 졍긔(旌旗)[1216)난 일광(日光)을 가리우니 지나난 바의 츄호(秋毫)[1217)도 불범(不犯)[1218)

1205) ᄌᆡ됴: 재주.

1206) 박(薄)ᄒ오나: 적사오나.

1207) 안강(安康): 평안하고 무사함.

1208) 상방금(尚方劍): 상방참마검(尚方斬馬劍). 상방(尚方)에서 만든 것으로서 말을 베어 죽일 정도로 예리한 검. 상방은 천자가 쓰는 물건을 만들고 그것을 보관하는 것을 관장하는 관서(官署)의 이름. 중국 한(漢)의 주운(朱雲)이 임금에게 상방검을 얻어 아첨하는 신하 한 명의 목을 잘라서 나머지를 떨게 하고 싶다는 말을 한 데서 유래해 ‘간사한 신하를 목 베는 것’의 뜻으로도 쓰임.

1209) 위령ᄌ(違令者): 명령을 어긴 사람.

1210) 션참후계(先斬後啓): 먼저 목 벤 후 임금에게 아룀.

1211) 졀월(節鉞): 절은 수기(手旗)와 같이 만들고 월은 도끼와 같이 만듦. 사신이 지방에 부임할 때나 장수가 전장에 나갈 때 임금이 내어주던 물건으로서 군령(軍令)을 어긴 자에 대한 생살권(生殺權)을 상징하였음.

1212) 휘동(麾動): 지휘해 움직이게 함.

1213) 긔위(氣宇ㅣ): 기개가.

1214) 금극(劍戟): 검극. 깔 끝.

1215) 셔리: 서리.

1216) 졍긔(旌旗): 깃발.

1217) 츄호(秋毫): 가을 털. 아주 적은 양을 비유적으로 이르는 말. 동물의 털은 가는데, 그중에서도 털갈이를 하는 가을에 더욱 가늘어진다는 데서 유래한 말.

1218) 불범(不犯): 범하지 않음.

ᄒᆞ니 빅셩(百姓)이 단ᄉᆞ호장(簞食壺漿)[1219]으로 왕ᄉᆞ(王師)[1220]를 맛더라.

힝(行)ᄒᆞ여 호지(胡地)[1221]의 이르러 결진(結陣)[1222]ᄒᆞ고 먼져 호쥬(胡主)의게 격셔(檄書)[1223]를 젼(傳)ᄒᆞ니 호왕(胡王)이 졔신(諸臣)으로 보니 ᄒᆞ야스되,

'ᄃᆡ명(大明) ᄃᆡ원슈(大元帥) 병부상셔(兵部尙書) 튀학ᄉᆞ(太學士) 졍북장군(征北將軍)은 글노쎠 몬져 호쥬(胡主)의게 문되(問罪)[1224]ᄒᆞ난이 우흐로 ᄒᆞ날이 잇고 가온딕 임군이 계시며 아릭로 싸히 잇슨이 쳔ᄌᆞ(天子)난 곳 ᄒᆞ날이요 졔후(諸侯)난 빅셩(百姓)이라. ᄒᆞ물며 임군이 신ᄒᆞ(臣下)의 부모(父母)라. 이제 너ᄒᆞ 무리 ᄃᆡ국(大國) 신ᄒᆞ(臣下)라 ᄒᆞ며 감히 쳔명(天命)을 거역(拒逆)ᄒᆞ며 ᄒᆞ날을 항거(抗拒)[1225]ᄒᆞ니 이난 스ᄉᆞ로 폐망(廢亡)[1226]을 취(取)ᄒᆞ미라 닉 황

44면

명(皇命)[1227]을 밧ᄌᆞ와 특별(特別)이 무도(無道)한 오랑키를 쓰러바리고ᄌᆞ ᄒᆞ난이 만일 항복(降服)흔즉 멸족지화(滅族之禍)[1228]를 면(免)ᄒᆞ련니와 부련[1229](不然)[1230]즉 용셔(容恕)치 안이ᄒᆞ

1219) 단ᄉᆞ호장(簞食壺漿): 대그릇의 밥과 병의 음료라는 뜻으로 넉넉하지 못한 사람의 거친 음식을 이르는 말.
1220) 왕ᄉᆞ(王師): 임금의 군대.
1221) 호지(胡地): 오랑캐 땅.
1222) 결진(結陣): 진(陣)을 침.
1223) 격서(檄書): 적군을 달래거나 꾸짖는 글.
1224) 문되(問罪): 죄를 캐어물음.
1225) 항거(抗拒): 순종하지 않고 맞서 버팀.
1226) 폐망(廢亡): 없어져 망함.
1227) 황명(皇命): 황제의 명령.
1228) 멸족지화(滅族之禍): 집안이 다 죽임을 당하는 재화(災禍).
1229) 부련: 불연. 〈낙성전〉(69면)에는 "불연"으로 되어 있으나 연철 현상을 중시해 그대로 둠.

리라.'

ᄒᆞ엿더라. 호왕(胡王)이 딕로(大怒)[1231]하야 이예 병(兵)을 모라 청젼(請戰)[1232]ᄒᆞ니 호장(胡將)[1233]이 비록 만ᄒᆞ나 웃지 방(方) 원슈(元帥)의 용병(用兵)[1234]을 당ᄒᆞ리요? 호통 일합(一合)의 호군(胡軍)이 딕픽(大敗)[1235]ᄒᆞ야 쥬검[1236]이 뫼(山) 갓고 피 흘너 시닉 된이 원슈(元帥) 승젼(勝戰)ᄒᆞ야 각々 졔장(諸將)[1237]을 상급(賞給)[1238]ᄒᆞ고 다시 파(破)할 계교(計巧)를 상양(商量)[1239]ᄒᆞ더라.

호왕(胡王)이 픽(敗)ᄒᆞ야 군ᄉᆞ(軍士)를 슈습(收拾)ᄒᆞ니 계우[1240] 쳔여(千餘) 명(名) 나머더라. 분울(憤鬱)[1241]ᄒᆞ물 마지 안턴이 문득 한 신ᄒᆞ(臣下) 딕언(大言) 왈(曰),

"신(臣)이 맛당이 방(方) 원슈(元帥)을 잡아 쳔ᄒᆞ(天下)을 으더 딕왕(大王)긔 밧치고 쇼장(小將) 등의 공(公)을 발키린이다."

호왕(胡王)이 놀나 본이 승상(丞相) 야율다리라. 호왕(胡王)이 문왈(問曰),

"경(卿)의 겨교(計巧) 어딕 잇난요?"

율달이 쥬왈(奏曰),

"신(臣)의 쇼시(少時)의 한 벗시 잇ᄉᆞ와 그이(奇異)ᄒᆞ 슐법(術法)이 잇난 고(故)로 익키 빅와ᄉᆞ온이 이난 몸을 감쵸와 풍

1230) 부련(不然): 그러하지 아니함.
1231) 딕로(大怒): 크게 성냄.
1232) **청젼(請戰)**: 싸움을 청함.
1233) 호장(胡將): 오랑캐 장수.
1234) 용병(用兵): 병사를 쓰는 기술. 용병술(用兵術).
1235) 딕픽(大敗): 크게 패함.
1236) 쥬검: 주검. 죽은 몸뚱이.
1237) 졔장(諸將): 모든 장수.
1238) 상급(賞給): 상을 줌.
1239) 상양(商量): 생각함.
1240) 계우: 겨우.
1241) 분울(憤鬱): 분하고 억울함.

운(風雲)이 되여 스람을 희(害)ㅎ난 술법(術法)이라. 신(臣)이
금야(今夜)의 당々(堂堂)이 명진(明陣)의

45면

나아가 방관쥬를 죽이고 진(陣)을 파(破)ㅎ야 듸왕(大王)의 근
심을 덜니1242)이다.”

호왕(胡王)이 듸희(大喜)ㅎ야 보검(寶劍)을 준이 율다리 변신
(變身)ㅎ야 흔 줄 흑긔(黑氣) 되여 명진(明陣)으로 향(向)ㅎ다.

츳시(此時) 방(方) 원슈(元帥) 츳야(此夜)의 진즁(陣中)의 고
요이 명쵹(明燭)1243)을 도두고 안즈던이 스믹1244) 안으로 흔
졈쾌(占卦)을 보니 불길(不吉)ㅎ물 놀나 창 박긔 나와 쳔문(天
文)1245)을 본이 즈긔(自己) 진즁(陣中)의 승젼(勝戰)ㅎ난 상운
(祥運)1246)이 잇고 호진(胡陣)1247)의난 살긔(殺氣) 등々(騰騰)흔
즁(中) 다만 즈긔 진즁(陣中)의 살긔(殺氣) 흔 줄기 쑈인이 가
장 놀나 혜오듸,1248)

‘반다시 즈긱(刺客)이 오도다.’

바로 장즁(帳中)1249)의 드러와 등쵹(燈燭)을 믈이치고 보검
(寶劍)을 잡고 은신(隱身)1250)ㅎ야던이 삼경(三更)1251)이 되믹
창틈으로쫏츳 흔 줄 흑긔(黑氣) 살긔(殺氣)을 쓰여1252) 드러오

1242) 덜니: 저본에는 “돌안”이라 되어 있으나 문맥에 맞지 않아 〈낙성전〉(71면)을 따름.
1243) 명쵹(明燭): 밝은 등불.
1244) 스믹: 소매.
1245) 쳔문(天文): 천체의 운행.
1246) 상운(祥運): 상서로운 기운.
1247) 호진(胡陣): 오랑캐의 진.
1248) 혜오듸: 헤아리되.
1249) 장즁(帳中): 장막 안.
1250) 은신(隱身): 몸을 숨김.
1251) 삼경(三更): 한밤중. 밤 11시에서 1시 사이.
1252) 쓰여: 띠어.

거날 원슈(元帥) 평싱(平生) 심[1253]을 다ᄒᆞ야 칼을 드러 그 흑긔(黑氣) ᄒᆞᆫ 말낭이[1254]을 쳐 ᄭᅳᆫ쳐바린이 호련[1255] ᄒᆞᆫ 소ᄅᆡ 지르고 것구러지난지라 본즉 ᄒᆞᆫ 오랑ᄏᆡ라. 몸이 두 죠각이 되연난지라 홍혈(紅血)[1256]이 방즁(房中)의 가득ᄒᆞ엿슨이 봉미(鳳眉)[1257]를 찡긔고[1258] 급피 장졸(將卒)을 불너 죽엄을 치우라 ᄒᆞ니 제장(諸將) 등이 원슈의 효용(曉勇)[1259]

46면

ᄒᆞ시물 탄복(歎服)ᄒᆞ더라.

율달의 머리을 긔(旗)예 달고 ᄊᆞ홈을 도둔이 호왕(胡王)이 율달의 쥭으물 알고 ᄃᆡ경(大驚) 낙담상혼(落膽喪魂)[1260]ᄒᆞ야 묘계궁진(妙計窮盡)[1261]ᄒᆞ던이 문득 젼ᄒᆞ(殿下)의 한 미인이 ᄋᆡ원통곡(哀怨痛哭)[1262] 왈(曰),

"신쳡(臣妾)은 야율 승상(丞相)의 춍쳡(寵妾)[1263]이압던이 금일(今日) 지아뷔 원슈(怨讐)를 갑고ᄌᆞ 하나이다."

호왕(胡王)이 본이 달여[1264]의 용안(容顔)이 미려(美麗)[1265]ᄒᆞ야 슬프물 쓰여슨이 왕(王)이 측연(惻然)[1266]ᄒᆞ야 왈(曰),

---

1253) 심: 힘.
1254) 말낭이: 꼭대기.
1255) 호련: 홀연.
1256) 홍혈(紅血): 붉은 피.
1257) 봉미(鳳眉): 봉황의 눈썹. 눈썹을 아름답게 칭한 표현.
1258) 찡긔고: 찡그리고.
1259) 효용(曉勇): 신명하고 용맹함.
1260) 낙담상혼(落膽喪魂): 마음이 몹시 상하고 넋이 나감.
1261) 묘계궁진(妙計窮盡): 묘한 꾀가 바닥남.
1262) ᄋᆡ원통곡(哀怨痛哭): 슬피 원망하며 소리를 내어 울.
1263) 총첩(寵妾): 총애를 받는 첩.
1264) 달여: 야율달의 계집.
1265) 미려(美麗): 아름답고 고움.
1266) 측연(惻然): 불쌍히 여김.

"과인(寡人)1267)이 친히 접젼(接戰)코즈 흐던이 네 맛당이 션봉(先鋒)이 되여 공을 일우면 원슈(怨讐)도 갑푸리라."

달여 눈물을 먹음고 갑쥬(甲冑)1268)를 갓쵸야 나난 다시 말게 오른이 호왕(胡王)이 일진(一陣)1269)을 버혀 딕진(對陣)ㅎ고 쓰홈을 도둔이 방(方) 원슈(元帥) 제장(諸將)을 지휘(指揮)ㅎ야 문긔(門旗)1270) 아릭 나션이, 호쥬(胡主) 바라보믹 흔 쇼연(少年) 딕장(大將)이 머리의 봉시(鳳翅) 투고1271)를 쓰고 몸의 황금쇄즈갑(黃金鎖子甲)1272)의 홍금슈젼포(紅錦繡戰袍)1273)을 쎠 입고 허리의 양지빅옥딕(羊脂白玉帶)1274)를 둘너시며 셤〻옥슈(纖纖玉手)의 장창(長槍)을 잡고 쳔이마(千里馬)를 타신이 옥면영걸(玉面英傑)1275)이요 긔세영웅(蓋世英雄)1276)이라. 풍칙(風采) 츄쳔상월(秋天上月)1277) 갓고 긔위(氣宇ㅣ) 앙〻(昂昂)1278)ㅎ여 웅장쇄락(雄壯灑落)1279)ㅎ고 유화침

47면

즁(宥和沈重)1280)ㅎ야 쳔신(天神)이 강임(降臨)1281)ㅎ나 발뵈지1282)

1267) 과인(寡人): 임금이 자신을 낮추어 부르는 말.
1268) 갑쥬(甲冑): 갑옷.
1269) 일진(一陣): 한 진.
1270) 문긔(門旗): 진문(陣門) 밖에 세우던 군긔(軍旗). 호긔(虎旗).
1271) 봉시(鳳翅) 투고: 봉의 깃 모양으로 꾸민 투구. 봉시회(鳳翅盔).
1272) 황금쇄즈갑(黃金鎖子甲): 황금으로 만든 쇄자갑. 쇄자갑(鎖子甲)은 사방 두 치 정도 되는 돼지가죽으로 된 미늘을 작은 고리로 꿰어 만든 갑옷.
1273) 홍금슈젼포(紅錦繡戰袍): 붉은 비단에 수를 놓은, 장수가 입는 웃옷.
1274) 양지빅옥딕(羊脂白玉帶): 양지옥(羊脂玉)으로 만든 띠. 양지옥은 옥의 일종으로서 양의 기름과 같이 반투명한 색을 띠므로 그러한 이름이 붙여짐.
1275) 옥면영걸(玉面英傑): 옥과 같이 뽀얀 얼굴을 한 뛰어난 사람.
1276) 긔세영웅(蓋世英雄): 기상이나 위력, 재능 따위가 세상을 뒤덮을 만큼 뛰어난 사람.
1277) 츄쳔상월(秋天上月): 가을 하늘에 떠오른 달.
1278) 앙〻(昂昂): 뜻이 높고 뛰어난 모양.
1279) 웅장쇄락(雄壯灑落): 씩씩하고 시원함.
1280) 유화침즁(宥和沈重): 너그럽고 온화하며 무게가 있음.

못할 듯ᄒ니1283) 짐짓 분(粉) 발은1284) ᄒ낭(何郞)1285)이요 쇼
복(素服) 입은 반악(潘岳)1286)이라. 바라본이 낙담상혼(落膽喪
魂)1287)ᄒ여 모골(毛骨)이 숑연(悚然)1288)ᄒ니 쓰홈의 의ᄉ(意
思) 침혼(沈潛)1289)ᄒ여 갈오듸,

"승부(勝負)난 ᄉ람의 결(決)ᄒ기의 잇슨이 원컨듸 진법(陣
法)1290)을 결워 못 익일진듸 머리를 두루혀 항복(降服)ᄒ라."

원슈(元帥) 쇼왈(笑曰),

"오랑키로 더부러 ᄌ료를 결(決)ᄒ미1291) 불가(不可)ᄒ나 네
ᄒ고ᄌ ᄒ니 시험(試驗)ᄒ리라."

호왕(胡王)이 납함(吶喊)1292) 징북1293)ᄒ여 군ᄉ(軍士)를 지
휘(指揮)ᄒ여 일시(一時)의 진(陣)을 친이 원슈(元帥) 닝쇼(冷
笑) 왈(曰),

"이난 팔괘진(八卦陣)1294)인이 치기 쉬우리라. 늬 진(陣)을
치린이 보라."

ᄒ고 일시(一時)의 방포(放砲)1295)ᄒ고 진(陣) 칠ᄉ 진법(陣

1281) 강임(降臨): 내려옴.
1282) 발뵈지: 발보이지. 남에게 자랑하기 위하여 자기가 가진 재주를 일부러 드러내 보이지.
1283) 늬: 저본에는 "냐"로 되어 있으나 문맥에 맞지 않아 〈낙성전〉(74면)을 따름.
1284) 발은: 바른.
1285) ᄒ낭(何郞): 중국 삼국시대 위(魏)의 하안(何晏: 193~249)을 가리킴. 하안은 얼굴색이
　　　 하얘서 흰 분을 발라놓은 듯 의심이 들 정도였다 함.
1286) 반악(潘岳): 중국 진(晉) 사람으로 자(字)는 안인(安仁). 풍채가 아름답기로 이름이 높았음.
1287) 낙담상혼(落膽喪魂): 너무 놀라 넋이 나감.
1288) 숑연(悚然): 두려워 몸을 옹송그릴 정도로 오싹 소름이 끼침.
1289) 침혼(沈潛): 사라짐.
1290) 진법(陣法): 진(陣)을 쳐 적을 공략하는 법.
1291) 결(決)ᄒ미: 대결함이. 겨루는 것이.
1292) 납함(吶喊): 여러 사람이 다 함께 큰 소리를 지름.
1293) 징북: 꽹과리와 북을 침.
1294) 팔괘진(八卦陣): 팔괘(八卦)의 모양을 본떠 만든 진(陣). 팔괘는 중국 고대 전설상의 제왕
　　　 인 복희씨(伏羲氏)가 지었다는 여덟 가지의 괘임. 「주역」에서 세상의 모든 현상을 음양을
　　　 겹치어 여덟 가지의 상으로 나타낸 ☰[건(乾)], ☱[태(兌)], ☲[이(離)], ☳[진(震)], ☴[손
　　　 (巽)], ☵[감(坎)], ☶[간(艮)], ☷[곤(坤)]을 이름.
1295) 방포(放砲): 포를 쏨.

法)이 긔이(奇異)ᄒ여 어듸로 들쥴날쥴 모로더라. 원슈(元帥) 왈(曰),

"이 진(陣) 일홈을 아난다?"

호왕(胡王)이 이윽키 보다가 일오듸,

"이난 천문쥬작진(天文朱雀陣)[1296]인이 웃지 모로릿고?"

원슈(元帥) 쇼왈(笑曰),

"네 이 진(陣)을 다 알숀야?"

언필(言畢)[1297]의 호쥬(胡主)의 뒤흐로셔 ᄒ 여장(女將)이 닉 달아 갈오듸,

"오날 방(方) 원슈(元帥)을 쥭여 원슈(怨讐)을 갑흐리라."

ᄒ고 일시(一時)의 호왕(胡王)으로 합세(合勢)

48면

ᄒ여 양진(兩陣)이 쏘화 불분승부(不分勝負)[1298]러라. 원슈(元帥) ᄒ 살노 달여의 가삼을 맛친이 ᄒ 쇼릭 지르고 나려져 쥭은이 호왕(胡王)이 달여 쥭으물 보고 급피 말을 돌여 달아나려 할 식 모든 병죨(兵卒)이 납함(吶喊)ᄒ고 진(陣)을 둘너 호왕(胡王)을 가둔이 맛참닉 버셔나지 못ᄒ야 ᄉ로잡핀이 방(方) 원슈(元帥) 진(陣)을 파(破)ᄒ고 장듕(帳中)의 도라와 호왕(胡王)의 믹 거슬 그르고 갈오[1299]듸,

"승픽(勝敗)난 병가(兵家)의 상ᄉ(常事)[1300]라.[1301] 왕(王)이

1296) 천문쥬작진(天文朱雀陣): 하늘의 별 모양 중 남방 7수(宿)의 별 모양을 본떠 만든 진. 고대 중국에서는 하늘에 별이 28수가 있다 믿고 이를 7수씩 4분 한 후, 오행설(五行說)에 입각해 수호신을 상정했는데, 남방 7수의 수호신이 바로 봉황의 일종인 주작(朱雀)임. 7수는 정(井)·귀(鬼)·유(柳)·성(星)·장(張)·익(翼)·진(軫)으로서 이들 성좌(星座)의 배치가 상상적 동물인 봉황의 모습과 유사하다고 믿었음.

1297) 언필(言畢): 말을 마침.

1298) 불분승부(不分勝負): 승부를 가리지 못함.

1299) 오: 저본에는 "으"로 되어 있으나 의미를 분명히 하기 위해 〈낙성전〉(76면)을 따름.

오히려 마음으로 항복(降服)할 쯧시 읍거던 다시 도라가 승부
(勝負)를 닷토고즈 ᄒ난다?”

　호쥬(胡主) 고두ᄉ뢰(叩頭謝罪)[1302] 왈(曰),

　“원슈(元帥) 한 목심을 살이시면 맛당이 항표(降表)[1303]을
갓초와 항지(降志)[1304]을 일으린이다. 웃지 감히 뉘치난 쯧시
읍ᄉ릿고?”

　원슈(元帥) 흔연(欣然) 칭ᄉ(稱辭) 왈(曰),

　“여ᄎ(如此)한즉 웃지 아름답지 안이릿고? 성인(聖人)이 가라
ᄉ되, ‘ᄢᅵ다름이 지극 귀타.’[1305] ᄒ니 왕(王)이 회과(悔過)[1306]
흔즉 현쟈(賢者)로다.”

　ᄒ고 닌여 보닌이 호왕(胡王)이 감격(感激)ᄒ여 도라가 항표
(降表)을 올인이 말이 공슌(恭順)ᄒ고 죄(罪)를 가득이 일커러
난지라. 원슈(元帥) 딕희(大喜)ᄒ야 호왕(胡王)을 관딕(款待)[1307]
ᄒ고 병마[1308](兵馬)를 두루혈식

49면

호왕(胡王)이 잔치ᄒ여 원슈(元帥)를 딕졉(待接)ᄒ고 빅이(百

1300) 상ᄉ(常事): 항상 있는 일.

1301) 승픽(勝敗)난~상ᄉ(常事)라: 이기고 지는 것은 군대에 종사하는 사람에게 흔히 있는 일.
　　　이 말은 원래 ’일승일부(一勝一負)는 병가상세(兵家常勢)’라는 말에서 비롯된 것임. 당
　　　(唐)의 배도(裴度)가 싸움에서 지고 오자 헌종(憲宗)이 위로하며 쓴 말. 『구당서(舊唐書)』
　　　권170·「열전(列傳)」 120·“배도(裴度)”에 보임.

1302) 고두ᄉ뢰(叩頭謝罪): 머리를 땅에 조아리고 용서를 구함.

1303) 항표(降表): 항복했음을 알리는 문서.

1304) 항지(降志): 항복의 뜻.

1305) ‘ᄢᅵ다름이 지극 귀타’: 깨닫는 것이 지극히 귀하다. 「논어(論語)」·「자한(子罕)」에 있는
　　　말. 즉 “법으로 해주는 말을 따르지 않을 수 있겠는가? 잘못을 고치는 것이 귀하다. 法語
　　　之言, 能無從乎? 改之爲貴.”

1306) 회과(悔過): 잘못을 뉘우침.

1307) 관딕(款待): 정성껏 대함.

1308) 마: 저본에는 “미”로 되어 있으나 문맥에 맞지 않아 〈낙성전〉(77면)을 따름.

里)의 나와 빈숑(陪送)1309)ᄒ더라.

원슈(元帥) 긔병(起兵)1310) 팔삭(八朔)1311)의 히 밧고엿난지라. 경도(京都)1312)의 도라올 마암이 살1313) 갓타여 ᄒ로 쳔니(千里)식 힝(行)ᄒ더라.

쳔ᄌ(天子) 잇ᄯ 방(方) 원슈(元帥) 승쳡(勝捷)1314)ᄒ야 호국(胡國)을 평졍(平定)ᄒ고 회군(回軍)1315)ᄒ난 쳡셔(捷書)1316)를 보시고 ᄃᆡ희(大喜)ᄒᄉ 즉시 원슈(元帥)로 우승상(右丞相) 강능후을 ᄒᄋᆡ이시고1317) 겸 구셕(九錫)1318)을 졔(除)1319)ᄒ시고 ᄉ신(使臣)을 마됴 뵈ᄂ신이,1320) 어시(於時)의 군ᄆᆡ(軍馬ㅣ) 유ᄒ쳔의 일으어 ᄉ신(使臣)을 마ᄌ 향안(香案)1321)을 빈셜(排設)1322)ᄒ고 됴셔(詔書)1323)를 일근이 ᄒ여스되,

'짐(朕)이 경(卿)의 승젼(勝戰)ᄒ야 호지(胡地)를 평졍(平定)ᄒ고 도라온이 노공(勞功)이 호ᄃᆡ(浩大)1324)ᄒ지라. 특별(特別)이 져근1325) 작녹(爵祿)1326)으로 졍(情)을 표(表)ᄒ난이 모로미

1309) 빈숑(陪送): 높은 사람을 모시고 가 전송함.
1310) 긔병(起兵): 군대를 일으킴.
1311) 팔삭(八朔): 여덟 달.
1312) 경도(京都): 서울.
1313) 살: 화살.
1314) 승쳡(勝捷): 싸움에서 이김. 승전(勝戰).
1315) 회군(回軍): 군대를 돌림.
1316) **쳡셔(捷書)**: 싸움에서 승리한 것을 보고하는 글.
1317) 하이시고: 시키시고.
1318) 구셕(九錫): 중국에서, 천자(天子)가 특히 공로가 큰 제후와 대신에게 하사하던 아홉 가지 물품. 특전 거매(車馬: 수레와 말), 의복(衣服: 옷), 악칙(樂則: 음악), 주호(朱戶: 붉은 문), 납폐(納陛: 궁중에서 신발을 신고 전상에 오름), 호분(虎賁: 호위 병사), 궁시(弓矢: 활과 화살), 부월(鈇鉞: 도끼), 울창주(鬱鬯酒: 술).
1319) 졔(除): 제수(除授). 관직을 줌.
1320) 마됴 뵈ᄂ신이: 마중 보내시니.
1321) 향안(香案): 제사를 지낼 때에 향로나 향합을 올려놓는 상.
1322) 빈셜(排設): 연회나 의식(儀式)에 쓰는 물건을 차려놓음.
1323) 됴셔(詔書): 임금이 신하에게 내린 글.
1324) 호ᄃᆡ(浩大): 썩 넓고 큼.
1325) 져근: 저본에는 "즉은"으로 되어 있으나 의미를 분명히 하기 위해 〈낙성전〉(78면)을 따름.
1326) 작녹(爵祿): 벼슬과 녹봉.

과스(過辭)[1327]치 말고 쌜이 와 짐(朕)을 반기라.[1328]'

원슈(元帥) 불승황공(不勝惶恐)[1329]ᄒ야 북향스은(北向謝恩)[1330]
ᄒ고 이에 힝ᄌ(行資)[1331]를 훗터 젼일(前日) 고구친쳑(故舊親
戚)[1332]을 난ᄒ[1333] 쥬고 힝(行)ᄒ여 경스(京師)의 일으러 바로
쳔ᄌ(天子)게 됴회[1334](朝會)할시 상(上)이 반기스 승상(丞相)
의 숀을 잡으시고 몬니 반기시고 젼지(戰地)[1335]의 근노(勤
勞)[1336]한 공젹[1337](功績)을[1338] 지삼(再三) 칭찬(稱讚)ᄒ여 스
쥬(賜酒)[1339]ᄒ신이 승상(丞相)이 외람(猥濫)[1340]ᄒ야 부복(俯
伏) 쥬

50면

왈(奏曰),

"호란(胡亂)[1341]을 평정(平定)ᄒ오문 폐ᄒ(陛下)의 홍복(洪
福)[1342]과 스직(社稷)[1343]의 승덕(盛德)[1344]이온이 졔장(諸將)[1345]

1327) 과스(過辭): 지나치게 사양함.
1328) 반기라: 저본에는 "반게ᄒ라"로 되어 있으나 의미를 분명히 하기 위해 〈낙성전〉(78면)을
     따름.
1329) 불승황공(不勝惶恐): 두려움을 이기지 못함.
1330) 북향사은(北向謝恩): 북쪽을 향해 은혜에 감사함. 북쪽은 임금이 있는 곳을 뜻함.
1331) 힝ᄌ(行資): 노자(路資).
1332) 고구친쳑(故舊親戚): 친구와 친척.
1333) 난ᄒ: 나눠.
1334) 회: 저본에는 "희"로 되어 있으나 문맥을 자연스럽게 하기 위해 〈낙성전〉(78면)을 따름.
1335) 젼지(戰地): 전쟁터.
1336) 근노(勤勞): 애써 일함.
1337) 젹: 저본에는 "뇌"로 되어 있으나 의미를 명확히 하기 위해 〈낙성전〉(78면)을 따름.
1338) 을: 저본에는 "를"로 되어 있으나 앞 단어와 호응이 되게 하기 위해 〈낙성전〉(78면)을 따름.
1339) 스쥬(賜酒): 임금이 신하에게 술을 내림.
1340) 외람(猥濫): 하는 행동이나 생각이 도리나 분수에 지나친 데가 있음.
1341) 호란(胡亂): 오랑캐의 난리.
1342) 홍복(洪福): 성덕. 큰 복.
1343) 스직(社稷): 나라 또는 조정을 이르는 말.
1344) 승덕(盛德): 성덕. 큰 덕.

의 힘이라 신(臣)의게 무산 공(功)이 잇亽오릿가? 더옥 위(位)1346)난 외람(猥濫)ᄒ온지라 신(臣)이 숀복(損福)1347)할가 황공숑구(惶恐悚懼)1348)ᄒ온이 셩명(聖命)1349)을 거두시믈 원(願)ᄒ나이다.”

상(上)이 붓드러 평신(平身)1350)ᄒ라 ᄒ시고 영 씨로 진국부인을 봉(封)ᄒ시고 강능후 부모(父母)을 츄존(追尊)1351)ᄒ야 기부(其父)난 좌승상 평양후를 봉(封)ᄒ시고 기모(其母) 보 씨로 한국부인을 봉(封)ᄒ신이 승상(丞相)이 감누(感淚)1352)를 드리워 쳬읍亽은(涕泣謝恩)1353)ᄒ고 감히 亽양(辭讓)치 못ᄒ고 쏘한 부모(父母)을 츄존(追尊)ᄒ미 일희일비(一喜一悲)ᄒ더라.

이윽고 퇴됴(退朝)1354)ᄒ야 부즁(府中)의 도라온이 상ᄒ(上下)의 환셩(歡聲)1355)이 츈풍(春風) 갓고 낙셩 공ᄌ(公子) 마됴1356) 나와 지비(再拜)ᄒ미 승상(丞相)이 연망(延忙)이1357) 손을 잡고 깃겨ᄒ며 인(因)ᄒ야 닉당(內堂)의 드러가 부모(父母) 가묘(家廟)1358)의 비현(拜見)1359)ᄒ니 쇽졀 읍슨 영연(靈筵)1360)이나 반기고 슬푸거날 이럿툿ᄒ 영화(榮華)을 고(告)할 곳시 읍고 부모(父母)을 일직 영별(永別)1361)ᄒ미 셩인(成人)ᄒ야 친

1345) 제장(諸將): 모든 장수.
1346) 위(位): 벼슬자리.
1347) 손복(損福): 복이 덜림.
1348) 황공숑구(惶恐悚懼): 두렵고 떨림.
1349) 셩명(聖命): 임금의 명령.
1350) 평신(平身): 엎드려 절한 뒤에 몸을 그전과 같이 폄.
1351) 츄존(追尊): 죽은 이를 높여 벼슬을 줌.
1352) 감누(感淚): 감격에 겨운 눈물.
1353) 쳬읍亽은(涕泣謝恩): 눈물을 흘리며 은혜에 감사해함.
1354) 퇴됴(退朝): 조정(朝廷)이나 조회에서 물러남.
1355) 환셩(歡聲): 기쁘고 반가워서 지르는 소리.
1356) 마됴: 마중.
1357) 연망(延忙)이: 분주하게 바삐.
1358) 가묘(家廟): 집안의 사당.
1359) 비현(拜見): 절하여 뵘.
1360) 영연(靈筵): 죽은 사람의 신위를 모신 자리.

효(親孝)1362)을 이르지 못ᄒ고 영々(零零)1363)한 증직(贈職)1364)
ᄯᅩᆫ인이 쵹처(觸處)1365)의 슬

51면

푸미 교집(交集)1366)ᄒ여 누슈(淚水)1367) 광슈(廣袖)1368)을 적시
더라.

　부인(婦人)으로 더부러 반기미 층양(測量)1369) 읍던이 문득
셔평후 일으러 승젼(勝戰)ᄒ 치ᄒ(致賀)1370)와 공열(功烈)1371)
이 호ᄃᆡ(浩大)1372)ᄒ물 흔々(欣欣)1373) 치ᄒ(致賀)々미 비(比)할
곳 읍고 여아(女兒)와 셔랑(壻郎)1374)을 본이 ᄃᆡ인(大人) 체격
(體格)이라. 여아(女兒)난 몸의 홍금젹의(紅錦赤衣)1375)를 입고
다섯 쥴 명픠(命牌)1376)와 일곱 쥴 면쥴1377)를 드리워 왕후(王
后)의 복ᄉᆡᆨ(服色)이요, 승상(丞相)은 구룡통천관(九龍通天冠)1378)
과 아홉 쥴 면쥴노 풍치(風采) 더옥 신이(神異)ᄒ니 쾌(快)ᄒ

1361) 영별(永別): 영원히 이별함.
1362) 친효(親孝): 친히 효도함.
1363) 영々(零零): 속이 빔.
1364) 증직(贈職): 죽은 뒤에 추증된 품계와 벼슬.
1365) 쵹처(觸處): 가서 닥치는 곳. 곳곳.
1366) 교집(交集): 번갈아 일어남.
1367) 누슈(淚水): 눈물.
1368) 광슈(廣袖): 통이 너른 소매.
1369) 층냥(測量): 측량. 생각하여 헤아림.
1370) 치ᄒ(致賀): 칭찬하거나 축하하는 뜻을 나타냄.
1371) 공열(功烈): 뛰어난 공적.
1372) 호ᄃᆡ(浩大): 넓고 큼.
1373) 흔々(欣欣): 매우 기쁘고 흡족함.
1374) 셔랑(壻郎): 사위.
1375) 홍금젹의(紅錦赤衣): 붉은 비단옷.
1376) 명픠(命牌): 명부(命婦)임을 가리키는 패. 명부(命婦)는 봉작을 받은 부인.
1377) 면쥴: 면류관(冕旒冠)에 늘어뜨린 줄. 면류관(冕旒冠)은 왕이 쓰는 관(冠).
1378) 구룡통천관(九龍通天冠): 아홉 마리의 용이 그려진 통천관. 통천관은 원래 황제가 조직
　　　(詔勅)을 내릴 때나 정사를 볼 때 쓰던 관.

물 익이지 못ᄒ야 흔々(欣欣) 쇼왈(笑曰),

"너희 부々(夫婦) 만ᄉ녀의(萬事如意)1379)ᄒ나 홀노 ᄌ녀(子女) 션々(詵詵)1380)치 못ᄒ니 웃지 흠ᄉ(欠事)1381) 안이리요?"

부인(婦人)이 나작이 고왈(告曰),

"오복(五福)1382)이 구둔(具存)1383)ᄒ기 쉬웁지 못ᄒ온이 쏘ᄒ 계셩(繼姓)1384)할 아희 잇ᄉ오니 웃지 흠ᄉ(欠事) 잇ᄉ오릿가?"

승상(丞相)은 함쇼(含笑)1385)ᄒ고 영후난 두굿길1386) 쑨일너라.

각셜(却說). 김 츄밀(樞密)이 여아(女兒) 십이(十二) 셰(歲) 되미 혼ᄉ(婚事)를 일으고ᄌ 하여 퇵일(擇日)1387)ᄒ여 보닌이 듕츄(仲秋)1388) 염후(念後)1389)라. 잇씨 낙셩의 연(年)이 십이(十二) 셰(歲)라. 신장(身長)이 늠々(凜凜)1390)ᄒ고 풍치(風采) 쥰슈(俊秀)1391)ᄒ야 슈듕비룡(水中飛龍)1392)이라. 부모(父母)의 귀즁(貴重)1393)ᄒ미 비길

52면

곳지 읍고 직명(才名)1394)이 ᄌ々(藉藉)1395)ᄒ더라.

1379) 만ᄉ녀의(萬事如意): 모든 일이 뜻하는 대로 됨
1380) 션々(詵詵): 많음.
1381) 흠ᄉ(欠事): 흠이 되는 일.
1382) 오복(五福): 인생에서 바람직하다고 여겨지는 다섯 가지 복. 즉 오래 살고[壽] 부유하며 [富], 신분이 귀하고[貴] 건강하며[康寧], 자손이 많은 것[子孫衆多].
1383) 구둔(具存): 다 갖추어짐.
1384) 계셩(繼姓): 성을 이음. 대를 이음.
1385) 함쇼(含笑): 웃음을 머금음.
1386) 두굿길: 기뻐할.
1387) 퇵일(擇日): 좋은 날을 가려 정함.
1388) 듕츄(仲秋): 음력 8월.
1389) 염후(念後): 스무날 이후.
1390) 늠々(凜凜): 위풍이 있고 당당함.
1391) 쥰슈(俊秀): 풍채가 썩 빼어남.
1392) 슈듕비룡(水中飛龍): 물속의 나는 용.
1393) 귀즁(貴重): 귀하고 중요하게 여김.

승상(丞相)과 부인(婦人)이 ᄌ부(子婦)1396)를 슈이1397) 보고
ᄌ 흐야 고ᄃᆡ(苦待)1398)흐던이 길일(吉日)1399)이 임(臨)흐미 좌
우빈ᄀᆡᆨ(左右賓客)이 구름갓치 모으고 쥬반(酒飯)1400)이 낭ᄌ
(狼藉)1401)흐더라. 방(方) 공ᄌ(公子) 길복(吉服)을 졍(正)이 흐
고 빅마1402)금안(白馬金鞍)1403)의 츄동위의(追從威儀)1404) 빅이
(百里)의 버럿고1405) 싱1406)쇼고악(笙蕭鼓樂)1407)이 흔쳔(掀天)1408)
흐야 김부(金府)의 일으러 즌안(奠雁)1409)을 맛고 신부(新婦)
상교(上轎)1410)를 ᄌᆡ촉흐니 츄밀(樞密)이 흔희(欣喜)1411)흐야
숀을 잡고 왈(曰),

"너난 ᄂᆡ의 ᄋᆡ셔(愛壻)1412)라. 노부(老父) 무산 복(福)으로 이
런 영웅(英雄)을 어더 슬ᄒ(膝下)의 ᄌᆡ미를 삼난요? 최장시(催
裝詩)1413)난 셧々흔 시흥(詩興)1414)이라 현셔(賢壻)난 ᄉ양(辭
讓)치 말고 지으라."

1394) ᄌᆡ명(才名): 재주로 말미암아 소문난 이름.
1395) ᄌ々(藉藉): 소문이나 칭찬 따위가 여러 사람의 입에 오르내리어 떠들썩함.
1396) ᄌ부(子婦): 며느리.
1397) 슈이: 빨리.
1398) 고ᄃᆡ(苦待): 몹시 기다림.
1399) 길일(吉日): 혼례일.
1400) 쥬반(酒飯): 술과 밥.
1401) 낭ᄌ(狼藉): 어지럽게 흩어져 있음. 많음을 비유.
1402) 마: 저본에는 "미"로 되어 있으나 오기로 보이므로 〈낙성전〉(81면)을 따름.
1403) 빅마금안(白馬金鞍): 금 안장을 놓은 흰말.
1404) 츄동위의(追從威儀): 따르는 행렬.
1405) 버럿고: 벌였고. 저본에는 "보럿고"로 되어 있으나 의미를 분명히 하기 위해 〈낙성전〉(81
    면)을 따름.
1406) 싱: 저본에는 "쇡"으로 되어 있으나 오기로 보이므로 이와 같이 고침.
1407) 싱쇼고악(笙蕭鼓樂): 생황, 피리 소리와 북치는 소리.
1408) 흔쳔(掀天): 소리가 커서 천지를 뒤흔들 만함. 흔천동지(掀天動地).
1409) 즌안(奠雁): 전안. 신랑이 신부 집에 기러기를 가지고 가서 상 위에 놓고 절하는 예.
1410) 상교(上轎): 가마에 오름.
1411) 흔희(欣喜): 즐거워서 기뻐함.
1412) ᄋᆡ셔(愛壻): 사랑하는 사위.
1413) 최장시(催裝詩): 신부에게 옷을 입기를 재촉하는 시.
1414) 시흥(詩興): 시심(詩心)을 일어나게 하는 흥취.

방싱(方生)이 흐미이[1415] 웃고 붓슬 들어 화젼(花牋)[1416]의
휘필(揮筆)[1417]ㅎ니 쌔르기 풍운(風雲) 갓타여 필ㅎ(筆下)의 쳘
亽(鐵絲)[1418]를 드린 듯 일각(一刻)[1419]의 지어 츄밀게 보닌이
김공(金公)이 보건딕 이두(李杜)[1420]의 지됴와 亽건(子建)[1421]
의 신쇽(迅速)ㅎ미 잇난지라 좌즁(座中)[1422]의 亽랑ㅎ니 제긱
(諸客)의 치ㅎ(致賀) 분々(紛紛)[1423]ㅎ더라.

　김 쇼져(小姐) 덩[1424]의 들시 츄밀(樞密)이 경계(警戒)[1425] 왈(曰),
　"군亽(君子)을 경딕(敬待)[1426]하고 구고(舅姑)[1427]를 지효(至
孝)[1428]로 셤기고 슉흥야미(夙興夜寐)[1429]ㅎ야 셕일(昔日)[1430]
슉녀(淑女)[1431]를 효측(效則)[1432]ㅎ라."
　ㅎ고 모친(母親)이 씌을 쓰이

1415) 흐미이: 희미하게. 또렷하지 못하고 어렴풋하게.
1416) 화젼(花牋): 아름다운 종이.
1417) 휘필(揮筆): 붓을 휘둘러 글씨를 씀.
1418) **쳘亽(鐵絲)**: 검은색 실과 같은 모습.
1419) 일각(一刻): 원래 한 시간의 1/4, 즉 15분을 가리키는데, 이로부터 '매우 짧은 시간'이라
　　　는 의미가 파생되었음.
1420) 이두(李杜): 이백(李白)과 두보(杜甫). 이백(李白)은 중국 성당기(盛唐期) 시인으로 호는
　　　청련거사(靑蓮居士)이고 자는 태백(太白)이며 본명은 이태백(李太白). 시선(詩仙)으로 불
　　　림. 두보(杜甫)는 중국 성당기(盛唐期) 시인으로 호는 소릉(少陵)이고 자는 자미(子美).
　　　시성(詩聖)으로 불림.
1421) 亽건(子建): 중국 삼국시대(三國時代) 위(魏) 조식(曹植: 192～232)의 자(字). 조식은
　　　조조(曹操)의 셋째 아들. 일곱 걸음을 걷는 동안 지은 시, 즉 '칠보시(七步詩)'의 작가임.
1422) 좌즁(座中): 여러 사람이 모여 있는 자리.
1423) 분々(紛紛): 어지러운 모양.
1424) 덩: 가마.
1425) 경계(警戒): 잘못을 저지르지 않도록 미리 타일러 조심하게 함.
1426) 경딕(敬待): 공경하여 대접함.
1427) 구고(舅姑): 시부모.
1428) 지효(至孝): 더할 나위 없는 효성.
1429) 슉흥야미(夙興夜寐): 아침 일찍 일어나고 밤늦게 잔다는 뜻으로 '밤낮으로 열심히 일함'
　　　을 이르는 말.
1430) 셕일(昔日): 옛날.
1431) 슉녀(淑女): 정숙하고 품위 있는 여자.
1432) 효측(效則): 본받아 법으로 삼음.

며 슈건(手巾)을 미여 경계(警戒) 왈(曰),

"여아(女兒)난 쥬야(晝夜)의 부즈런ᄒ며 온슌비약(溫順卑弱)1433)ᄒ야 군즈(君子)을 예(禮)로 셤기며 부모(父母) 영계(令戒)1434)을 잇지 말나."

당부(當付)ᄒ니 쇼져(小姐) 슈명(受命)1435)ᄒ고 교즈(轎子)의 오른이 방(方) 공즈(公子) 슌금쇄약(純金鎖鑰)1436)으로 뎡문을 잠으고 호숑(護送)ᄒ야 도라온이 등화(燈火)1437) 츄둉(追從)1438)이 희빗츨 가리더라.

부즁(府中)의 도라와 희월각 딕쳥(大廳)의셔 포진(鋪陳)1439)ᄒ고 양(兩) 신인(新人)이 용문화셕(龍紋花席)1440)의 올나 교ᄇᆡ(交拜)1441)할ᄉᆡ 구고(舅姑)와 좌우(左右) 보건딕 안ᄉᆡᆨ(顔色)은 부용(芙蓉)1442) 갓고 옥빈홍안(玉鬢紅顔)1443)이 긔々묘々(奇奇妙妙)ᄒ야 유한졍々(幽閑貞靜)1444)한 틱도(態度) 일우 응졍(凝睛)1445)지 못할 거시요 낙셩의 관옥(冠玉)1446) 갓튼 용화(容華)1447)와 늠々호상(凜凜豪爽)1448)한 풍칙(風采) 짐짓 삼싱가연

1433) 온슌비약(溫順卑弱): 온화하고 순종하며 자신의 몸을 낮춤.
1434) 영계(令戒): 명령과 경계.
1435) 슈명(受命): 명령을 받음.
1436) 슌금쇄약(純金鎖鑰): 순금으로 만든 자물쇠.
1437) 등화(燈火): 등불.
1438) 츄둉(追從): 따라가는 행렬.
1439) 포진(鋪陳): 잔치 따위를 할 때에 앉을 자리를 마련하여 깖.
1440) 용문화셕(龍紋花席): 용을 수놓아 만든 화문석(花紋席).
1441) 교ᄇᆡ(交拜): 전통 결혼식에서 신랑 신부가 서로 절을 주고받는 예.
1442) 부용(芙蓉): 연꽃.
1443) 옥빈홍안(玉鬢紅顔): 옥같이 매끄러운 귀밑털과 발그레한 얼굴.
1444) 유한졍々(幽閑貞靜): 그윽하고 한가로우며 곧고 깨끗함.
1445) 응졍(凝睛): 응시(凝視). 자세히 봄.
1446) 관옥(冠玉): 관(冠)의 앞을 꾸미는 옥. 남자의 얼굴이 아름다움을 비유하는 말.
1447) 용화(容華): 잘 생긴 얼굴.
1448) 늠々호상(凜凜豪爽): 늠름하고 시원스러움.

(三生佳緣)1449)이요 일딕호구(一代好逑)1450)라. 부々(夫婦) 쌍々(雙雙)으로 교빅(交拜)를 맛고 구고(舅姑)게 펴빅(幣帛)을 진헌1451)(進獻)1452)할ᄉᆡ 거름은 향운(香雲)1453)이 일어나난 듯ᄒ니 구고(舅姑) 딕희과망(大喜過望)1454)ᄒ야 미우(眉宇)1455)의 희ᄉᆡᆨ(喜色)1456)이 만안(滿顔)1457)ᄒ고 좌우(左右) 칙々치ᄒ(嘖嘖致賀)1458)ᄒ더라.

신부(新婦) 슉쇼(宿所)을 부용각의 증(定)ᄒ니 신부(新婦) 단장(丹粧)1459)을 벗고 화병(畵屛)1460)의 의지(依支)ᄒ엿던이 방싱(方生)이 부명(父命)1461)으로 신방(新房)의 나아간이 신부(新婦) 쳔연(天然)이1462)

54면

몸을 일어1463) 좌(坐)ᄒ고 슈습(收拾)1464)ᄒ난 틱도(態度) 더욱 어리롭고1465) 쇄락(灑落)1466)ᄒ니 싱(生)이 깃부물 익이지 못하

1449) 삼싱가연(三生佳緣): 삼생의 아름다운 인연. 삼생은 전생(前生), 현생(現生), 내생(來生)을 통틀어 이르는 말.
1450) 일딕호구(一代好逑): 한 시대의 좋은 짝.
1451) 헌: 저본에는 "허"로 되어 있으나 오기로 보이므로 〈낙성전〉(83면)을 따름.
1452) 진헌(進獻): 바쳐 올림.
1453) 향운(香雲): 향기로운 구름.
1454) 딕희과망(大喜過望): 바라는 바에 넘쳐 크게 기뻐함.
1455) 미우(眉宇): 이마의 눈썹 근처.
1456) 희ᄉᆡᆨ(喜色): 기쁜 빛.
1457) 만안(滿顔): 얼굴에 가득함.
1458) 칙々치ᄒ(嘖嘖致賀): 앞 다투어 축하함.
1459) 단장(丹粧): 화려한 옷.
1460) 화병(畵屛): 그림 병풍.
1461) 부명(父命): 아버지의 명령.
1462) 쳔연(天然)이: 자연스레.
1463) 일어: 일으켜.
1464) 슈습(收拾): 몸을 바로잡음.
1465) 어리롭고: 아리땁고.
1466) 쇄락(灑落): 시원스러움.

야 원앙(鴛鴦)이 녹슈(綠水)1467)를 만남 갓더라.

김 소져(小姐)1468) 인(因)ᄒ야 구고(舅姑)을 지효(至孝)로 셤기고 가부(家夫)를 예(禮)로 딕졉(待接)ᄒ니 승상(丞相)과 부인(夫人)이 과익(過愛)ᄒ고 싱이 즁딕(重待)1469)ᄒ더라.

ᄎ후(此後) 승상(丞相)이 됴당(朝堂)1470)의 일곳 읍시면 희월각의셔 ᄌ부(子婦)를 압희 안치고 지극(至極) 스랑ᄒ며 ᄌ가(自家) 부인(婦人)으로 더부러 시ᄉ(詩詞)을 창화(唱和)1471)ᄒ며 흑빅(黑白)을 닷토와1472) 미진(未盡)ᄒ 심ᄉ(心事) 읍더라.

이 히 진(盡)ᄒ고 명츈(明春)의 쳔ᄌ(天子) 과장(科場)을 셜시(設施)1473)ᄒ실ᄉ 방싱(方生)이 과장(科場)의 나가 응쳔규목1474)ᄒ야 갑과(甲科)의 쌔인이1475) 즉일(卽日) 창방(唱榜)1476)의 어화쳥삼(御花靑衫)1477)으로 부즁(府中)의 도라와 부모(父母)게 뵈온이 모부인(母夫人)이 옥슈(玉手)를 잡고 흔연(欣然)1478) 왈(曰),

"너의 부친(父親)이 십이(十二) 셰(歲)의 장원(壯元)을 ᄒ시던이 네 쏘흔 십삼(十三) 히ᄌ(孩子)1479)로 계화(桂花)를 썩근이 션됴(先祖) 젹덕(積德)1480)인가 ᄒ노라."

1467) 녹슈(綠水): 푸른 물.
1468) 소져(小姐): 저본에는 이 단어가 없으나 문맥이 통하지 않아 〈낙성전〉(84면)을 따라 이 단어를 첨가함.
1469) **즁딕**(重待): 소중히 대접함.
1470) 됴당(朝堂): 조정.
1471) 창화(唱和): 짓고 화답함.
1472) 흑빅(黑白)을 닷토와: 흑과 백을 다투어. 즉 바둑을 둔다는 말.
1473) 셜시(設施): 베풂.
1474) 응쳔규목: 미상.
1475) 쌔인이: 뽑히니.
1476) 창방(唱榜): 방목(榜目)에 적힌 과거 급제자의 이름을 부르던 일.
1477) 어화**쳥삼**(御花靑衫): 임금이 문무과에 급제한 사람에게 내려 주던 종이꽃[어사화(御賜花)]과 남색 도포.
1478) 흔연(欣然): 기뻐하는 모양.
1479) 히ᄌ(孩子): 어린아이.
1480) **젹덕**(積德): 쌓은 덕.

승상(丞相)이 두굿거옴1481)과 깃부믈1482) 니긔디 못ᄒ야1483)
듸연(大宴)을 진셜(陳設)1484)ᄒ야 경ᄒ(慶賀)헌이라.

쳔ᄌ(天子) 방(方) 장원(壯元)을

55면

도두어1485) 도어ᄉ(都御使)를 ᄒ이시고1486) 김 쇼져(小姐)를 봉
관화리(鳳冠花履)1487)을 쥬신이 일가(一家)의 영광(榮光)이 혁々
(赫赫)1488)ᄒ더라.

방(方) 어ᄉ(御使) 직ᄉ(職司)1489)를 다ᄉ리믹 청염증직(淸廉
正直)1490)ᄒ믹 기부(其父)1491)로 상ᄒ(上下)1492)치 안인이 상
(上)이 ᄉ랑ᄒᄉ 칭찬(稱讚) 왈(曰),

"방낙셩(方落星)은 옥당(玉堂)1493) 제일(第一) 명ᄉ(名士) 되
여 츙졀(忠節)1494)과 직명(才名)1495)이 아비게 나리지 안인이
그 훈ᄌ(訓子)1496)ᄒ믹 더옥 긔특ᄒ도다."1497)

1481) 두굿거옴: 즐거움.
1482) 깃부믈: 기쁨을.
1483) 두굿거옴과~못ᄒ야: 저본에는 "깃분과 두굿겨 인(因)ᄒ야"로 되어 있으나 의미를 분명
　　　히 하기 위해 〈낙성전〉(85면)의 부분으로 대체함.
1484) 진셜(陳設): 베풂. 연회나 의식에 쓰는 물건을 차려놓음.
1485) 도두어: 돋우어.
1486) ᄒ이시고: 시키시고.
1487) 봉관화리(鳳冠花履): 봉황 무늬가 있는 관(冠)과 꽃무늬가 그려진 신발.
1488) 혁々(赫赫): 빛나고 뚜렷함.
1489) 직ᄉ(職司): 맡은 일.
1490) **청염증직(淸廉正直)**: 청렴정직. 마음이 고결하고 재물 욕심이 없으며 바르고 곧음.
1491) 기부(其父): 그 아버지.
1492) 상ᄒ(上下): 낫고 못함.
1493) 옥당(玉堂): 한림원(翰林院)의 별칭. 한림원은 주로 학문과 문필에 관한 일을 맡았던 곳.
1494) 츙졀(忠節): 충성과 절개.
1495) 직명(才名): 재주로 말미암아 소문난 이름.
1496) 훈ᄌ(訓子): 자식을 가르침.
1497) 훈ᄌ(訓子)ᄒ믹~긔특ᄒ도다: 이 부분은 저본에 "훈ᄌᄒ물 더옥 긔특이 역이더라"로 되
　　　어 있으나 임금의 말이 끝나는 부분이 없어 이와 같이 고침. 이처럼 임금의 말이 정확히

마양 승상(丞相)을 부르스 스쥬(賜酒)ᄒ시더라.

광음(光陰)이 신쇽(迅速)ᄒ야 두어 ᄒ 지난이 김 쇼졔(小姐
ㅣ) 싱ᄌ(生子)[1498]ᄒ니 일기(一個) 옥동(玉童)이라. 승상(丞相)
과 부인(婦人)이 스랑ᄒ미 장즁보옥(掌中寶玉)[1499]이며 어스
(御使) 더옥 김씨를 즁ᄃᆡ(重待)ᄒ고 유ᄌ(幼子)를 춍ᄋᆡ(寵愛)ᄒ
여 명(名)을 현이라 ᄒ고 ᄌ(字)를 반빅이라 ᄒ다.

일々(一日)은 승상(丞相)이 됴회[1500](朝會)를 파(罷)ᄒ고 고
요히 상(上)을 모셔던이 졔(帝) 가라스ᄃᆡ,

"짐(朕)이 경(卿)의 문필(文筆)을 사랑ᄒ난이 ᄆᆡ양(每樣) 바
다 병풍(屛風)을 민드러 침젼(寢殿)[1501]의 치고ᄌ ᄒ되 번요(煩
擾)[1502]ᄒ기로 못ᄒ엿난이 금일(今日)은 됴용ᄒ니[1503] 글을 지
여 금ᄌ(金字)[1504]로써 드리라."

ᄒ신이 승상(丞相)이 쥬왈(奏曰),

"맛당이 아름다온 필획(筆劃)과 긔특(奇特)한 ᄌᆡ됴(才藻)[1505]를

56면

어더 폐[1506]ᄒ(陛下)의 침젼(寢殿)의 두고 보실지라. 웃지 신
(臣)의 츄필(醜筆)[1507]로[1508] 작시(作詩)[1509]ᄒ릿가? 슈연(雖然)[1510]

끝나지 않고 서술자의 말로 바로 연결되는 것은 〈낙성전〉(85면)과 〈쌍완기봉〉(52면)에도
보임.
1498) 싱ᄌ(生子): 아들을 낳음.
1499) 장즁보옥(掌中寶玉): 손안에 든 보배로운 옥이란 뜻으로 '가장 사랑스럽고 소중한 것'을
비유하여 이르는 말.
1500) 회: 저본에는 "희"로 되어 있으나 오기로 보이므로 이와 같이 고침
1501) 침젼(寢殿): 임금의 침방(寢房).
1502) 번요(煩擾): 번거롭고 요란스러움.
1503) 됴용ᄒ니: 조용하니.
1504) 금ᄌ(金字): 이금(泥金)으로 쓰거나 금박(金箔), 금분(金粉) 따위로 나타낸 글자.
1505) ᄌᆡ됴(才藻): 시문을 짓는 재능.
1506) 폐: 저본에는 "퍄"로 되어 있으나 오기이므로 〈낙성전〉(86면)을 따름.
1507) 츄필(醜筆): 못난 붓. 재주가 없음을 비유하는 말.

186 조선시대 동성혼 이야기 방한림전

이나 ᄒ교(下敎)1511) 여ᄎ(如此)ᄒ신이 한번 츄(醜)혼 ᄌ죠(才
藻)로 쳔안(天顔)의 우스믈 돕ᄉ오린이다.”

　상(上)이 딕희(大喜)ᄒᄉ 좌우(左右)로 빅능1512)팔복(白綾八
幅)1513)과 용미연(龍尾硯)1514)의 봉미필(鳳尾筆)1515)을 쥬신이
승상(丞相)이 깁1516)을 펴고 닙각(立刻)1517)의 나리1518) 쓸싀
상(上)이 그 ᄌ됴(才藻)를 신이(神異)ᄒᄉ 젼혀 싱각지 안코
글졔의 어려오믈 염여(念慮) 안코 신속(迅速)ᄒ믈 탄복(歎服)
ᄒ시던이 최후(最後)의 금ᄌ(金字)로 신필(伸筆)1519)ᄒ야 밧드
러 어탑(御榻)1520)의 올인이 상(上)이 더옥 긔특이 역이ᄉ 밧
아 보신이 필획(筆劃)이 졍공(精工)1521)ᄒ고 ᄌ체(字體) 쇄락
(灑落)1522)ᄒ야 광치(光彩) 죠요(照耀)1523)ᄒ며 말솜이 지극한
졍논(正論)이라. 어람(御覽)1524)을 맛ᄎ신 후 탄지(歎之)1525) 칭
션(稱善)1526) 왈(曰),

　“경(卿)의 문장(文章) 필법(筆法)을 알아건이와 이딕도록 긔

1508) 로: 저본에는 “을”로 되어 있으나 문맥에 맞지 않아 〈낙성전〉(86면)을 따름.
1509) 작시(作詩): 시를 지음.
1510) 슈연(雖然): 비록 그러하나.
1511) ᄒ교(下敎): 임금이 내린 명령.
1512) 능: 저본에는 “농”으로 되어 있으나 문맥에 맞지 않아 〈쌍완기봉〉(53면)을 따름.
1513) 빅능팔복(白綾八幅): 흰빛의 얇은 비단 여덟 폭. ‘복’은 ‘폭(幅)’의 옛말임.
1514) 용미연(龍尾硯): 중국 안휘성(安徽省) 무원현(婺源縣)의 용미산(龍尾山)에서 나는 돌로
　　　만든 벼루. 석질이 단단하여 먹을 내는 데 좋다고 함.
1515) 봉미필(鳳尾筆): 봉황 꼬리의 깃과 같이 많은 갈래로 나뉘어 있어 글씨를 쓰기에 좋은 붓.
1516) 깁: 원래는 ‘명주실로 바탕을 좀 거칠게 짠, 무늬 없는 비단’이라는 뜻이나 여기에서는
　　　‘비단’의 뜻.
1517) 닙각(立刻): 즉각(卽刻).
1518) 나리: 내리.
1519) 신필(伸筆): 글을 펴다.
1520) 어탑(御榻): 임금의 상탑(牀榻).
1521) 졍공(精工): 정밀하고 공교함.
1522) 쇄락(灑落): 상쾌하고 시원함.
1523) 죠요(照耀): 밝게 비치어 빛남.
1524) 어람(御覽): 임금이 봄. 상람(上覽). 성람(聖覽).
1525) 탄지(歎之): 그것에 감탄함.
1526) 칭션(稱善): 좋다고 칭찬함.

이(奇異)함과 알음다온 문중(文章)을 으더 금즈(金字)로 쓰이
고즈 ᄒ미 오라나[1527] 득(得)지 못ᄒ여던이 금일(今日)이야 쇼
원(所願)을 일으도다. 무엇스로 공(功)을 표(表)ᄒ리요?"

승상(丞相)이 증식(正色)[1528] 쥬왈(奏曰),

"신의 용열(庸劣)[1529]ᄒ온 직됴(才藻)로 폐[1530]ᄒ(陛下) 과장
(過奬)[1531]ᄒ오신이 불승참괴숑율(不勝慙愧悚慄)[1532]

57면

ᄒ온지라 읏지 공(功)이라 ᄒ시릿고? 신(臣)의 원(願)이 안이로쇼이다."

상(上)이 우으시고 옥음(玉音)을 나리와[1533] 어필(御筆)로 쓰
신 칙 두 권과 황금셔징[1534](黃金書鎭)[1535] 일 쌍과 통쳔칠보
관(通天七寶冠)[1536]을 ᄉ급(賜給)[1537]ᄒ신이 승상(丞相)이 고두
(叩頭)[1538] ᄉ은(謝恩)[1539]ᄒ고 물너오다.

즉시(卽時) 장인(匠人)[1540]으로 금즈병풍(金字屛風)[1541]을 민

1527) 오라나: 오래이나.
1528) 증식(正色): 정색. 낯빛을 바르게 함.
1529) 용열(庸劣): 평범하고 재주가 남보다 못함.
1530) 폐: 저본에는 "퍼"로 되어 있으나 오기이므로 〈낙성전〉(87면)을 따름.
1531) 과장(過奬): 지나치게 칭찬함.
1532) 불승참괴숑율(不勝慙愧悚慄): 부끄럽고 두려움을 이기지 못함.
1533) 옥음(玉音)을 나리와: 손수 명령을 내려. 저본에는 "오건"으로 되어 있으나 문맥이 통하
　　　지 않아 〈쌍완기봉〉(53면)을 따름.
1534) 황금셔징: 저본에는 "환셩싁"이라 되이 있으나 뜻이 통하지 않아 〈쌍완기봉〉(54면)을 따름.
1535) 황금셔징(黃金書鎭): 황금으로 만든 서진(書鎭). '셔징'은 '서진'. 서진은 책장이나 종이
　　　쪽이 바람에 날아가지 않도록 누르는 물건.
1536) 통쳔칠보관(通天七寶冠): 일곱 가지 보석으로 장식된 황제가 업무를 보거나 조칙을 내릴
　　　때 쓰는 관.
1537) ᄉ급(賜給): 임금이 신하에게 물건을 하사함.
1538) 고두(叩頭): 경의를 나타내기 위해 머리를 조아림.
1539) 사은(謝恩): 받은 은혜에 대하여 감사함.
1540) 장인(匠人): 도공(陶工) 등과 같이, 손으로 물건 만드는 일을 업으로 하는 사람.
1541) 금즈병풍(金字屛風): 금박 글씨로 꾸민 병풍.

드러 침젼(寢殿)의 치시고 그 지화(才華)1542)를 시々(時時)로 칭찬ᄒ시더라.

승상(丞相)이 본부(本府)의 도라와 부인(婦人)을 디(對)ᄒ야 연즁(筵中)1543) 셜화(說話)을 일으고 셔징(書鎭)과 칙(冊)은 어ᄉ(御使)를 불너 쥬어 왈(曰),

"닉 임군게 어든 바를 네게 젼ᄒ노라."

어ᄉ(御使) 딕희(大喜)ᄒ야 쌍슈(雙手)로 바다 공경(恭敬)ᄒ야 물너나다.

통쳔관(通天冠)은 ᄌ가(自家)1544) 쓰거날 부인이 낭쇼(朗笑)1545) 왈(曰),

"군ᄌ(君子) 상급(賞給)1546) 밧든 거슬 아ᄌ(兒子)와 그딕난 가지되 쳡(妾)의게난 밋치지 안이ᄒ니 엇지요?"

승상(丞相)이 쇼왈(笑曰),

"이거슨 다 부인(夫人)의게 당(當)치 안이ᄒ 비라. 가이 부인(夫人)을 쥬지 안컨이와 시방(時方)1547) 부인(夫人) 몸 우희 가진 위의(威儀) 다 닉게셔 비로슨 비라. 흡둑(洽足)1548)ᄒ거날 투졍(妬情)1549)하신이 욕심이 지즁(至重)1550)ᄒ도다."

부인(夫人)이 잠쇼(潛笑)1551) 왈(曰),

"닉의 당치 안인 빅 그딕게 홀노 당할 빅 잇스리요? 맛참닉 져리 쾌(快)한 체ᄒ시난요?"

1542) 지화(才華): 뛰어난 재능.
1543) 연즁(筵中): 임금과 신하가 모여 자문(諮問)·주달(奏達)하던 자리. 연석(筵席).
1544) ᄌ가(自家): 자기.
1545) 낭쇼(朗笑): 낭랑하게 웃음.
1546) 상급(賞給): 상으로 줌 또는 그런 돈이나 물건
1547) 시방(時方): 지금.
1548) 흡둑(洽足): 모자람이 없이 아주 넉넉함.
1549) 투졍(妬情): 무엇이 마땅치 않거나 불만이 있을 때 떼를 쓰며 조르는 일.
1550) 지즁(至重): 참으로 많음.
1551) 잠쇼(潛笑): 가만히 웃음.

58면

던 미우(眉宇)1552)를 찡긔고1553) 흥미(興味) 스연(些然)1554)ᄒ야 왈(曰),

"부인(夫人)은 들먹이지 말나. 시인(時人)1555)이 날노써 환즈(宦者)1556)라 할지언정 궁곡(窮曲)히1557) 의심치 안터이다."

부인(婦人)이 잠쇼(潛笑)ᄒ더라.

잇씨 방(方) 어스(御使) 물망(物望)이 올나 병부상셔(兵部尙書)로 초야(草野)을 경동(驚動)1558)ᄒ고 상춍(上寵)1559)이 날노 더ᄒ신이 뉘 안이 츄앙(推仰)ᄒ리요? 승상이 병부(兵部)을 경계(警戒)1560) 왈(曰),

"네 불과 십칠(十七) 쇼아(小兒)로 벼살이 일품(一品)의 올나 육경(六卿)1561)의 이른이 됴물(造物)1562)이 두려1563)운지라. 고언(古言)의 왈, '그릇시 차면 넘치고 달이 두렷ᄒ면 듀러진다.1564)' ᄒ니 이 씻々한지라. 무릇1565) 스람이 당(當)ᄒ 후(後)

1552) 미우(眉宇): 눈썹의 언저리.
1553) 찡긔고: 찡그리고.
1554) 스연(些然): 적어짐.
1555) 시인(時人): 요즘 사람.
1556) 환즈(宦者): 환관. 내시.
1557) 궁곡(窮曲)히: 깊이.
1558) 경동(驚動): 놀라 움직이게 함.
1559) 상춍(上寵): 임금의 은혜.
1560) 경계(警戒): 잘못을 저지르지 않도록 미리 타일러 조심하게 함.
1561) 육경(六卿): 육부 상서를 예스럽게 일컫는 말.
1562) 됴물(造物): 조물주.
1563) 려: 저본에는 "라"로 되어 있으나 오기로 보이므로 이와 같이 고침.
1564) 달이~듀러진다: 인생이 흥하면 쇠하기 마련이라는 말. 「사기(史記)」〈채택전(蔡澤傳)〉에 나옴. "달이 보름이 되면 곧 이지러진다. 月滿則虧."
1565) 릇: 저본에는 "른"으로 되어 있으나 오기이므로 〈낙성전〉(89면)을 따름.

난 뉘웃쳐도 밋지 못호난이 닉 아희난 모로미 슈심경공(修心
敬恭)1566)호야 검박(儉朴)1567)호기를 심씨고1568) 츙셩(忠誠)을
가다듬어 우리 션됴(先祖)의 명풍(名風)1569)을 욕(辱)되지 말나.”
   병부(兵部) 슈명(受命)1570)호야 명(命)을 밧즈온 후 더옥 죠
심(操心)호야 츙효(忠孝) 날노 더호더라.
   승상(丞相)이 일々(一日)은 외헌1571)(外軒)1572)의셔 죠용이
안즈던이 홀연(忽然)1573) 압희셔 일인(一人)이 갈건(葛巾)1574)
학창의(鶴氅衣)1575)로 쥭장(竹杖)을 집고 셧슨이 긔골(氣骨)1576)
이 션풍도골(仙風道骨)1577)이라. 승상(丞相)이 경아1578)(驚訝)1579)
호여 아모 곳으로 날 쥴 몰나 망급(忙急)1580)히 의관(衣冠)을
졍(正)

59면

이 호고 마즈 왈(曰),
   “딕킥(大客)1581)이 누쳐(陋處)1582)의 임(臨)호신딕 복(僕)1583)

이 망연(茫然)이1584) 안ㅈ 예(禮)를 폐(廢)ㅎ야 오리 셔 게시게
ㅎ니 불민(不敏)1585) 참1586)괴(慚愧)1587)로쇼이다. 당(堂)의 올
으심을 청(請)ㅎ나이다."

기인(其人)이 흠신(欠身)1588) 답왈(答曰),

"비인(鄙人)1589)은1590) 현산 도ㅅ(道士)런이 잠간 져근 슐법
(術法)1591)이 잇셔 상(相) 보기를 ㅎ던이 잠간 일으러신아 엇
지 귀인(貴人)이 맛기를 쯧ㅎ릿고?"

승상(丞相)이 흔연(欣然) 쇼왈(笑曰),

"도인(道人)이 신이(神異)흔 직됴(才操)1592) 잇난가 ㅎ니 늬
의 얼골을 보쇼셔."

도ㅅ(道士) 침음(沈吟)1593) 답왈(答曰),

"군(君)의 임아1594) 달 갓타여 너르고 눈셥이 팔ㅈ로 놉고
말근이 비록 직됴(才操)로오나1595) 됴상부모(早喪父母)1596)할 거
시요, 코히 살찌고 두 귀 쎕이 희미흔 도화(桃花)1597) 갓타1598)
신이 츌장입상(出將入相)1599)ㅎ야 만인지상(萬人之上)1600)이 될

1582) 누쳐(陋處): 누추한 곳.

1583) 복(僕): 자기를 낮추어 부르는 말.

1584) 망연(茫然)이: 우두커니.

1585) 불민(不敏): 기민하지 못함.

1586) 참: 저본에는 "참"으로 되어 있으나 오기로 보이므로 〈낙성전〉(90면)을 따름.

1587) 참괴(慚愧): 부끄럽게 여김.

1588) 흠신(欠身): 존경의 뜻을 나타내기 위하여 몸을 굽힘.

1589) 비인(鄙人): '비루한 사람'이라는 뜻으로 자신을 낮춰 부르는 말.

1590) 은: 저본에는 "을"로 되어 있으나 문맥에 맞지 않아 이와 같이 고침.

1591) 슐법(術法): 음양(陰陽)과 복술(卜術)에 관한 이치 및 그 실현 방법.

1592) 직됴(才操): 재주.

1593) 침음(沈吟): 깊이 생각함.

1594) 임아: 이마.

1595) 직됴(才操)로오나: 재주가 있으나.

1596) 됴상부모(早喪父母): 어려서 부모를 여읨.

1597) 도화(桃花): 복숭아꽃.

1598) 갓타: 저본에는 이 글자들이 반복되어 있으나 불필요하므로 한 단어를 삭제하였음.

1599) 츌장입상(出將入相): 조정 밖에 나가면 장수가 되고 들어오면 재상이 된다는 뜻으로서 문
무를 다 갖추어 장수와 재상을 두루 거친다는 말.

거시요1601) 양목(兩目)이 가날고 길며 흐로난 듯흔 빗치 흘너1602) 물결 갓타신이 지됴롭고 지극 귀ᄒ신아 입셜1603)이 단ᄉ(丹砂)1604)을 찍은 듯ᄒ여 얄븐이 구변(口辯)1605)은 쇼진(蘇秦)1606) 갓트며 호치빅옥(皓齒白玉)1607) 갓튼이 짐짓 경국(傾國)1608)할 상(相)이로딕, 진미(眞美)1609)ᄒ기로 도로혀 금실(琴瑟)의 낙(樂)1610)이 긋치고 이마의 한 졈 ᄉ마괴1611) 잇고 긔뷔1612)(肌膚ㅣ)1613) 너모 쳥슈(淸秀)1614)ᄒ야 즈여(子女) 읍실 상(相)이요, 골격(骨格)이 쇼아(素雅)1615)ᄒ야 진쇽틱(塵俗態)1616) 읍

60면

슨이 슈(壽)1617)난 ᄉ십(四十)을 못할 거시온이 반다시 오라지 안이ᄒ야셔 쳔궁(天宮)1618)의 됴회1619)(朝會)ᄒ린이 다 임의 쇼

1600) 만인지상(萬人之上): 만 사람의 위. 곧 승상을 가리킴. 이 어구는 주로 '일인지하(一人之下)'와 짝이 되어 쓰이는데, 여기서의 '일인(一人)'은 임금을 가리킴.
1601) 만인지상(萬人之上)이 될 거시요: 저본에는 "만인긔상이요"로 되어 있으나 문맥에 맞지 않아 〈쌍완기봉〉(56면)을 따름.
1602) 듯흔~흘너: 저본에는 "듯 빗치"로 되어 있으나 자연스럽지 않아 〈낙성전〉(91면)을 따름.
1603) 입셜: 입술.
1604) 단ᄉ(丹砂): 새빨간 빛이 나는 광물.
1605) 구변(口辯): 말을 잘하는 재주나 솜씨. 언변(言辯).
1606) 쇼진(蘇秦): 중국 전국시대(戰國時代)의 유세가(遊說家).
1607) 호치빅옥(皓齒白玉): 흰 옥같이 희고 깨끗한 이.
1608) 경국(傾國): 임금이 미녀에 혹하여 국정을 게을리함으로써 나라를 위태롭게 함.
1609) 진미(眞美): 참으로 아름다움.
1610) 금실(琴瑟)의 낙(樂): 현악기인 금(琴)과 슬(瑟)이 소리가 서로 잘 어울리는 것처럼 부부가 잘 어울려 사는 즐거움.
1611) ᄉ마괴: 사마귀.
1612) 뷔: 저본에는 "뵈"로 되어 있으나 문맥에 맞지 않아 이와 같이 고침.
1613) 긔뷔(肌膚ㅣ): 기부(肌膚)가. 기부는 사람이나 동물의 몸을 싸고 있는 살이나 살가죽.
1614) **쳥슈(淸秀)**: 깨끗하고 빼어남.
1615) 쇼아(素雅): 희고 우아함.
1616) 진쇽틱(塵俗態): 속세의 모습.
1617) 슈(壽): 수명(壽命)의 준말. 타고난 목숨의 연한(年限).
1618) 쳔궁(天宮): 하늘에 있는 궁궐.

견(所見)1620)딘로 고(告)ᄒᆞ엿난지라 당1621)돌(唐突)1622)ᄒᆞ물 용셔(容恕)ᄒᆞ쇼셔.”

말을 맛치며 일진(一陣)1623) 청풍(淸風)이 되여 간 곳 읍고 다만 화션(花扇)1624) ᄒᆞ나 ᄂᆞ려졋더라. 집어본즉 도ᄉᆞ(道士)의 글이라.

그 글의 왈(曰),

‘음양(陰陽)을 변(變)ᄒᆞ야 임군과 ᄉᆞ히(四海)1625)를 쇽이믹 그 벌1626)이 읍지 안이리로다. 천궁(天宮)의셔 호ᄉᆡᆨ(好色)1627) ᄒᆞ기를 방ᄌᆞ(放恣)1628)이 ᄒᆞ니 ᄎᆞ싱(此生)1629)의 금실지낙(琴瑟之樂)을 싯쳐슨이 스ᄉᆞ로 되(罪)를 아난다? 그 못시 ᄎᆞ면 넘치고 영화(榮華) 극(極)ᄒᆞ면 슬푸미 오난이 옥제(玉帝)1630) 옛 신ᄒᆞ(臣下)을 보시고ᄌ ᄒᆞ시난도다. 원컨듸 공(公)은 명연(明年) 삼월(三月) 쵸ᄉᆞ일(初四日) 맛나게 ᄒᆞ라.’

ᄒᆞ얏더라. 승상(丞相)이 보고 앙천탄식(仰天歎息)1631) 왈(曰),

“닉 일기(一介)1632) 안여ᄌᆞ로 힝셰(行世)1633) 임이 오란지라, 웃지 천벌(天罰)이 읍스리요? 틱극비래1634)(泰極悲來)1635)라 흔

1619) 회: 저본에는 "휘"로 되어 있으나 오기로 보이므로 〈낙성전〉(92면)을 따름.
1620) 쇼견(所見): 어떤 사물을 보고 살피어 가지는 의견이나 생각.
1621) 당: 저본에는 "달"로 되어 있으나 오기로 보이므로 〈낙성전〉(92면)을 따름.
1622) 당돌(唐突): 꺼리거나 어려워함이 없이 올차고 도랑도랑함.
1623) 일진(一陣): 한바탕 몰아치거나 몰려오는 구름이나 바람 따위의 한 덩어리.
1624) 화션(花扇): 꽃 모양이 있는 부채.
1625) ᄉᆞ히(四海): 사방의 바다. 온 천하.
1626) 벌: 저본에는 "별"로 되어 있으나 오기로 보이므로 이와 같이 고침.
1627) 호ᄉᆡᆨ(好色): 여색을 좋아함.
1628) 방ᄌᆞ(放恣): 꺼리거나 삼가는 태도가 보이지 않고 교만스러움.
1629) ᄎᆞ싱(此生): 이승.
1630) 옥제(玉帝): 옥황상제(玉皇上帝).
1631) 앙천탄식(仰天歎息): 하늘을 우러러보며 탄식함.
1632) 일기(一介): 보잘것없는 한낱.
1633) 힝셰(行世): 세상에 나가 행동함.
1634) 래: 저본에는 "회"로 되어 있으나 문맥에 맞지 않아 〈낙성전〉(93면)을 따름.
1635) 틱극비래(泰極悲來): 편안함이 지나치면 슬픔이 옴.

번 도라가 상제(上帝)게 됴회1636)(朝會)ᄒ고 부모(父母)를 맛나

미 원(願)이나 다만 부인(夫人)이 날노 ᄒ야금 일윤(人倫)을

아지 못ᄒ고 공연(空然)이1637) 츈광(春光)1638)을 헛도이 맛츤이

가련(可憐)ᄒ나 져의 청절(淸絶)1639)ᄒ야 부々(夫婦)의 도(道)

을 괴

61면

로와ᄒ난 사람이라 셔로 긔딕(企待)ᄒ야 유관장(劉關張)1640)의

ᄒ날 죽지 안이믈 낫게1641) 역이던이 이졔 닉 죽으면 그 누을

의지(依支)ᄒ리요? 가련츠셕(可憐嗟惜)1642)이라.”

안셕(案席)1643)의 의지(依支)ᄒ여 쳔익(天涯)1644)를 바라보며

상양(商量)1645)ᄒ미 남아(男兒) 못되믈 늣기더라.

초츄(初秋)1646) 팔월(八月)의 김 쇼져 또 싱ᄌ(生子)하니 아

름답기 옥(玉) 갓타여 현으로 다르미 읍ᄉ니 승상(丞相)과 부

인(婦人)이 딕희(大喜)ᄒ여 ᄒ더라.

셕희(惜噫)라.1647) 이 ᄒ 진(盡)ᄒ고 명츈(明春)이라. 방(方)

승상(丞相)이 딕연(大宴)을 빅셜(排設)ᄒ고 삼일(三日)을 만됴

1636) 회: 저본에는 “희”로 되어 있으나 오기로 보이므로 이와 같이 고침.
1637) 공연(空然)이: 헛되이.
1638) 츈광(春光): 봄볕, 봄의 경치라는 뜻으로서 ‘젊은 시절’을 가리키는 말.
1639) **청졀(淸絶)**: 너무 맑음.
1640) 유관장(劉關張): 중국 삼국시대(三國時代)에 의형제를 맺었던 촉(蜀)의 유비(劉備)・관
      우(關羽)・장비(張飛)를 가리킴.
1641) 낫게: 낮게.
1642) 가련츠셕(可憐嗟惜): 불쌍하고 안타까움.
1643) 안셕(案席): 앉을 때 몸을 기대는 기구.
1644) 쳔익(天涯): 하늘의 끝.
1645) 상양(商量): 생각함.
1646) 초츄(初秋): 초가을. 음력 7월.
1647) 셕희(惜噫)라: 안타깝도다.

붕관(滿朝朋官)[1648]과 고구친쳑(故舊親戚)[1649]을 모ᄒ 질길식 승상(丞相)이 다시 이 갓튼 경연(慶宴)[1650]을 보지 못할 줄 슬어이 역여 옥비(玉杯)를 잡아 츄연(惆然)[1651]이 비가(悲歌)[1652]를 음영(吟詠)ᄒ민 옥셩(玉聲)이 쳥아신속(淸雅迅速)[1653]ᄒ고 낭々쇄연(朗朗灑然)[1654]ᄒ야 가난 구름을 멈츄고 봉황(鳳凰)이 딕무(對舞)[1655]ᄒ난 듯 관광직(觀光者ㅣ)[1656] 즈연(自然) 강기쵸창(慷慨怊悵)[1657]ᄒ야 슈란(愁亂)[1658]ᄒ더라.

승상(丞相)이 안쇠(顔色)을 곳치고 함누불이(含淚不已)[1659]ᄒ니 제인(諸人)이 놀나 왈(曰),

"명공(明公)[1660]은 바야흐로 쳥츈(靑春)이시라 엇지 불길(不吉)ᄒ 시(詩)를 음영(吟詠)ᄒᄉ 창화(唱和)하시난잇고?"

승상(丞相)이 츄연(惆然)[1661] 답왈(答曰),

"학싱(學生)이 본딕 긔질(氣質)이 약(弱)ᄒ

62면

고 질병(疾病)이 잇셔 인간(人間)이 오라지 안일지라. 비록 쳥츈(靑春)이나 싱각건딕 다시 이갓치 질기지 못할지라 즈연(自

1648) 만됴붕관(滿朝朋官): 온 조정의 친구와 관리.
1649) 고구친쳑(故舊親戚): 친구와 친척.
1650) 경연(慶宴): 경사스러운 잔치.
1651) 츄연(惆然): 슬퍼하는 모양.
1652) 비가(悲歌): 슬픈 노래.
1653) 쳥아신속(淸雅迅速): 맑고 전아하며 빠름.
1654) 낭々쇄연(朗朗灑然): 낭랑하고 시원함.
1655) 딕무(對舞): 마주 보고 춤을 춤.
1656) 관광직(觀光者ㅣ): 보는 사람이.
1657) 강기쵸창(慷慨怊悵): 슬퍼함.
1658) 슈란(愁亂): 시름이 많아 정신이 어지러움.
1659) 함누불이(含淚不已): 눈물을 흘려 그치지 않음.
1660) 명공(明公): 듣는 이가 높은 벼슬아치일 때, 그 사람을 높여 이르는 말.
1661) 츄연(惆然): 슬퍼하는 빛을 띔.

然) 비회(悲懷)1662)로 가스(歌詞)을 지여 제공(諸公)의 염여(念慮)를 일우미라.”

인(因)ᄒ야 쥬반(酒飯)1663)을 물이치고 안셕(案席)의 의지(依支)ᄒ야 긔연쵸창(慨然怊悵)1664)ᄒ여 봉안(鳳眼)의 누슈(漏水)의메(衣袂)1665)를 젹신이 졔인(諸人)이 가장 불길(不吉)이 역여 다만 위로(慰勞)ᄒ고 병부(兵部)난 안싁(顔色)을 화(和)이 ᄒ야 관위(寬慰)1666)ᄒ믈 마지 아니ᄊ1667) 승상(丞相)이 탄식(歎息)ᄒ고 병부(兵部)의 손을 잡고 비회(悲懷)를 익이지 못ᄒ난지라. 만당빈긱(滿堂賓客)1668)이 다 차셕(嗟惜)1669)ᄒ야 흣터지다.

ᄎ야(此夜)의 병부(兵部)을 다리고 ᄂᆡ당(內堂)의 드러와 부인(婦人)과 말삼할ᄉᆡ 혹탄희허1670)(或嘆噫噓)1671)ᄒ야 질기지 안이ᄒ니 ᄌ부(子婦)1672) 더욱 송연우고(悚然憂苦)1673)ᄒ고 영부인(婦人)이 그 셰상(世上)이 오라지 안일 줄 알고 기리 탄식(歎息) 왈(曰),

“우리 두 스람이 스십(四十) 연(年)을 영화(榮華)로 지ᄂᆡ엿스니 틱극비회(泰極悲回)1674)난 썻ᄊᄒ지라. 오직 결단(決斷)ᄒ난이 우리 양인(兩人)이 싱ᄉ(生死)의 셔로 싸로리라.”

승상(丞相)이 희허(噫噓)1675) 왈(曰),

1662) 비회(悲懷): 슬픈 마음.
1663) 쥬반(酒飯): 술과 안주.
1664) 긔연쵸창(慨然怊悵): 슬퍼함.
1665) 의메(衣袂): 의메. 옷소매.
1666) 관위(寬慰): 너그럽게 위로함.
1667) 관위(寬慰)ᄒ믈 마지 아니ᄊ: 저본에는 “관희ᄒ시믈 지극 간ᄒ니”로 되어 있으나 뜻이 통하지 않아 〈쌍완기봉〉(58면)의 부분으로 대체함.
1668) 만당빈긱(滿堂賓客): 집에 가득한 손님.
1669) 차셕(嗟惜): 슬퍼함.
1670) 허: 저본에는 “어”로 되어 있으나 문맥에 맞지 않아 〈낙성전〉(97면)을 따름.
1671) 혹탄희허(或嘆噫噓): 탄식하고 한숨 쉬기도 함.
1672) ᄌ부(子婦): 자식과 며느리.
1673) 송연우고(悚然憂苦): 두려워하며 근심함.
1674) 틱극비회(泰極悲回): 편안함이 다하면 슬픔이 돌아옴.

"비록 지긔(知己)의 졍(情)이 듯거우나 부인(夫人)이 웃지 싱 수(生死)의 짜르릿가?"

병부(兵部) 나아가 고왈(告曰),

"엇

63면

지 야〻(爺爺)와 틱〻(太太)[1676]난 밧그로 삼[1677]강(三綱)[1678]의 일홈이 잇고 안으로 관포[1679](管鮑)[1680]의 지음(知音)이 계신이 흔가지로 빅연(百年)을 긔약(期約)흐실지라 웃지 불길(不吉)흐 신 말삼을 흐신잇가?"

양인(兩人)이 그 근심하물 보고 도로혀 관심(寬心)[1681]흐야 위로(慰勞)흐더라.

이달붓터 식음(食飮)의 맛시 읍고 용모(容貌) 슈쳑(瘦瘠)[1682] 흐야 쟝추 상셕(床席)[1683]의 이지[1684] 못흐니 영 부인(婦人)과 즈부(子婦)[1685] 망극(罔極)흐야 천명(天命)[1686]만 기다리던이 일야(一夜) 비몽(非夢)[1687] 간(間)의 그 션친(先親)[1688]을 맛난

1675) 희허(噫噓): 탄식함.
1676) 틱〻(太太): 부인의 존칭. 중국어의 차용어.
1677) 삼: 저본에는 "상"으로 되어 있으나 문맥에 맞지 않아 〈쌍완기봉〉(59면)을 따름.
1678) 삼강(三綱): 유교의 도덕에서 기본이 되는 세 가지 강령으로서 부위부강(夫爲婦綱), 부위 자강(父爲子綱), 군위신강(君爲臣綱)을 이름. 즉 남편은 아내의 벼리가 되고, 아비는 자 식의 벼리가 되고, 임금은 신하의 벼리가 된다는 뜻. 여기에서는 부부로 존재함을 뜻함.
1679) 포: 저본에는 "표"로 되어 있으나 오기이므로 이와 같이 고침.
1680) 관포(管鮑): 관중과 포숙아.
1681) 관심(寬心): 마음을 너그럽게 함.
1682) 슈쳑(瘦瘠): 비쩍 마름.
1683) 상셕(床席): 자리.
1684) 이지: 일어나지.
1685) 즈부(子婦): 자식과 며느리.
1686) 천명(天命): 하늘의 명령.
1687) 비몽(非夢): 비몽사몽(非夢似夢)을 줄여 이르는 말. 꿈속 같기도 하고 생시(生時) 같기도 한 어렴풋한 상태.

이 갈아듸,

"네 일기(一介) 쇼여(小女)로 이갓치 영귀(榮貴)[1689]ᄒ니 ᄯᅩ흔 쳔명(天命)이연이와 됴흔 일이 오라들 안이ᄒ니 네 슈골(壽骨)[1690]이 안이라 이 병(病)의 이지 못ᄒ린이 웃지ᄒ릿고?"

승상(丞相)이 뭇고ᄌ 하던이 우왈(又曰),

"오라지 안야 맛날진이 닉 밧비 가노라."

ᄒ고 조々(躁躁)[1691]히 나아난이 승상(丞相)이 ᄭᆡ여 몽ᄉ(夢事)[1692] 분명(分明)ᄒ고 부모(父母)를 맛나 일언(一言)[1693]을 펴지 못ᄒ고 훌々이 쎠난이 탄식(歎息)ᄒ고 부인(婦人)다려 일으고 슬허ᄒ니 부인(婦人)이 간담(肝膽)[1694]이 다 녹난 듯 강잉(强仍)[1695]ᄒ여 위로(慰勞)하더라.

ᄎ후(此後) 병셰(病勢)[1696] 극즁(極重)[1697]ᄒ니 병부(兵部) 닉외(內外) 망극(罔極)ᄒ야 쳔지(天地)게 빌어 싱도(生道)[1698]을 바라고 쳔ᄌ(天子) 어의(御醫)[1699]로 간병(看病)[1700]ᄒ시고 약탕(藥湯)[1701]을 친히 달여 보닉

1688) 선친(先親): 돌아가신 자기의 아버지.
1689) 영귀(榮貴): 지체가 높고 귀함.
1690) 수골(壽骨): 오래 살 몸.
1691) 조조(躁躁): 급함.
1692) 몽사(夢事): 꿈에서 겪은 일.
1693) 일언(一言): 한 마디 말.
1694) 간담(肝膽): 간과 쓸개. '속마음'을 달리 이르는 말.
1695) 강잉(强仍): 마지못하여 그대로 함.
1696) 병세(病勢): 병의 상태.
1697) 극중(極重): 몹시 위중함.
1698) 싱도(生道): 살 방법.
1699) 어의(御醫): 궁중에서 임금과 왕족의 진료를 맡아보던 의사.
1700) 간병(看病): 앓는 사람의 곁에서 돌보고 시중을 듦.
1701) 약탕(藥湯): 탕약을 달인 물.

고 우려(憂慮)ᄒ시나 일호(一毫)1702)도 ᄎ도(差度)1703) 읍슨이
상(上)이 앗기고 슬허ᄒᆞᄉ 다시 보지 못할가 의연(哀然)1704)ᄒ
ᄉ 친히 승상부(丞相府)의 일으신이 승상(丞相)이 병신(病身)1705)
을 옴작여 됴복(朝服)1706)을 몸 우희 덥고 어가(御駕)1707)를 마
즌딕 상(上)이 용모(容貌)을 보신이 슈쳑(瘦瘠)ᄒ고 엄々(奄
奄)1708)ᄒ야 슈일(數日)을 지팅치 못할 듯ᄒ니 용안(龍顏)1709)
이 츰연(慘然)1710) 경동(警動)1711)ᄒᆞᄉ 감누(感淚)1712)를 나리시
고 손을 잡고 슬어ᄒ사 어음(御音)1713)을 통(通)치 못ᄒ신이
승상(丞相)이 병부(兵部)의게 붓드러 일어나 ᄉ은(謝恩)ᄒ고
쏘혼 ᄌ긔(自己) 본ᄉ(本事)을 ᄉ후(死後) 누셜(漏泄)혼즉 군상
(君上)1714)을 속이미 예(禮) 안이라 쥬의(主意)1715)를 증(定)ᄒ
고 병신강작(病身强作)1716)ᄒ고 쥬왈(奏曰),

"신(臣)이 오날 용안(龍顏)을 만둉(晚終)1717) 뵈온이 쇼회(所
懷)1718)를 진달(進達)1719)ᄒ린이 승상(聖上)1720)은 ᄉ퇴(死罪)를

1702) 일호(一毫): 한 개의 가는 털이라는 뜻으로 '아주 작은 정도'를 비유하여 이르는 말.
1703) ᄎ도(差度): 병이 조금씩 나아가는 일 또는 그 정도.
1704) 의연(哀然): 슬픈 기분을 자아내는 느낌.
1705) 병신(病身): 병든 몸.
1706) 조복(朝服): 관원이 조하(朝賀) 때 입던 예복.
1707) 어가(御駕): 임금이 타는 수레.
1708) 엄엄(奄奄): 숨이 곧 끊어질 듯이 매우 약함.
1709) 용안(龍顏): 임금의 얼굴.
1710) 츰연(慘然): 애처로워힘.
1711) 경동(警動): 놀람.
1712) 감루(感淚): 마음에 깊이 느끼어 흘리는 눈물.
1713) 어음(御音): 임금의 말.
1714) 군상(君上): 임금.
1715) 쥬의(主意): 생각. 뜻.
1716) 병신강작(病身强作): 병든 몸을 억지로 움직임.
1717) 만둉(晚終): 마지막.
1718) 쇼회(所懷): 마음에 품은 생각.
1719) 진달(進達): 말을 올림.

용셔(容恕)ᄒ쇼셔."

상(上)이 가라ᄉᄃᆡ,

"경(卿)이 무슨 쇼회(所懷) 잇난요?"

승상(丞相)이 귀 밋ᄐᆡ 옥누(玉淚) 방々(滂滂)[1721]ᄒ야 오열(嗚咽)[1722] 진달(進達) 왈(曰),

"신(臣)은 본ᄃᆡ 여ᄌ(女子)라 부모(父母) 일즉 죽삽고 어린 쇼견(所見)의 부모(父母) ᄉ후(死後) 믹몰(埋沒)[1723]ᄒ물 스러 십이(十二) 세(歲)의 젼ᄒ(殿下) 인ᄌᆡ(人材)를 ᄲᅥ시믈[1724] 듯고 구경코ᄌ 나와다가 폐ᄒ(陛下)의 승은(聖恩)[1725]을 입ᄉ와 오날[1726]가지 일으

65면

나 본젹(本迹)[1727]을 ᄎ마 쥬달(奏達)[1728]치 못ᄒ압고 ᄯ 영 공의 핍박(逼迫)하물 입ᄉ와 부득(不得)한 연고(緣故) 잇삽고 영녀 ᄯᅩᄒ 쳐음의 신(臣)을 알아보미 잇스되 승품(性品)이 고이(怪異)ᄒ와 발언(發言)치 안코 ᄒ낫 지긔(知己) 되와 외인(外人)의 시비(是非)를 쇽인 졔 오란지라. 오날々 앙화(殃禍)[1729]를 입어 황쳔(黃泉)[1730]의 가온이 쇼회(所懷)를 진달(進達)[1731]

1720) 승상(聖上): 성상. 임금.
1721) 방々(滂滂): 눈물이 많이 나오는 모양.
1722) 오열(嗚咽): 목메어 욺.
1723) 믹몰(埋沒): 없어짐.
1724) ᄲᅥ시믈: 뽑으심을.
1725) 승은(聖恩): 성은. 임금의 큰 은혜.
1726) 오날: 오늘.
1727) 본젹(本迹): 본래의 모습.
1728) 쥬달(奏達): 아룀.
1729) 앙화(殃禍): 지은 죄의 앙갚음으로 받는 재앙.
1730) 황쳔(黃泉): 저승.
1731) 진달(進達): 말을 올림.

ㅎ압난이 낙셩은 신(臣)의 싱자(生子) 안이라 쳔(天)의 증(定) ㅎ신 비요 신(臣)이 양휵(養畜)1732)ㅎ온 비니 죽기의 일으러 맛참니 폐ㅎ(陛下)을 긔망(欺罔)1733)치 못ㅎ와 실상(實狀)을 고(告)ㅎ압고 쏘흔 신(臣)이 규즁여ᄌ(閨中女子)로 몸을 현ᄵ(顯現)1734)이 가져 예법(禮法)을 훗터난지라. 감히 비상쥬표(臂上朱標)1735)로쎠 뵈압고 긔망(欺罔)흔 되(罪)을 쳥ㅎ나이다.”

언파(言罷)의 광슈(廣袖)1736)를 밀고 옥비(玉臂)의 쥬표(朱標)을 닉여 어람(御覽)ㅎ시기를 바랄시 상(上)이 ᄎ일(此日) 쳔만의외(千萬意外)1737)의 그 진졍(眞情)을 드로시고 딕경딕의(大驚大疑)1738)ㅎ시되 크게 칭찬(稱讚) 왈(曰),

“금일(今日) 경(卿)의 본ᄉ(本事)를 드른이 놀납고 긔특ㅎ도다. 현ᄌ(賢者)며 긔ᄌ(奇者)1739)라. 규즁여ᄌ(閨中女子)의 지혜(智慧) 이 갓트리요? 규리약신(閨裏弱身)1740)이 지용(智勇)1741)이 강장(强壯)1742)ㅎ야 적진(敵陣)을 딕ㅎ민 신츌귀몰(神出鬼沒)1743)ㅎ야 젼필승공(戰必勝功)1744)홀 쥴 알이

1732) 양휵(養畜): 아이를 보살펴 자라게 함.
1733) 긔망(欺罔): 남을 속임.
1734) 현ᄵ(顯現): 명백하게 나타나거나 나타냄.
1735) 비상쥬표(臂上朱標): 팔뚝 위의 붉은 표식. 곧 앵혈(鶯血)을 말함.
1736) 광슈(廣袖): 넓은 소매.
1737) 쳔만의외(千萬意外): 전혀 생각지도 못함.
1738) 딕경딕의(大驚大疑): 크게 놀라고 의심함.
1739) 긔ᄌ(奇者): 기이한 사람.
1740) 규리약신(閨裏弱身): 규중의 약한 몸. 규중은 여성이 거처하는 방.
1741) 지용(智勇): 지혜와 용기.
1742) 강장(强壯): 강하고 굳셈.
1743) 신츌귀몰(神出鬼沒): 귀신처럼 나타났다가 곧 사라짐.
1744) 젼필승공(戰必勝功): 싸우면 반드시 이김.

요? 짐(朕)이 경(卿)의 체용(體容)1745)이 미진(未盡)흔 듸 읍스되 오직 신장(身長)이 제신(諸臣) 즁(中) 잘으고1746) 슈염(鬚髥)이 읍수물 고히 역이나 망연(茫然)이 씨닷지 못ᄒ야 경(卿)의 인윤(人倫)을 온젼(穩全)1747)이 못ᄒ니 이난 짐(朕)의 혼암불명(昏闇不明)1748)ᄒ미라. 빅(百) 번(番) 뉘읏고 쳔(千) 번(番) 익다르나1749) 누을 흔(恨)ᄒ리요? 경(卿)은 안심(安心)ᄒ여 일어나물 바라노라. 짐(朕)이 맛당이 져바리지 안이ᄒ리라. 경(卿)의 절힝(節行)은 쥬표(朱標) 안이 보나 웃지 모로리요?”

ᄒ시고 긔이(奇異)코 이상긔특(異常奇特)1750)ᄒ시물 마지 안이ᄉ 지삼(再三) 위로(慰勞)ᄒ시더라. 승상(丞相)이 그 니십칠 년1751) 즁근1752) 입됴(入朝)ᄒ야 남장(男裝)으로 단이고 퇴학수문년1753)각 닙번(入番)1754)ᄒ야실 젹 동관직(同官者ㅣ)1755) 허다(許多)ᄒ나 그 쥬표(朱標)를 보이지 안이ᄒ야시물 희흔(稀罕)이 역이시며 영 씨의 고졀쳥덕(高節淸德)1756)과 지인지감(知人之鑑)1757)을 열협(烈俠)1758)이라 항복(降服)ᄒ시고 시위

1745) 체용(體容): 체구와 용모.

1746) 잘으고: 작고.

1747) 온젼(穩全): 결점이 없이 완전함.

1748) 혼암불명(昏闇不明): 사리에 어둡고 현명하지 못함.

1749) 익다르나: 애달프나.

1750) 이상긔특(異常奇特): 이상하고 기이함.

1751) 그 니십칠 년: 저본에는 “근시 십칠 연”으로 되어 있으나 나이가 맞지 않아 〈낙성전〉(100면)을 따름. 뒷부분을 보면 방관주가 39살에 죽는 것으로 되어 있고, 앞부분에 12살에 급제한 것으로 되어 있으므로 17년이 아닌 27년이 맞음. 참고로 〈쌍완기봉〉(62면)에는 “그 삼십 년”으로 되어 있음.

1752) 즁근: 미상.

1753) 년: 저본에는 “현”으로 되어 있으나 오기로 보이므로 〈낙성전〉(100면)을 따름.

1754) 닙번(入番): 관아에 들어가 차례로 숙직함. 입직(入直).

1755) 동관직(同官者ㅣ): 관청에 같이 있던 자가.

1756) 고졀쳥덕(高節淸德): 높은 절개와 맑은 덕.

1757) 지인지감(知人之鑑): 사람을 잘 알아보는 능력.

(侍衛) 제신(諸臣)이 안이 놀나고 앗기며 희귀(稀貴)이 안이 역이리 읍더라.

승상(丞相)이 머리를 두다려 청뢰(請罪) 왈(曰),

"쇼신(小臣)이 폐ᄒ(陛下)을 긔망(欺罔)흔 뢰(罪) 슈ᄉ난쇽(雖死難贖)1759)이라 다ᄉ이심1760)을 바라나이다."

상(上)이 위로(慰勞) 왈(曰),

"경(卿)은 만고영웅(萬古英雄)이요 열녀졀부(烈女節婦)1761)라. 세상(世上)의 쪽이 읍스린이

67면

엇지 뢰(罪)라 ᄒ리요?"

ᄌ삼(再三) 관위(寬慰)1762)ᄒ신이 승상(丞相)이 이에 듸승상(大丞相) 광녹후(光祿侯) 인(印)1763)을 밧드러 올인니 상(上) 왈(曰),

"가(可)치 안타. 경(卿)의 공덕(功德)이 호듸(浩大)1764)ᄒ고 ᄯ 몸은 젹인1765)치 안야 비록 녀ᄌ(女子)나 쳐신(處身)은 일양(一樣)1766) 남ᄌ(男子)로 ᄒ야슨이 웃지 벼살을 거두리요? 경(卿)이 회츈(回春)1767)흔 후 쳐치(處置)ᄒ린이 경(卿)은 실셥(失攝)1768)할가 두려하난이 침쇼(寢所)의 들나."

ᄌ삼(再三) 당부(當付)ᄒ시고 그 ᄌ화(才華)와 츙졀(忠節)을

1758) 열협(烈俠): 강한 절개와 의기.
1759) 슈ᄉ난쇽(雖死難贖): 비록 죽는다 해도 갚기가 어려움.
1760) 다ᄉ이심: 다스리심.
1761) 열녀졀부(烈女節婦): 절개가 굳은 여자.
1762) 관위(寬慰): 너그럽게 위로함.
1763) 인(印): 인수(印綬). 관리임을 나타내는 길고 넓적한 녹비 끈. 인끈.
1764) 호듸(浩大): 넓고 큼.
1765) 젹인: 적인(適人)으로 '남자와 같다'의 뜻 같으나 자세하지 않음.
1766) 일양(一樣): 한결같이.
1767) 회츈(回春): 봄이 돌아옴. 즉 병을 회복한다는 뜻.
1768) 실셥(失攝): 몸조리를 잘 하지 못함.

추마 잇지 못호수 감탄(感歎)호시고 용누(龍淚)[1769]를 나리신 이 승상(丞相)이 길이 호직(下直) 왈(曰),

"쇼신(小臣)이 회츈(回春)치 못호린이 군상(君上)을 금일(今日) 영결(永訣)[1770]이라. 용안(龍顔)을 다시 뵈압지 못호고 지호(地下)로 갈지라. 복원(伏願) 성상(聖上)은 천츄안낙(千秋安樂)[1771] 호쇼셔. 도라가난 신(臣)으로 상회(傷懷)[1772]치 마르쇼셔."

언동(言終)[1773]의 안슈여류(眼水如流)[1774]호야 금포(錦袍)[1775]의 젓더라. 상(上)이 쳑연감읍(慽然感泣)[1776]호수 지삼(再三) 관위(寬慰)호시고 환궁(還宮)[1777]호시다.

승상(丞相)이 필묵[1778](筆墨)[1779]을 구호야 명정(銘旌)[1780]을 친히 쓰고 향탕(香湯)[1781]을 지쵹호야 목욕(沐浴)호며 식 의복(衣服)을 정(正)이 호고 영 부인(婦人)과 아즈(兒子) 부々(夫婦)을 디(對)호여 영결(永訣)홀식 영 씨 눈물이

68면

호슈(河水)[1782]를 붓틸너라.[1783]

1769) 용누(龍淚): 임금이 흘리는 눈물.
1770) 영결(永訣): 영원히 이별함.
1771) 천츄안낙(千秋安樂): 영원히 편안하고 즐겁게 지냄.
1772) 상회(傷懷): 마음속으로 애통히 여김.
1773) 언동(言終): 말을 마침.
1774) 안슈여류(眼水如流): 눈물이 물 흐르듯 함.
1775) 금포(錦袍): 비단 도포.
1776) 쳑연감읍(慽然感泣): 슬퍼하고 감격해 목메어 욺.
1777) 환궁(還宮): 궁으로 돌아감.
1778) 묵: 저본에는 "먹"으로 되어 있으나 '필'이라는 한자와 호응을 시키기 위해 우리말 '먹' 대신 〈낙성전〉(101면)을 따라 '묵'으로 고침.
1779) 필묵(筆墨): 붓과 먹.
1780) 명정(銘旌): 죽은 사람의 관직과 성씨 따위를 적은 기. 일정한 크기의 긴 천에 보통 다홍 바탕에 흰 글씨로 쓰며, 장사 지낼 때 상여 앞에서 들고 간 뒤에 널 위에 펴 묻음.
1781) 향탕(香湯): 향을 넣어 달인 물. 주로 염습하기 전에 송장을 씻는 데에 씀.
1782) 호슈(河水): 황하(黃河).

승상(丞相)이 길이 탄식(歎息)ᄒ고 오언[1784](五言) 일슈(一首)를 지여 쥬어 왈(曰),

"희々미직(噫噫美哉)[1785]라. 오날늘 그ᄃᆡ로 더부러 마즈막 시ᄉ(詩詞)를 창화(唱和)[1786]ᄒ리라.[1787]"

부인(婦人)이 바다보고 화답(和答)ᄒ며 슬어ᄒ더라.

셔평후 이날이야 여셔(女壻)의 진가(眞假)[1788]를 알고 ᄃᆡ경상혼(大驚喪魂)[1789]ᄒ야 여아(女兒) 팔을 쎅여 본이 옥비(玉臂) 위희 잉도(櫻桃) 일ᄆᆡ(一枚) 완연[1790](宛然)[1791]ᄒ야 의々(依依)이[1792] 불근 빗치 감(減)치 안야신이 탄식(歎息) 왈(曰),

"승상(丞相)을 몰나 보미 다 노부(老父)의 쇼활(疏闊)[1793]ᄒ민이 여부(汝父)[1794]의 탓이연이와 네 힝ᄉ(行事) 인졍(人情) 밧기라. 지금ᄭ지 부모(父母)를 속인이 가(可)치 안인야?"

부인(婦人)이 츄연(惆然) 고왈(告曰),

"ᄒᆡ익(孩兒ㅣ) 흔갓 승상(丞相)을 위할 ᄲᅮᆫ 아니라 부질읍시 부모(父母) 놀나실가 ᄒ미러[1795]니 야々(爺爺)의 말솜을 듯ᄌ온이 욕ᄉ무지(欲死無地)[1796]로쇼이다."

셔평후 ᄋᆡ탄부리(哀歎不已)[1797]ᄒ더라. 승상(丞相)이 병부(兵

1783) 붓틸너라: 보태는 듯하였다.
1784) 언: 저본에는 "원"으로 되어 있으나 문맥에 맞지 않으므로 〈낙성전〉(104면)을 따름.
1785) 희々미직(噫噫美哉): 아, 아름답도다!
1786) 창화(唱和): 시를 서로 주고받음.
1787) 희々미직(噫噫美哉)～창화(唱和)ᄒ리라: 이 부분은 저본에 "희々라"로만 나와 있으나 뜻을 분명히 하기 위해 〈쌍완기봉〉(64면)의 부분으로 대체함. 〈낙성전〉(104면)도 저본과 같은 내용임.
1788) 진가(眞假): 진짜와 가짜를 아울러 이르는 말. 진위(眞僞).
1789) ᄃᆡ경상혼(大驚喪魂): 크게 놀라 넋을 잃음.
1790) 완연: 저본에는 "완연"이 반복되어 있어 한 단어를 삭제함.
1791) 완연(宛然): 뚜렷함.
1792) 의々(依依)이: 아름답고 성하게.
1793) 쇼활(疏闊): 꼼꼼하지 못하고 어설픔.
1794) 여부(汝父): 네 아비.
1795) 러: 저본에는 "날"로 되어 있으나 의미가 통하지 않아 이와 같이 고침.
1796) 욕ᄉ무지(欲死無地): 죽으려고 해도 죽을 땅이 없음.

部)와 김 쇼져(小姐)를 가 오라 ᄒᆞ야 경계(警戒)ᄒᆞ고 영결(永
訣)ᄒᆞ니 병부(兵部)와 김 쇼져(小姐) 망극(罔極)ᄒᆞ물 진졍(鎭
靜)1798)치 못ᄒᆞ더라. 날이 기우도록 영 부인(婦人)과 영결(永
訣)ᄒᆞ난 언ᄉᆞ(言辭) ᄌᆞ약간졀(自若懇切)1799)ᄒᆞ더라.

ᄎᆞ회(嗟乎ㅣ)라. 이윽고 긔운(氣運)이 거살여 명(命)이 진(盡)
ᄒᆞ니 향년(享年)1800)이 삼십구(三十九) 세(歲)라.

69면

상ᄒᆞ(上下)의 곡셩(哭聲)1801)이 창쳔(漲天)1802)ᄒᆞ고 영 부인(婦
人)이 ᄌᆞ로 긔졀(氣絶)1803)ᄒᆞ니 영 공이 붓드러 구하나 긔운
(氣運)이 진(盡)ᄒᆞ고 호흡(呼吸)이 쳔촉(喘促)1804)ᄒᆞ야 명(命)이
진(盡)ᄒᆞ니, 셕회(惜乎ㅣ)라1805) ᄯᅩᄒᆞᆫ 쳔명(天命)으로 도라가
쳔상(天上)의 가 양인(兩人)이 쾌(快)히 즐기도다.

셔평후 부ᄉᆞ(夫婦) 간장(肝腸)이 다 스러지고 오ᄂᆡ츈ᄉᆞ(五內
刦刦)1806)ᄒᆞᆫ지라. 영공이 그 신체(身體)를 어로만ᄌᆞ 빅슈(白
袖)1807)의 눈물이 져ᄉᆞ 왈(曰),

"너의 ᄌᆡ용(才容)1808) 화틱(華態)1809) 셩덕(盛德)1810)이 가히

1797) 익탄부리(哀歎不已): 애통해하고 탄식하기를 그치지 않음.
1798) 진졍(鎭靜): 격앙된 감정이나 아픔 따위를 가라앉힘.
1799) ᄌᆞ약간졀(自若懇切): 보통 때처럼 침착하면서도 간절함.
1800) 향년(享年): 누린 나이.
1801) 곡셩(哭聲): 곡하는 소리.
1802) 창쳔(漲天): 하늘에 퍼져 가득함.
1803) 긔졀(氣絶): 두려움, 놀람, 충격 따위로 한동안 정신을 잃음.
1804) 쳔촉(喘促): 숨을 몹시 가쁘게 쉬며 헐떡거림.
1805) 셕회(惜乎ㅣ)라: 슬프도다.
1806) 오ᄂᆡ츈ᄉᆞ(五內刦刦): 오장이 갈기갈기 찢김. 오내(五內)는 오장(五臟).
1807) 빅슈(白袖): 흰 소매.
1808) ᄌᆡ용(才容): 재기 있는 용모.
1809) 화틱(華態): 화려한 모습.
1810) 셩덕(盛德): 크고 훌륭한 덕.

앗갑도다."

 추회(嗟乎ㅣ)라 영 씨 쏘흔 명(命)이 진(盡)ㅎ니 웃지 불상치 안이ㅎ리요? 천즈(天子) 상국(相國)1811)의 별세(別世)ㅎ물 드르시고 이통추탄(哀痛嗟歎)1812)ㅎ시며 스(四) 일(日)을 육집(肉汁)1813)을 물이치시고 관곽1814)즙물(棺槨什物)1815)을 다 국예(國禮)로 ㅎ시고 쵸동범구(初終凡具)1816)를 다 남장(男裝)으로 ㅎ라 ㅎ신이 그 일월(日月) 갓튼 츙졀(忠節)과 관옥(冠玉) 갓튼 용화(容華)를 싱각ㅎ시미 보비를 일흐며 슈독(手足)을 버힌 듯ㅎ스 침좌(寢坐)1817) 간(間)의 이즐 식 읍셔 금즈병풍(金字屏風)을 보신즉 용누(龍淚) 어의(御衣)를 젹신이 그 관일지풍(貫日之風)1818)과 무쑹(無雙)1819)흔 상츙(上寵)1820)을 알너라.

 츠시(此時) 병부(兵部)와 김 씨 비록 친싱부모(親生父母)1821) 안

70면

이나 은양(恩養)1822)ㅎ미 깁허 듯거운 정이 흡々(洽洽)1823)흔지라. 호천1824)지통(呼天之痛)1825)을 연(連)ㅎ야 맛난이 피발곡용

1811) 상국(相國): 승상. 곧 방한림을 가리킴.
1812) 이통추탄(哀痛嗟歎): 슬퍼하고 탄식함.
1813) 육집(肉汁): 육즙. 고기 국물.
1814) 곽: 저본에는 "각"으로 되어 있으나 뜻이 통하지 않아 〈낙성전〉(105면)을 따름.
1815) 관곽즙물(棺槨什物): 관곽집물. 널과 같이 상례(喪禮)에 쓰이는 온갖 기물.
1816) 쵸동범구(初終凡具): 초상이 난 뒤부터 졸곡(卒哭)까지 치러지는 온갖 일이나 예식에 쓰이는 도구들.
1817) 침좌(寢坐): 자고 앉음. 일상생활.
1818) 관일지풍(貫日之風): 해를 꿰뚫을 만한 충성된 풍모. 보통은 관일지충(貫日之忠)으로 씀.
1819) 무쑹(無雙): 대적할 쌍이 없음.
1820) 상츙(上寵): 임금의 총애.
1821) 친싱부모(親生父母): 친히 낳아준 부모.
1822) 은양(恩養): 은혜로 길러줌.
1823) 흡々(洽洽): 많음.
1824) 호천: 저본에는 "육가"라 되어 있으나 뜻이 통하지 않아 〈낙성전〉(106면)을 따름.
1825) 호천지통(呼天之痛): 하늘을 향해 울부짖을 정도로 큰 고통. 부모의 죽음을 뜻함.

(披髮哭踊)1826)ㅎ며 이훼골입(哀毀骨入)1827)ㅎ야 집예(執禮)1828)
가 예(禮)의 넘더라.

　일월(日月)이 열유(如流)1829)ㅎ야 쟝일(葬日)1830)이 임박(臨
迫)1831)ㅎ니 신쥬1832)을 일울시 위의(威儀) 슈빅여(數百餘) 리
(里)의 버럿고 불근 명정(銘旌)과 흰 만스(輓詞)1833)난 노즁(路
中)의 흔득이거날 상ㅎ(上下)의 곡성(哭聲)이 천지(天地)를 움
작인이 슈운(岫雲)1834)이 참담(慘憺)1835)ㅎ야 빅일(白日)이 흐
미(稀微)하더라. 농쇼1836)를 맞고 쇽졀읍시 반혼(返魂)1837)ㅎ야
도라온이 영 부인(婦人)과 스싱지긔(死生知己)1838)로 동혈(同
穴) 씌끌이 미멸가화(未滅佳話)1839)요 천고긔스(千古奇事)1840)라.

　병부(兵部) 닉외(內外) 부모(父母)의 즛쵀 깁푸물 스러1841)
조셕(朝夕) 읍혈(泣血)1842) 삼연(三年) 집상(執喪)1843)의 흔 번
도 가벼이 울미 읍고 과도(過度)1844)이 익통(哀痛)ㅎ야 긔운(氣

1826) 피발곡용(披髮哭踊): 머리를 풀어 헤치고 울며 뜀. 용(踊)은 상례 의식의 하나.
1827) 이훼골입(哀毀骨入): 슬픔이 뼈에 사무침.
1828) 집예(執禮): 상례를 주관함.
1829) 열유(如流): 여류. 흐르는 물과 같음.
1830) 쟝일(葬日): 장사 지내는 날.
1831) 임박(臨迫): 가까움.
1832) 신쥬: 신주(神主). 죽은 사람의 위패.
1833) 만스(輓詞): 죽은 이를 슬퍼하여 지은 글. 또는 그 글을 비단이나 종이에 적어 기(旗)처럼
　　　만든 것. 주검을 산소로 옮길 때에 상여 뒤에 들고 따라감. 만장(輓章).
1834) 슈운(岫雲): 골짜기의 바위 구멍에서 일어나는 것처럼 보이는 구름. 도연명(陶淵明)의
　　　〈귀거래사(歸去來辭)〉에 다음과 같은 구절이 보임. "구름은 무심히 산골짜기에서 나오고.
　　　雲無心以出岫"
1835) 참담(慘憺): 슬퍼함.
1836) 농쇼: 농막.
1837) 반혼(返魂): 장례 지낸 뒤에 신주(神主)를 집으로 모셔 오는 일.
1838) 스싱지긔(死生知己): 죽고 사는 것을 같이하는 친구.
1839) 미멸가화(未滅佳話): 없어지지 않을 아름다운 이야기.
1840) 천고긔스(千古奇事): 세상에 드문 기이한 일.
1841) 부모(父母)의 즛쵀 깁푸물 스러: 저본에는 "스러"가 "부모(父母)의"의 앞에 있으나 문맥
　　　이 통하지 않아 이와 같이 어구의 순서를 바꿈.
1842) 읍혈(泣血): 피눈물을 흘림.
1843) 집상(執喪): 상례를 치름.
1844) 과도(過度): 정도를 지나침.

運)이 쇠쳑(衰瘠)1845)ᄒ야 쵹노(髑髏)1846) 되엿스니 시인(時人)
이 그 효의(孝義)를 탄복(歎服)지 안이리 읍더라.

천ᄌ(天子ㅣ) 됴문(弔問)1847)ᄒ시고 쇼ᄃᆡ상(小大祥)1848)의 예
관(禮官) 보ᄂᆡᄉ 치졔(致祭)1849)ᄒ신이 숭춍1850)(上寵)1851)이 호
ᄃᆡ(浩大)ᄒ신이 구쳔음혼(九泉陰魂)1852)이 도라가도 감은(感
恩)1853)할너라.

상셔(尙書) 부모(父母)의 삼상(三喪)을 맛고

71면

더욱 슬어ᄒ더라.

방(方) 상셔(尙書) 탈상(脫喪)1854)ᄒ 후 쳔ᄌ(天子) 부르ᄉ 위
로(慰勞)ᄒ시고 벼살을 도두어 참지졍ᄉ(參知政事) 틱즁틱부
(太中大夫)를 ᄒ이신이 상셔(尙書) 마지 못ᄒ야 됴졍(朝廷)의
나아가며 츙셩(忠誠)을 가다듬어 거관(居官)의 쳥염강직(淸廉
剛直)1855)ᄒ미 그 션친(先親)1856)의 나리지1857) 안이ᄒ니 인々
(人人)이 칭찬(稱讚) 안이리 읍더라.

김 부인(婦人)과 화락(和樂)1858)ᄒ야 ᄌ녀(子女)를 갓쵸 두고

1845) **쇠쳑**(衰瘠): 쇠약해짐.
1846) **쵹노**(髑髏): 촉루. 해골.
1847) 됴문(弔問): 남의 죽음에 대하여 슬퍼하는 뜻을 드러내어 상주(喪主)를 위문함.
1848) 쇼ᄃᆡ상(小大祥): 소상(小祥)과 대상(大祥). 소상은 1년 만에 지내는 제사이고, 대상은 2
    년 만에 지내는 제사임.
1849) 치졔(致祭): 임금이 제물과 제문을 보내어 죽은 신하를 제사 지내던 일. 또는 그 제사.
1850) 춍: 저본에는 "통"으로 되어 있으나 문맥에 맞지 않아 〈낙성전〉(107면)을 따름.
1851) 숭춍(上寵): 임금의 사랑.
1852) 구쳔음혼(九泉陰魂): 저승의 넋.
1853) 감은(感恩): 은혜에 감격함.
1854) 탈상(脫喪): 삼년상을 마침.
1855) **쳥염강직**(淸廉剛直): 성품과 행실이 맑고 높으며 곧음.
1856) 션친(先親): 남에게 돌아가신 자기 아버지를 이르는 말. 여기에서는 방한림을 가리킴.
1857) 나리지: 떨어지지. 못하지.

그 후(後)의 지취(再娶)1859)ᄒ니 니 씨 ᄌ식(姿色)1860)이 츌어
범유(出於凡類)1861)ᄒ야 김 부인(婦人)이 지극(至極) ᄉ랑ᄒ야
양인(兩人)이 동긔(同氣)갓치 황영(皇英)1862)의 풍도(風度)1863)
잇셔 부슌(附順)의 화(和)1864)가 잇더라. 원근(遠近)의 예셩(譽
聲)1865)이 들이더라.

　참정이 흔결갓치 듕딕(重待)1866)ᄒ야 제가(齊家)1867)를 법도
(法度)로 ᄒ나 오히려 김 부인(婦人)게 더욱 극진(極盡)이 ᄒ
니 이난 쇼시(少時)1868) 결발(結髮)1869)노 부모(父母) 쵸토(草
土)1870)를 흔가지로 지닌 고(故)로 ᄌ연(自然) 즁졍(中情)1871)이
일칭(一層) 더ᄒ나 외모(外貌)난 일반(一般)일너라.

　참정(參政)이 ᄌ녀(子女) 션々(詵詵)1872)ᄒ야 김 부인(婦人)
게 칠ᄌ삼녀(七子三女)요 니 씨난 일ᄌ이녀(一子二女)라. ᄌ녀
(子女) 긔々(個個) 옥슈경지(玉樹瓊枝)1873)요 여슈경금(麗水硬
金)1874)이라. 남아(男兒) 즉 풍유문장(風流文章)1875)이

1858) 화락(和樂): 화목하고 즐겁게 지냄.
1859) 지취(再娶): 둘째 아내를 얻음.
1860) ᄌ식(姿色): 여자의 고운 얼굴이나 모습.
1861) 츌어범유(出於凡類): 보통 사람보다 뛰어남.
1862) 황영(皇英): 아황(娥皇)과 여영(女英). 요(堯) 임금의 두 딸로서 모두 순(舜) 임금에게 시
　　　집감.
1863) 풍도(風度): 풍채와 태도.
1864) 부슌(附順)의 화(和): 서로 좇아 따르는 화목함.
1865) 예셩(譽聲): 칭찬하는 소리.
1866) 듕딕(重待): 소중히 대접함.
1867) 제가(齊家): 집안을 잘 다스려 바로잡음.
1868) 쇼시(少時): 어렸을 적.
1869) 결발(結髮): 관례(冠禮) 때 여성이 쪽을 찌는 것. 여기에서는 혼인(婚姻)을 가리킴.
1870) 쵸토(草土): 거적자리와 흙 베개라는 뜻으로, 상중(喪中)에 있음을 이르는 말.
1871) 즁졍(中情): 마음속에 맺힌 감정이나 생각.
1872) 션々(詵詵): 많음.
1873) 옥슈경지(玉樹瓊枝): 옥이 나는 보배 나무라는 뜻으로 '귀한 자식'을 비유적으로 이르는 말.
1874) 여슈경금(麗水硬金): 중국 여수(麗水)에서 나는 단단한 금. 여수는 절강성(浙江省)에 있
　　　는 강 이름으로 금이 많이 난다고 함.
1875) 풍유문장(風流文章): 멋스럽고 운치가 있으며 글을 잘 지음.

요 녀아(女兒) 즉 월용화틱(月容華態)[1876]요 빅희(伯姬)[1877]의 고졀(高節)[1878]과 규목[1879](樛木)[1880]의 틀이 잇고 부셰(夫壻ㅣ)[1881] 다 쵸월(超越)ᄒ야 셔쥬[1882] 당[1883]딕영걸(當代英傑)[1884]이요 ᄌ[1885]뷘(子婦ㄴ)[1886] 즉 요죠슉녀(窈窕淑女)[1887]라.

참졍이 벼살이 졈々 놉파 가졍(嘉靖)[1888] 됴(朝)의 우승상(右丞相) 진양후를 ᄒ엿던이 후(後)의 위국공이 되야 부귀(富貴) 혁々(赫赫)[1889]ᄒ고 십ᄌ(十子)[1890] 다 벼살이 놉고 장ᄌ(長子) 현은 또 틱졍(台鼎)[1891]의 거(居)ᄒ야 진양후 부々(夫婦) 삼인(三人)이 다 칠십여(七十餘) 셰(歲)의 쳑셰(陟世)[1892]ᄒ니 남숀(男孫)이 오십여(五十餘) 원(員)이요 녀숀(女孫)이 이십여(二十餘) 원(員)이라. 셩만(盛滿)[1893]ᄒ미 비길 딕 읍고 십ᄌ(十子)가

1876) 월용화틱(月容華態): 달 같은 얼굴과 꽃 같은 모습.

1877) 빅희(伯姬): 중국 춘추시대(春秋時代) 노(魯) 선공(宣公)의 딸로서 송(宋) 공공(恭公)에게 시집간 여인. 과부가 된 후 궁에 불이 났는데, 보모(保母)와 부모(傅母: 아녀자를 시중드는 여자)를 대동하지 않으면 밤에 당을 내려설 수 없다는 법도를 들어 부모(傅母)가 도착하지 않았으므로 당(堂)에서 내려가지 않아 불에 타 죽었음.

1878) 고졀(高節): 높은 절개.

1879) 목: 저본에는 "모"로 되어 있으나 문맥에 맞지 않아 〈낙성전〉(108면)을 따름.

1880) 규목(樛木): 부인의 은덕이 아랫사람들에게 미치고 질투하는 마음이 없음을 이르는 말. 「시경(詩經)」·「소남(召南)」·〈규목(樛木)〉에 덧붙여진 모서(毛序)의 내용.

1881) 부셰(夫壻ㅣ): 사위가.

1882) 셔쥬: 미상.

1883) 당: 저본에는 "장"으로 되어 있으나 문맥에 맞지 않아 〈낙성전〉(108면)을 따름.

1884) 당딕영걸(當代英傑): 그 시대의 인물 가운데 빼어난 사람.

1885) ᄌ: 저본에는 이 글자가 없으나 앞의 "부셔"와의 호응을 고려해 〈낙성전〉(108면)을 따라 이와 같이 첨가함.

1886) ᄌ뷘(子婦ㄴ): 며느리는.

1887) 요죠슉녀(窈窕淑女): 얌전하고 착한 여자.

1888) 가졍(嘉靖): 중국 명(明)의 12대 황제인 세종(世宗) 때의 연호(年號). 1522~1566년.

1889) 혁々(赫赫): 빛남.

1890) 십ᄌ(十子): 10명의 아들. 부인들에게서 난 아들을 계산해 보면 김 부인이 7자, 이 씨가 1자이므로 아들은 여덟 명이 되어야 하나 저본에는 이와 같이 되어 있음.

1891) 틱졍(台鼎): 정승.

1892) 쳑셰(陟世): 세상을 떠남.

다 승상(丞相) 위의(威儀) 승습(承襲)1894)ᄒ야 벼살이 일품(一品)의 거(居)ᄒ니 혁々부셩(赫赫富盛)1895)ᄒᆡ 명됴(明朝)의 읏씀이러라.

위국공의 복녹(福祿)과 방 승상의 긔지ᄉ(奇之事)1896)와 영부인(婦人)의 녈1897)협의긔(烈俠義氣)1898)을 탄복(歎服)ᄒ야 승상(丞相)의 지동(再從) 민 한님(翰林) 부인(婦人) 방(方) 씨(氏)난 그 집 ᄉ젹(事跡)1899)을 아난 고(故)로 고이(怪異)ᄒ 마듸1900)와 ᄃᆡ문(大文)1901)만 긔록(記錄)ᄒ야 세상(世上)의 젼(傳)ᄒ난이 비록 일가지친(一家至親)1902)이나 ᄯᅩᄒ 현명공의 몸이 녀진1903) 줄 알지 못하야던이 임죵(臨終)1904) 시(時)에 쳔ᄌ(天子)게 고(告)ᄒ난

73면

바로 씨다라 젼후(前後)1905) 긔이(奇異)ᄒ 말이 만ᄒ나 규즁녀ᄌ(閨中女子)1906)의 문견(聞見)이 고루(孤陋)1907)ᄒ고 언담(言談)이 모호(模糊)ᄒ야 셰々(細細)ᄒ 말삼은 싸지고 ᄃᆡ강(大綱)

1893) 셩만(盛滿): 집안이 번성함.
1894) 승습(承襲): 이어받음.
1895) 혁々부셩(赫赫富盛): 빛나고 번성함.
1896) 긔지ᄉ(奇之事): 기이한 일.
1897) 녈: 저본에는 없으나 문맥을 고려해 〈쌍완기봉〉(68면)을 따라 이 글자를 첨가함.
1898) 녈협의긔(烈俠義氣): 의리를 중시하는 마음.
1899) ᄉ젹(事跡): 일의 자취.
1900) 마듸: 부분.
1901) ᄃᆡ문(大文): 줄거리.
1902) 일가지친(一家至親): 한집안의 가까운 친척.
1903) 진: 저본에는 "ᄌ"로 되어 있으나 문맥에 맞지 않아 〈낙성전〉(107면)을 따름.
1904) 임죵(臨終): 죽음을 맞이함.
1905) 젼후(前後): 저본에는 뒤에 "이"가 있으나 불필요하므로 삭제함.
1906) 규즁녀ᄌ(閨中女子): 규방의 여자. 규방은 여성이 거처하는 방.
1907) 고루(孤陋): 보고 들은 것이 없어 마음가짐이나 하는 짓이 융통성이 없고 견문이 좁음.

만 긔록(記錄)ᄒ여 위국공 ᄒᆡᆼ젹(行蹟)이 가장 신이(神異)ᄒ고 긔이(奇異)ᄒ야 유젼(遺傳)[1908]ᄒ얌즉 호ᄃᆡ 권[1909]슈(卷數) 너무 호번(浩繁)[1910]할 거시요, 암ᄆᆡ(暗昧)[1911]ᄒ 졍신(精神)의 거두지 못ᄒ야 다시 작(作)지[1912] 못ᄒ니 가셕가탄(可惜可歎)[1913]이라. 민 할임(翰林) 부인(婦人)이 혼암암ᄆᆡ(昏闇暗昧)[1914]ᄒ물 가히 탄(嘆)ᄒ얌즉ᄒ더라.

쵸(初)[1915]의 현명공 쇼긔(小朞)[1916] 시(時)의 위국공 부ᄉᆞ(夫婦) 실셩읍혈(失聲泣血)[1917]ᄒ다가 긔몽(奇夢)[1918]을 어든이 승상(丞相)과 부인(婦人)이 오ᄉᆡᆨ(五色) 구름을 타고 나려와 아ᄌᆞ(兒子)[1919]의 숀을 잡고 갈아ᄃᆡ,

"우리난 본ᄃᆡ 문곡셩(文曲星)과 상아[1920]셩(姮娥星)이런이 금슬(琴瑟)이 너머 진즁(珍重)[1921]ᄒ 고(故)로 슈유불이(須臾不離)[1922]ᄒ니 님ᄉᆞ(任事)[1923]를 폐(廢)ᄒᄆᆡ 상제(上帝) 미온[1924](未穩)[1925]이 역이ᄉ 퇴을(太乙)[1926]이 쇽이고ᄌ ᄒ야 상졔(上

1908) 유젼(遺傳): 후세에 남겨 전함.
1909) 권: 저본에는 "젼"으로 되어 있으나 문맥에 맞지 않아 〈낙성전〉(109면)을 따름.
1910) 호번(浩繁): 분량이 많고 번다해짐.
1911) 암ᄆᆡ(暗昧): 어둡고 흐릿함.
1912) 다시 작(作)지: 다시 짓지. 저본에는 "시작지"로 되어 있으나 문맥이 자연스럽지 않아 〈쌍완기봉〉(68면)의 부분으로 대체함.
1913) 가셕가탄(可惜可歎): 아까울 만하고 탄식할 만함.
1914) 혼암암ᄆᆡ(昏闇暗昧): 정신이 흐릿하고 어리석음.
1915) 쵸(初): 처음. 이야기의 순서를 앞으로 되돌릴 때 쓰는 말.
1916) 쇼긔(小朞): 사람이 죽은 지 1년 만에 지내는 제사.
1917) 실셩읍혈(失聲泣血): 목을 놓아 눈물을 흘리며 슬프게 욺.
1918) 긔몽(奇夢): 기이한 꿈.
1919) 아ᄌᆞ(兒子): 아들.
1920) 아: 저본에는 "ᄒ"로 되어 있으나 의미가 통하지 않아 〈낙성전〉(110면)을 따름.
1921) 진즁(珍重): 아주 소중히 여김.
1922) 슈유불이(須臾不離): 잠시도 떨어져 있지 않음.
1923) 님ᄉᆞ(任事): 맡은 일.
1924) 온: 저본에는 "여"로 되어 있으나 의미가 통하지 않아 〈쌍완기봉〉(68면)을 따름.
1925) 미온(未穩): 평온하지 않음.
1926) 퇴을(太乙): 태을진군.

帝)게 쥬(奏)ᄒ고 문곡셩(文曲星)은 방가의 닉치고 상아[1927])셩
(姮娥星)은 영가의 닉친이 문곡셩(文曲星)은 본(本)이 남즈(男
子)미 남즈(男子)의

74면

ᄉ업(事業)을 ᄒ고 틱을(太乙)이 희롱(戲弄)ᄒ야 여즈(女子) 되
게 ᄒ문 허명(虛名)으로 부々(夫婦) 되야 천상(天上)의셔 너무
방즈(放恣)[1928])ᄒ믈 벌ᄒ미라. 지난 바를 싱각ᄒ면 가지록 우
웁고 한심ᄒ지라. 이예 모다[1929]) 예와 갓치 화락(和樂)ᄒ난이
너희난 셜워 말고 부듸 가셩(家聲)[1930])을 빗닉고 만슈무강(萬
壽無疆)ᄒ라."
　ᄒ고 표연(飄然)이 ᄒ날노 올나가니 위국공이 긔이(奇異)히
역이나 발셜(發說)치 안이ᄒ나 ᄉ후(事後)의 부인(婦人)과 일
으미라 듀언(晝言)은 문죠(聞鳥)하고 야언(夜言)은 문셔(聞
鼠)[1931])ᄒ미 되여 이에 긔록(記錄)ᄒ노라.

　니찬 등셔(謄書)[1932]) 오자(誤字) 낙셔(落書) 만ᄒ오니 보난
사람 눌너 보시읍.

　경즈(庚子) 윤팔월(閏八月) 쵸육일(初六日)[1933]) 등셔(謄書)

1927) 아: 져본에는 "ᄒ"로 되어 있으나 의미가 통하지 않아 〈낙셩전〉(110면)을 따름.
1928) 방즈(放恣): 멋대로 행동함.
1929) 모다: 모여.
1930) 가셩(家聲): 집안의 명성.
1931) 듀언(晝言)은 문죠(聞鳥)하고 야언(夜言)은 문셔(聞鼠): 낮말은 새가 듣고 밤말은 쥐가 들음.
1932) 등셔(謄書): 원본에서 베껴 옮김.
1933) 경즈(庚子) 윤팔월(閏八月) 쵸육일(初六日): 경자년 가운데 윤 팔월이 있는 해는 18세기
　　　이후에는 1900년밖에 없으므로 여기에서의 '경자(庚子)'는 1900년으로 추정됨. 윤팔월
　　　초육일의 간지는 을유월(乙酉月) 을사일(乙巳日)임. 연월일을 양력으로 나타내면 1900년

경자(庚子) 윤팔월(閏八月) 초육일(初六日) 등셔(謄書) 보난
사람 잘 보게

제3부 〈방한림전〉에 대하여

〈방한림전〉과 여성인물들, 그리고 동성결혼

1. 들어가며

<방한림전>은 여성영웅소설의 일종이다.1) 여성영웅소설은 여성의 남성에 못지않은 영웅적 활약을 그려 놓은 소설이다. 여기에서 여성의 영웅적 활약은 대개 여주인공이 남장(男裝)을 하고 전쟁터에 나가서 적을 무찌르고, 때로는 그러한 활약을 바탕으로 하여 가문의 원수에게 복수를 하기도 하는 것으로 나타나 있다. 여성이 영웅적 활약을 펼치기 위해 전제가 되는 것이 있는데 그것은 여화위남(女化爲男)으로도 불리는 남장(男裝) 모티프이다. 여성이 여복을 한 채 밖에 함부로 나갈 수 없는 현실적 상황이 고려되어 고안된 핵심적인 모티프라 하겠다. 이러한 남장 모티프와 더불어 군담 모티프, 그리고

---

1) 이 해제는 필자가 전에 발표했던 논문을 해제 형식에 맞게 수정하고 보완한 것이다. 장시광, 「〈방한림전〉에 나타난 동성결혼의 의미」, 『국문학연구』 6, 국문학회, 2001.

많은 작품에 등장하는 남녀 간의 대립 등은 독자에게 흥미를 주기에 충분했다. 여성영웅소설은 이러한 면에서 통속적 요소가 강한 소설 유형이다. <방한림전>에도 여성영웅소설이 지닌 이러한 전형적인 모티프들이 들어가 있다는 점에서 유형상 여성영웅소설에 귀속시킬 수 있는 것이다.

그런데 <방한림전>에는 남장, 군담 모티프 외에 다른 여성영웅소설에는 전혀 보이지 않는 독특한 내용이 등장한다. 바로 여성끼리 혼인한다는 내용이다. 이 동성결혼은 조선소설사상 유례를 찾아볼 수 없는 제재로서 <방한림전>이 지닌 참신함을 대변하는 것이다. 더구나 동성결혼을 하기까지의 과정과 결혼을 한 후의 상황이 핍진하게 그려져 있어 통속소설의 범주를 벗어나 고급소설의 문턱에까지 도달한 작품이 아닌가 하는 생각을 자아내게 하기까지 한다.

물론, 초월계의 인물이 등장한다거나 유교 이념을 지속적으로 주지시키는 인물이 등장하는 등 고전소설에 통상 드러나는 면이 없지 않아 있는 것은 사실이다. 그러나 동성끼리 결혼한다는 자체 하나만으로도 <방한림전>의 소설사적 의의를 부정하기는 힘든 것 또한 사실이다. 이제 이 소설과 관련된 몇 가지 서지사항, 그리고 두 여주인공의 면면을 살피면서 작품을 이해해 보기로 한다.

2. 작가 및 창작시기

대다수의 고전소설과 마찬가지로 <방한림전> 역시 작가와 창작연대가 정확히 알려지지 않은 소설이다.

혹자는 작품 말미에 드러나 있는 기록을 토대로 하여 작가를 민 한림 부인 방 씨로 추정하기도 했는데,[2] 이는 잘못된 판단이다. 문제가 되는 부분을 보기로 한다.

> 위국공의 복록과 방 승상의 기이한 일과 영 부인의 열협의기(烈俠義氣)를 탄복하여 승상의 재종(再從) 민 한림 부인 방 씨가 그 집 일을 잘 알았기 때문에 괴이한 부분과 큰 이야기만 기록하여 일이 세상에 전하게 되었다. 비록 일가의 가까운 친척이라도 또한 현명공의 몸이 여자인 줄은 알지 못했더니 임종 때에 천자에게 고하는 말을 듣고 깨달았다. 전후 기이한 말이 많으나 규중 여자가 보고 들은 것이 고루하고 말이 모호하여 세세한 말은 빠지고 대강만 기록하였다. 위국공의 행적이 가장 신이하고 기이하여 후세에 전할 만하였으나 권수가 너무 방대할 것이고 어두운 정신에 다 거두지 못해 다시 짓지 못하니 안타깝고 탄식할 만한 일이다. 민 한림 부인의 정신이 흐릿하고 어리석은 것을 탄식함직하다 (〈방한림전〉, 72~73면).

작중 여주인공인 방 승상의 재종 민 한림 부인 방 씨가 기록했다는 대목이다. 고전소설에는 때로 이와 같이 작품 말미에 작품이 쓰이게 된 연유와 지은이가 기록되어 있는 경우가 있다. 그런데 그것은 세심하게 읽어낼 필요가 있다. 가탁하는 경우가 있기 때문이다. <방한림전> 역시 그러한 경우로 보인다. 이 작품의 배경은 중국 명나라 때이다.[3] 만일 작품 말미의 기록을 '믿는다면', 민 한림 부인 방 씨는 중국 명나라를 배경으로 한 작품의 여주인공 방 승상 재종 부인이 되는 셈이다. 그렇다면 <방한림전>은 중국소설이 되어 버리고

---

2) 차옥덕, 『백 년 전의 경고―방한림전과 여성주의』, 아세아문화사, 2000.
3) 연호가 나와 있는 이본도 있다. 〈낙성전〉에는 정덕(正德, 1506~1521)으로, 〈쌍완기봉〉에는 정통(正統, 1436~1449)으로 되어 있다. 어느 경우든 명나라인 것 같다.

만다. 따라서 <방한림전>의 말미에 나오는 위의 언급은 작품의 사실성을 확보하기 위해 써 놓은 가탁으로 보는 것이 타당하다고 생각한다.

한편, <방한림전>에 여성주의적 시각이 엿보이는 것을 근거로 하여 이 작품의 작가를 여성으로 보는 시각도 있다. 그러나 이 역시 섣불리 결론짓기는 어려운 문제다. 남성 작가에 의해서도 충분히 여성주의적 시각이 엿보이는 작품이 산출될 수 있기 때문이다. 더구나 작품에 전고가 허다하게 등장하고, 여성주의적 시각 못지않게 가부장제에 근간한 남성 중심적인 시각이 드러나 있으며, 여성과는 거리가 있다고 여겨지는 군담 부분이 꽤 장황하게 서술되어 있는 점 등을 고려하면 여성이 창작했다고 단정 짓기에는 무리가 있다. 남성이 지었다고 단정 지을 만한 근거는 없지만, 필자는 위의 반론들을 염두에 둘 때 여성보다는 남성 창작설에 무게를 두는 입장이다. 다만, 이는 한 견해일 뿐이고, 보다 면밀한 검토와 증거 자료의 발굴이 이루어져야 작가 문제를 매듭지을 수 있을 것이다.

<방한림전>의 창작시기는 여타 여성영웅소설의 산출시기와, 현전하는 <방한림전>의 이본 상태를 고려하면 19세기경으로 보인다. 일반적으로 남성영웅소설이 등장하고 이를 바탕으로 남주인공을 여주인공으로 역할을 바꿔 창작한 것이 여성영웅소설이라는 것이 학계의 통설이다. 남성영웅소설이 활발하게 지어진 시기가 18∼19세기이므로 여성영웅소설은 그보다는 뒤에 창작되었을 것으로 추정된다.

이러한 소설사적 상황을 염두에 두고 <방한림전>의 이본에 보이는 후기를 살펴보면 대략적인 창작연대를 유추할 수 있다. <방한림전>의 이본 세 종은 모두 필사 후기에 필사한 해로 추정되는 간지를 밝혀 놓았다. <방흔임전>에는 "경즈 윤팔월 쵸육일 등셔"라 되어 있

는데 여기에서 윤 팔월이 든 경자년은 1900년도이다. <낙성전>에는 "계미 사월 초일일 필셔ᄒ다"라 쓰여 있는데, 이 계미년은 1883년으로 추정된다. <쌍완기봉>에는 후기에 "병ᄌ 원월 순일"이라 되어 있는데, 아마 1876년이나 1936년 둘 가운데 하나일 것으로 보인다. 이 본들에 보이는 이러한 필사연도를 종합해 볼 때 <방한림전>의 창작 시기는 이보다는 조금 이전이고 필사시기와 간격이 크게 나지는 않을 것으로 판단된다.

3. 이본의 존재 양상

현재까지 발견된 <방한림전>의 이본은 세 종으로서 모두 한글 필사본이다. <방한림전>과 <낙성전>, <쌍완기봉>이 그것이다. 세 이본은 제명이 다른 것으로 보아 각 이본의 필사자는 각기 다른 시각에서 작품을 대한 듯하다. <방한림전>의 경우 여성인 방관주를 주인공으로 본 경우이고, <낙성전>의 경우 방관주나 영혜빙보다는 방관주가 입양한 아들 낙성을 중요한 인물로 보고 있다. 이에 비해 <쌍완기봉>은 방관주와 영혜빙과의 결연에 초점을 맞추어 제목이 붙여졌다. <방한림전>의 이본이 이처럼 세 종밖에 안 되는 것은 <방한림전>이 산출되었으리라 추정되는 조선 후기 사회에 여성 간의 결혼이라는 소재가 다분히 충격적이었을 것이기 때문으로 생각된다.

<방한림전>은 단국대 천안캠퍼스 율곡도서관에 소장되어 있다. 전체 37장(74면)이고, 면당 10행, 행당 35~40자이며 보기에 쉬운 여

항체이고, 필사연대는 후기를 참조해 보면 1900년도이다.[4] 선행 연구에서는 <방한림전>이 다른 본에 비해 先行本이라 하고 있으나 분명한 것은 아니다.[5]

<낙성전>은 정학성 선생의 가내본이다. 전체 56장(111면)으로 되어 있다. <내훈>이 뒤에 병재되어 있고, <내훈> 끝에 필사 후기로 "계미 사월 초일일 필셔ㅎ다"라 쓰여 있다. 선행 연구에서는 이 계미년을 1883년으로 추정하고 있다.[6] <낙성전>이 <내훈>과 병재되어 있다는 것은 여러 각도에서 볼 수 있는데, 먼저 독자층이 여성임을 나타내 주는 표지로 이해할 수 있다.[7] 이와 더불어 더욱 중요한 것은 <낙성전>과 <내훈>이 어떻게 하여 함께 실리게 되었는가에 대한 것이다. <내훈>은 성종(成宗)의 어머니인 소혜왕후(昭惠王后) 한씨(韓氏)가 「열녀(烈女)」, 「여교(女敎)」, 「명감(明鑑)」, 「소학(小學)」 네 책에서 부녀자의 교육에 적절한 것을 친히 가려 엮은 여성수신서이다.[8] 곧 조선시대 여성으로서 당연히 행해야 할 규범을 적어 놓은 책이 <내훈>인데, 이 책이 <낙성전>과 같이 실렸다는 것은 <낙성전> 역시 <내훈>의 독자가 보기에 무리가 가는 내용은 별로 없음을

---

4) 정확하게는 양력 1900년 9월 29일이다. 후기에 그러한 사항이 나타나 있다. "니찬 등셔 오자 난셔 만ㅎ오니 보난 사람 눌너 보시옵 / 경ㅈ 윤팔월 쵸육일 등셔 / 경자 윤팔월 초육일 등셔 보난 사람 잘 보셰" 이찬은 필사자로 보이나 확실하지는 않다.

5) 차옥덕, 「방한림전의 여성주의석 시각 연구」, 성신여대 박사논문, 1999, 20면. 그 근거로 ① 두음법칙과 구개음화 이전의 표기형태, ② 고사성어와 한문어투의 사용으로 전아한 맛이 있고, ③ 어휘사용과 구성 측면에서 작가의 창작의도가 잘 드러나며, ④ 오·탈자가 가장 적다는 네 가지를 들고 있다. 그러나 세 이본이 세기 단위로 확연히 구분되는 시기에 필사된 것이 아닌 한 ①의 근거는 불필요하고, ②는 문체의 특성이므로 선행본 여부와는 관련이 없으며 ③ 역시 창작의도 측면이므로 이본의 선후행 여부와는 상관없고 ④ 역시 필사자의 능력과 관련되는 것이므로 선행본의 근거가 될 수 있는 것은 아니다.

6) 위의 논문, 20~21면.

7) 위의 논문, 22면.

8) 허웅 해제, 한국학문헌연구소 편, 「內訓·女四書」, 아세아문화사, 1973, 3면 참조.

방증하는 것이라 하겠다.

<낙성전>은 <방한림전>과 몇 군데를 제외하고는 거의 비슷하다. 그러나 두 본은 직접적인 수수관계는 없는 것으로 보인다.9) 두 본은 서로 구절이 다른 경우, <낙성전>에 첨가된 구절이 있는 경우, <방한림전>에 첨가된 구절이 있는 경우 등 어느 한쪽이 다른 쪽을 보고 베꼈으리라는 추정은 할 수 없게 만드는 부분들이 있는 것이다.

[예 1]
가. 셜파의 젼어ᄒᆞ야 쇼져를 명ᄒᆞ니 <u>쇼져 이읏고 나와 부명을 응할ᄉᆡ 엇던 쇼년 명ᄉᆡ 좌의 잇스믈 보믹 경황ᄒᆞ야 명모를 슉이고 단좌ᄒᆞ믹 진슬노 요조슉녀라 일만 틱도와 힝지쳐신니 단잔니 읍스나 할님이 ᄒᆞᆫ 번 보믹 황연니 깃분 의ᄉᆡ 낫타나</u> 옥면화긔 우희염작ᄒᆞ지래(방 14면)
나. 셜파의 젼이ᄒᆞ야 쇼제을 명ᄒᆞ니 <u>한님이 피셕궤슬 졍ᄉᆡᆨ 왈 노션싱이 엇디 이런 희롱을 ᄒᆞᄂᆞ잇가</u> 옥면화긔 우희엄죽ᄒᆞ지래(낙 23면)

위의 인용문을 보면 더욱 그러한 점을 알 수 있다. 방관주가 영공의 소개로 영혜빙을 처음 보는 장면이다. <방한림전>에서는 방관주가 남녀 간의 예법에 전혀 구애받지 않으나 <낙성전>에서는 그러한 예법을 의식하고 있다. 이러한 <낙성전>에서의 방관주의 모습은 오히려 <쌍완기봉>의 그것과 비슷하다.

[예 1-1]
셜파의 시녀로 젼어ᄒᆞ여 소져를 부르니 한님이 뎡금피셕ᄒᆞ여 ᄉᆡ양 왈 노션싱은 디극 존즁ᄒᆞ시거늘 엇지 이런 어린 아희로 조롱ᄒᆞ시ᄂᆞ니잇가 혼인은 일뉸딕

---

9) 차옥덕은 <방한림전>은 <낙성전>보다 먼저 이루어졌다고 하고, 한쪽에서 다른 한쪽을 보고 썼다고 하였다. 그 근거로 두 본에 공통적으로 있는 장회명을 들고 있다(차옥덕, 앞의 논문, 27면). 그러나 이러한 주장은 차옥덕이 <방한림전>과 <낙성전>의 필사연대를 각각 1900년, 1883년으로 든 것과 상치되는 것일 뿐만 아니라 결정적인 근거라 할 수도 없다.

관이요 노여유별ᄒᆞᄂ니 엇지 감히 존소져의 현알ᄒᆞ며 귀소제와 규방의 ᄃᆡᄒᆞ리
잇가 이ᄂᆞᆫ 예법을 헛도이 잇고 만々불가ᄒᆞᆫ가 ᄒᆞᄂ이다 영공이 소왈 ᄂᆡ 쏘ᄒᆞᆫ
짐죽ᄒᆞ엿시니 굿ᄒᆞ여 ᄉᆡ양치 말고 소녀를 보라 ᄒᆞ고 언미즁의 향풍이 울며 소
리를 젼ᄒᆞ더니 두어 시녀 일위 션ᄋᆞ를 붓드러 ᄂᆡ오니 한님이 급히 이러 피ᄎᆞ
녜를 필ᄒᆞ고 좌졍ᄒᆞ니 한님은 각모를 숙이고 공경ᄒᆞ여 힝혀 눈이 소져의 가지
아니니 영휘 우으며 글오ᄃᆡ 그ᄃᆡ 고딥도다 임의 샹ᄃᆡᄒᆞ여 보디 아니문 엇지뇨
한님이 편々광슈를 드러 그 흠신칭ᄉᆞ 왈 존ᄃᆡ인이 소싱을 이럿텃 사랑ᄒᆞ시니
국골감ᄉᆞᄒᆞ오믈 이긔지 못ᄒᆞᆯᄋᆞ로소이다(쌍 14~15면).

<쌍완기봉>에서 방관주가 예법을 중시하는 자체는 <낙성전>과 비
슷하고, 더욱 사양하는 모습은 <낙성전>보다도 더하다.

이처럼 <방한림전>과 <낙성전>은 서사 전개와 내용이 거의 같으
나 세세한 부분에서 서로 직접적인 관계가 없다고 할 만한 점들이
있고 더욱이 예를 중시하는 모습 등 지향점이 달리 나타나는 부분도
있으므로 선행 연구에서 주장하는 바와 같은 수수관계는 없는 것으
로 파악된다.

<쌍완기봉>은 한국학중앙연구원에 소장되어 있다.[10] 표지에 雙婉
奇逢이라 제목이 쓰여 있고 우측에 丙子午月新粧이라 쓰여 있다.
전체 39장이고 그중 <쌍완기봉>에 해당하는 것은 34장까지이며 나
머지는 <초당가>라는 가사와 <녁ᄃᆡ○○>라는 미완성 산문으로 구
성되어 있다. 장당 14~18행으로 매우 불규칙하고 행당 20~30자로

10) 표제가 雙婉奇逢이라 되어 있으므로 본고에서는 <가심쌍완기봉> 또는 <가심쌍원기봉>이라
   한 기왕의 전례를 따르지 않고 표제를 따라 쓰기로 한다. <가심쌍완기봉>이라는 명칭은 「한
   국고소설목록」(한국정신문화연구원, 1983, 1면)과 박순임 해제, 「장서각고소설해제」(한국정
   신문화연구원, 1999, 1면)에서 썼고, <가심쌍원기봉>이라는 명칭은 차옥덕이 쓴 바 있다. 차
   옥덕은 그 근거로서 한국학중앙연구원 소장본은 원래 제목이 <쌍완기봉>이나, <낙성전>의 본
   문 초두 장회명 속에 '가심쌍원긔봉'이라는 어휘가 들어 있기 때문에 '婉'이 아닌 '媛'을 쓰
   는 것이 낫고, 두 글자의 뜻을 견주어 보아도 서로 비슷하기는 하나 '순하다'는 의미가 들어
   있는 '婉'은 작중 여주인공의 성격과도 맞지 않기 때문에 '媛'을 쓰는 것이 옳다고 하였대(차
   옥덕, 앞의 논문, 17면, 주 47).

역시 불규칙하다. 글씨는 매우 보기 어려운 반흘림체로 되어 있다. 후기에 "병子 원월 순일"이라 되어 있어 필사연대를 짐작할 수 있다. 선행 연구에서는 병자년을 1933년으로 보았으나,11) 착오를 한 듯하다. 병자년은 1936년이다. 이 경우, 1876년이나 1936년 두 경우로 볼 수 있는데 현재로서는 어느 한쪽으로 확정할 수 있는 증거는 없다. 필사자는, 후기에 "관긔와 셔뎨 남민 희락 듕 심ヶ이"라 쓰여 있는데, 남매가 돌아가며 쓴 것으로 보인다. 실제로 필체를 보면 <쌍완기봉>은 여러 명이 돌려 가며 쓴 흔적이 보인다.

<쌍완기봉>은 <방한림전>이나 <낙성전>과의 관계에 있어 선행 연구에서 주장하는 바와는 달리12) 직접적인 수수관계는 없는 것으로 보인다. 위의 [예 1]이나 [예 1 - 1]에서 보는 바와 같이 각기 서로 다른 경우가 많이 보인다. 대부분은 <방한림전>과 <낙성전>이 비슷하나 두 본이 직접적인 관계가 없음은 위에서 살핀 바이고, 때로는 <낙성전>과 <쌍완기봉>이 더 비슷한 곳도 있어13) 무리한 추단은 할 수가 없다.

다만 <쌍완기봉>에는 위의 [예 1]과 [예 1 - 1]에서 보았듯이 <방한림전>이나 <낙성전>보다 예를 중시하는 모습이 더 많이 나타난다.

---

11) 위의 논문, 24면.
12) 차옥덕은 "〈방한림전〉과 〈낙성전〉은 내용상 거의 일치하며 〈가심쌍원기봉〉만 세 남매가, 〈방한림전〉과 〈낙성전〉의 큰 줄거리는 유지하면서 양본을 보며 취사선택하기도 하며 조금씩 개작을 한 것"(위의 논문, 37면)이라고 하고 또 세 본의 선후관계에 대해 "〈방한림전〉이 가장 善本이면서 先本으로 생각되며, 그 다음이 〈낙성전〉, 그 다음이 〈가심쌍원기봉〉으로 보는 게 무리가 없을 것"(위의 논문, 37면)이라 하였다. 차옥덕은 기본적으로 세 본이 직접적인 관계가 있는 것으로 전제하고 있으나 명확한 증거가 없다.
13) "부모 일즉 죽습고 어린 쇼견의 부모 亽후 믹몰ᄒ믈 스라"(방 64면)
   "부모 일즉 죽고 어린 식견의 써 혜오딕 궁촌벽항의 어린 녀직 홀노 이서믈 어려니 넉여"(낙 100면)
   "부뫼 쌍망ᄒ고 어린 긔온 어더서 스스로 혜오딕 항촌벽향의 약혼 녀직 혼로 이시믈 셟이 너겨" (쌍 62면)

그리고 세 이본에 공히 남자 못 됨을 한탄하고 여자의 소임을 싫어
하는 모습이 드러나 있으나 <쌍완기봉>에 그러한 모습이 더욱 자주
보인다.

[예 2]

가. 크겨 탄복ᄒ야 앗기고 가석ᄒ기를 <u>자기 남질진ᄃᆡ 저 굿튼 슉녀를 절로 더
브러 지긔 되ᄆᆡ 무어시 부족ᄒ여 상ᄒᆞ미 이시리요만안 쳔의 엇지 이ᄃᆡ도록
그릇 마련ᄒᆞᆺ 방관으로 ᄒ여곰 세샹의 ᄂᆡ시고 엇지 남ᄌᆞ 못되엿던고</u> 가셕
다 ᄒ리요(쌍 15면)

나. 심ᄒᆞ의 셩탄믜모ᄒ며 칭찬하야 져럿틋ᄒ 싁모져여 만고를 지우려도 다시
웃지 못할 거시로ᄃᆡ 슉녀 ᄌᆞ가의게 도라와 신륜이 끚쳐지고 일싱이 믜몰흠
을 상양컨ᄃᆡ 잔잉코 가셕ᄒ나(방 14면)

다. 심이의 졍탄의모ᄒ며 칭찬ᄒ야 앗기믈 마지 아냐 잔잉코 가셕ᄒ나(낙 24면)

[예 3]

가. 샹셰 불승희연ᄒ여 진목ᄃᆡ즐 왈 노긔 엇지 믹양 괴로온 셜화로 즐겁던 ᄆᆞ
음을 헛틀오고 외인의 의심을 일외려 ᄒᆞᄂᆞ요 ……중략…… ᄂᆡ 엇지 <u>다시
녹ᄯᄒᆞᆫ 녀ᄌᆞ 소임을 ᄒ야 슈건과 밥샹을 드러 국을 ᄆᆞᆺ보ᄂᆞᆫ 쇼임을 ᄒ여</u> 방
관이 다시 판득ᄒ리요 죽을지언졍 일단 졍심이 금셕 굿거늘 엇지 고이ᄒ
말노 나의 심댱을 놀납게 ᄒᆞᄂᆞ뇨(쌍 37면)

나. 상셔난 진목질 왈 노고 웃지 괴론 셜화로 심ᄒᆞᆼ을 감동ᄒ게 ᄒ고 외인의 의
심을 더으게 ᄒ난요 만일 고이ᄒ 쇼문이 잇슬진ᄃᆡ 비롯 **졋**먹여 품속의 은양
ᄒ 은혜 잇스나 졀연니 용셔치 안이리래(방 16~17면)

다. 상셰 진목즐 왈 노긔 엇디 괴로온 셜화로 심ᄒᆞᆼ을 감ᄒ니 노의 인의 의심을
일우고져 ᄒᆞᄂᆞ뇨 만일 고이ᄒ 소문이 니실진ᄃᆡ 비록 졋먹여 품속의 은향ᄒ
은혜 이시니 졀연이 용상치 아니리래(낙 58면)

[예 2]와 [예 3]에서 보듯이 <쌍완기봉>에는 자신의 여자 신분에
대한 애통함과 원망이 더욱 잘 드러나 있다.

<쌍완기봉>에 예를 더욱 중시하는 모습과 여자 신분에 대한 원망

이 다른 이본들에 비해 잘 드러나 있다면, <방한림전>과 <낙성전>에는 방관주의 영웅적 모습이 <쌍완기봉>에 비해 부각되어 있다. 특히 <방한림전>에 그러한 모습이 두드러져 있다. 예를 들면 <방한림전>에는 임금이 방관주를 문후하고 그 충절에 눈물을 흘리는 장면이 있는데,14) 이는 임금의 다정다감함을 드러내는 것으로 볼 수도 있으나 다른 한편으로는 방관주의 영웅성을 간접적으로 드러내는 것이기도 하다. 그리고 <방한림전>과 <낙성전>에는 방관주가 출전하기 전 영혜빙과 시를 주고받은 후 임금이 방관주를 격려하면서 선참후계(先斬後啓)하라는 장면이 나오는데, <쌍완기봉>에는 이러한 장면이 없다. 이 장면에서는 임금으로부터 모든 것을 위임받은 장군으로서의 권위가 더욱 두드러져 나타나 있다.

이상으로 세 이본의 차이를 간략히 살펴보았다. 세 이본을 살필 때 그 전제는 서사 전개가 같다는 것이다. 곧 세 이본은 큰 차이는 보이지 않는다는 점을 먼저 분명히 해야 한다. 그러한 전제하에서 세 이본에 나타나는 세세한 차이를 살펴보았다. 그 결과 <쌍완기봉>에는 다른 두 본에 비해 예를 중시하는 모습과 남성이 되지 못해 탄식하는 모습이 두드러지게 보이고, 반면에 <방한림전>과 <낙성전>에는 영웅적 모습이 <쌍완기봉>에 비해 두드러져 있다. 이러한 차이가 나게 된 이유는 <방한림전>과 <낙성전>은 영웅소설이라는, 대중이 즐기는 장르적 특성에 걸맞은 방향으로 좀 더 나아간 반면에, <쌍완기봉>은 영웅소설의 테두리 내에 있지만 작품에서 제기하는,

---

14) "침쇼의 들나 지삼 당부ᄒ시고 그 지화와 츙절을 ᄎ마 잇지 못ᄒᄉ 감탄ᄒ시고 용누를 나리신나"(방 67면)
　"침소의 들나 ᄒ시고 환궁ᄒ실ᄉᆡ"(낙 103면)
　"침소의 안요하몰 당부ᄒ시고 환궁ᄒ실ᄉᆡ"(쌍 64면)

남성이 되지 못한 여성이라는 문제의식을 좀 더 부각시키고 더불어
남녀 간의 예를 중시하는 당대의 현실적인 모습을 드러내고자 했던
데서 찾을 수 있겠다.

4. 남성 콤플렉스의 표출: 방관주의 경우

<방한림전>에서 작가가 가장 큰 화두로 제시한 것은 남성과 여성
의 문제이다. 더 구체적으로 말한다면 남편과 아내의 문제이다. 두
주인공 방관주와 영혜빙은 여성으로서 남성에 대해 일정한 시각을
갖고 있다.[15] 그리고 그러한 시각은 주인공의 행동을 결정하게 하는
데 중요한 역할을 하고 있다.
　방관주의 여성과 남성에 대한 사고는 어려서부터 무의식적으로 구
현된다.

　　　홍금치의로 입피되 문빅 쇼제 천셩이 쇼탈ᄒ고 금쇼ᄒ야 취삼으로 체긴 옷슬
　　입고ᄌ ᄒ난지라 방공 니외 녀아의 ᄯ슬 맛쵸아 쇼원디로 남복을 지여 입피고 아
　　직 어린 고로 여공을 가라치지 안코 오직 시셔를 가라친니(방 2면)

　어린 방관주가 어떤 특별한 뜻이 있어 남복을 입고자 하는 것은
아니다. "천성이 소탈하고 검소"하기 때문에 여복을 거부하는 것이

---

15) <방한림전>에서는 방관주를 주인공으로 하고 있고, 그의 영웅적 일생을 그려 나가고 있다.
　　영혜빙은 방관주의 혼사 때 비로소 등장한다. 그러나 영혜빙이 작품의 초반부터 등장하지
　　않는다 하여 그를 주인공이 아니라 말할 수는 없다. 영혜빙은 방관주를 능가하는 문제의식
　　을 지니고 있는 인물이고, 여타 여성영웅소설에 등장하는 주인공의 배필과는 그 비중에 있
　　어 비교할 수 없을 만큼 큰 역할을 하고 있기 때문이다.

다. 부모 역시 방관주에게 어리다는 이유로 여공 대신 남자의 사업
인 학문을 익히게 한다.[16] 이러한 방관주의 성격과 부모의 교육은
어린 방관주로 하여금 자신의 정체성(Identity)을 확립하게 하는 데
일정한 기여를 하였다.

여자의 직분인 방적수선(紡績修繕)을 폐하고 아버지에 의해 아들
로 불릴 만큼 방관주는 여자보다는 남자의 성역할을 하도록 가르쳐
진 것이다.

타고난 기질과 부모로부터 받은 교육은 방관주로 하여금 남자지향
성을 갖게 하는 요인이 되었다. 어려서의 교육은 인간의 일생을 좌
우하는 매우 중요한 것이다.[17] 기질과 교육, 이 두 가지가 방관주의
미래를 결정하도록 한 요인이 된 것이다.

---

16) 이와 대비되게 〈옥주호연〉에서는 부모의 간섭을 물리치고 자매가 남아의 일을 행하는데, 초
    반부만 보면 〈방한림전〉보다도 더욱 적극적으로 남자지향성을 지니고 있다고 하겠다.
17) 프로이트에 의하면 인간발달과정에 있어서 생후 6세까지 성격이 형성되고, 그 이후의 발달은
    생후 초기에 형성된 기본적인 구조가 보다 분화되거나 세분화되는 것에 불과하다고 한다. 김
    종서 · 이영덕 · 정원식 공저, 「최신교육학개론」, 교육과학사, 1998, 175면 참조.

이제 방관주는 여자로서 당연히 갖추어야 할 규범 내지 행동방식을 거부하고 남자의 행동규범을 익힌다. 어려서는 무의식적으로 남복을 입었으나 조금 자라서는 의식적으로 그러한 행동을 한다. <쌍완기봉>에는 더욱 구체적으로 방관주의 생각이 드러나 있다. 곧 세상 부녀의 녹녹한 여자의 소임을 가소롭게 여기고 맹세코 남자의 사업을 이루겠다는 것이다.[18]

방관주의 이러한 행동은 상당히 자발적인 것이어서 주목을 요한다. 다른 여성영웅소설, 예를 들면, <이대봉전>이나 <황운전>, <정수정전> 등에서 자발적이라기보다는 타의적으로 또는 부모의 원수를 갚겠다는 어떤 목적의식이 있어서 남복을 개착하는 것과는 차이가 난다.

방관주가 남복개착을 하고 남자의 사업을 행함은 당대의 윤리와는 동떨어진 것이다. 아주 어려서, 곧 남녀의 구별이 없이 자랄 때는 그러한 점이 문제가 되지는 않았다. 그래서 부모도 방관주의 행동을 내버려두었던 것이다. 그러나 그러한 방관은 방관주로 하여금 일생의 행동을 좌우하게 하는 요인이 되었다. 그리하여 방관주는 어려서뿐만 아니라 조금 커서도 여도를 행하지 않고 계속 남도를 행하게 되는 것이다.

이러한 반규범적인 행동에 대해서는 반드시 제동을 거는 사람이 있기 마련이다. <방한림전>에서는 유모가 그러한 역할을 떠맡고 있다.

---

18) "셰속 부녀의 녹ㅅ히 녀도 힝ㅎ믈 가소로이 넉여 딩세코 일싱 남즈로 힝세ㅎ여 남ᄋ의 디
   ᄂᆞ 수업을 일우고져 정심이 구든지라"(쌍 3면)
   "듕심의 손오의 묘략과 치예안민디지며 경쳔봉일흔 쯧을 품어 셰상 녹ㅅ한 녀즈의 쇼임을
   우이 넉이더라"(쌍 4면)

유모 고왈 이제 소져의 방년니 구셰라 규리의 녀즛 십셰의 불출문외라 흐온
니 원컨터 공즛난 도라 싱각흐시고 우은 거조을 그만 긋치스 나종을 어즛랍게
말으스 션노야 부인 영혼을 평안이 흐쇼셔(방 3면)

유모는 여자의 도리를 강조하며 돌아가신 부모 영혼을 평안하게
하라 타이른다. 유모는 이후에도 몇 차례에 걸쳐 틈날 때마다 방관
주에게 여도를 지키라고 말하고 있다. 방관주가 영혜빙과 혼인한 후
에도 역시 두 사람에게 여성으로 돌아가라고 설득하고 있으나, 이에
대한 방관주의 태도는 냉담하다.[19]

방관주가 이처럼 여도를 거부하고 남성을 지향하는 것은 남성 콤플
렉스의 표출이라 할 수 있다. 방관주는 당대 여성의 억압적 현실을
투철히 인식하는 인물이 아니다. 어려서는 무의식적으로 남장을 하고
커서는 그것이 습관이 되어 자신을 남성으로 인식하고 있다. 그가 남
장을 하여 남성의 행동을 하는 것은 당대 여성의 현실을 절실히 인식
한 데 따른 의식적인 행위가 아니라 남성에 대한 일방적이고 무의식
적인 지향이다. 따라서 그를 통해서는 당대 여성의 억압적인 모습을
추측할 수 있기보다는 당대 남성의 출세한 모습을 훨씬 더 잘 알 수
있게 된다. 곧 그의 남장은 당대 여성의 꿈을 반영한 것이 아니라 오
히려 그 반대로 당대 남성이 지녔던 출세의 꿈을 반영하는 화소인 것
이다. 그는 한마디로 여성의 몸을 한 남성이라 할 수 있다.

이와 같은 해석은 작품에 여성 현실에 대한 인식이 드러나 있지
않고, 또 나서부터 죽을 때까지 자신이 남자가 못 되었음을 한탄하

---

19) "공즛 발연 변쇠 왈 닉 님의 션친과 모명을 밧즛와 남아로 힝흔 지 삼 년니 거의요 흔 번도
    기복흔 빅 읍난니 웃지 홀연니 닉의 집심을 곳치며 션부모의 쯧슬 져버리이요 닉 맛당니 입
    신양명흐야 부모의 후스를 빗닉린니 어미는 괴로온 얼논을 다시 말나"(방 3〜4면)

는 내용이 지속적으로 나오는 데서도 확인할 수 있다.[20]

> 크겨 탄복ᄒᆞ야 앗기고 가석ᄒᆞ기를 자기 남질진ᄃᆡ 저 ᄀᆞᆺᄐᆞᆫ 슉녀를 절로 더브
> 러 지긔 되미 무어시 부족ᄒᆞ여 상ᄒᆞ미 이시리요만안 쳔의 엇지 이ᄃᆡ도록 그릇
> 마련ᄒᆞᆺ 방관으로 ᄒᆞ여곰 세샹의 ᄂᆡ시고 엇지 남ᄌᆞ 못되엿던고 가셕다 ᄒᆞ리요
> (쌍 15면)

<쌍완기봉>에만 있는 내용으로서 방관주가 영혜빙을 한 번 보고 자신이 남자였으면 하는 바람을 또 내비치고 있다. 여성끼리의 지기도 부족하지 않다고 생각하나 남녀의 즐거움을 누리지 못함을 탓하고 있는 것이다. 몸은 여성이나 마음은 남성인 방관주의 심리 상태를 여실히 드러내주는 장면이다. 방관주는 작품 내내 죽을 때까지 남자에 대한 콤플렉스를 끝내 버리지 못하고 있음을 볼 수 있다.

5. 여성 현실의 인식과 실천: 영혜빙의 경우

이제 <방한림전>의 또 다른 주인공인 영혜빙의 경우를 보자. 영혜빙은 여성인 자신이 왜 남성의 절제를 받아야 하는지 도저히 납득을 하지 못한다.

---

20) "영소져 화관을 지우리고 단슌호치 현츌ᄒᆞ야 왈 이 다 현후의 은덕이라 승덕이 산악 갓건이와 여ᄌᆞ 가부의 은툥 니부미 살이의 올흘지라 웃지 도로혀 앗기난요 사랑이 ᄃᆡ쇼ᄒᆞ고 ᄯᅩᄒᆞᆫ 남아 안니믈 슬어ᄒᆞ더라."(방 24~25면)
"이졔 ᄂᆡ 쥭으면 그 누을 의지ᄒᆞ리요 가련ᄎᆞ셕이라 안셕의 의지ᄒᆞ여 쳔의를 바라보며 상양ᄒᆞᄃᆡ 남아 못되믈 늣기더라."(방 61면)

녀주난 죠인니라 빅수의 임의 님의치 못 하야 그 사람의 졀졔을 밧나니 남아 못될지되 인윤을 긋치미 올흐이래(방 12면)
너 본되 남주의 총실이 되여 그 졀졔을 밧으며 눈섭을 그려 아당 하물 괴로이 역여 금실지우와 종고지낙을 너 원치 안터니(방 17면)

영혜빙의 사고를 가장 잘 나타내 주는 말들이다. 영혜빙은 여자는 죄인이라 탄식하고 있다. 여자는 자기 마음대로 못 하고 남자의 절제를 받는 것을 그 이유로 들고 있다. 더불어 남자에게 잘 보이기 위해 예쁘게 꾸며야 함을 매우 괴롭게 여기고 있다. 이러한 인식은 아내는 남편에게 반드시 순종해야 한다는 당대의 부부 이데올로기를 통찰한 데서 나온 것이다. 남편과 아내의 관계에 있어, 영혜빙은 그것이 매우 불합리하다는 것을 알고 있다. 같은 인간으로 나서 아내가 남편에게 예쁘게 보이기 위해 노력해야 하고, 또 남편은 아내를 지배하는 구조에 대해 영혜빙은 이해를 못 하는 것이다.

사실, 여자로 태어난 것을 한스러워하는 것은 다른 유형의 고전소설에서도 종종 등장한다.[21] 그런데 <방한림전>이 다른 소설과 결정적으로 다른 것은 그러한 인식을 구체적인 행동으로 연결 지으려 했다는 점이다. 곧 그는 인륜을 끊으려 하고 있는 것이다. 이는 부부윤리를 끊고 독신으로 살겠다는 것을 의미한다. 영혜빙의 사고의 결과 도출된 행동지침이 바로 독신생활이다. 독신은 페미니스트 내에서도 긍정적으로 평가되는 행동유형이다.[22] 이러한 사고는 남성에게

---

21) 일례를 들면, <명주보월빙>에서 진성염이 술 취한 남편 윤광천의 명으로 억지로 그의 옷을 벗기고 수족을 주무르고서 자신이 여자임을 구차히 여기는 대목 등을 들 수 있다. "ㅅㅅ의 녀주 되오미 구추로오믈 탄 하더라"(<명주보월빙> 권79)

22) 케더린 로저스는 리차드슨에 대해 그가 '여성은 결혼하지 않는 것이 더 낫다는 결론을 내린 것'은 놀랄 만한 것이고, 이는 페미니스트의 선구적 위치에 해당하는 것이라고 보았다. Sara Mills, "Authentic Realism", *Femist Readings/Feminists Reading*, Worester : Billing and Sons Ltd., 1989, p.56. 참조.

의존적이고, 여성을 억압하는 부부관계를 거부하고, 남성에게서 독립적이고 여성 자신의 꿈을 실현하기에는 결혼보다는 독신이 낫다는 데에서 기인한 것이다. 영혜빙은 바로 그러한 인식을 하고 있다는 점에서 매우 혁신적인 인물이라 할 수 있다. 이는 다른 여성영웅소설 내지 다른 고전소설의 여주인공이 비록 당대 현실을 인식하고 있으나 그 행동지침을 구체적으로 제시하지 않는 것과는 대비된다.

영혜빙의 존재가 더욱 부각되는 것은 그의 유연한 행동이다. 독신으로 살겠다는 자신의 생각이 당대 규범에 부합되지 않을 듯하자, 마침 남장을 한 방관주를 알아보고 바로 결혼을 결심한다. 그의 결혼은 독신에 대한 생각의 연장선상에서 이루어진 것이다.

영혜빙의 경우 작품에서 방관주보다 짧게 소개되어 있으나 그의 의식은 방관주보다 더욱 깊다고 할 수 있다. 부부관계의 실상을 투철하게 인식하고 있는 사람이 바로 영혜빙이다. 이런 면에서 볼 때 영혜빙의 존재는 방관주보다도 오히려 작품에서 중요한 인물로 다가온다. 방관주는 사고나 행동에 있어 철저히 남성지향적이다. 그러나 영혜빙은 아내로 살며 남편의 억압을 받는 것보다는 차라리 인륜을 끊는 것이 낫다고 하며 독신으로 살겠다고 생각한다.

방관주와 영혜빙은 당대 여성으로서의 보편적인 삶을 거부하려 했다는 데서는 공통점을 지닌다. 여기에서 보편적인 삶이란 특히 남성 내지 남편과의 관계에 집중되어 있다. 시가 생활에서 비롯된 억압이나 다른 사회적 모순은 아닌 것이다. 그 점에서도 역시 두 사람은 공통점을 갖고 있다. 그런데 그들이 실제로 행동하려 하고 행동했던 삶의 방식은 서로 다르다. 방관주가 여성의 삶을 비웃고 남성의 삶을 철저히 모방하면서도 끝내 남성 콤플렉스를 버리지 못한 반면,

영혜빙은 남성의 삶을 모방하기보다 인륜을 끊는 한이 있더라도 남편에게 억압받으며 살지 않으려 한 것이다.

6. 동성결혼의 양상과 의미

방관주와 영혜빙은 상호 목적에 부합하여 결혼을 택하고 있다. 방관주에게 있어 결혼은 자신의 여성 신분을 위장하기 위한 좋은 엄호물이다. 그러나 그 상대가 불초지인일 경우 자신의 신분이 탄로 날 것을 우려하는데, 끝내는 모험을 감행하고야 만다.

> 임의 남자로 힝셰ᄒ야 죵신코ᄌ ᄒ미 쳐ᄌ을 두지 아니면 방인이 의혹ᄒ리니 차라리 아름다온 슉여을 으더 평싱지기 잇스미 맛당ᄒ나 ᄎ마 ᄉ람을 속여 인윤을 희 지으미 어렵고 ᄯ혼 불쵸우인을 만나면 ᄌ가 본ᄉ을 누셜할가 쳔ᄉ만샹ᄒ나(방 12~13면)

방관주는 일찍이 여성으로서 남장을 했으므로 정상적으로는 여성과 혼인을 하면 안 되는 입장이다. 이 장면이 다른 여성영웅소설과 구분되는 <방한림전>만의 특징적인 장면이다. 이 때문에 다른 여성영웅소설에는 없는 동성결혼이라는 내용이 나오게 되는 것이다. 방관주의 입장에서 볼 때 동성결혼은 정치적인 것이다. 남성의 역할을 지속시키려는 자신의 야욕을 채우기 위해 결혼을 택한 것이다.

이에 반해 영혜빙은 위에서 보았듯이 당대 부부관계의 억압구조를 투철하게 인식하고 있는 인물이다. 영혜빙이 만나는 인물은 공교롭게 남장 여성인 방관주로서 지인지감(知人之鑑)이 있는 영혜빙은 그가 여성임을 간파하고 오히려 반긴다. 방관주는 혼인 첫날밤에 자신이 부부 행위는 할 수 없으므로 영혜빙에게 지기(知己) 될 것을 제안하니, 영혜빙은 자신이 방관주의 신분을 간파했음을 말하고 이후 지기(知己)로 살면서 외부적으로는 부부의 예를 차리자고 한다. 그리하여 이들은 부부이면서 지기의 의를 맺게 된다. 이 두 사람은 서로의 필요에 의해 혼인을 한 것이다.

이들의 결혼은 방관주가 주도해 성사된 듯 보인다. 그러나 실제로는 영혜빙에게 결혼의 주도권이 쥐어져 있다. 처음 만났을 때 영혜빙은 그가 남장 여성임을 알고 결혼을 하기로 결심하는데, 만일 그가 남성이었다면 그 결혼은 어쩔 수 없이 이루어졌다 하더라도 결혼생활은 순탄하지가 않았을 것이다. 방관주가 가끔씩 내뱉는 가부장제적인 말에도 영혜빙은 지기(知己)를 강조하며 부부간의 화락함을 유도한다.

이들의 결혼생활은 바깥 사람들에게는 부부지례(夫婦之禮)를 보이고, 자신들끼리는 지기지의(知己之義)를 누리는 생활이다. 두 사람은 서로 화락하게 지내며 여성 간의 유대를 드러내고 있기도 하다. 예를 들면, 서로 바둑을 둔다든가, 서로 농담을 주고받는 경우 등을 들 수 있다. 이러한 점들은 상호 유대에 기초한 것이기는 하나 그러한 유대를 이끄는 인물은 영혜빙이다.

이상의 논의를 보면 방관주와 영혜빙의 결혼은 여성 간의 유대에 기초한 이상적인 결혼으로 보인다. 그러나 작품의 실상은 그렇지가 않다. 비록 영혜빙에게 있어서는 결혼이 남자의 제어를 받지 않겠다는 소원을 이루게 하는 동기가 되지만, 그 상대역인 방관주의 행동과 서사구조, 서술자의 시각을 고려하면 <방한림전>은 이상적인 동성결혼을 그리기 위해 지어지지는 않았음을 알 수 있다.

방관주는 앞에서도 언급한 것처럼 남성화한 여성이다. 그는 인생을 남성같이 살며 출세하며 사는 것을 목표로 삼았고, 또 그것을 이루어냈다. 그런데 그러한 출세의 길에 한 가지 방해물이 있다면 바로 혼인이다. 혼인은 자신이 남성임을 대외에 천명하는 행위이다. 다행히 영혜빙과 같은 여성을 만나 자신의 정치적 야욕을 달성하는 데 지장이 없게 되었다. 이를 통해 그의 출세 길에 더 이상 방해물은 존재하지 않게 된 것이다.

요컨대, 방관주와 영혜빙에게 있어 결혼의 목적은 서로 상이한 것이다. 영혜빙은 여성 대 남성의 관계를 고려해 남성에게 지배받는 생활이 싫어 결혼하는 반면, 방관주는 여성 현실에 대한 인식에 기반을 두어 동성결혼을 택했다기보다는 남성으로서의 자신의 삶을 이루기 위한 하나의 수단으로서 결혼을 선택하는 것이다.

우리가 주목해야 하는 것은 바로 이 지점이다. 영혜빙의 행위는 당대 여성의 사회적 지위와 여성이 처한 현실을 직시하여 이루어진 혁명적인 것이다. 고전소설에서 당대 여성의 현실을 인식하는 여성 인물은 종종 등장하지만 그러한 인식을 실천하는 인물은 흔하지 않다. 영혜빙이 소설사적으로 주목을 받아야 하는 이유는 이러한 점 때문이다.

반면에 방관주는 당대의 가부장제 이데올로기를 대표하는 인물이다. 비록 여성의 몸이지만 당대 남성을 철저하게 모사하려 하였다. 아내인 영혜빙에게조차 자신의 남편 신분을 강조하기도 하였다.[23]

---

23) "부인이 날흐여 닝쇼 왈 문빅 형은 웃지 우연한 일의 유모를 질타ᄒ신난요 유모 불과 위쥬

이러한 방관주의 모습은 서사구조와 어우러져 하나의 층위를 형성하고 있다.

서사구조의 면에서 보았을 때, 먼저 방관주가 낙성을 입양하는 것은 후사 잇기의 측면이 있고, 이는 결국 가부장제 사회를 이어나가는 모습으로 풀이할 수 있다.[24]

다음으로 동성결혼이 자신들의 의지로서가 아니라 天定에 의한 것임이 작품에 나타나 있다.

> 말을 맛치며 일진 쳥풍니 되어 간 곳 읍고 다만 화션 ᄒ나 ᄂᆡ려졋더라 집어 본즉 도ᄉ의 글이라 그 글의 왈 음양을 변ᄒ야 임군과 ᄉ히를 속이ᄆᆡ 그 벌이 읍지 안이리로다 천궁의셔 호식ᄒ기를 방ᄌᆞ이 ᄒ니 ᄎᆞ싱의 금실지낙을 ᄶᆞ쳐슨니 ᄉᆞᆺ로 되을 아난다 그릇시 ᄎᆞ면 넘치고 영화 극ᄒ면 슬푸ᄆᆡ 오난니 옥졔 옛 신ᄒ을 보시고ᄌᆞ ᄒ시난도다 원컨ᄃᆡ 공은 명연 삼월 쵸ᄉ일 만나게 ᄒ라 ᄒ 얏더래(방 60면)
>
> 쵸의 현명공 쇼고시의 위국공 부ᄉᆞ 실셩읍혈ᄒ다가 긔몽을 더든니 승상과 부인니 오식 구름을 타고 나려와 아ᄌᆞ의 손을 잡고 갈아디 우리난 본디 문곡셩과 상ᄒ셩이런니 금슬이 너머 진중ᄒᆞᆫ 고로 슈유불이ᄒ니 님ᄉᆞ를 폐ᄒᆞᄆᆡ 상졔 미어 이 역이ᄉ 티을니 속이고ᄌᆞ ᄒ야 상졔게 쥬ᄒ고 문곡셩은 방가의 ᄂᆡ치고 상ᄒ셩은 영가의 ᄂᆡ친니 <u>문곡셩은 본니 남ᄌᆞᄆᆡ 남ᄌᆞ의 ᄉᆞ업을 ᄒ고 티을니</u> 희롱ᄒ야 여ᄌᆞ 되게 ᄒ문 허명으로 부ᄉᆞ 되야 천상의셔 너무 방ᄌᆞᄒᆞᆯ 벌ᄒᆞ미래(방 73~74면)

중심이라 ᄶᅩᄒᆞᆫ 알음답지 안닌야 상서 봉안을 홀어 여씨를 슉시왈 부인니 여도을 알 ᄭᅥ라 읏지 가장의 ᄌᆞ를 부르난요 ᄂᆡ 오히려 묘쥬라 알아난니 부인의 일니 가히 올흔야"(방 37면)

24) 낙성의 입양과 관련해 선행 연구자는 여성에 의한 성(性) 잇기로 해석한 바 있고, 이때의 후사 잇기란 가부장제로 나아가는 일환처럼 보이나, 정확히 말해 남계 중심 성 잇기 사회에서 '여성의 성 잇기'는 가부장제 사회를 거스르는, 절대적인 금기가 깨어지는 혁명적 사건에 해당한다고 해석하였다(차옥덕, 앞의 논문, 93면). 여성의 성 잇기는 작품에 나타나는 실상이기는 하다. 그러나 그것은 여성끼리의 결혼이라는 작품 구조 내에서 불가피한 것이었다. 전체적인 맥락에서 보았을 때 낙성의 성 잇기는 일면에 불과한 것이다. 남성 내지 남편 역할을 철저히 구현하는 방관주는 여성이라기보다는 오히려 남성이라 하는 것이 옳다. 낙성의 입양은 정확히 표현하면 '남성을 가장한 여성에 의한 성 잇기'라 하는 것이 좋을 것이다.

두 예문을 보면 방관주는 천궁(天宮)에서 호색했으며, 또 방관주
와 영혜빙은 금실이 너무 좋아 내쳐졌고, 방관주는 원래 남자로 태
어나야 하는데 태을진군의 희롱으로 여자로 태어났다는 것이다. 이
장면이 주는 효과는, 동성결혼은 이미 정해진 것이라고 함으로써 그
것이 내포할 수 있는 충격을 완화시키고, <방한림전>이 당대의 부부
윤리를 저버리기 위해 쓰이지는 않았다는 점을 밝히고 있고, 결국은
동성결혼 자체를 진지한 것이 아닌 하나의 흥미소로 전락시키고 있
다는 점이다. 자칫 동성결혼이라는 소재의 특성상 대중과 멀어질 뻔
했던 내용을 이러한 천정(天定) 화소를 넣음으로써, <방한림전>이
대중의 흥미도 고려하고 있는 대중소설이라는 점을 드러내고 있다.

이상 살펴본바, <방한림전>은 여성 현실을 직시하고 그에 따라 행
동하고 있는 영혜빙이라는 한 축과, 이에 맞물려 여성임을 거부하고
남성을 지향하며 가부장제 질서를 구현하려 하는 방관주라는 한 축
으로 구성되어 있고, 서사구조상 대중소설의 틀에서 벗어나지 않았
다는 점이 확인된다.

7. 나가며

<방한림전>에 나타나는 여주인공의 모습과 동성결혼 화소는 분명
매우 특이하고 문제적인 것임에는 틀림없다. 특히 영혜빙의 경우 동
성결혼에 이르기까지 했던 사고와 동성결혼을 결단하는 과정은 그녀
가 당대의 아내가 남편에게서 겪어야 하는 불합리성을 깊이 인식하

고 있었음을 보여주는 것으로, 소설사적으로 특기할 만한 일이다. <방한림전>의 서사적 주인공은 방관주이지만 심각한 문제의식을 제기하고 있는 인물은 영혜빙이다. 영혜빙의 존재는 작품에 대한 우리의 평가와는 별개로 <방한림전>이 갖고 있는 중요한 가치라 하겠다.

<방한림전>에 보이는 동성결혼은 외적으로 여성이 자신의 의지대로 행동하며 자신의 이상을 구현하는 동인(動因)으로 보인다. 그러나 자신들에 의해 지기(知己)라 명명된 그 결혼생활은 실상 당대의 부부규범을 충실히 이행하고 있는 것이다. 구조적으로도 그러한 동성결혼이 실제로는 천정(天定)에 의한 것임을 보여주고 있어 애써 마련한 동성결혼이라는 충격적 소재가 상당히 약화되어 독자에게 다가온다. 이처럼 동성결혼이라는 특이하고 충격적인 화소는 작품 내적으로 다양하게 걸러져 독자와 만나는데, 이 점은 <방한림전>의 독자적 가치를 떨어뜨리게 하는 요인이 되기도 하면서 한편으로는 <방한림전>의 통속성을 드러내주는 것이기도 하다.

다른 영웅소설에도 나타나는 가문에 대한 관심이 <방한림전>에 드러나고, 다른 여성영웅소설에 나타나는 여성의 장쾌한 활약상과 여화위남(女化爲男)이라는 모티프가 <방한림전>에 드러난다는 점에서 이 작품은 유형에 충실한 서사구조를 지니고 있다고 할 수 있다. 다만 동성결혼이라는 다른 영웅소설 또는 여성영웅소설에서는 전혀 보이지 않는 화소를 지니고 있다는 점이 특이한데, 이는 외적으로 여성해방을 구현하는 것이 아닌 통속적 흥미소의 역할을 하고 있고, 내적으로는 가부장제적 질서를 온전히 구현하는 역할을 하고 있는 것이다.

〈방한림전〉 관련 참고논저

자료

<방흔임전>: 국문필사본, 단국대학교 천안캠퍼스 율곡도서관 소장(영인: 「나손
　　　본 필사본고소설자료총서」 11, 보경문화사, 1991).
<쌍완기봉>: 국문필사본, 한국학중앙연구원 소장.
<낙성전>: 국문필사본, 정학성 교수 소장.

장시광, 『조선시대 동성혼 이야기: 방한림전』, 한국학술정보, 2006.
정병헌 · 이유경, 「한국의 여성영웅소설」, 태학사, 2000.

논저

서신혜, 「개인의 아픔으로 읽는 방한림전」, 『한국고전여성문학연구』 20, 한국고
　　　전여성문학회, 2010.
노윤영, 「여성영웅소설의 교육적 가치 및 교재화 연구 ─ <방한림전>을 중심으
　　　로 ─」, 영남대 교육대학원 석사논문, 2010.
김혜정, 「여성영웅소설에 나타난 여성복귀의 문제 ─「옥주호연」, 「홍계월전」, 「방
　　　한림전」을 중심으로 ─」, 인하대 교육대학원 석사논문, 2009.

부가영, 「여성영웅소설의 갈등양상 연구 ―『옥주호연』,『홍계월전』,『방한림전』을 중심으로 ―」, 조선대 교육대학원 석사논문, 2009.

최혜선, 「<방한림전>에 나타난 여성의식 연구」, 충북대 교육대학원 석사논문, 2009.

정란수, 「<방한림전> 연구 ― 인물들의 의식세계와 그 의미 ―」, 경남대 교육대학원 석사논문, 2009.

이규훈, 「조선 후기 여성 주도 고난 극복 고소설 연구」, 한국교원대 박사논문, 2009.

최승령, 「여성영웅소설에 나타난 여성의 사회적 지위와 역할 ― <홍계월전>과 <방한림전>을 중심으로 ―」, 공주대 교육대학원 석사논문, 2009.

정병헌, 「<방한림전>의 비극성과 타자(他者) 인식」,『고전문학과 교육』17, 한국고전문학교육학회, 2009.

김경미, 「젠더 위반에 대한 조선사회의 새로운 상상: <방한림전>」,『한국고전연구』17, 한국고전연구학회, 2008.

서정주, 「<방한림전>의 모티프 결합양상과 서사적 의미」, 서강대 교육대학원 석사논문, 2007.

박혜숙, 「여성영웅소설과 평등·차이·정체성의 문제」,『민족문학사연구』31, 민족문학사연구소, 2006.

김정녀, 「<방한림전>의 두 여성이 선택한 삶과 작품의 지향」,『반교어문연구』21, 반교어문학회, 2006.

조은희, 「고전 여성영웅소설의 여성주의적 연구」, 대구대 박사논문, 2005.

박은영, 「방한림전 연구」, 한남대 교육대학원 석사논문, 2005.

송호진, 「<방한림전>에 나타난 갈등 양상과 여성 의식」, 숙명여대 석사논문, 2004.

김혜정, 「「方翰林傳」연구: 여성영웅소설의 변모 양상과 '女－女 결연'의 소설적 전통을 중심으로」,『동양고전연구』20, 동양고전학회, 2004.

최성은, 「셰로쉐프스키의『기생 월선이』와 한국 개화기소설에 나타난 근대 한국 여성상 연구: 안국선의『기생』및『방한림전』과의 비교를 통하여」,『동서비교문학저널』8, 한국동서비교문학학회, 2003 봄·여름.

최정식, 「여성영웅소설의 유형 연구 ― 女性優越意識型을 중심으로 ― Ⅱ」,『논문집』21, 동부산대학, 2002.

윤분희, 「<방한림전>에 나타난 모권제 가족」,『숙명어문논집』4, 숙명어문학회, 2002.

김하라, 「「方翰林傳」에 나타난 知己 관계 변모의 의미」,『관악어문연구』27, 서울대 국어국문학과, 2002.

장시광, 「여성영웅소설에 나타난 여화위남의 의미」,『한국고전여성문학』2, 한국고전여성문학회, 월인, 2001.

장시광, 「<방한림전>에 나타난 동성결혼의 의미」, 『국문학연구』 6, 국문학회, 2001.

차옥덕, 『백 년 전의 경고 ― 방한림전과 여성주의』, 아세아문화사, 2000.

이유경, 「여성영웅소설에 나타난 여성의식의 표출양상과 의미」, 『원우논총』 18, 숙명여대 대학원 총학생회, 2000.

설성경, 「고전 산문 속의 사랑」, 『전통과현대』 13, 전통과현대사, 2000.

차옥덕, 「방한림전의 여성주의적 시각 연구」, 성신여대 박사논문, 1999.

차옥덕, 「<방한림전>의 구조와 의미」, 『고소설연구』 4, 한국고소설학회, 1998.

양민정, 「고소설에 나타난 조선조 후기사회의 性차별의식 고찰: <方翰林傳>을 중심으로」, 『한국어문학연구』 9, 한국외대, 1998.

양혜란, 「고소설에 나타난 조선조 후기사회의 性차별의식 고찰: <方翰林傳>을 중심으로」, 『한국고전연구』 4, 한국고전연구학회, 1998.

박상란, 「여성영웅소설의 갈래와 구조적 특징」, 동국대 석사논문, 1992.

장시광 ——————————————————————————

대학 때부터 고전문학에 관심을 갖고 있던 중, 대학원에 진학하여 고전소설, 그중에서도 대하소설에 흥미를 느껴「대하소설의 여성반동인물 연구」로 박사학위를 취득하였다. 현재 경상대학교 국어국문학과 교수로 재직 중이다.

고전소설의 여성인물에 깊은 애정과 관심을 지니고 박사학위를 취득한 이후부터 현재까지 연구를 진행 중이다. 계모형 소설과 여성영웅소설, 대하소설에 등장하는 여성인물을 살펴보고 그 결과를『한국 고전소설과 여성인물』(2006)이라는 책으로 묶어 학계에 보고하였다. 이외에 고전소설의 대중화가 시급한 과제임을 인식하고, 대하소설을 번역하기도 하였다.『현몽쌍룡기 3』(2010, 공역)과『조씨삼대록 5』(2010, 공역)가 그 결과물이다. 대하소설의 주석과 번역 작업은 이후로도 계속 진행할 예정이다.

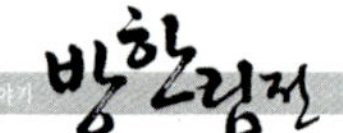

초 판 발 행 | 2006년 5월 20일
개 정 발 행 | 2010년 9월 30일

옮 긴 이 | 장시광
펴 낸 이 | 채종준
펴 낸 곳 | 한국학술정보㈜
주　　　소 | 경기도 파주시 교하읍 문발리 파주출판문화정보산업단지 513-5
전　　　화 | 031) 908-3181(대표)
팩　　　스 | 031) 908-3189
홈 페 이 지 | http://ebook.kstudy.com
E-mail | 출판사업부　publish@kstudy.com
등　　　록 | 제일산-115호(2000. 6. 19)

ISBN　　978-89-268-1522-9　03810 (Paper Book)
　　　　978-89-268-1523-6　08810 (e-Book)

이담
Books　는 한국학술정보㈜의 지식실용서 브랜드입니다.